Jamais de guerre civile le mardi

Yves Bourdillon

Jamais de guerre civile le mardi

ISBN numérique : 979-10-262-6186-5

EAN papier : 9791026261872

Librinova

Courriel : contact@librinova.com
Internet : www.librinova.com

Je suis sans rancune envers les hommes de la défaite et de l'armistice de 40. Je comprends fort bien ceux qui avaient refusé de suivre De Gaulle. Ils étaient trop installés dans leurs meubles, qu'ils appelaient la condition humaine. Ils avaient appris et ils enseignaient « la sagesse », cette camomille empoisonnée que l'habitude de vivre verse peu à peu dans notre gosier, avec son goût doucereux d'humilité, de renoncement et d'acceptation. Lettrés, pensifs, rêveurs, subtils, cultivés, sceptiques, bien nés, bien élevés, férus d'humanités, au fond d'eux-mêmes secrètement, ils avaient toujours su que l'humain était une tentation impossible et ils avaient donc accueilli la victoire d'Hitler comme allant de soi. À l'évidence de notre servitude biologique et métaphysique, ils avaient accepté tout naturellement de donner un prolongement politique et social. J'irai même plus loin, sans vouloir insulter personne : ils avaient raison, et cela seul eût dû suffire à les mettre en garde. Ils avaient raison, dans le sens de l'habileté, de la prudence, du refus de l'aventure, de l'épingle du jeu, dans le sens qui eût évité à Jésus de mourir sur la croix, à Van Gogh de peindre, à mon Morel [le héros des « Racines du ciel »], de défendre ses éléphants, aux Français d'être fusillés, et qui eût uni dans le même néant, en les empêchant de naître, les cathédrales et les musées, les empires et les civilisations.

Romain Gary dans *La promesse de l'aube*, Gallimard, 1960

CHAPITRE 1
JAMAIS DE GUERRE CIVILE LE MARDI, J'AI PISCINE

PARIS, MARDI 15 MAI.

« Nous rêvions d'intégration, on a eu l'intégrisme. »

La devise de mon collègue Bob Baroud me revient à l'esprit et à propos, tandis que je quitte le lieu calciné de l'engagement de ce matin, porte de la Chapelle, entre une unité de CRS et des barbus sourcilleux sur leur territoire. Curieux, d'ailleurs, ce terme militaire d'engagement, qui jadis évoquait plutôt des fiançailles. J'en discuterai avec Bob, rompu à la couverture des conflits extérieurs. Moi, je me cantonne à l'intérieur.

« Reporter de guerre » ça fait plus briller les yeux des demoiselles que « plombier ». Sauf, évidemment, si elles ont un lavabo bouché...

Précisément, c'est aux toilettes du journal que le reporter de guerre intérieure passe se débarbouiller. L'inconvénient des « conflits de basse intensité », comme disent les spécialistes, c'est que la poussière ça coûte cher en shampoing. La patrouille que je suivais a essuyé un tir de mortier. Artisanal, mais salissant.

C'est donc aux W.-C., où il est venu sans doute faire son pipi de stress avant un de ses premiers conseils de rédaction, que je retrouve Ceccaldi. Le meilleur rédacteur en chef que j'ai connu, un pro exigeant et passionné qui pour un scoop serait prêt à vendre ses parents, avec sa tante en prime. « *Comme on se retrouve, Monsieur Beaumont* », murmure-t-il. Je lui claque sobrement la paume de la main, avant de le suivre vers la salle en mezzanine où, tous les matins, à 9 h 30 pétantes, se prépare le menu de l'édition de *La Ligne*.

Eh oui, Ceccaldi est de retour. Quinze ans que nos chemins se croisent, se séparent et se recroisent, de faillites de journaux en résurrections de canards. Il vient d'être embauché, un an après moi, à *La Ligne*, suite à la disparition de *Libertas*, le quotidien où nous avons chroniqué ensemble les convulsions de la galaxie ces sept dernières années [1]. *La Ligne*, en hommage au mot d'Albert Londres, l'icône du journalisme français, « *une ligne éditoriale ? La seule ligne que je connaisse, c'est celle du chemin de fer* ». Et force est de reconnaître que notre ligne éditoriale est hétéroclite. Il y en a pour tous les goûts : dhimmis, natios, barbus, beur-alibis et les catégories intermédiaires dispersées, inquiètes et perturbées, entre Lepénisation et Plenélisation des esprits. Reflet des tourments de notre pays éparpillé façon puzzle en divers courants politiques et sociaux, y compris au sein du gouvernement, équipage hétéroclite entre ceux qui croient qu'un cap est fixé et ceux qui se demandent si on ne joue pas plutôt aux toupies dans la tempête.

À *La Ligne*, nous donnons la parole à tout le monde, ce qui nous permet de nous faire insulter par tout le monde. L'avantage d'avoir une ligne éditoriale modérée et ouverte c'est qu'on n'a pas à se poser la question de savoir d'où on va se faire attaquer : de partout.

Une dizaine de reporters et chefs de service attendent que Ceccaldi ouvre le conseil de rédaction qu'il doit présider en remplacement de Gamblin, connu aussi dans une vie antérieure comme rédac chef d'un journal progressiste prônant généreusement la distribution

1. Lire, pour tout éclaircissement, Du Trapèze au-dessus des piranhas (Anne Carrière, 2012) et Souriez, vous êtes ruinés (Le Rocher 2016).

à profusion de l'argent des autres. Gamblin est opportunément hospitalisé depuis deux mois pour avoir pris une balle perdue. Ceccaldi lance, comme c'est l'usage, le choix des sujets par le service Politique, pages 2 et 3, qui sera suivi par son rival des pages 4-5-6, le service Société où j'officie en tant qu'envoyé spécial permanent sur le front intérieur. *« Les guerres civiles, ça te connaît, vu les relations avec tes ex »*, a commenté Ceccaldi quand il a appris mon poste.

Effectivement, mes relations sont un peu teigneuses avec Audrey, avec qui j'ai vécu jadis rien moins que DEUX semaines de passion torride, achevées dans la récrimination et l'insulte, mais que je croise encore souvent, puisqu'elle se trouve être aussi la mère de Kevin, le mec de ma fille Chloé, et par conséquent la grand-mère de mon petit-fils, Paul Beaumont-Almaviva. Je sais, c'est compliqué.

Les ruptures avec les intérimaires qui ont suivi ont aussi été inventives en invectives. Il n'y a qu'avec Sophie, mère de ma fille et divorcée en 2015 (c'est un principe de la thermodynamique qu'il est plus facile de détruire que de construire, surtout les mariages), que les relations sont amicales. La distance, ça aide ; avocate pour une ONG poursuivant les criminels de guerre, elle vit en Afrique, où elle peine depuis quelque temps à se mettre des génocides sous la dent. Une victime collatérale de la marche manifeste, quoique cahoteuse, de l'Afrique vers la démocratie et l'État de droit.

Il y a, selon moi, de la place dans une vie pour des centaines de plans cul et des dizaines de flirts sympas, mais pas pour plus de trois vraies histoires d'amour. Appelons ça le théorème de Beaumont. Certains stakhanovistes de la passion peuvent se convaincre de monter jusqu'à quatre ou cinq, mais, après enquêtes et confidences, je suis arrivé à la conclusion que trois est le grand maximum pour la plupart des gens, question de stocks de passion et de temps disponible, et la plupart ne dépassent d'ailleurs pas deux. On n'a pas des réserves infinies de moelle et de *chutzpah*. Attention, je parle de la vraie histoire d'amour, rouge, sans mégoter, pas d'un succédané mièvre mais du truc qui vous secoue comme une machine à laver en mode essorage, pour vous laisser hébété, hilare et bien sûr aussi une histoire dramatique sur les bords, sinon ça ne serait pas drôle. Donc, pour moi, il y eut Valérie (période étudiante, deux ans), puis Sophie (période conjugale, un quart de siècle) et Audrey (quinze jours), voilà. Du condensé.

*

* *

Un conseil de rédaction obéit à des règles simples ; entre deux commentaires d'humour noir typiques du métier, chacun des douze services présente les quatre à cinq sujets qu'il a prévus. Puisque l'ensemble ne doit pas dépasser une demi-heure, cela impose de « vendre » chaque sujet en une trentaine de mots, parmi lesquels certains ont un effet très sûr auprès des rédac-chefs tels que « enjeux », « paradoxal », « fric », « pouvoir », « inattendu », « mort », « trahison », « géopolitique » et « scandale ». Le nec plus ultra étant « c'est à nous », la formule convenue pour évoquer un scoop.

Le chef du service Politique vend donc en deux phrases le sujet de Scarlett, ma coéquipière, rivale, concurrente et néanmoins amie sauf quand nous parlons politique. Scarlett, ainsi surnommée en raison de sa ressemblance avec une actrice hollywoodienne, a un « fort caractère » qui lui vaut aussi au sein de la rédaction le surnom moins flatteur de « Chatouilleuse du Garrot ».

L'amour de l'info exclusive a atteint chez elle comme chez Ceccaldi le niveau de la névrose. Scarlett est d'ailleurs une des meilleures « scoopeuses » de Paris, mais je lui tiens tête par moments. C'est moi qui ai réalisé l'interview de ce prof du Mirail à Toulouse qui s'obstine à faire cours devant une classe vide le jour de l'Aïd, ainsi que l'enquête sur le dernier élève juif d'un collège public de Saint-Denis, le département le plus islamisé de France et le seul dont le nom évoque le catholicisme - l'Histoire a décidément un sens de l'humour particulier. Sans oublier les papiers sur *Le chagrin de Rabelais*, la dernière charcuterie d'Aubervilliers, où le gérant joue négligemment avec une bombe lacrymo tout en débitant les saucissons. Scarlett a contre-attaqué avec un papier sur « le raid du camion fou » (on ne mettra jamais assez en garde contre la fragilité psychique des camions) bourré d'explosifs et lancé, malgré les protections, sur le pilier nord de la tour Eiffel, qui penche d'un degré depuis. « *Une tour Eiffel et une tour de Pise pour le prix d'un, de quoi tu te plains ?* » m'a lancé Scarlett… La Tour rouvre cette après-midi.

Mon chef de service présente ses sujets à son tour en précisant que je reviens d'une opération porte de la Chapelle, aussi négligemment que si j'avais couvert une course cycliste. Deux check-points démantelés, un blessé grave, trois interpellations, on propose un feuillet pour dix-sept heures, avec photo…

— Juste une brève, coupe Ceccaldi. Désolé Fred, mais c'est une opération de routine, non ?

Oui, la routine. Le premier tir de mortier sur une opération « de présence et de sécurisation » selon la formule consacrée, nous en avions fait la une. Le deuxième, une demi-page. Maintenant, dix lignes. Là serait le danger. S'habituer c'est aussi accepter. Le chemin n'est pas si long du stoïcisme à la soumission. Du flegme au renoncement, qu'on pare de vertu.

On s'habitue à cette étrange décomposition d'un pays cramponné à sa joie de vivre pour oublier qu'il a perdu son insouciance. Où on peut mourir pour s'être trouvé au mauvais endroit au mauvais moment, mais où on continue à prendre la vie quotidienne au sérieux, en se demandant toutefois si ça vaut le coup de préparer méticuleusement un plan d'épargne à vingt ans, en raison du risque dudit mauvais endroit mauvais moment. On montre machinalement son sac à l'entrée d'un bâtiment, les filles révèlent cinq fois par jour à des vigiles fatigués leur fouillis rouge à lèvres-filofax-kleenex. On s'habitue aux attaques de bus ou de commissariats par des jeunes Français criant « sales Français », à consulter ses applis, « *check-point boulevard Jourdan, ah, mes invités seront en retard* », à faire moins souvent la fête dehors, concerts, bals, trop de risques d'embrouilles, trop de kaïras. On apprend que ce week-end le prix de la soirée incendiaire a été attribué à telle commune, le concours du caillassage de pompiers remporté par telle autre, ou que tel quartier est lauréat du défi de l'embuscade de flics.

On ne fait plus attention à la tour Eiffel illuminée en l'honneur d'un pays frappé par les djihadistes, « *c'était qui hier, les Sénégalais ou les Mexicains ?* ». On dépose presque machinalement le kit bougies-dessins-peluches sur les lieux d'attentats, puis on organise des concerts pour la jouer catharsis, donnant l'image d'une génération curieusement obsédée par la fiesta. On y chante l'Amour, mais l'Amuuur sans complément d'objet direct, sans dire qui ou quoi, ça ne serait pas finalement une mièvrerie de décérébré ? Une abstraction tous azimuts, indifférenciée, mise à toutes les sauces et finalement aussi dévaluée qu'un bolivar vénézuélien ?

On se rassure à bon compte, comme quoi il n'y aurait

pas de projet d'ampleur visant à nous détruire, *rooooh, tu exagères*, les auteurs d'attentats seraient juste des *loups solitaires déséquilibrés*, comme si, par contraposée, avoir une motivation politique serait preuve d'équilibre psychologique. À croire qu'Al-Qaïda ou Daech passent des annonces, « *cherchons recrues motivées pour tuer des enfants au hasard. Psychopathes s'abstenir* ».

On s'interroge sur le collègue qui se met à refuser de serrer la main des femmes, a-t-il viré salafiste ? Il paraît que des salafistes peuvent être quiétistes, mais d'autres ne sont pas quiétistes du tout. Faut-il le dénoncer, verbe connoté, alors disons le signaler à la DGRPST, qui serait au demeurant infiltrée selon un audit de la DGPAT ?

On éprouve au fond de soi une sourde colère et la frustration de ne pouvoir affronter un ennemi invisible et dont la conception du courage consiste à n'attaquer que des civils désarmés, de préférence de dos et par surprise. L'avantage des guerres classiques c'est que l'Absurdité respecte une ligne de front, d'un côté l'ennemi, de l'autre l'allié. Maintenant, c'est compliqué, les lignes se sont brouillées. L'ennemi est partout et l'allié se cherche.

On a presque oublié qu'il fut un temps où oublier un sac de sport dans le métro ne paralysait pas toute la ligne. « *Keep calm and carry on* », comme disaient les British durant le Blitz en 1940. L'époque où la France ne vivait pas encore en état d'urgence semble si ancienne, presque sépia. Les femmes voilées par fidélité à leurs racines n'étaient pas encore prises en sandwich entre ceux qui en font un instrument discret de conquête de l'espace public et les défenseurs d'une « certaine idée de la France ». Et à propos de sandwich, j'ai presque oublié cette époque où acheter un jambon-beurre dans certains quartiers n'était pas encore un acte politique... Des quartiers où la police est persona non grata et où on est passé en douce d'assimilation à intégration, puis à cohabitation et bientôt à « *tapez pas, SVP* ». D'ailleurs, à quoi bon s'intégrer si la plus grande partie du pays s'est retirée de ces quartiers, sauf les guichets d'allocs ?

Je croyais encore qu'on pourrait être une société joyeuse et métissée. Et puis, il est arrivé tout ce qui est arrivé...

D'autres révolutions ont un avant et un après, un moment précis, avec barricades, défilés de voitures klaxonnant et débraillés agitant des drapeaux aux portières pendant que des dirigeants s'enfuient. Pas celle-ci. Nous avons basculé peu à peu. Entre les commerces fermés et les maisons délabrées dans les campagnes face aux banlieues qui flambaient pendant que les centres-villes demandaient « *il se passe quelque chose ?* ». La France du saumon fumé observait, en poussant des « tut-tut » désapprobateurs, l'affrontement entre celle des kebabs et celle des rillettes. Et un jour, nous nous sommes simplement dévisagés, perplexes, en murmurant « *Mais tu crois pas qu'on vit dans un autre pays ?* ».

J'ai l'impression de vivre dans un asile psychiatrique de cinq cent cinquante mille kilomètres carrés. Un asile dont les patients ont supplanté les infirmiers. Et je suis payé pour le décrire.

*
* *

Je repars l'après-midi retrouver le capitaine Duchemin porte de la Chapelle. Mission remplie, son unité passe le relais à des « vigilants » locaux. Ce n'est pas tout à fait normal, mais il faut faire preuve de pragmatisme en ces temps de normalité irrégulière. L'armée pourrait facilement reconquérir le terrain avec ses armes lourdes, mais au risque de bavures auprès de gens qui n'ont pas d'autres choix que de vivre là. Et puis, qui serait prêt à mourir aujourd'hui pour Grigny ? Pendant que ses hommes remontent dans des blindés légers devant les restes du check-point démantelé, Duchemin contemple les barres d'immeubles au loin, où il serait imprudent que je me rende seul et où le voile est fortement recommandé pour les femmes.

— Tu vois, Fred (on se tutoie, les opérations de « présence et sécurisation » ça crée des liens), j'ai la nostalgie des fours à micro-ondes.

— J'ai peur de ne pas comprendre, Jean-Jacques.

— Ceux qu'on nous balançait sur la tronche depuis les étages, lors des patrouilles de nuit. C'était quand même moins dangereux que les mortiers. J'ai même connu l'époque où personne n'aurait imaginé nous tirer dessus à balles réelles, c'était tabou, si, si. Il y avait des règles.

Je conviens que tout se perd effectivement et emboîte le pas à la patrouille d'une dizaine de civils dont les blousons cachent mal les armes, qui vont s'assurer que les barbus, surnommés aussi féristes, ou presque affectueux frérots, en allusion à la Confrérie des frères musulmans [2], ne reviennent pas.

Les barbus sont teigneux aujourd'hui, car ils nous tirent dessus promptement. Nous nous abritons et ripostons vers des types en bandanas et treillis. Le chef de la patrouille, Quentin, profite d'une accalmie pour scruter la position adverse et lève un sourcil interloqué, avant de crier dans son mégaphone :

— Eh, toi, là-bas.

— Ta gueule, fils de pute.

2. Confrérie créée en Égypte en 1928 et dont sont issus la plupart des mouvements prônant un combat politique au nom de l'islam. Leur manifeste préconise une conquête planétaire par étape car « *un jour toute la Terre doit appartenir à Allah* ». Son fondateur, *Hassan al-Banna, déclarait qu'il est* « *dans la nature de l'islam de dominer et d'imposer ses lois à toutes les autres nations.* ». Projet dont ses affidés minimisent l'ambition par une superposition de démentis, « *ce manifeste n'existe pas, parle d'autre chose, est caduc et à a été mal traduit* ».

— Qui vous êtes, bordel ?

Silence. La silhouette au loin médite sur cette question existentielle. Connais-toi toi-même, toujours utile pendant qu'on recharge la kalach.

— On est les Mutazilites, connard.

— Oh, putain, vous n'êtes pas les Sabres de la révélation ?

— Tu oses nous insulter ?

C'est vrai ça, ça ne se fait pas d'insulter un type qui vous tire dessus. Notre adversaire nous informe qu'il pisse à la raie des Sabres de la révélation et s'enquiert de notre identité. Les Patriotes Vigilants, répond Quentin. En face, on nous avait pris pour les Vertueux de la justice. « *On encule les Vertueux de la justice* », réplique Quentin, fermement. « *Vous n'êtes pas non plus des ZATistes ?* » s'interroge l'ennemi, l'air désemparé. Non, on conchie les ZATistes.

Il faut reconnaître qu'on a du mal à suivre. Même moi, dont c'est pourtant le métier. Je crois me souvenir que les Zones d'autonomie temporaire sont des anars fils de bourge réglant leur œdipe en virant Radical chic, alliés aux islamistes des Sabres de la révélation. Association baroque s'il en est, mais tout est possible s'il s'agit de hurler contre le Système. Les Mutazilites[3], j'ai fait une brève là-dessus un jour, c'est un réseau de Français d'origine arabe ne supportant pas les injonctions un poil sourcilleuses des barbus. Comme m'a confié l'un des leurs : « *mes parents ne les ont pas fuis au bled pour les retrouver ici* ».

Mais du coup, je m'interroge. Je connais, comme la majorité de mes compatriotes - l'avantage des années de plomb c'est qu'on s'instruit - les différences entre musulmans, qui vivent leur foi personnellement sans enquiquiner personne, et islamistes, qui mènent un combat

3. Courant de l'islam né au IXème siècle qui privilégiait le doute, le libre arbitre, le respect des autres croyances et la contextualisation des textes religieux et fut assez influent avant d'être liquidé au XIIIème par une dynastie ottomane.

politique au nom du Coran. Ce qui, techniquement, classerait donc ces sympathiques Mutazilites parmi les islamistes. Il y aurait donc - cela me rappelle un sketch des Inconnus sur les chasseurs - le bon et le mauvais islamiste ? Celui qui prétend juste s'inspirer d'un livre sacré, comme la Démocratie chrétienne en Italie ou la CDU en Allemagne, et celui qui veut imposer ses normes ? D'autant plus que la cloison entre une croyance religieuse et son utilisation politique n'est pas toujours aussi étanche qu'on le croit. Si on réclame un menu spécifique à la cantine, je suis dans le rituel ou dans le politique ? Et le voile, il est étendard politique ou ostentation de pudeur ? « *Il permet surtout aux islamistes d'opérer sous couverture cultuelle* », m'a un jour rétorqué Bob.

Cela me rappelle les explications de mon ami Redwane, ma référence en matière d'islam. *La différence entre un musulman et un islamiste ? Le premier croit que Dieu le protégera et le second que Dieu a besoin de son aide contre ses ennemis. Le premier se préoccupe de sa foi, le second de la foi des autres. Le premier écoute sa conscience, le second obéit à un prédicateur. Le premier espère aller au paradis, le second veut envoyer les autres en enfer. Et quand le premier ne fait pas ce qui ne lui convient pas, le second empêche les autres de le faire...* Et puis, en pratique, quand des islamistes sont arrivés au pouvoir ici ou là, cela s'est traduit généralement par « un homme, une voix, mais une seule fois » et « une femme, une voix, une gifle ». Il faudrait que j'approfondisse la question avec ces Mutazilites à l'occasion d'une prochaine embuscade.

Notre interlocuteur sort prudemment de sa cachette, nous faisons de même et tout le monde s'approche dans un mélange déconcertant de colère, soulagement et hilarité.

— Mais alors, putain, on est ensemble ! s'exclame Quentin.

– Évidemment, bande d'abrutis. Vous avez failli nous tuer.

– Ah ben, oui, on a frôlé l'altercation, soupire Quentin en époussetant négligemment les éclats de ciment sur ses épaules.

*

* *

Finalement, reportage presque tranquille.

Cet incident était perturbant mais pas une raison pour paniquer et évoquer une atmosphère de guerre civile, comme mon chauffeur de taxi, mon ex-rédac chef, Gamblin, Bob, ou ces experts en géostratégie en chambre qui déroulent leurs scénarios catégoriques sur les plateaux TV, au risque de se livrer à des prophéties autoréalisatrices ; à force de parler de la guerre civile ça va peut-être réveiller le monstre endormi depuis deux siècles dans le cagibi sous l'escalier.

Mais, à part Bob, ils ne savent pas de quoi ils parlent. La guerre c'est une pièce en trois actes. Au début on se fait chier, ensuite on a terriblement peur et, à la fin, on meurt. J'ai beau jouer les « reporters de guerre intérieure » pour épater les naïves, je sais bien que la situation actuelle n'a rien à voir avec le conflit que j'ai couvert, en Ukraine il y a une dizaine d'années, ou au Kosovo, au début de ma carrière. C'était comme prendre l'autoroute du sud sans croiser une voiture, en traversant des check-points de parpaings et troncs d'arbre. On ôte ses lunettes de soleil sans geste brusque, on présente un sauf-conduit dont on ignore s'il est reconnu par ces jeunes gonflés de leur soudaine capacité à donner la mort. Dans les champs où règne un étrange silence, personne ne ramasse les bestiaux abattus par des balles perdues.

Chez nous c'est différent. La tension demeure asymptotique, l'économie tourne avec un flegme inattendu, les touristes viennent encore dans la plus belle ville du monde, sauf dans certains quartiers où sévissent les affrontements pour le contrôle des territoires et des femelles. Les attentats et les faits divers à l'arme blanche font un mort tous les deux jours, la presse reprend sans moufter les éléments de langage du pouvoir selon lequel le terrorisme tue moins que les piqûres de guêpe. Il faut juste faire preuve de résilience et attendre que ça passe. On s'entre-égorge avec modération, on se tire dessus à la kalach avec retenue.

La guerre, la vraie, n'a rien à voir avec le conflit actuel, auquel on n'a pas encore trouvé de nom, comme quoi il n'est pas si intense. On évoque juste des années de plomb, comme en Italie dans les seventies. Des années où a été perdue l'insouciance, mais pas paroxystiques. La guerre, la vraie, suit sa dynamique propre, qui échappe soudainement aux dirigeants et aux peuples ayant cheminé vers la catastrophe comme des somnambules. La guerre, la vraie, c'est envoyer des jeunes gens dans des endroits impossibles pour y faire des choses insupportables au nom d'objectifs incompréhensibles. C'est la matière noire de l'Histoire, qu'on ne voit plus mais qui obsède. Ont surgi soudainement des EUX et des NOUS qu'on refusait jadis de distinguer, mais quand un nombre suffisant vous désigne comme des EUX alors fatalement surgit un NOUS. Et les traîtres et les cinglés qui vous entraînent là-dedans n'auront pas l'honnêteté de s'expliquer à la fin.

La guerre renverse tous les codes d'une civilisation. Le tabou du meurtre devient un devoir, les brutes des héros et les penseurs des traîtres. Des gens éduqués à susurrer *« s'il vous plaît, je vous en prie »* liquident à la mitrailleuse des inconnus. Des bâtiments construits en un siècle sont réduits en poussière en une minute. Les villes prennent la caractéristique couleur cadavérique des gravats, gris-beige, et le verre brisé crisse sous les pas. Des gamins cornaqués encore la veille par leur mère, *mets un sweat, il fait frais*, patrouillent avec un sentiment d'émancipation. Et d'impunité. *Ah, Barbara, quelle connerie la paix !*

Brusquement, personne n'est plus responsable et ne sera donc puni. Le tueur n'a fait qu'exécuter les ordres du chef de section, qui obéissait au sous-off, lequel suivait les instructions de l'officier, découlant de celles du général se conformant aux injonctions du politicien, qui estimait que tout cela était la faute de l'Histoire.

La guerre est le révélateur ultime. La vie au carré, puissance quatre, où tout est simplifié et amplifié. Elle la résume de la manière la plus brute, essentielle. C'est la peur, le pouvoir, le courage, la fraternité, l'impuissance, la douleur, la haine, la médiocrité, la cruauté, l'absurdité et la volonté acharnée de survivre. Nous en sommes encore loin. Ce soir, je râlerai auprès de mon épicier parce qu'il a déréférencé ma marque de confiture préférée. Et demain, piscine.

*

* *

Ceccaldi m'a fait part dès son arrivée au journal, avec la naïveté des nouveaux venus, de son intention de faire travailler ensemble les services Société et Politique, après que je l'ai briefé sur les relations entre le service Société et le service Politique, caractérisées par un point d'ébullition assez bas. Le service Société surnomme « Dhimmis », soumis en arabe, les membres du service Politique qui, en représailles, nous surnomment « les Fâcheux ». Ceccaldi trouve cette rivalité mauvaise pour le journal.

J'ai prévu de couvrir demain la manif de soutien à un couple qui s'est vu refuser la nationalité française au motif qu'ils refusaient de répondre aux questions des préposés du sexe opposé. Demander tranquilou le passeport d'un pays dont on boycotte la moitié de la population, ça ne choque pas les vedettes pétitionnaires qui seront en tête du cortège. Mais Ceccaldi préfère me voir suivre Scarlett dans des rues du 10e arrondissement, en caméra cachée. Comme je m'étonne de ce non-sujet il me fait valoir que pour démythifier ce que prétend la fachosphère sur les harcèlements de femmes, elle compte se promener EN JUPE.

Évidemment... la démystification risque d'être démystifiée. Bob doit venir aussi pour assurer la sécurité. Bob. Et. Scarlett. Ensemble.

— Je ne pourrais pas plutôt retourner couvrir l'affrontement de ce matin à coups de mortier ?

CHAPITRE 2
NULLE GAMBETTE DANS LE RER

Ça, en revanche, je ne m'y suis pas habitué. Que les femmes – marre de se faire insulter, siffler, cracher dessus, voire gifler – se soient pour la plupart résignées à troquer jupe contre pantalon, ça nuit au paysage au printemps. Heureusement qu'ON disait que si ON changeait notre manière de vivre ILS auraient gagné. Donc, nulle gambette ce soir dans le RER D pour évoquer un peu de sensualité. Nulle évocation non plus de courbes dans des chemisiers pleins à craquer, puisqu'à vingt et une heures, après le bouclage tardif, peu de jeunes femmes dans le train qui me ramène à mon domicile.

Je ne me sens plus chez moi. Depuis le départ de Chloé, la grande maison de Juvisy, que je n'ai pas réussi à vendre, sonne creux et faux. J'y tourne en rond en ressassant les années écoulées et les erreurs. Dans des pièces inutiles, j'entasse des foutoirs. Des outils traînent au milieu de livres à lire impérativement dont je n'irai jamais au bout. À partir de quel moment ça a commencé à ne pas tourner comme ça aurait dû ?

La plupart des gens se rendent compte vers quarante ans, le jour où ils soupirent d'un air effaré *« ça sera donc ça ma vie ?! »*, qu'il n'y aura rien de plus, qu'il faudra se satisfaire d'un destin pas glamour. Bien sûr, il y aura des moments de grâce, mais l'affaire sera surtout composée de métro dans le petit matin blême pour aller subir sa dose quotidienne de récriminations du petit chef. Non pas que ma vie fût partie en vrille, pas plus en tout cas que celle de tout père divorcé qui a vu sa fille prendre son envol dans un pays ayant perdu le sien, aimant raisonnablement son job, raisonnablement à découvert bancaire et constatant à cinquante-neuf ans que le cancer, ce n'est toujours pas pour cette année.

Le soir, dans mon pavillon, je déplace un objet pour le remettre ensuite à sa place initiale, je cuisine des plats trop sophistiqués pour un, mais ça fait passer le temps et je rêve du moment où j'aurai le cran de me sentir chez moi ailleurs, ou de remplir de nouveau cette maison de cris et de rires. Je devrais peut-être remplir la maison avec un gamin de remplacement ; *un orphelin, c'est pas ça qui manque, ou bien un réfugié, ce n'est pas la pénurie qui menace*, m'a fait remarquer mon cousin Jacques.

Et précisément, pour ce qui est de cris et de rires, Chloé m'appelle pour m'annoncer qu'elle va passer en coup de vent déposer Paul, parce que Kevin et elles ont « *du taf, on prospecte à Kaboul* ».

— Quoi ? À Kaboul ! Mais c'est loin.

— Vingt-cinq minutes en RER, quand il n'y a pas d'incidents.

— Et dangereux...

— Écoute papa, ça fait six ans qu'on bosse à Mogadiscio sans problème, Kevin et moi on connaît les codes, on a nos réseaux.

— Mais justement, Mogadiscio c'est pas Kaboul !

À l'inverse de ces parents qui souscrivent un contrat rapatriement dès qu'un de leurs enfants va au bout de la rue, j'ai toujours laissé ma fille libre de faire ses choix, sans chercher à l'influencer, me bornant à lui transmettre quelques informations neutres et objectives telles que *« tu t'apprêtes à faire une belle connerie »*. Il me semble indispensable de lui transmettre de nouveau un point de vue neutre et objectif. Qui ne sera peut-être pas bien reçu, vu que ma fille semble traverser en ce moment sa phase

« aspirante orpheline », après « accablée par une lourde hérédité ».

Chloé concède qu'effectivement, Kaboul, ainsi qu'on surnomme cette banlieue hyper-communautarisée du 9-3, est plus agitée que Mogadiscio, à quatre stations de métro de là, où Kevin et sa mère sont nés et où je pourrais encore me promener sans « fixeur » chargé de négocier ma protection. Mais précisément, m'explique-t-elle, si plus grand monde n'ose s'aventurer à Kaboul ça réduit la concurrence pour des fournisseurs d'ersatz de services publics dans son genre. Et Kevin prétend avoir des contacts sûrs à Kaboul.

— On a acheté un camion de pompiers, m'annonce Chloé fièrement.

— Un camion de pompiers ? Comment ça ? Un vrai, pour éteindre les incendies ?

— Non, pour faire des gaufres. Puisque les pompiers n'y vont plus, on prend le relais. Payé cash par les caïds locaux. On a besoin de tunes en ce moment, faire les coursiers à Mogadiscio ça paye plus trop. Et si ça marche bien, on passera au ramassage d'ordures, Kevin pense qu'avec les bons contacts ça passe.

Si je peux me réincarner un jour, je souhaiterais que ce soit en père de guichetière à la Sécu portée sur le scrabble.

— Mais à force d'allumer des incendies, « ils » ne savent pas les éteindre ?

— Faut croire que ça ne demande pas le même savoir-faire. On nous a prévenus qu'un incendie allait démarrer, premier test.

— Allait démarrer ? Mais normalement, on appelle les pompiers APRÈS le début de l'incendie.

— Pas dans ces quartiers-là. Je te raconterai demain, on te drope Paul dans un quart d'heure.

Et je me dis intérieurement : « Chic, la maison va de

nouveau être remplie de cris et de rires. » D'un autre côté… au secours, la maison va être de nouveau remplie de cris et de rires. C'est que prendre un petit garçon de trois ans dans mes bras, gazouillis, gazouillas, d'accord, le promener dans le parc, après m'être renseigné sur la météo sécuritaire, commencer à lui faire découvrir le monde (apparemment lui faire lire Tocqueville c'est encore un peu tôt), je veux bien, mais être responsable de lui, seul, toute une soirée, l'empêcher de coincer ses petites mains potelées dans tout ce qui brûle, écrase, tranche et électrifie, n'est-ce pas un peu beaucoup de responsabilités et de stress ? Et précisément, à propos de stress, Chloé croit utile d'ajouter « *sois tranquille, Audrey sera là pour te seconder* ».

Eh ? Mais ça ne va pas la tête ? Je n'aurai jamais le temps de trouver à Paul un gilet pare-balles à sa taille pour le protéger des éclats d'obus et de voix. Car enfin, le moment quasiment le plus convivial avec Audrey ces quatre dernières années, ça a été le dîner de mariage de Chloé et Kevin, que nous avons passé à deux mètres l'un de l'autre quasiment sans nous adresser la parole.

— Papa, m'avait sermonné Chloé le lendemain, ça serait quand même bien qu'on ne soit pas obligés de convoquer les Casques bleus chaque fois que vous vous voyez. Vous avez quand même un petit-fils en commun.

Certes, mais Audrey m'avait quand même traité quatre ans auparavant de « facho ultralibéral » (moi qui croyais bêtement que le fascisme était la négation de l'individu alors que le libéralisme l'exalte) au milieu d'une foule de militants communistes chauds comme la braise, et m'avait enseveli définitivement sous son mépris au prétexte que je lui avais un tout petit peu caché mes opinions politiques pour la pécho. Il est des choses que nous autres facho ultralibéraux ne pardonnons pas facilement. D'un autre côté, il va bien falloir apprendre à cohabiter. L'enfance et l'adolescence de Paul vont multiplier les occasions où Audrey et moi devrons faire semblant d'échanger des propos civilisés. Un effort de diplomatie s'impose.

Diplomatie d'autant plus compliquée que je dois bien m'avouer ne pas avoir oublié le goût de ses lèvres sur les miennes. Audrey a toujours autant d'alacrité et un sourire à troubler le plus rancunier des fachos ultralibéraux. Elle a un minois, cette arme fatale de la séduction féminine, avec yeux pétillants et petit nez froncé quand elle marque l'ironie. Il devrait y avoir une loi contre ça, avec tout ce que les députés nous enquiquinent sur comment nous devons nous déplacer, nous exprimer, travailler, manger, épargner, pisser, comment se fait-il qu'il ne s'en est jamais trouvé pour y penser, *« proposition de loi portant interdiction aux ex d'avoir un charme fou »*. En fait, il n'est pas impossible que je sois encore un peu amoureux de cette peste, contre toute raison. L'amour a ceci de commun avec la mort qu'il frappe sans prévenir ni expliquer. Et si, éventuellement le destin en qui je ne crois pas s'amusait à donner, sept ans après, une deuxième chance hypothétique à mon histoire avec Audrey ?

Curieux de se poser ce genre de questions alors que le pays part en vrille. Mais même pendant le Blitz, à Londres en 40, on continuait certainement d'avoir des chagrins d'amour. Bien sûr, en culpabilisant un peu, *« des gens meurent sous les bombes et moi j'ose chouiner parce que Charlotte m'a quitté »*, mais si la culpabilité empêchait le chagrin ou la passion ça se saurait. Entre deux raids, la vie continuait, pas de raison d'arrêter de prendre le thé et de s'engueuler avec Margaret. Beaucoup de monde est persuadé qu'il y a moins de dépressions et de suicides pendant une guerre, mais c'est contredit par la littérature médicale. Tout juste a-t-on moins le temps de se faire sauter le caisson, puisque d'autres s'en chargent.

Chloé et Kevin surgissent sur ces entrefaites pour me fourguer Paul avant de repartir coudes au corps prospecter Kaboul. Très beau leur camion de pompiers, cela dit, avec tout l'équipement. Peint en vert, évidemment, pour ne pas faire officiel. Devant mon regard préoccupé, Kevin estime nécessaire de me rassurer : « *T'inquiète, Redwane nous a recommandés* ». Ah, si Redwane est dans le coup...

*

* *

Redwane est un de mes meilleurs amis, avec mon cousin Jacques. Il a suivi un itinéraire baroque, qui l'a amené à visiter l'échelle sociale de bas en haut et de haut en bas, ce qui lui permet de susurrer avec autant d'aisance « *va te faire enculer sale bâtard* » et « *ce plan à trois ans me semble pécher par des hypothèses de croissance légèrement surévaluées* ». Né dans la version lyonnaise de Mogadiscio, de parents algériens, il a fait des études brillantes malgré les copains le traitant de bouffon, qui l'ont propulsé jeune à des postes de manager de haut niveau.

À force de réaliser des prouesses dans le secteur privé, il a été appelé à sauver de la faillite la plus dispendieuse des firmes du pays, l'État français, lors d'une crise financière à l'issue de laquelle il a été viré, non sans être devenu dans l'intervalle une excellente source pour moi, puis un ami. Redwane a ensuite loué ses services au gouvernement de Madagascar, puis dans d'autres pays. Quand il s'est marié avec Ingrid, une jolie blonde dont il a eu deux gosses, j'ai été son témoin de mariage, puis il est revenu il y a deux ans en France où il s'est mis en tête de monter à Mogadiscio une entreprise de textile qu'il va faire inaugurer en grande pompe ministérielle dans une semaine, juste avant le sommet du Dialogue national. Il prétend qu'il suffit de s'inspirer de ce qu'il a vu à l'île Maurice...

Mogadiscio... Bon courage, mec.

CHAPITRE 3
BASTON ET PLUS SI AFFINITÉS

Audrey surgit vers 21 heures, me gratifie d'un « bonsoir » peu chaleureux et fonce vers Paul en gazouillant *« salutoigouzou, c'est lechériasamamie méouiviensdansmesbras »* au quart de tour. C'est quand même curieux comme des gens équilibrés, cultivés, qu'on pourrait croire dotés d'un certain sens du ridicule, peuvent se transformer en neurologiquement challengés à la vue d'un truc qui ne sait pas faire grand-chose à part chier, manger, pleurer et dormir. Paul est en fait à la phase suivante, il marche, ce qui oblige à remonter les objets délicats et lourds pour être sûr qu'ils lui défoncent le crâne quand il pourra les attraper. Et il pose plein de questions incompréhensibles en pointant le doigt et en vous regardant d'un air de dire *« mais enfin, réagis, tu ne vois pas à quel point c'est intrigant ? »*.

Se profile donc, sans doute, une soirée étrange à nous occuper de Paul tout en essayant d'avoir le « *small talk* » insipide d'adultes bien élevés sur les seuls sujets accrédités, les projets de Chloé et Kevin et les progrès de notre petit-fils commun. Bavardage derrière lequel va sourdre une hostilité ridicule. Nous aurions dû pouvoir passer à autre chose et en rire, *« tu te souviens le jour où tu as essayé de me faire désosser par ta milice de cocos ? »*, *« ah, ah, et quand tu m'as sautée en me faisant croire que tu étais à gauche alors qu'en fait pas du tout! »*. Réflexion faite, ça sonne mal embringuée la réconciliation.

Je fais valoir, courtoisement, qu'il ne fallait vraiment pas, que je pouvais gérer Paul tout seul. Chloé me répond d'un ton sec que la dernière fois n'a pas été vraiment convaincante, car je jouais encore avec Paul à une heure du matin, aux dires de Chloé. Déloyal ça, de prétendre que ma fille critique son père dans son dos.

— Ben quoi, il avait eu peur avec les tirs et les sirènes dans la rue.

— Oh, l'excuse foireuse, ça canarde aussi chez moi et ça ne l'empêche pas de dormir.

— Les kalachs y sont peut-être plus suaves.

Je m'empare de Paul pour lui mettre son pyjama et au lit. Audrey me suit dans sa chambre, où le blondinet s'esclaffe. Évidemment, il met le pouce de travers pour gêner le passage de la manche. Tous les mêmes.

— Non Mossieur, simplement je sais être une grand-mère un peu responsable et ne pas saisir le moindre prétexte pour jouer jusqu'à plus d'heure à la petite bête qui monte, qui monte, qui monte sur le bidou.

Oh, mais si elle commence comme ça l'artillerie ne va pas tarder à prendre la place de la diplomatie.

— D'abord, ce n'était pas la petite bête qui monte, mais le jeu de l'index caché entre pouce et majeur, nuance. Ensuite, ce soir-là il y avait du mortier en plus des kalachs.

Elle se penche en avant pour ajuster la jambe de pyjama de Paul, ce qui met en évidence son décolleté plein axe et je me dis qu'avec son sale caractère elle mériterait des baffes mais qu'en même temps j'aimerais la prendre dans mes bras en criant « *n'aie pas peur, je suis là* ».

— Écoute, il y a peut-être des choses qui s'obstinent à ne pas disparaître depuis sept ans, mais en même temps, il y a eu quelques... bouleversements dans notre pays.

— C'est ce que j'ai lu dans les journaux, en effet.

— Il faut faire preuve d'un peu de stoïcisme. *Stiff upper*

lips, comme disent les Britanniques. Si chaque fois qu'il y a des détonations on empêche les bébés de dormir, on ne va pas y arriver.

Attention, terrain glissant. S'il s'agit d'évoquer comment faire face au vivre-ensemble devenu souvent du Vivre Côte à Côte, voire du Se Renier Tout seul ou dans certains coins du Vivre Contre... On ne parle jamais politique, elle et moi, sujet tabou et pour cause, mais elle a certainement conservé des convictions progressistes (le progrès semble être devenu surtout ce qui permet aux progressistes autoproclamés d'augmenter leur pouvoir), tandis que moi je suis un peu, disons, en marécage politique. Et à quoi fait-elle allusion avec ces choses « qui s'obstinent à ne pas disparaître » ?

— Oh, mais je n'empêche pas les bébés de dormir. Chaque fois que Chloé et Kevin m'ont confié Paul, j'ai été strict, à part la fois dont tu parles, qui était exceptionnelle, Paul avait vraiment très peur.

— Toi, strict ? Je demande à voir.

— Je suis la rigueur incarnée. Une histoire, un verre d'eau et puis dodo. Paul peut pleurer tout son soûl, je ne bronche pas.

— Je n'en crois pas un mot, glousse Audrey en éteignant la lumière dans la chambre de Paul.

Elle me frôle dans l'obscurité, une ruade de parfum, ses pieds nus gambadent vers le salon, ses cheveux virevoltant au-dessus de sa taille toujours de liane, avant que Paul ne réclame une histoire et un verre d'eau. Audrey et moi ferons donc semblant toute la soirée d'être inflexibles en espérant que ce sera l'autre qui craquera le premier, tout en consultant nos tweets sans nous parler, pendant que Paul s'égosille. Et il va falloir remettre ça demain soir chez Chloé et Kevin pour l'anniversaire de Paul...

Je monte me coucher vers minuit, sans avoir pu jouer

avec Paul. Je médite en gambergeant sur la présence d'Audrey dans l'ex-chambre de Chloé ; si jamais, sur un malentendu, Audrey et moi nous nous remettions ensemble et que nous faisions un enfant, avec la médecine tout est possible, eh bien, que serait-il pour Paul ? À la fois son cousin, son beau-frère et son propre oncle paternel et maternel. Quant à Chloé, elle serait à la fois la demi-sœur, la cousine, la tante et la belle-sœur de ce petit. Et moi je serais à la fois un père, un beau-père, un cousin et un oncle ?

Trop compliqué peut-être comme arbre généalogique. Évitons.

CHAPITRE 4
ÉCHANGE FRANC, CORDIAL ET VIRIL(E)

MERCREDI.

La fine équipe, Bob, Scarlett et moi nous retrouvons devant le journal pour le reportage « j'ai traversé le dixième arrondissement en jupe sans soucis » commandité par Ceccaldi. Bob m'a confié hier « *Partir en reportage avec Scarlett ? Je préfère encore me faire refaire les plombages par un dentiste atteint de Parkinson* ». Il arrive le premier pour me glisser que « la dinde », ainsi qu'il surnomme gentiment Scarlett, *« ne fera pas trois pas en jupe dans ce genre de quartier sans avoir une main au cul. Dans le meilleur des cas »*.

— C'est justement pour ça que Ceccaldi nous a demandé de la suivre, Bob.

Bob. Et. Scarlett. Ils ne peuvent pas se sacquer. Cela pourrait être, classiquement, à cause de du torride contrarié, mais ils ont choisi plus futile, la politique.

Tous deux sont engagés dans un duel-duo un peu névrotique, comme nous en connaissons tous, qui ne peut se passer d'affrontements verbaux tout en se doutant qu'ils ne pourront se convaincre. De vrais trolls. Scarlett et Bob sont irréconciliables, car la première est une *anywhere* et le second un *somewhere.* La première se sent partout chez elle, le second dépaysé dès qu'il prend l'avion. La première frétille comme un gardon dans les cités-monde plus ou moins fantasmées, Londres, New York, Paris, Barcelone, tandis que le second se cramponne farouchement à racines et patrimoines. Scarlett prétend qu'elle s'emmerde dans une ville de Blancs (elle n'oserait sans doute pas dire en Afrique qu'elle s'enquiquine dans une ville de Noirs) et se dit « citoyenne du monde », ce qui *ne veut rien dire*, ricane Bob, « *citoyenne, ça renvoie à un pays où on vote, on paye des impôts, régi par des lois particulières, pour lequel on peut éventuellement être appelé à se battre. La nation Monde, quel taux de TVA, quelles lois sur l'avortement ? Et je la défends contre qui ? Les Martiens ?* ».

Moi, dans la quête de Sisyphe du juste milieu, à mi-chemin entre Scarlett-Welcome et Bob-Pont-Levis - tel Milou dont l'ange noir et l'ange blanc se disputent l'âme devant une bouteille de whiskey dans *Tintin au Tibet* – j'essaye de désamorcer les conflits à la cafétéria. Le jeu entre eux, de type Peppone et Don Camillo au début, est devenu acrimonieux après s'être, logiquement, étendu à l'islam. Pendant que des collègues murmurent « *ça y est, ça recommence* », ils se crêpent le chignon sur les menus séparés des cantines, les salles de prières ou les tenues pudiques. Scarlett reproche à Bob de faire une fixette sur le voile sans se demander si les touristes en bikini dans des pays prudes choquent les autochtones. Bob promet de ne jamais s'y promener en bikini lui-même.

Scarlett traite alors Bob d'islamophobe, qui a remplacé réac ou facho pour faire taire un contradicteur, Bob joue les puristes en revendiquant être IslamISTOphobe, opposé à une utilisation politique de la religion musulmane, dont il respecterait par ailleurs les pratiquants. Scarlett réplique que l'islamisme est inoffensif, « *juste l'expression politique de dominés* », « *inoffensif, ouais, tout comme un veau n'a jamais raconté de mauvaises rencontres avec un boucher* » rétorque Bob.

Scarlett touille furieusement son café, « *pas besoin de couper les poils de barbe en quatre, vomir l'islamisme, ou l'islam, ou les musulmans, c'est pareil, c'est simplement de la xénophobie* ». En déchirant un sachet de sucre, Bob répond qu'il a plein de copains beurs, à quoi Scarlett réplique en déchiquetant un cookie « *bien sûr, j'suis pas raciste, la preuve j'ai plein de copains noirs* », Bob surenchérit avec l'air farouche d'un rescapé d'une jungle, « *blague généralement racontée par des gens qui n'en ont pas, précisément, des copains noirs* ». « *Ah bon ?* » s'exclame Scarlett en posant sa tasse avec fracas, « *eh bien tu vois...* ». Et ils fouillent dans le répertoire de leur téléphone portable pour se balancer à la tronche des Yacine, des Mohammed et des Ismaël, pendant que je bredouille des « *franchement vous n'avez pas l'impression d'être un peu ridicules, là ?* ».

À ce moment-là, Scarlett se met à chantonner *Imagine* de John Lennon, avec un sourire narquois, avant que Bob ne paraphrase Churchill : *« We will fight the veil on the beaches, we will fight the bearbed on the landing fields, we will fight the useful idiots on the hills...we shall never churender"*, avant d'ajouter "*et à la fin nous nous battrons avec des tessons de bouteille parce que c'est bloody well tout ce qui nous reste"*.

*

* *

Bob. Un bouillonnement. L'audace, la curiosité et souvent la colère. Il a couvert quatre ou cinq révolutions et guerres civiles, avec un instinct de survie très sûr. On se connaît depuis douze ans et nous avons effectué quelques reportages à quatre mains dans des quartiers âmes sensibles s'abstenir. Ça crée des complicités, même s'il a des opinions borderline qui me mettent mal à l'aise, avec les plaisanteries de beauf qui vont avec, « *nos ancêtres craignaient d'aller à la guerre, nos gamins d'aller chez le coiffeur* », ou *« je tolère tout à fait les femmes qui mettent le voile mais ça serait encore mieux si elles mettaient les voiles* ».

Bob fait partie des Saturés. Des Déplorables, comme on dit dans les cercles Déplorés. Il est épouvanté par l'immigration des quarante dernières années, « *rends-toi compte qu'un tiers des nouveau-nés à Paris porte des prénoms musulmans, à ce rythme nos arrière-petits-enfants naîtront dans l'équivalent du Liban* ». Il fait partie de ces « petits Blancs » qui craignent de perdre leur capital culturel et voir liquidés leurs lois, langage, institutions, histoire et traditions. La peur d'être dépossédés de leur pays et submergés démographiquement par ces immigrés qui « *se prétendent intégrés alors qu'ils parlent à peine français et déguisent leurs femmes en grande chaussette noire. Intégrées aux allocs, ouais* ». L'immigration, le grand impensé de notre modernité, « l'éléphant dans la chambre »[1], qu'il faut faire semblant d'ignorer. Une omerta, imposée par ce qu'il appelle « la Caste », un mélange d'intellos d'État, de hauts fonctionnaires et d'élus « *qui refusent de voir et qui musellent les gens qui ne veulent pas entendre. Nous sommes un pays de sourds que des aveugles veulent rendre muets* ». Il a choisi, farouchement, son camp, celui de ceux qui pensent que l'enfer est pavé de bonnes intentions, même si ça fait des routes confortables, contre « les niais nieurs ».

Bob Baroud, de son vrai nom Robert Jausiers, n'a pas toujours été ainsi. Globe-trotter cosmopolite, il n'aurait jadis pas été chagriné d'une disparition généralisée des frontières sur un malentendu géostratégique, du moment qu'un nombre suffisant de bars eussent survécu. Mais les temps ont changé et donc lui avec. Comme les autres Saturés (y compris des descendants d'immigrés, à qui des cousins reprochent de fermer la porte une fois qu'ils sont

1. Selon une formule attribuée au conteur russe Krylov, allusion à un problème évident mais qu'on choisit de ne pas voir sous la pression du groupe, car l'affronter aurait des conséquences trop dramatiques.

montés dans l'autobus), Bob estime ne plus reconnaître notre pays. Dans sa rue qui offrait jadis la plupart des tentations légales, un charcutier, un libraire, un marchand de vin, un bar et un fromager (un marchand de légumes en sus pour les pénitents), le charcutier s'est transformé en boucher halal, le marchand de vin en fripier, le fromager en kébab, le bar en salon de thé. Et la librairie est devenue coranique. Il y est entré pour demander s'ils avaient *Dieu est une foutaise*, de Richard Dawkins.

— Bordel, me suis-je exclamé un jour, tu ne gobes quand même pas ce truc de malade, la théorie du soi-disant Grand remplacement ?!

— La théorie, non, mais la pratique je la vois tous les jours dans mon quartier. Suffit d'ouvrir les yeux, c'est pas hors de portée même d'un intello. L'équipe de France de foot compte presque autant de joueurs blancs que celle du Cameroun.

— Je m'en fous, du moment qu'elle gagne.

— T'es mûr pour la RDA ; qu'importe que ton pays soit un désastre si on a des médailles olympiques. Et t'as jamais comparé des photos de classe d'il y a quarante ans avec celles d'aujourd'hui ?

— J'ai d'autres loisirs que d'étudier la pigmentation des gamins. Chacun ses fixettes.

— Sur ma photo de classe de quatrième presque tout le monde était, comment on dit ? de souche, caucasien, autochtone ? Suis tombé sur l'équivalent aujourd'hui dans le même collège, il n'y avait plus que deux gamins blancs sur trente. On parle de diversité mais elle a tendance à être bien homogène, la diversité, dans certains endroits.

— Dans certains endroits seulement. Je ne te reproche même pas de croire à une théorie du complot, puisque les manuels d'Histoire en regorgent, mais de ne pas voir qu'elle ne correspond pas à la réalité démographique.

— Alors, disons le Remplacement Moyen Format ? La Substitution Parcellaire ? La Dilution homéopathique ?

— Je préférerais Ghettoïsation, mais va pour Substitution Parcellaire si ça te fait plaisir.

— Tu peux prétendre que ça ne te dérange pas, mais ne fais pas semblant de croire que ce processus n'existe pas. Tu connais la défense du voleur de soupière ?

— Les voleurs de soupière ne font pas partie de mes fréquentations.

— C'est à base de démentis qui s'empilent les uns sur les autres au point de se contredire en fait. « *Je n'ai jamais vu cette soupière, on me l'avait donnée, je l'avais rendue, et en plus elle était fêlée.* »

— Je connaissais le démenti soviétique ; cette information est dénuée de fondement, exagérée, sans importance, prématurée et déjà ancienne.

— Eh bien, c'est pareil, Scarlett et ses copains nous expliquent que la substitution ethnique, à la fois n'existe pas, est un fantasme de facho, serait inéluctable et de toute façon bénéfique.

J'avais ri. Jaune.

— C'est quand même incroyable, s'était exclamé Bob, dès que je dis qu'on a peut-être poussé les curseurs un peu loin en matière d'immigration, des gens comme Scarlett me traitent de facho, alors que quand un de leurs protégés estime qu'il faudrait liquider les mécréants, les femmes en décolleté, les homos, les apostats, les Juifs et les plombiers, tout ce qu'ils trouvent à dire c'est « *pourquoi les plombiers ?* ».

*

* *

J'essaye pour ma part de rester flegmatique sur la question. Je me dis qu'on « y arrivera ». Notre pays a toujours su faire preuve de ressources étonnantes pour... absorber, depuis le temps qu'il est envahi, qu'il envahit et qu'il invite. Et puis, je me méfie instinctivement de ceux qui brandissent du Jeanne d'Arc boutant l'étranger. J'essaye d'adhérer encore à cet idéal d'ouverture et de libre circulation des humains, même si je trouve que les Scarlett et consorts nous le vendent avec une étrange poésie pompeuse que l'on dirait fournie par un logiciel mièvre, « *décloisonner les consciences, creuser un creuset, façonner une mosaïque, tisser des convergences, tracer des sillons mais pas des ornières, hybrider les imaginations, exaucer le sens* (quèsaco ?*)* ». Grandiose Bullshit, dit Bob.

Il laisse parfois transparaître ses opinions dans ses articles, ce qui lui vaut au courrier des lecteurs des suggestions de sodomiser sa mère, avec sa grand-mère pour le même prix. Et de la part plus raffinée de notre lectorat des accusations de populisme qui le font disjoncter « *ah oui, les fumiers, les culs-bénits, ils savent que populisme ça a la même racine que démocratie, non ? Ça vient juste du latin, populo, baaah, moins chic que le grec* ».

Il répète, « *ça va mal finir* », comme ces papys qui à chaque rentrée de septembre depuis vingt ans répètent « *ça va péter* » en oubliant que prédire tous les mardis la fin du monde pour ce mercredi peut nuire à la crédibilité des oracles. Même s'il faut reconnaître que quand une partie substantielle de la jeunesse d'un pays est élevée par sa famille, ses amis, voire ses profs, dans la haine et le mépris de ce pays, avec pour slogan « Nique la France », l'affaire pourrait ne pas se terminer à coups de bisous. Des jeunes qui veulent vivre sur le même territoire que nous mais pas forcément dans le même pays.

*
* *

Scarlett surgit sur ces entrefaites dans un jaillissement allègre de genoux, lesquels constituent précisément l'objet du délit, sous lesquels gambadent des baskets aussi blanches que ses socquettes. Faut admettre qu'elle est sexy. Décérébrée, mais sexy. Elle s'habille encore comme une gamine, alors qu'elle a la quarantaine bien sonnée. Les femmes ne sont jamais contentes avec leur âge, les jeunes voudraient être plus vieilles et les vieilles plus jeunes, le seul qui semble leur convenir c'est vingt-sept-vingt-huit ans, ce qui fait que quand, par coquetterie, une femme me demande de deviner son âge je réponds systématiquement *« vingt-sept ans et demi »*.

Scarlett et moi sommes devenus amis il y a une douzaine d'années, d'une amitié que rien depuis, ni nos célibats respectifs, nos rivalités professionnelles ou nos divergences d'opinions, n'a altérée. Elle me confie sa vie sentimentale, ou plutôt en ce moment l'absence d'icelle, avec un naturel déconcertant. Ces confidences auraient pu nous pousser de fil en aiguille à continuer la conversation au lit, vu que je traverse aussi depuis sept ans un désert entrecoupé de rares et timides oasis, mes capacités de séduction suscitant chez les femmes un sentiment intermédiaire entre la curiosité polie et l'effarement intrigué, mais non. Scarlett est pour moi une « no-go zone ». Pas seulement au nom du principe « no zob in job », mais aussi parce qu'entre un homme et une femme s'il doit se passer quelque chose ce n'est pas au bout de douze ans de côtoiement respectueux. Au lit sans trop traîner ou jamais. Scarlett est donc pour moi une sorte de petite sœur.

— Alors, les garçons, prêts pour la ballade ? lance à l'instant la simili petite sœur.

*
* *

Trois journalistes mobilisés pour un seul article c'est peu conforme aux usages de *La Ligne*, mais s'il s'agit de la sécurité de Scarlett, on ne compte pas. Nous remontons une rue du 10e arrondissement, où les jambes de Scarlett attirent une attention soutenue. C'est déjà le cas au journal, où la médecine du travail lui a demandé de ne pas marcher trop vite dans les couloirs pour éviter les entorses cervicales des collègues, mais là, sur un trottoir qui n'a plus vu de jambon féminin dénudé depuis longtemps...

– La ballade ? grogne Bob. La baston, oui.

– T'inquiète pas, rigole Scarlett. Tout va bien se passer, pas de fantasmes, t'auras rien à raconter à tes amis de la fachosphère.

– Fantasmes ? Tu ne nous as pas dit que tu t'étais fait peloter sévère dans le métro par des barbus l'autre jour ?

– Une imprudence de ma part, il était deux heures du mat.

– Bien sûr, c'était pas de leur faute s'ils manquaient un peu de doigté.

– T'es vraiment nul, Bob.

– Mes chers collègues, on essaye d'éviter d'ouvrir la boîte à gifles avant le reportage, j'interviens. Sinon, vous allez avoir besoin de deux trottoirs.

– Scarlett, tu te rends pas compte, grogne Bob. Le corps des femmes dans l'espace public, la rue, les piscines, les parcs, est le premier enjeu. La tête de pont. Ce sont les mères qu'il faut soumettre en priorité pour embrigader la prochaine génération.

– Un vieux relent glauque d'islamophobie, y avait longtemps.

– Je suis anti-phobique, figure-toi. Peur de rien, sauf de louper la cuisson d'une entrecôte. Et puis quoi, tu veux rétablir le délit de blasphème ? Interdire de critiquer un appareil de domination politico-religieux ?

— Non, mais pas comme tu le fais !

— Bien sûr. On peut critiquer l'islam, mais, comme par hasard, jamais comme ça, pas pour ça, pas maintenant, pas ici. Faux derche.

Je crois détendre l'atmosphère en faisant remarquer à Bob qu'il ne faut pas non plus oublier le porc dans la cuisine.

— Un cochon est entré dans ta cuisine ? demande Scarlett d'un air perplexe.

— Non, je veux dire la place du cochon, groink, groink, lardons, tout ça, dans nos menus de collectivités.

— Ah, d'accord, je suis d'ailleurs très inquiète de l'annulation du festival du boudin de Crey-sur-Loire.

— Tu rigoles, mais il a été quand même annulé le festival du boudin, grommelle Bob, ce n'est pas anodin.

— En tout cas, dit-elle en pointant un index accusateur, si jamais il y a le moindre incident, je sais que tu vas te régaler à répandre ta beaufitude sur le site du journal, « *Paris n'est plus sûr, les immigrés dehors, notre pays part en vrille, quinze siècles* », etc. Mais ça n'arrivera pas, pas de soucis, 99,999 % des gens du quartier sont des gens bien, qui aspirent à vivre comme nous.

— En enfermant leurs femmes dans une prison de tissu noir. Mais bien sûr, il faut encore plus de nous inclusif pour faire société dans un vivre-ensemble solidaire, festif et citoyen.

— Il peut toujours y avoir un type relou, mais on en est un peu responsable aussi, les trottoirs trop étroits, la stigmatisation...

— Scarlett, grogne Bob, la précision ridicule de ton estimation montre que t'en as rien à foutre de la réalité ; on ne trouve jamais nulle part 99,999 % de gens très bien. Dans n'importe quel groupe humain de trois personnes, il y a déjà un névrosé.

— Pour celui parmi nous trois j'ai ma petite idée.

— Pourquoi crois-tu que les seules femmes en jupe dans ces quartiers sont les touristes ? Qui ne reviennent plus jamais d'ailleurs, ou alors en armure...

— Parano identitaire.

— Capitularde multicul.

J'essaye de m'interposer à coup de mièvres « *chers collègues* », mais peine perdue Scarlett relance le bastringue d'un « *crétin fascistoïde* ».

— Pintade masochiste, surenchérit Bob.

— Jus de xénophobe.

— Bob et Scarlett, ON SE CALME !

— Ranci du terroir.

— Lobotomisée de l'altérité.

— Bon, ça suffit comme ça, tous les deux, si on est plus capable de couvrir un conflit sans s'engueuler, c'est plus la peine. Vous arrêtez ou je jette la caméra et je rentre. Scarlett, tu marches devant, je filme et toi Bob arrête les provocs.

— Ah, parce que c'est moi qui provoque et pas elle ?

— Essentialiste, lâche Scarlett avant de repartir.

Bob s'immobilise, estomaqué.

— Qu'est-ce qu'elle a dit ?

— Euh, essentialiste, je crois.

Il rumine le terme.

— Je suppose que ça doit vouloir dire « connard », non ?

— Un truc genre « *incapable de penser une crise complexe et multiforme* », en tout cas. Allez, on y va, je dis en accélérant le pas, car Scarlett a pris un peu d'avance.

Tellement d'avance que, quand nous tournons le coin de la rue, elle a disparu.

CHAPITRE 5
BIENVENUE DANS LE MERDIER

Mais alors ce qui s'appelle disparaître. Intégralement. Nous avons beau scruter les parages en mode panique, nous sommes confrontés à un vide cosmique de Scarlett. Bob murmure « *t'inquiète, c'est pour faire l'intéressante, une blague à la con* ». Je renchéris dans le registre beauf, « *Elle a voulu faire les magasins* », ce qui est en outre impossible puisqu'aux alentours toutes les devantures sont des rideaux de fer tagués. Elle marchait vingt mètres devant nous, elle n'a pas pu se volatiliser comme ça, il n'y a que deux portes cochères, dont une à code et une autre débouchant sur une cour intérieure vide. Nous appelons Scarlett en lui laissant des messages moqueurs, puis agacés et finalement inquiets.

— Elle n'a pas pu être kidnappée comme ça en dix secondes en plein 10e arrondissement sous prétexte qu'elle portait une jupe, je m'exclame.

— Je lui avais dit que c'était une connerie. Pourquoi on ne m'écoute jamais ?

Mais une demi-heure plus tard, nous devons nous rendre à l'évidence ; pas la moindre parcelle de bout de notre collègue à l'horizon. Et tandis que Bob prévient Ceccaldi, je me résous à contacter les flics. Ils ont le même commentaire que Bob ; c'était une connerie. J'essaye de nous justifier, c'était un reportage en caméra caché et le flic lâche « *eh bien, disons que c'était une connerie de journalistes* ».

*
* *

Je n'arrive pas à comprendre que Scarlett ait pu commettre une telle erreur d'appréciation. Moi, passe encore, je ne promène pas trop en jupe sur les grands boulevards, mais elle ! Qui vit de surcroît dans un quartier populaire mélangé, à l'inverse de la majorité de ses amis partisans du mélange, elle devrait donc connaître les codes.

Nous avons beau être journalistes, nous n'en conservons pas moins un restant d'humanité. Scarlett est une angélique pathétique, mais je m'inquiète quand même pour l'angélique. Comme quoi mon cynisme est très surfait, comme souvent chez les journalistes. De retour au journal, Ceccaldi est frappé de stupeur et d'inquiétude après que Bob et moi lui avouons piteusement que, malgré la protection attentive de deux ceintures noires, eh bien Scarlett a été un petit peu kidnappée.

C'est la première fois que nous perdons un reporter en opération. Je repasse un coup de fil à la police, sait-on jamais, si elle a été libérée après des sévices que j'espère le plus anodins possible. La police nous recommande la plus grande discrétion, si une rançon était demandée, Ceccaldi approuve et compte annoncer à la rédaction que Scarlett est partie en reportage en Égypte, ce qui est au demeurant presque vrai. Notre interlocuteur au commissariat ronchonne que Scarlett a commis une provocation d'une imprudence rare. Se promener en jupe dans un quartier touristique, d'accord, mais pas dans des rues typées du 10e arrondissement. Dans Paris, capitale de la mode et de la sensualité, on hallucine d'entendre ça.

*
* *

— Ben oui, on hallucine, rugit Bob, bordel, dans quel pays on vit ? KIDNAPPÉE POUR UNE JUPE !

C'est vrai que lui et moi pensions que Scarlett se ferait un peu importuner, avec option éventuelle crachat et main au cul, et qu'on devrait peut-être ouvrir la boîte à gifles. Mais de là à envisager qu'elle se volatilise trente mètres devant nous, un kidnapping en plein Paris et jour… J'ai bien fait de fermer la porte de notre bureau pour respecter les consignes de discrétion de Ceccaldi, qui heurtent à la fois l'instinct de reporter – ben quoi, on tient là une belle histoire – et de citoyen de Bob. Selon lui, il faudrait prévenir les jeunes femmes qui veulent se promener dans le quartier. Je lui fais valoir qu'ébruiter l'enlèvement de Scarlett ne servirait qu'à faire monter la rançon. Des fois que notre collègue serait encore à peu près intacte… Bob mouline des bras, suscitant le regard inquiet de collègues à travers la cloison vitrée, je cligne des yeux d'un air *« ne vous inquiétez pas, je maîtrise, c'est juste un énième épisode pas politically correct de Bob »*.

*

* *

Bob clame que même si Scarlett est une dinde insultante, il n'admet pas qu'on kidnappe des dindes insultantes dans SON pays. *Chez EUX, ils font tout ce qu'ils veulent, mais pas ici.*

— Chez EUX ? Mais c'est ici, chez EUX, Bob, ils sont aussi français que toi et moi.

— Maintenant c'est sûr, si une fille ne peut plus sortir en jupe sans se faire KIDNAPPER, BORDEL… ça va finir par une guerre civile, je me tue à le dire depuis des années mais personne ne m'écoute, pourquoi tout le monde se met des peaux de saucissons devant les yeux ? On va droit vers

WWIII, wouaï wouaï fri, la troisième guerre mondiale, mais civile, à l'intérieur de chaque société, entre les barbus et les autres. C'est juste la troisième fois en un siècle que l'Europe essaye de se suicider. Elle va finir par y arriver. Si ça n'a pas marché avec deux guerres mondiales, essayons la submersion migratoire avec totalitarisme en option. C'est plus lent que le fusil mais plus sûr.

Je joue avec le fragment de pavé, souvenir d'une quelconque révolution, posé sur le bureau de Bob, qui a promené sa carrure trapue et ses yeux plissés dans tous les chaudrons de la planète depuis trente ans.

— Ne dis pas de conneries, Bob. Des guerres civiles tu en as couvert un paquet, tu sais bien que ça n'a rien à voir avec ça.

— Ça commence quand même à être bien imité. Les tirs à balles réelles sur les flics, les incendies, les check-points, les no-go zones, les bastons pour un regard dans le métro ou aux terrasses des cafés, les meurtres à l'arme blanche de plus en plus nombreux avec des statistiques de plus en plus pudiques, les attentats presque chaque semaine… On en est à combien de Bataclan déjà ; quatre ou cinq ?

Il y a débat en effet parmi les spécialistes pour compter les attentats de masse dénommés en référence, humour noir oblige, au premier de notre histoire, impression que c'était dans la nuit des temps. L'attaque sur une école, celle qui a révulsé et failli tout faire basculer l'an dernier, compte-t-elle ou pas, avec ses dix-sept morts ? À *La Ligne*, la limite, arbitraire, est à cinquante morts, mais un gamin ça compte peut-être triple, comme lettre Z au scrabble…

— Bob, la guerre, la vraie, c'est mille fois pire, tu sais bien. Ça se voit venir de loin, pour des antagonismes bien pires qu'une affaire de jupe où de bastons avec des types typés. Il y faut bien plus, parce que, passé le point de non-retour, c'est la route vers la mort et la ruine. On vit juste un conflit de basse intensité, comme disent les spécialistes. À l'israélienne. Des check-points et de la méfiance, mais pas de bombardements, ni de quartiers ravagés.

— Ca commence quand même à pencher vers la Bosnie. À moins que ça soit un avant-goût d'Irlande ?

Voilà que Bob et moi commentons la couleur de notre merdier comme des œnologues. Tu ne perçois pas un arôme d'Ukraine derrière le tanin libanais ? Avec une longueur en bouche typique de la Colombie. Mais nous avons peut-être inventé un autre cocktail de conflit, c'est le génie français. Pourtant, je dois admettre que les conflits de basse intensité peuvent devenir XXL sans demander la permission. Des gens qui croyaient appartenir au même pays, qui trinquaient entre voisins et criaient ensemble « U-Kraï-Na » lors d'un match de foot, l'air un peu ridicule dans un maillot de foot, se sont trouvés peu après flingue en pogne, face à face, en treillis guère moins ridicule. Cela doit faire bizarre, le mec dont les gosses jouaient avec les vôtres, qui vous tire dessus pour des causes immémoriales apparues il y a cinq minutes. Peut-être qu'on se racontait des histoires, après tout, sur l'aspect convivial du café pris encore hier soir si on s'entre-égorge subitement avec tant d'entrain... C'est ainsi qu'a démarré la guerre du Liban un dimanche d'avril 1975. Un meurtre, un seul, qui a mis le feu aux poudres entre deux « communautés » se regardant en chiens de faïence. Et tant pis pour ceux qui estimaient ne pas être venus au monde pour être assignés à une quelconque communauté.

Surtout que la guerre civile, c'est le sommet, au-dessus dans l'ignominie de celle entre États, qui peut obéir à des restes de règles. Les nations ont des cerveaux reptiliens, elles peuvent calculer, sans affect. Tandis que les peuples ont de la mémoire... Aux destructions de la guerre ordinaire s'ajoute le vice des règlements de comptes entre cousins.

Entre soldats on s'entre-tue, mais ce sont les ordres et quand c'est fini on peut passer à autre chose. Tandis que dans une guerre civile, c'est personnel. On connaît bien celui qui tue vos proches et que vous liquidez. Cela appelle vengeance, sans fin, sans pouvoir un jour solder l'affaire. On pille, on viole, on égorge, on humilie. Des familles déchirées, des dénonciations entre voisins, qu'on assassine au seul prétexte que leur cousin a épousé quelqu'un d'en face, les meurtres à jamais impunis, les maisons quittées en pleine nuit, un fusil dans les reins, les alliances de revers entre milices, les trahisons, les ambiguïtés... Et les vies fauchées de gens seulement fautifs de n'avoir rien compris, rien vu venir.

Bob m'agite sous le nez la douille d'un obus, souvenir de Syrie.

– OK, Fred, t'as pas entièrement tort. Si on est au bord d'un conflit, le bord est long à faire le tour. Mais on marche quand même autour, comme des funambules somnambules. Prêts à tomber dans le piège d'al-Souri.

J'ai un frisson instinctif, comme quand je me fais surprendre dans les thrillers par le maniaque derrière l'héroïne qui marche bêtement sans se coller aux murs dans une maison où l'électricité a été coupée juste après que la radio a annoncé l'évasion d'un serial killer. En tant qu'envoyé spécial sur le front intérieur, je suis doté d'à peu près la même culture que Bob sur le plan sécuritaire, voire historique et sais donc bien qui est Abou Moussab al-Souri, à l'inverse de la grande majorité de nos compatriotes, ce qui est d'ailleurs normal, il s'agit juste du principal théoricien de la doctrine voulant nous détruire, nous et notre manière de vivre...

Le piège d'Al Souri, qui a inspiré Al Qaëda et Daech avant de disparaître dans une prison syrienne il y a une douzaine d'années, j'en connais bien, comme Bob, les ressorts psychologiques et sociologiques pour avoir lu en diagonale (il fait 1 600 pages), son Appel au djihad mondial paru dès 2005. La tactique des Mille Entailles. La Décantation. Pour déclencher l'embrasement de l'Europe considérée comme ventre mou de l'Occident. Conformément à son interprétation démente de la sourate 8 du Coran « *un jour toute la Terre doit appartenir à Allah* » (qui a créé la Terre mais a apparemment oublié de s'en rendre propriétaire, faute de notaire sans doute). Al Souri invoquait aussi les versets 2-193 et 3-110 selon lesquelles les vrais musulmans, la meilleure communauté que la terre ait portée, étaient appelés à dominer le monde entier un jour. Cela avait le mérite d'être clair. L'avantage des totalitaires c'est qu'ils ont la candeur de dire ce qu'ils comptent faire.

Mais les islamistes ont constaté, très surpris, que cette prophétie-prescription effectuée à l'époque de la trisaïeule du grand-père de l'ancêtre du grand-père de la grand-mère du trisaïeul de leur grand-tante, tardait à se réaliser. Non seulement elle ne dominait toujours pas, la communauté, mais les pays où elle régnait s'avéraient en général plus violents et corrompus et moins prospères, stables et puissants que ceux de la mécréance à l'ouest, au nord, au sud et ailleurs.

À l'inverse de la grande majorité des musulmans, indifférents à cette prescription si tant est qu'ils l'eussent connue, et qui ont continué à s'occuper de leur vie et de leur foi, les islamistes ont pris l'affaire très à cœur, *tu dois tenir tes promesses, le Tout-Puissant, sinon tu n'es plus vraiment un Tout-Puissant.* La seule explication était que les mécréants avaient dû tricher et qu'il urgeait de réclamer justice, qui n'était en fait que revanche. Et, au nom de leur propre spiritualité, toute en ostentation et rituels, sans méditation ni profondeur, les lecteurs d'Al Souri sont partis acheter une kalachnikov, conçue et fabriquée, au demeurant, par des mécréants.

– Un jour, il suffira d'un rien, ajoute Bob farouchement. Un coup de couteau, c'est curieux, au passage, comme chrétiens, athées, juifs, bouddhistes, shintoïstes, ou pastafariens [1] n'éprouvent jamais le désir de poignarder au hasard dans nos rues. C'est très déséquilibré. Un mort en représailles. Une vengeance qui en appelle une autre et d'autres encore, en une surenchère, un engrenage qu'alors rien ni personne ne pourra arrêter. On en est peut-être plus si loin que ça. Il suffira qu'un connard entre dans une mosquée et canarde, au prétexte que ceux qui pourrissent la vie de tout le monde depuis des années se réclament du Coran...

Je fais remarquer, agacé, que les djihadistes n'ont rien à voir avec l'islam, mais Bob s'enflamme :

– Rien à voir, mon cul, ça serait un peu comme de prétendre que les Croisades n'avaient rien à voir avec la chrétienté... T'as lu le Coran ? Des menaces, des interdits et des impératifs du sol au plafond. Un Dieu pointilleux, colérique, qui ordonne de conquérir le monde entier. L'Occident se sent coupable d'avoir dominé ses voisins et l'Orient de ne pas y être parvenu. Avec toutes ces culpabilités, on n'a pas le cul sorti des ronces...

– Si l'islam est si horrible que cela, comment se fait-il que tant de musulmans s'avèrent être des gens tout à fait décents ?

– Parce qu'ils ont fait comme mon pote Rachid. Ils NE suivent pas vraiment le Coran, dont ils n'ont lu que les passages inoffensifs, disons un verset sur deux. J'te rassure, ça vaut aussi pour l'Ancien Testament..

Bob empoche son carnet Moleskine, qu'il emporte, à

1. Religion parodique selon laquelle l'univers a été créé par un monstre en forme de spaghetti vert. La religion patolique affirme, au contraire, qu'il a été créé par un canard jaune en plastique.

l'ancienne, en reportage, sans doute le dernier confrère à faire ça à l'heure des tablettes, et se dirige vers la porte.

— En tout cas, les Frérots ne se réclament pas de la Fédération internationale de badminton.

*

* *

Ceccaldi me prend à part peu après pour me dire qu'il aimerait que je prenne dans l'urgence la suite de Scarlett.

— Comment ça, je bredouille, tu veux que j'aille me promener en jupe sur les boulevards du dixième ?

— Mais non, crétin, la remplacer pour décrocher l'interview de Sofiane Benkhirane. Je te confie le scoop de l'année.

Je sais qu'il espère jouer sur ma vanité, mais comme je suis aussi lucide, je m'exclame :

— Tu déconnes ?! Scarlett essaye depuis des semaines de l'approcher et que dalle, alors que tu sais combien elle est complaisante avec lui et ses vidéos style « *un jour vos enfants seront musulmans et vous allez adorer ça* ». Il vit en semi-clandestinité à Kaboul et tu crois qu'il va m'accorder sa première interview exclusive depuis un an alors que mes articles l'ont sans doute… indisposé ?

— C'est effectivement l'inconvénient d'avoir une ligne éditoriale reflétant les diverses sensibilités de la société, maugrée Ceccaldi. Mais c'est assumé.

Ceccaldi se penche en avant, bloc musculeux d'où émane du guerrier, pour évoquer avec une ardeur intacte malgré les années sa passion du journalisme, ce sport de gentleman joué par des voyous. Un métier consistant, selon lui, à mettre les pieds dans le plat et agiter les orteils frénétiquement. Ni du neutre, ni du gris, on a épuisé les stocks. Il ne cherche pas à être objectif, puisque l'objectivité, comme disait Godard, c'est « *cinq minutes pour Hitler et cinq minutes pour les Juifs* », et parfois cinq secondes dans les quartiers que je couvre, mais seulement honnête : ne rien maquiller ou passer sous silence au prétexte que cela heurterait nos convictions. Informer le lecteur, pas le corriger. Rencontrer, fouiller, pas sermonner. Pour cela, Ceccaldi a besoin tout autant de Bob que de Scarlett, deux poils à gratter antagonistes et qui vont au charbon pour écouter les exclus et les furieux, ceux qui ont l'impression que personne ne leur parle ou ne les écoute.

À l'inverse de certains confrères, dont les prêches renseignent plus sur leur ego que sur l'actu, Scarlett ne minimise ou ne grossit pas les faits suivant les circonstances afin de servir sa Cause. Engagée, certainement, mais aussi pro rigoureuse. Même si cela oblige parfois à « *penser contre soi* », selon la recommandation des beaux esprits qui oublient généralement de se l'appliquer à eux-mêmes, sont-ils distraits.

Scarlett énerve du Loden à la messe avec ses articles indulgents envers les jeunes d'origine immigrée. Elle veut comprendre pourquoi cet enfermement quasi tribal. La désespérance sociale est-elle à l'origine de tout ça ? Posture due au nombre, réaction au délit de gueule d'Autre, revanche historique ? Quelles sont nos erreurs et les leurs ? Contrôle au faciès, accès limité à l'emploi, ou brimades de leurs coutumes ?

Bob, lui, estime que comprendre c'est excuser, et marre d'excuser les cancres. J'essaye de lui expliquer que ce n'est pas parce qu'un médecin pige les mécanismes de contagion qu'il devient un copain du virus, mais il répond d'un air buté, « *si notre manière de vivre les défrise, qu'ils dégagent* ».

Je trouve que Scarlett poussait parfois le bouchon un peu loin en matière de défense du Vivre ensemble, qui est quand même une affaire bougrement compliquée ; c'est déjà assez dur à deux, alors à soixante-dix millions, vous pensez... Mais, pour des raisons mystérieuses, ses articles n'ont jamais été retoqués d'un mot par Gamblin. Ceccaldi semblait aussi complaisant depuis son arrivée.

— Pour ça, continue-t-il, Scarlett était irremplaçable. Mais devra être remplacée. Et donc pour l'interview de Benkhirane...

Je me doutais bien qu'il ne lâcherait pas. Quand Ceccaldi a un sujet à vous confier, il ressemble à pitbull devant un mollet particulièrement appétissant. Ça me rappelle ma mère quand elle voulait que je range ma chambre.

*

* *

— Peut-être que Benkhirane ne te lit pas ! s'exclame Ceccaldi d'un ton enjoué. Ou peut-être qu'il ne te tient pas rigueur de tes articles, d'ailleurs équilibrés. De toute façon, j'ai que toi en magasin pour ce genre d'enquête en ce moment.

C'est vrai que l'équipe de reportage est décimée ; Samantha est à l'hosto ; Sandrine mobilisée par le reportage sur les unités gardant la basilique Saint-Denis, plots en béton, barbelés, deux blindés légers et drones, il se dit que les barbus aimeraient bien se « faire » un tombeau de roi, dans la foulée des attaques au burin sur les statues de femmes dans les musées (deux contrôles et une palpation pour entrer au Louvre depuis que la Victoire de Samothrace a perdu ses nichons en sus des bras), apparemment « ils » sont arrivés à la conclusion que détruire les traces du passé d'un peuple c'est briser sa volonté de résister. Michel a pris un aller simple pour l'Argentine un matin en laissant un billet sur son bureau *« je me barre, pays de fous »* et Claudine soigne une dépression après avoir découvert que son mec avait viré salafiste. Donc, grosso modo, ne restent que Bob et moi. Et Bob lâché seul dans Kaboul à la recherche de Benkhirane, ça pourrait provoquer des malentendus.

Benkhirane, doué pour porter beau le costard et vous mettre de l'eau dans le cerveau, s'est taillé une réputation d'islamiste ouvert-moderne grâce à un discours rodé dans des vidéos et tweets touchant des centaines de milliers de jeunes sur le nouveau vivre-ensemble fécond et multiple inclusif. Il est aussi crédité d'avoir récemment contré le fameux chanteur de rap KB (Kill-Bounty) qui a vociféré en direct sur un plateau télévisé : « *On chie sur vos lois, vos coutumes et votre démocratie. On chie sur les instruments de votre colonialisme, sur vos prétendus Droits de l'Homme. Nous allons vous submerger. Vous dominer. Vous soumettre. Nous allons détruire les symboles de votre passé et vous n'oserez pas résister car au fond vous êtes déjà vides et brisés. Un jour le drapeau de l'islam flottera sur le Vatican, Westminster et la tour Eiffel. Pourquoi ? Parce qu'on est sûrs de notre droit et de notre force, alors que vous êtes bourrelés de doutes, de remords et de trouille. Un jour, vos femmes seront à nous et nous saurons les féconder et vous n'oserez pas résister. Vous ne faites pas le poids. J'ai deux épouses et huit gosses. Et toi, mec ? Une femme et un épagneul ? À moins que tu n'aies un mari, ah, ah ! Le dernier Blanc naîtra en Europe en juin 2054. Bientôt, ce pays sera à nous.* »

À nous ? Pas sûr que son « nous » corresponde à mon « nous ». Peut-être une légère divergence sur le concept. Benkhirane avait trouvé ce discours « inopportun et inapproprié », ce qui lui avait valu un paquet de louanges médiatiques, même si personnellement j'avais trouvé sa réaction ambiguë ; après tout, « inopportun » ça ne marque pas vraiment un désaccord sur le fond, juste sur le fait que c'était trop tôt de s'exprimer ainsi. Peur de déniaiser les béats qui, au témoignage de tensions dans la rue, l'école ou l'hôpital, murmurent « *je ne pensais pas que c'était à ce point* ». Scarlett avait trouvé « touchant » que KB exprime ainsi son identité et son indignation postcoloniale... Et mon vieux pote Serge avait haussé les épaules « *Rrooo, c'est juste une provocation, pas bien grave* ». « Rooo », la signature gémissante du déni. Comme si une provocation, ça autorisait tout. Ah bon ? Je crache sur tes gamins, insulte tes parents et chie partout chez toi, mais, joker, c'est permis parce que c'est juste une provocation pour t'inciter à questionner famille, propriété, tout ça ? Et au fait, avec KB la provocation elle était au service de quelle question ?

Benkhirane a depuis lors plongé dans la clandestinité à Kaboul, sans qu'on sache bien si c'est pour soigner son image subversive ou échapper aux émules de KB, voire des natios. Pour le débusquer, comme dans tout scoop, il faut trouver le fil de la pelote à dévider, l'homme qui a vu l'homme qui a vu l'homme qui a vu l'ours. Avis à la population, si quelqu'un connaît le beau-frère de la cousine du poisson rouge de l'appart où est hébergé Benkhirane, je suis preneur du tuyau. Pour l'instant, aucune idée sur la planque de ce grand timide.

Apparemment, Ceccaldi croit que parce que j'ai mes entrées à Mogadiscio je pourrais trouver un biais vers Kaboul. Mais Mogadiscio et Kaboul, ça n'est pas du tout le même genre de territoires ou de codes, même si les habitants ont en commun de dire qu'ils se rendent « en France » quand ils vont à Paris, à deux stations de RER de là. Et ce n'est pas parce que je suis depuis sept ans l'ami d'enfance de Redwane Kheliff, l'entrepreneur vedette de Mogadiscio, que j'ai Kaboul à mes pieds.

J'objecte à Ceccaldi que je suis assez occupé en ce moment avec le Plan des accommodements raisonnables qui se mijote dans les ministères en préparation de la Journée de dialogue national et que nos concurrents essayent de se procurer en avant-première. Gamblin m'en a confié la mission depuis son lit d'hôpital, un peu comme Ceccaldi m'avait ordonné il y a sept ans de claquer THE scoop sur le plan de sortie de crise économique du gouvernement.

– T'as vu que *France Matin* a fait une demi-page là-dessus ? demande Ceccaldi.

– Pas eu le temps. Suivre des filles en jupe dans le dixième, ça occupe, figure-toi.

– Titre curieusement intello, d'ailleurs : « Un pays est bien plus fait de ses coutumes que de ses lois ».

– Montesquieu !

– Merde, déjà 13 h 30, y aura plus de blanquette de veau Chez Denise, réplique Ceccaldi, revenu aux priorités de l'existence.

Ceccaldi possède un sens très sûr en matière de boissons et alimentation, selon les experts (une formule trahissant généralement une certaine paresse journalistique pour désigner en fait un beau-frère ou un chauffeur de taxi). Il connaît toujours une « adresse, tourné le coin de la rue, dont tu me diras des nouvelles ». Même dans le Sahara, Ceccaldi connaîtrait sûrement « un petit bistrot tourné le coin de la dune où on sert un gigot de dromadaire à tomber ».

Arrivé à *La Ligne* depuis à peine une semaine, Ceccaldi a déjà repéré des adresses d'anthologie servant une cuisine diététique, notamment chez *Thérèse* (blanquette de veau), *Le Lucullus* (bœuf bourguignon, irrésistible), ou *L'Escoffier* (un magret de canard à se mettre à genoux). Tout en trottinant vers la blanquette, j'explique à Ceccaldi que *France Matin*, en bon quotidien xénophobe qu'il est, a dû extrapoler à partir du très anodin document de travail du ministère de l'Intérieur et sortir les mêmes *fake news* qui circulent depuis des mois sur les sites identitaires, on nous cache tout, on ne nous dit rien. Ceccaldi me glisse un exemplaire de *France Matin.*

— Ils extrapolent méchamment, alors. Ils jouent à fond la partition « La patrie dépecée ».

— Rien d'étonnant de la part d'un canard qui prétend que l'émeute est devenue la principale industrie nationale et qu'on est assassiné dans son lit tous les mardis.

— J'aimerais bien que tu dégonfles le truc rapidement. Faudrait pas qu'on puisse nous reprocher de nous planter dans les grandes largeurs, genre le *Petit Parisien* sur le Titanic.

— En 1912 ça pouvait pas être moi, j'avais pas encore ma carte de presse. C'était quoi ?

— Il avait titré « *malgré une avarie, le Titanic fait route vers New York, tous les passagers sains et saufs* ». Et tu l'as ce fameux document de travail anodin ? demande-t-il tout en hélant le garçon avec la détermination d'un agonisant voulant attirer l'attention d'une infirmière.

— On m'en a communiqué des bouts. Je peux creuser, ça tombe bien je dois voir ma Gorge profonde[2] cette après-midi, précisément au colloque sur le Dialogue. On se fait une terrine d'abord ?

— Creuse, je peux te garder quatre feuillets là-dessus. Va pour la terrine.

— Avec la confiture d'oignons, une tuerie.

Il s'attable avec l'air d'un homme achevant une grève de la faim acharnée. À un dîner sa femme avait sorti devant moi la citation selon laquelle « le seul amour vraiment sincère est celui de la gastronomie », à quoi Ceccaldi avait répondu qu'entre la meilleure entrecôte au monde

2. Nom de code, tiré du titre d'un film porno, de l'informateur secret des journalistes du Watergate en 1972, devenu depuis un mot du jargon journalistique.

et son épouse il choisirait quand même cette dernière, laquelle avait répondu « mouais, ça dépend de la cuisson de l'entrecôte ».

– OK, tu m'as convaincu, donc nous disions une interview exclusive de Benkhirane et un Plan des accommodements pour le dessert.

– Convaincu ? Mais tu te fous de moi, puisque je te dis que j'ai ni le temps ni les contacts...

– Je savais que tu ne me laisserais pas tomber, répond-il en brandissant une fourchette couronnée d'un morceau crémeux de veau. Et puis, pour ce genre d'enquête, tu es le meilleur.

– Surtout que tu n'avais plus aucun reporter dispo.

– C'est ce que je dis, le meilleur de tout ce qui me reste. Délicieuse, cette blanquette, t'as remarqué la clé c'est de bien glacer les oignons ?

Nous réglons son sort à la blanquette, suivie évidemment d'une crème brûlée, puis au moment de demander l'addition, Ceccaldi s'exclame :

– Tu ne sais pas la meilleure à propos du Plan des accommodements ? Le Gorafi a présenté un soi-disant Plan dhimmi qui envisagerait de donner le Nord-Pas-de-Calais aux barbus pour y chariahiser tranquille, à la seule condition de ne pas légaliser les mutilations génitales ni de se procurer d'armes lourdes. Et il y a des connards qui l'ont cru.

– Je sais. Ça a rempli la fachosphère. Piteux, quand ils se sont rendu compte du canular. Pourquoi le Nord-Pas-de-Calais, au fait ? Qu'est-ce qu'il avait fait au Gorafi ?

– C'est parce qu'aucun ministre n'y habite.

– Faut dire, qui a envie d'y vivre ?

Ceccaldi tique, vexé.

– Plaisante pas avec ça, Fred, ma mère est ch'ti.

*
* *

Je suis assez motivé à l'idée de tordre le cou aux rumeurs sur ce fameux Plan. Dézinguer les théories du complot fait partie des plaisirs journalistiques gourmets. Avec des résultats décevants quand les gens ont absolument envie d'y croire, aucun argument, aucune logique ne les en détournera.

Il m'arrive toutefois d'être pris d'hésitations. Il peut y en avoir quelques-unes de véridiques sur le tas. Après tout, on tombe sur un complot bien réel dans les manuels d'Histoire toutes les deux pages... Et puis, si par principe on refuse toutes les théories de complots il faudra ne plus s'informer que par communiqué officiel... Sans compter que si on supprime les complots la moitié de la littérature disparaît.

Ma théorie préférée est celle sur les attentats du 11 septembre 2001, censés être l'œuvre du Mossad qui avait prévenu les Juifs travaillant dans la tour, « *Allô, Simon Gotlieb ? Bonjour, c'est le Mossad à l'appareil. Si, si, je vous assure. Excusez-moi de vous déranger, mais nous vous recommandons fortement de ne pas aller au bureau demain. Pourquoi ? On ne peut pas vous dire. Disons que ça pourrait être... inopportun. Inutile d'en parler autour de vous, sauf à des Juifs, évidemment* ». Et sans se méfier de cet interlocuteur inconnu, ni émettre le moindre doute, Simon n'alla pas à son bureau, tout comme tous les Juifs de New York et leurs proches, sans ébruiter l'affaire... Il paraît aussi que c'était un complot de la CIA, des dizaines de types avaient pris le risque de la chaise électrique pour trouver un prétexte à l'invasion de l'Afghanistan, le coin le plus inhospitalier de la terre, pour faire plaisir à leur belle-mère.

Le 11 septembre. Quand tout a commencé. Cela semble si loin, c'était la fin des années quatre-vingt-dix qui, rétrospectivement, paraissent une parenthèse enchantée entre deux totalitarismes, entre la chute du communisme et l'essor mondial de l'islamisme. J'avais trente-deux ans, j'étais mince et encore tout à fait « consommable », amoureux de ma femme avec qui j'élevais, au sens propre du terme, une fille rigolote dans une belle baraque nichée au pied des Alpes. C'était bien et insouciant. C'est curieux comme le bonheur arrive avec un pas de moineau et part avec celui d'un buffle. À un médecin qui m'avait demandé un jour si je prenais des médicaments, j'avais répondu « *oui, beaucoup* », « *lesquels ?* » (ton soucieux), « *entrecôte saignante, promenades en montagne et fornication régulière* ». Il m'avait recommandé de continuer, en mettant l'accent sur le dernier point.

Puis, j'ai voulu réaliser mes rêves de gosse et suis monté à Paris pour me mettre à mon compte, nous avons divorcé, la fille rigolote a grandi, de mon régime n'est plus resté que l'entrecôte et notre pays relativement harmonieux est parti en vrille. Et la planète aussi, tant qu'on y était, engagée dans ce que Bob appelle *« la deuxième guerre de Trente Ans »*[3], ce qui devrait donc nous pourrir la vie encore six ans.

Le 10 septembre 2001, si on m'avait dit qu'un jour il serait recommandé de se promener armé, qu'une collègue se ferait kidnapper pour s'être promenée en jupe dans le 10e arrondissement, que j'enquêterais sur un pseudo-plan de partition du pays, qu'il faudrait se renseigner avant certains déplacements sur la « météo » des alertes

3. La guerre de Trente Ans essentiellement entre protestants et catholiques sur fonds de rivalités entre dynasties française, autrichienne, britannique et espagnole, a ensanglanté la plus grande partie de l'Europe jusqu'au traité de Westphalie de 1648, qui excluait les questions religieuses des rivalités entre nations. C'était la première guerre civile à l'échelle d'un continent, qui aurait fait cinq à dix millions de morts, un dixième de la population d'alors.

et incidents récents, qu'il faudrait s'habituer à vivre à l'israélienne, avec des fouilles de sacs à tout bout de champs, qu'il faudrait alerter quand un type a un air farouche, même s'il rumine simplement la perte de ses clés de bagnole, que le quotidien serait rythmé par des scènes d'intifada à bas bruit, des émeutes récurrentes, des policiers caillassés et lynchés, des saccages de bâtiments, des morts pour une cigarette, un regard, dans un pays à l'État de droit ridiculisé chaque jour, si on m'avait dit que j'aurais l'impression de me prendre régulièrement le Tiers-Monde dans la tronche au coin de la rue, où régneraient la crasse, la laideur et des caïds de quinze ans...

Eh bien, j'aurais ricané sévère.

CHAPITRE 6
UNE GRAND-MESSE SINON RIEN

Une foule bigarrée ayant revêtu ses plus beaux atours de costume gris et tailleur-pantalon se presse au Palais des congrès pour une de ces grands-messes que notre pays produit à un rythme industriel en recueillant de moins en moins de ferveur toutefois. Un colloque en préparation du Dialogue national que tous les corps constitués honoreront de leur présence dans une semaine. Un nombre considérable d'énarques virevoltant, de virtuoses du verbe et d'orfèvres du montage de dossier.

La Ligne (d'où Ceccaldi m'envoie un SMS pour m'informer que la police daigne mettre le portable de Scarlett sur écoute, sait-on jamais) m'a commandité cinquante lignes pour 16 heures. Se pressent tous les Penseurs qui pensent, médiateurs, Grands témoins stipendiés du Faire France et sociologues tombés amoureux de leurs théories amphigouriques, qui ont tout lu, tout entendu, rien vécu et qui crient « qu'on leur coupe la tête ! » à l'intention de leurs détracteurs, comme la reine de pique d'Alice au pays des Merveilles, ce qui me donne parfois envie de leur crier « mais vous n'êtes qu'un paquet de cartes ! ».

Seront lancés des appels au pragmatisme, au concret et à surmonter les clivages artificiels, dont l'effet sur l'auditoire est toujours sûr. On y constatera, certes, que s'est instaurée en douce une société parallèle, devenue une Contre-société, mais avec laquelle il est possible de trouver un modus vivendi, voire un *gentlemen's agreement*, au nom d'une

Weltanschauung partagée, quoique réduite aux acquêts. Avec un peu de chance, on y évoquera les risques d'une guerre civile pour mieux les répudier.

Tous les confrères, concurrents et néanmoins amis reflétant toutes les sensibilités médiatiques, du *Monde* à *France Matin*, sont parqués à quinze rangs du fond, mais évidemment la plupart se sont échappés pour aller claquer des bises, serrer des paluches et soutirer des infos aux Importants avant que les discours ne commencent.

J'avise au premier rang ma Gorge profonde 2 (eh oui, j'en ai deux en magasin, ce dont je ne suis pas peu fier), Serge, qui me hèle joyeusement. Longtemps qu'on ne s'est pas vus, la vie de cabinet, ça accapare. D'ailleurs, sa femme Hélène m'a confié le mois dernier qu'à force de rentrer tard et de lui laisser les courses, le ménage et s'occuper de Jade, ça commençait à l'agacer sévèrement.

Serge est un vieux pote, intelligent, cultivé, fin, et tout ça, mais j'ai une théorie selon laquelle on peut juger le caractère d'un mec en quatre minutes sur un terrain de rugby, courage, vanité, jugeote, initiative, sens du collectif ou de la discipline. Je devrais la vendre, cette théorie, à des DRH, sous réserve qu'ils puissent y survivre eux-mêmes. Serge considérait visiblement, quand nous jouions ensemble, étudiants, que le meilleur moyen d'éviter les chocs était de rester loin de l'action. L'esquive est un art trop peu valorisé.

Sa carrière a connu des hauts et des bas, depuis que je l'ai connu à Sciences Po Bordeaux vers 1992, ce qui techniquement fait de lui non pas un copain d'enfance mais plutôt de début d'âge adulte. Nous rêvions de monter ensemble une entreprise de presse avant qu'il ne cède aux sirènes de la comm où, après des années de salaires exorbitants, il s'est interrogé sur le sens de tout ça et le manque de « *purpose* ». Pris d'une révélation, il a passé un concours de la fonction publique, car il voulait « servir la communauté », ce qui l'a catapulté cadre à Bercy.

Parallèlement, il s'est mis en ménage avec un de mes flirts de jeunesse, Hélène, avec qui il a eu un enfant sur le tard. Et maintenant, à force de prudence, loyauté et conformisme, dans un milieu où certains n'ont jamais exprimé une conviction de leur vie et où le secret est de deviner ce que vos chefs ont envie d'entendre et de flatter sans relâche, *« à Bercy c'est l'inverse de Versailles, on taille plus de pipes que du marbre »*, il est devenu l'un des conseillers les plus écoutés du ministre de l'Intérieur et des Cultes. Informé de ce qui se prépare, se trame ou se négocie secrètement dans les arcanes du pouvoir.

— Ah, tu tombes bien, me glisse-t-il, pendant que l'assistance s'installe dans un brouhaha. Tu as vu ce qu'ont écrit tes confrères de *France Matin* ? Si tu veux les contredire, te gêne pas.

— Mon rédac chef m'a d'ailleurs mis un léger coup de pression pour vérifier s'il n'y avait pas un tout petit peu de vérité.

— Il n'a quand même pas pris ce torche-cul xénophobe au sérieux !

— Sait-on jamais. Tu sais ce que c'est, dans la presse, on est parfois crédule. Des fois qu'il n'y aurait pas de fumée sans feu…

Il me jette un regard inquisiteur, comme un joueur de poker jaugeant son adversaire et ses cartes, ce que nous sommes un peu à vrai dire. Nous allons nous lancer dans une partie de ce sport assez particulier pratiqué quotidiennement à Paris entre les journalistes et leurs contacts, où les premiers tirent les vers du nez des seconds sans trop dévoiler ce qu'ils savent vraiment et, surtout, ce qu'ils ignorent. Et les contacts de se demander ce qu'ils doivent démentir ou laisser fuiter.

Ce sport-là s'embarrasse peu de camaraderie, chacun a ses objectifs et ses contraintes pros. Serge veut que je torde le cou aux rumeurs propagées par *France Matin*. Cela tombe bien, c'est la mission que m'a confiée Ceccaldi et, en outre, je n'aime pas *France Matin*. Mais pas question de jouer la Voix du Gouvernement, il y va de la crédibilité de *La Ligne*. Il me faut des biscuits pour étayer mon papier. C'est là que ça devient délicat, car Serge va objecter qu'il ne peut *ni confirmer ni démentir, rien n'est encore arbitré, fuites contre-productives*, etc. Puis, par petits bouts, il pourrait me filer des indiscrétions qui seront en fait autant de ballons d'essais que son ministre laisse fuiter pour tester la réaction de l'opinion publique, quitte à démentir ensuite ces racontars de journalistes. Du classique.

J'attaque donc sur le buzz suscité par l'article de *France Matin*, selon lequel le gouvernement envisagerait de reconnaître la polygamie, il dément en riant de bon cœur. L'interdiction dans certaines communes de boire de l'alcool en public et l'autorisation du niqab ? N'importe quoi, s'esclaffe-t-il. Je fais valoir que c'est en vigueur de facto à « Kaboul », il répond d'un air fin que *De facto* n'est pas *de jure* et qu'il a bon espoir, par le dialogue et la médiation de faire évoluer les choses. Je l'interroge sur le projet prêté au pouvoir, au titre de pas d'huile sur le feu, de ne plus punir de prison ceux qui pratiquent des mutilations sexuelles coutumières...

– Jamais ! TOUCHEZ PAS AU CLITO ! s'exclame Serge, qui a tendance à parler fort, ce qui pousse nos voisins à nous jeter un regard perplexe.

J'évoque alors en rafale les rumeurs courant les salles de rédaction sur Ze Plan, qui instaurerait dans certains quartiers une sharia soft, mais Serge s'esclaffe « tout cela provient de la fuite d'un scénario de type « ultra-accommodant » de la cellule Prospective du ministère de l'Intérieur, c'est payé pour ça les cellules Prospectives, gamberger sans tabou. Il y a même un plan pour envahir la Russie. Et un autre contre des extraterrestres.

Je sais en effet que ladite cellule a préparé huit scénarios au total, dont un ou deux extrêmes dans l'autre sens, avec suspension de Schengen et reconquête à l'arme lourde des mini-califats, arrestation massive de tout ce qui de près ou de loin a prôné ce qu'il ne fallait pas prôner. Certains cercles militaires seraient impatients de tester ce scénario. Je provoque Serge sur le plan de partition évoqué par *France Matin*, mais il m'oppose un démenti imperturbable. Il n'a plus jamais été question d'institutionnaliser la moindre partition depuis que François Hollande en avait évoqué la possibilité lors de confidences imprudentes à des journalistes. Non. La République reste une et indivisible. Question suivante ?

Et il se lève en me confiant qu'il doit "aller saluer Starsky et Hutch » avant qu'ils ne montent à la tribune. J'avise Edgar Pitalugue et Charles Sauerschuss, les deux compères qui débattent âprement à la TV ou dans les colloques depuis des années et qui se donnent du « *cher collègue* » ou « *éminent confrère* » pour cacher des haines confites, comme c'est l'usage dans les milieux universitaires, fondées parfois moins sur des différends idéologiques que sur des rivalités féodales. Qui n'a pas assisté à un de leurs affrontements homériques sur un plateau TV ne peut prétendre avoir vécu.

Sauerschuss, à la diction presque douloureuse dans sa recherche de précision, est le chef de file des partisans du « Pont-Levis », comme le disent avec mépris ses ennemis au sein de cette intelligentsia en pleine clochardisation intellectuelle qui ne tolère la droite que si elle s'avère de gauche, à laquelle appartient Pitalugue. Ce dernier, directeur de recherche au CNRS, fait partie de ces sociologues produits au kilomètre par nos universités, de plus en plus péremptoires au fur et à mesure que la réalité se charge de démolir leurs théories. Il explique à longueur de plateaux TV que les émeutes, incendies de voitures et tirs de mortier sont en fait une demande de reconnaissance et d'amour que des jeunes sans repères adressent à notre société de consommation et d'obsession sexuelle. Si à ses yeux cela représente une quête d'amour, qu'est-ce que ça doit être les scènes de ménage chez lui !

C'est curieux, au passage, cette obsession pour l'obsession sexuelle de la part des sociologues, qui rejoignent encore sur ce point les salafistes. À les entendre, l'Occident passe ses journées à partouzer. Si seulement ça pouvait être vrai ! Pas le temps, Messieurs, on bosse. Le sexe est quand même bien moins présent dans la vie que dans les pubs ou les films. À raison d'une demi-heure tous les trois jours, le cul ça va chercher dans les 0,6% du temps dans les millésimes ordinaires (et pour l'actuel ça aurait été quasi-zéro sans Nathalie, une vorace encline à redresser les statistiques mais à l'investissement sentimental aussi fugace qu'un programme de trading haute fréquence).

Serge se rassied et me confie que les pouvoirs publics préparent pour la journée du Dialogue national une plate-forme « *tout à fait raisonnable et pondéré* », avec tout au plus, pour envoyer un signal conciliant, « *c'est off, là* », l'instauration à titre expérimental de tribunaux islamiques sur les divorces et héritages dans le respect des lois en vigueur, bien sûr. Ça se fait depuis longtemps au Royaume-Uni et, avec le droit coutumier, en Nouvelle-Calédonie.

— Si c'est dans le respect des lois en vigueur, alors pourquoi ont-ils besoin de leurs propres tribunaux ?

— Question d'interprétation et de sensibilité.

— Mouais. La République est indivisible mais deviendrait un peu confetti quand même.

— On pourrait aussi admettre que dans certains quartiers où le voile est ultra-majoritaire, on demanderait aux femmes de respecter les usages locaux, pour ne pas choquer. Tu vois, rien de bien sorcier.

— Du tout. Mais je te rassure, elles n'essayent plus depuis longtemps. À force de se prendre des gifles, cracher dessus et se faire traiter de tepu…

— Elles peuvent porter plainte.

— Sans témoins et auprès de flics qui n'y vont plus que pour des affaires de meurtres ?

— Faisons confiance aux femmes musulmanes pour se libérer elles-mêmes. Petit à petit.

— Ce n'est pas l'impression que j'ai dans certains quartiers. Les intimidations, ça marche.

À la tribune, Pitalugue ouvre le feu, s'interrogeant « *et si le multiculturalisme était le meilleur antidote à la radicalisation ? Un multiculturalisme questionnant nos pratiques établies, interrogeant la notion de faire-ensemble de manière dialectique, qui pourrait résoudre les crispations identitaires, nostalgies de dominant et fantasmes de déclin démographique de certains. Car, en fait, chacun n'est soi qu'en étant l'Autre* ».

Gloussements d'approbation dans l'assistance. Faudra que je la ressorte dans un dîner en ville, celle-là, « *je ne suis Moi qu'en étant l'Autre* ». Mais si l'Autre, par distraction, oublie d'être Moi, je ne risque pas de disparaître ?

*

* *

Avec dans le regard une trace de cette épouvante qui saisit les personnages de thrillers qui ont ouvert la porte d'une pièce interdite pour découvrir ce qu'il ne fallait pas, Serge ajoute que nous sommes peut-être à un incident, une étincelle, d'une déflagration terrible. La pièce maudite, ça doit être un de ces rapports des renseignements intérieurs dont j'ai eu moi aussi quelques extraits entre les mains. Un seul Bloody Sunday peut tout déclencher, ajoute-t-il. Je me souviens que c'est une chanson de U2, mais plus vraiment des paroles, Serge m'explique que cela évoque le début de la guerre civile en Irlande du nord, en 72. À chaque bulletin d'infos, on avait un mort de l'IRA ou des Unionistes, juste avant la météo. Selon lui, c'est presque là où nous sommes aujourd'hui et l'administration qu'il a l'honneur de servir a choisi *la voie de la conciliation, sans céder sur l'essentiel pour autant. On est critiqués pour notre manque de fermeté par les Pont-Levis comme pour notre rudesse par ceux d'en face... C'est l'éternelle quête de Sisyphe du juste milieu, on en prend plein la gueule de partout.*

— On connaît ça à *La Ligne*. Pas mal de renoncements en perspective.

— Appelle ça comme tu veux, mais je préfère quelques petites concessions qu'un grand boum.

— À force de reculer, on risque de ne plus beaucoup avancer.

Si ça permet d'éviter de s'entre-tuer, soupire-t-il. Il m'explique qu'il refuse l'alternative dans laquelle certains veulent nous enfermer, entre la guerre civile et la soumission. Le vrai choix est entre le vivre-ensemble sur notre socle ancestral ou le multiculturalisme. Le meilleur moyen de préserver le premier est d'accepter une dose du second. C'est là où le gouvernement va devoir faire preuve de pédagogie.

— Les pédagogies gouvernementales ont surtout

tendance à essayer de faire avaler ce qu'on n'a pas envie d'avaler. Genre oie récalcitrante, tu vois.

Il agite les bras d'un air agacé.

— Ben oui, faudra bien avaler des couleuvres. Mais si on ne peut plus imaginer un futur qui nous plaise vraiment, essayons de nous accommoder de ce qui est disponible. Faut faire avec. Pas le choix.

— Ça fait rêver...

— Certaines générations ont la chance de rêver. D'autres pas. C'est comme ça, pas de chance, c'est tombé sur nous. Pas agréable, mais il faut ce qu'il faut. Relis *La Guerre de Troie n'aura pas lieu*. Et puis, qu'est-ce que tu veux ; bannir l'islam politique ? Pourquoi pas, mais où fais-tu passer la limite ? Il faudrait interdire tout symbole religieux dans le champ politique ? Donc débaptiser la CDU en Allemagne ? Obliger des centaines de millions de militants de par le monde à oublier leur foi d'origine ? Impossible. Et meurtrier. Non, faut accepter. On y arrivera, Fred, il faut qu'on y arrive. Après tout, l'Espagne, l'Italie et l'Irlande ont connu l'ETA, l'IRA et « les années de plomb », et pourtant elles ont survécu. Ça ne sera pas facile. Mais, à la fin, on ne va pas tant souffrir que ça.

— La dernière fois que j'ai entendu ça, c'était chez le dentiste.

— Roooh, tu sais, je ne vais pas te sortir du monde métissé-merveilleux-post-moderne, chance pour la France. Je ne suis pas dupe, tu sais. Je sais aussi bien que toi que les éléments de langage de nos élus « la France se repeint aux belles couleurs de nos banlieues » ou « le voile fait partie de notre patrimoine et nous pouvons en être fiers » servent juste à flatter des électeurs... incandescents. Je ne raffole pas vraiment du multiculturalisme, même si l'idée a l'air cool sur le papier, et je déteste autant que toi les tarés intégristes. Je suis aussi horripilé que toi quand je croise une de ces grandes chaussettes noires sous laquelle est enfermée une femme, ou un de ces petites bites de Barbu dont le seul succès dans la vie est de dissuader des femmes de s'asseoir à la terrasse des cafés. Je ne suis pas un dhimmi, comme ta collègue qui a écrit récemment qu'elle ne verrait aucun inconvénient à ce que la France soit majoritairement musulmane à la fin du siècle. Caroline Trudeau, c'est ça?

– Oui, Scarlett. On est porté sur les surnoms à *La Ligne*. Elle est assez marquée culpabilité postcoloniale, à la limite de la haine de soi. Je ne sais pas d'où ça lui est venu, peut-être un traumatisme d'enfance, un biberon trop chaud...

– C'est aussi elle qui a écrit que nous aurions besoin du sang neuf de l'immigration pour nous régénérer parce que les autochtones seraient un peu mou du sperme?

– Il paraît en effet que ça sauverait nos retraites.

– Note, pourquoi pas. Vu notre dénatalité, ça se défend.

– On importe bien des arachides, pourquoi pas des utérus? Bien sûr, éparpiller notre pays pour se faire financer vingt ans de scrabble et de pêche à la ligne... Glorieux. Mais je te rassure, ILS trouveront plus économe d'égorger les vieux cons qui misaient là-dessus.

– Très drôle Fred.

– Ce qui est drôle c'est surtout que les vieux cons en question se prétendent altruistes. Pour prouver son ouverture d'esprit Scarlett prétend qu'elle s'en fout si notre pays s'islamise. Sans avoir jamais lu le Coran, c'est quand même aventureux. Elle est... en reportage en ce moment. Au contact de ses convictions.

– Étonnant d'ailleurs, comment ses articles peuvent côtoyer ceux de Robert Jausiers? Votre ligne éditoriale est parfois un peu baroque.

– C'est ce qui fait notre charme.

Pitalugue termine son intervention sous les

applaudissements, c'est embêtant, tout à mon débat avec Serge je n'ai pas trop écouté, même si, avec des années d'entraînement, j'ai appris à participer à une conversation tout en enregistrant vaguement ce qui se dit ailleurs. Une greffe d'antennes, sans doute. J'aurai bien une « quote » et demie pour le papier.

Serge reprend sa défense de la politique d'accommodements raisonnables, expression mal venue à cause de certains égarements du Québec jadis, mais significative. Il s'agit de border leds concessions, qui sont après tout la base de toute vie en société. Pas le choix. Le vin est tiré, il faut le boire, métaphore au demeurant peut-être peu adaptée. Serge s'exclame qu'il est trop tard maintenant, « *on LES a fait venir, faut assumer. C'est irréversible. ON ne peut quand même pas LES liquider physiquement* ».

— Ça ferait jaser, en effet.

— Ni les renvoyer chez EUX, ne serait-ce que parce que chez EUX c'est ici dorénavant. ILS sont aussi français que toi et moi.

EUX. ILS NOUS ONT. Des mots sans visages auxquels chacun est censé se rallier sans moufter. Une assignation identitaire, comme dirait Pitalugue, qui la pratique au demeurant allégrement en parlant de « communautés ». Et qu'est-ce qui se passe si, comme mon pote Redwane, l'on a en soi des bouts d'EUX et de NOUS ? Serge précise que nous sommes simplement face à un fait démographique qui entraîne une réalité politique.

— Arrête, on dirait une déclaration du si bien nommé PIR[1]...

— Je suis juste réaliste. On peut regretter le pacte faustien par lequel on a pratiqué une immigration massive pour faire le taf que nos chères têtes blondes ne jugeaient plus

1. Parti des indigènes de la république.

digne d'elles dans les chantiers, les usines, les restaus ou les égouts.

– C'est surtout plus rationnel pour elles de bosser juste assez pour réamorcer la pompe à allocs.

– On était bien contents d'avoir des épiciers arabes ouverts tard le soir, ou le dimanche.

– Combien faut-il d'épiciers ouverts tard le soir pour compenser un djihadiste ?

– Fred !

– Quoi, tu ne supportes plus mon style d'humour ?

– Je n'aime pas trop celui-là, répond-il, l'air pincé. En tout cas, on peut pleurnicher à l'infini et refaire le match, mais je pose une question pratique, les seules qui vaillent la peine finalement ; maintenant, qu'est-ce qu'on fait ? Je suis PRAG-MA-TIQUE.

C'est fou comme le pragmatisme est invoqué par des gens qui ne le pratiquent généralement pas.

– Le pragmatisme, c'est bien ce truc qui pousse un entraîneur de foot à ne pas casser la gueule du meilleur joueur de son équipe bien qu'il couche avec sa femme ?

Serge se presse nerveusement les paupières. Pitalugue croise Sauerschuss à la tribune en refrénant sans doute l'envie de lui assener discrètement un coup de pied dans les tibias.

– Très drôle, Fred. Mais tu vois, plutôt que de se cramponner aux grands principes intangibles, la priorité est de calmer le jeu. Instaurer une trêve.

– Qui par définition est temporaire.

– Peut-être, mais on n'a rien de mieux en magasin. Disons un pacte, alors. Sortir du dilemme mortel entre la soumission ou l'affrontement. Ne pas être responsable du déclenchement du bain de sang. Les Islamistes peuvent être nos alliés face aux djihadistes, qu'ils détestent.

– Ben oui, leur violence pourrait dessiller les gogos.

— L'essentiel est que les Barbus veulent, comme nous, éviter un conflit. Leur connaissance du terrain peut être utile pour encadrer des jeunes révoltés et démanteler des cellules. Même si ce n'est pas de gaieté de cœur, il faut passer un deal avec EUX. Via des interlocuteurs comme Benkhirane, aussi agaçant soit-il.

— Dommage qu'il ait plongé dans la clandestinité.

— Juste pour se donner un genre, rien ne le menace, même pas de procès pour appel à la haine, il est assez habile. Ambigu, je te le concède, mais il fait partie des gens avec qui il faut dialoguer. Un interlocuteur important.

— Tu sais où il est? je demande en surjouant l'indifférence.

Serge me répond « à Kaboul », merci je savais, il ne sait pas s'il a le droit de me communiquer sa planque et va voir ce qu'il peut faire, formule qui me rappelle toujours le « laissez votre adresse on vous écrira » des DRH. Serge m'indique que je dois regagner ma place, car j'occupe celle du directeur de cabinet du ministre, qui s'approche d'un air outré. On tire au mortier à une demi-heure de métro d'ici, mais il est outré qu'on lui ait emprunté son strapontin.

— Oh, pardon votre altesse. Bon, à tout à l'heure.

Sauerschuss, qui suscite ici détestation mais aussi fascination, en vieux fauve de l'intellect, érudit, ardent et provocateur, retire sa veste de tweed et jauge le public comme un dompteur ses lions. Et il se lance.

Je prends des notes pour un « sous pap », comme on dit en jargon journalistique. Et vingt minutes plus tard Sauerschuss redescend de l'estrade dans un silence glacial. « L'imprécateur était en forme ce soir », grogne mon voisin.

*
* *

À la fin du colloque, après d'autres interventions d'experts d'amphithéâtre, je m'attarde dans le hall où lesdits experts se congratulent et prennent congé et retrouve Serge, qui me reproche de ne pas être venu dîner à la maison depuis longtemps, puis me glisse en désignant Sauerschuss, qui se dirige vers la sortie, accompagné par ses deux gardes du corps, suivi par Pitalugue, serré de près par les siens.

— Alors, lequel des deux t'as paru le plus convaincant ? Le discours de Pitalugue avait du souffle, non ?

— À ce niveau-là, c'est plus du souffle mais de l'aérophagie. Toi, peut-être, je comprends tes arguments. Mais quand même... tu sais bien que je ne suis pas salut au drapeau, ni du genre à claironner *la France tu l'aimes ou tu la quittes*, puisqu'il y a plein d'expats qui bossent dans un pays dont ils ne raffolent pas. Mais si c'est au point que tu le détestes, le pays, alors oui *faut pas rester là, Monsieur, sauf masochisme...* Entre les dhimmis et les natios, je commence à me demander si la position du gouvernement représente vraiment le juste milieu. Ou du moins une solution efficace pour éviter le merdier. Bien sûr, tu n'as pas entièrement tort, calmer le jeu, éviter l'affrontement, pas d'huile sur le feu, tout ça. Mais jusqu'à quand ? Jusqu'où ? Combien de concessions et de renoncements dans notre manière de vivre ? La plupart de nos compatriotes ne reconnaissent plus le pays où ils vivent. Sauerschuss n'invente rien. À *La Ligne*, on interviewe des gens ordinaires, pas des fachos, et la phrase qui revient le plus souvent est « *on se sent plus chez nous, merde !* » ou bien « *ON m'a volé mon pays* ». Tu peux admettre que ce changement de paysage suscite une légère contrariété.

Serge promène un regard fatigué sur le hall et les baies vitrées au-delà desquelles on discerne une colonne de cars de CRS.

— Ben oui, mais on n'a pas toujours ce qu'on veut dans la vie. Vivre ensemble ou vivre avec. On n'a pas été au bout de la démarche. On n'a peut-être pas mis l'argent où il fallait. On n'a peut-être pas fait assez d'effort d'explications. Il y a eu des ratés.

— Serge, cela fait quarante ans qu'on nous fait le coup. Pas assez de moyens, de personnel, tout ça, et deux Plans Marshall et plans d'emplois subventionnés inutiles plus tard, on n'a pas avancé d'un pouce.

— On a bien absorbé tous les autres... les Polonais, les Italiens, les Portugais, les Chinois.

— Sans réaliser que ceux dont les enfants crient *Allah Akbar* venaient avec une identité très forte, voire un sentiment de supériorité. Il suffit de lire deux versets du Coran sur la meilleure communauté de tous les temps pour le comprendre. Et que donc, une minorité substantielle resterait... étanche à notre manière de vivre. Déterminées à nous pourrir la vie jusqu'à ce qu'on accepte leurs coutumes, qui ne sont pas toujours raccord avec les nôtres sur le plan rapport à Dieu, aux femmes et à la démocratie. Chier dans nos piscines jusqu'à ce qu'on accepte le burkini.

— Je te concède que certains demandent à entrer dans un club dont ils n'aiment pas trop les règles. Mais ouvre les yeux Fred, c'est irréversible. Il faut s'adapter ou disparaître.

— Comme disait Darwin.

— Je suis sûr qu'on y arrivera.

— Le doute est désagréable, mais la certitude est ridicule.

— Voltaire !

— Moi, je te réponds simplement : ILS NE PASSERONT PAS.

— Gandalf !

Il agite un index sermonnant.

— Que tu le veuilles ou non, nous sommes devenus une société plurielle. Faut vivre avec.

Je hausse les épaules.

– Ben oui. Mais à force d'être pluriel, on risque de ne plus être très singulier...

CHAPITRE 7
REPAS FAMILIAUX ET AUTRES SPORTS DE COMBAT

— Tu as oublié le casque ? Tu sais bien que c'est obligatoire ! s'exclame Chloé sur le pas de la porte en découvrant le tricycle que je vais offrir à Paul.

Oui, gnia, gnia, gnia, j'ai oublié le casque, sans lequel on risque une amende de quatrième catégorie à faire du vélo dans votre propre jardin, a décrété la Direction ministérielle à la prévention, la précaution et la prudence, alors qu'à quelques stations de métro de là il est imprudent de sortir le soir. C'est la caractéristique des bureaucraties humiliées ; elles deviennent pointilleuses sur l'accessoire pour faire oublier que sur l'essentiel elles sont à la rue. Les administrations ont besoin de sauver la face, comme les humains.

J'ai donc perdu un point pour un excès de vitesse d'un kilomètre-heure afin de ne pas arriver en retard à un restaurant qui affichait au demeurant benoîtement « *prière de laisser vos armes au vestiaire* ». J'ai vu ça jadis, en reportage en Colombie, cela donnait l'impression qu'un serveur pouvait se faire descendre pour un steak mal cuit. Des Colombiens m'avaient expliqué qu'avant de partir au travail ils consultaient une appli sur la météo des incidents violents, évitez tel ou tel secteur. Je m'étais dit « *mouais, c'est la Colombie, ça ne peut pas arriver un jour en France* ».

Je ne vais pas laisser la remarque avec Chloé me gâcher la soirée d'anniversaire de mon petit-fils, déjà que je n'ai pas pu profiter de lui hier à cause d'Audrey. Laquelle nous accueille tous joyeusement, Jacques, son inusable épouse Marie, Marcel et moi, en se laissant aller à me claquer une bise. Elle nous accueille seule, d'où Sherlock Holmes pourrait déduire qu'elle ne vit pas en couple, je prends note. Après tout, ce n'est pas parce qu'elle a failli jadis me faire étriper par des staliniens aux yeux injectés de sang que je dois lui en vouloir pour l'éternité. Quant à mes propres mensonges, elle pourrait comprendre un jour, ainsi que je le lui avais fait remarquer finement ce jour-là, que si on ne mentait jamais aux femmes on ne pourrait pas pécho souvent.

J'ai dû passer prendre Jacques, qui cumule ce soir les fonctions de cousin et de parrain de Paul et dont la voiture est HS, pare-brise fracassé hier par un pavé sur un malentendu : un nouveau venu dans Mogadiscio, où Jacques est le dernier médecin libéral à oser se rendre, l'a pris apparemment pour un policier en civil. Pourtant, Jacques et son associée, Myriam (Meyer pour l'état civil mais qui préfère bosser sous le nom de son ex-mari, El Guerrouj), étaient intouchables. Les autorités locales ont assuré Jacques que le contrevenant serait puni, mais pour l'instant je lui sers de chauffeur, à lui et Marie. J'en ai profité pour emmener Marcel, par altruisme. Je me suis dit naïvement qu'une soirée avec ma tribu de bonne humeur ça pourrait guérir une partie de sa dépression, même si j'ai bien conscience que, précisément, ça pourrait lui rappeler qu'il n'en a pas, lui, de tribu.

Marcel, qu'Hélène a quitté il y a sept ans après avoir rencontré Serge par mon intermédiaire après qu'un début de flirt avec moi lui eut ouvert les yeux sur l'impasse sentimentale et sexuelle de son couple. Évidemment, Marcel ne sait rien du rôle indirect et involontaire que j'ai joué dans la destruction de sa vie conjugale et m'a pris pour son soutien et confident durant la dépression qui s'ensuivit, ce qui confirme que le Destin est doué d'une ironie perverse. Heureusement, Marcel a rebondi avec Géraldine, dont il était secrètement amoureux depuis des années, et l'a suivie au Texas, à la NASA, où tous les deux ont pu s'adonner ensemble au Kâma sutra et à l'étude des galaxies, puisque tous deux sont astrophysiciens. Malheureusement, Géraldine a rencontré un collègue qui avait une plus grosse théorie intergalactique que Marcel et voici donc ce dernier, à la faveur de surcroît d'un plan de réorganisation de la NASA, de retour à la case départ, de nouveau dépressif. Je l'ai récupéré à l'aéroport le mois dernier. Il arborait la même mine lugubre que mon pote Philippe, quand il m'avait confié l'an dernier avoir perdu sa femme et son meilleur ami le même jour. « *C'est affreux*, avais-je répondu. *Accident de voiture ?* ». « *Non, cocufiage* ».

Et pour ce soir, je ne le sens pas dans les meilleures dispositions, vu la manière dont, après que Jacques lui a raconté le coup du pare-brise, il a murmuré « *ce pays part en couille* ». Opinion qu'il affiche un peu trop dans la rue, j'ai essayé de lui expliquer qu'un peu de discrétion en public ne ferait pas de mal vu que montrer trop d'aversion au multiculturel dans la rue ça pourrait dégénérer en baston avant d'avoir eu le temps de dire « *paix, mes frères* ». Marcel a ainsi traversé un bout de Mogadiscio avec moi et devant les femmes intégralement voilées et les barbus, dont certains discrètement armés, il s'était exclamé bruyamment « *mais qu'est-ce que c'est que ces dingues ?* ». Ça m'avait horripilé (c'est une règle quasi universelle, si tu veux dire du mal d'un pays, reste y vivre, si tu ne voulais pas que ça tourne comme ça, il ne fallait pas déserter. Coltine-toi le merdier et après tu pourras causer).

– Oh, t'écoutais pas les infos à Houston ? Où personne ne se promène armé, c'est bien connu.

– Oui, mais là-bas c'est habituel, tandis qu'ici...

— Ici, ça change. On n'arrête pas le progrès.

Marcel espère retrouver un emploi, si possible dans sa branche, étude des galaxies lointaines et des évènements cosmiques. Réflexion faite, s'il luttait contre une dépression, un retour en France n'était peut-être pas si judicieux.

*

* *

Je ne suis venu qu'une seule fois chez Audrey, lors du baptême de Paul, une de ces étranges cérémonies religieuses où la plupart s'avèrent non croyant, y compris parfois le curé. Ou du moins se borne à admettre que le Big Bang pourrait bien avoir eu besoin d'un ingénieur, puisque imaginer la Grande Fiesta Spontanée est un peu compliqué, mais que pour ce qui est de projet pour l'humanité et de promesse de paradis, il fallait laisser cela aux bigots. Ce qui n'empêche pas la plupart de se définir comme « de culture chrétienne », la formule consacrée pour dire conscient de ses racines historiques et héritier d'une doctrine de vie. Chez Bob, cela se réduit à un mode d'emploi : *Enjoy. Fais pas chier. Respecte tes contrats. Pilote ta vie. Et si tu ne bosses pas, t'étonnes pas d'être pauvre.* Mais quand on essaye de lui fourguer le fameux « *tendre l'autre joue* », il rétorque « *c'est un peu compliqué une fois que t'as été égorgé* »...

J'offre quand même le fameux tricycle sans casque à Paul, qui monte dessus en riant, l'imprudent, encouragé par sa grand-mère gloussant comme une dinde à côté de moi et qui m'adresse donc au passage un uppercut olfactif, elle porte le même parfum qu'il y a sept ans, c'est déloyal. Le parfum qui montait de son cou quand je déboutonnais son chemisier. Comme si depuis sept ans ces molécules me guettaient pour me dire « *coucou, on est toujours là, quelle sensation ça te fait ?* ».

Ça me fait que « c'est » pas mort, malgré tous mes efforts et que c'est quand même bizarre de voir Marie, une névrosée ordinaire du smartphone, nous filmer comme un couple aussi heureux que celui qu'elle forme avec Jacques, ou que celui, très improbable au départ, de Chloé et Kevin, pendant que Marcel contemple d'un air lugubre les tours dans le lointain. Jacques, précisément, entreprend de nous narrer ses dernières anecdotes sur Mogadiscio, notamment celle qui fait toujours rire sur le mari refusant qu'il examine sa femme, *« Eh bien, vous serez responsable de sa mort. » « Je m'en fous, j'en ai deux autres. »*

Mogadiscio où Audrey a grandi avant de déménager il y a un an, c'était la dernière habitante « autochtone » dans son immeuble. Elle avait longtemps affirmé qu'elle ne quitterait pas Mogadiscio, où elle était née et se sentait bien, elle y trouvait un sens de la fête et de l'entraide absent des quartiers bourges. Mais elle a changé d'avis et explique qu'elle veut résider dans un endroit où une femme pourrait s'asseoir à la terrasse d'un café sans se faire enquiquiner.

– C'est là où tu t'es servi du jujitsu ? demande Jacques. Au fait, tu passes quand ceinture noire ?

– C'est fait depuis un mois.

Décidément, autour de la table, tout le monde pratique les arts martiaux à part Paul et Marie (Chloé s'y est mise). Il est vrai que de nos jours, c'est plus utile que le ping-pong. Je ne peux m'empêcher de m'exclamer bêtement *« tu m'avais pas dit que tu t'étais mise au jujitsu ! »*, à quoi elle pourrait répondre « *ben, je ne t'ai pas dit grand-chose depuis sept ans* ».

Nous entamons le *small talk* habituel avant de passer à table, la recette de l'odorant curry d'Audrey (« je mets de la cardamome et surdose le gingembre »), les dernières actualités (« un type qui poignarde les passants en Sibérie au nom du djihad, mais où donc faut-il aller pour être tranquille ? », « Au pôle Sud ? », « Ah non, des témoins affirment avoir vu des manchots qui criaient *Allah Akbar* »), et un retour sur l'anecdote qui a poussé Audrey déménager. Un type lui a dit qu'une femme n'avait rien à faire à la terrasse d'un café, elle lui a répondu gentiment de s'occuper de ses fesses et il l'a giflé en retour. Audrey lui a répondu par un atémi au sternum, mais pas assez précis, ça ne l'a pas séché. Il est vrai que l'atémi au sternum ne pardonne pas l'imprécision, je fais remarquer, pendant que Marie demande, pour jouer les experts, si l'indémodable coup de genou dans les couilles n'aurait pas été plus indiqué. « Trop cliché, les mecs se méfient » répond Jacques, catégorique du haut de sa ceinture noire (moi, je plafonne depuis huit ans à ceinture marron, ayant raté quatre fois le passage de la noire pour des circonstances indépendantes de ma volonté).

Au passage, comment aurais-je réagi à la place d'Audrey ? Il paraît que le plus difficile n'est pas de savoir se battre (à l'entraînement je terrasserais n'importe quel molosse du moment qu'il n'est pas ceinture noire, soit 0,1 % de la population), mais de garder son sang-froid malgré la surprise et la colère, ou la peur. En vrai, ça ne m'est arrivé qu'une seule fois et j'ai suivi instinctivement les conseils de mon maître de juji : *« Le seul combat que vous être sûr de remporter c'est celui que vous ne ferez pas. »* J'ai couru plus vite que je ne l'avais jamais fait depuis la fois où j'avais confondu baume du tigre et crème contre les hémorroïdes.

Audrey continue :

— Il m'a sauté dessus, le curry n'est pas trop pimenté ? il avait des yeux fous, j'ai vu qu'il n'y aurait aucune limite, qu'il me tuerait ou me violerait si je ne me défendais pas, évidemment personne ne viendrait à mon secours, Kevin tu peux faire passer le bol de coriandre ? J'ai été prise d'un instant de sidération, de peur et de surprise, paralysée, recroquevillée, il me cognait, haletait, les passants faisaient semblant de ne pas voir, il y a aussi du chutney de figues, et puis brusquement je me suis ressaisie, me suis dit en un éclair que je n'avais tout simplement pas le droit vis-à-vis de moi-même, que plus tard je serais traumatisée tout autant par l'agression que par le fait de ne pas m'être suffisamment défendue, je me devais ça, alors ça a été comme si quelqu'un avait rétabli le courant dans mon cerveau, la sauce est assez courte je préfère comme ça, et l'instinct de défense est revenu, tant pis puisqu'on ne pouvait plus négocier, fallait y aller franco, plus de retour en arrière possible, je suis pas sûre d'avoir assez salé, la force de l'entraînement, les automatismes, je ne sais plus qui disait *« rien ne peut battre l'entraînement »*.

— Michel Serres. Pas sûr qu'il pensait au jujitsu, au passage.

— Donc, j'ai cogné à la carotide comme entrée en matière.

— Bien, en apéro. Et ensuite, tu as enchaîné avec ta projection d'épaule préférée, ippon-seoi-nage ?

— Non, parce qu'il m'avait déjà renversée en arrière sur ma chaise, je l'ai donc entraîné au sol dans ma chute et ai relevé les jambes, il a dû se faire des idées, et j'ai croisé les mollets autour de son cou.

— Je devine un bon vieil étranglement sankaku des familles, commente Jacques d'un air gourmand.

— Sankaku, ce n'est pas une île japonaise ? demande Marie, experte en géographie mais beaucoup moins en arts martiaux.

— C'est aussi une technique d'étranglement sanguin sans les mains. Avec une cuisse et un mollet. Très déconcertant.

— L'évanouissement au bout de cinq secondes, la mort au bout de quinze.

— Sans vouloir te contredire, répond Jacques, je préfère gyaku-juji-jime, tu as un effet de levier plus appuyé.

— Mais tu ne pouvais pas lui lancer quelque chose à la tête plutôt ? s'exclame Marie, qui n'y connaît décidément rien à l'art de tuer à mains nues. Un tabouret, un cendrier.

— Grave erreur, rétorque Jacques. Une fois lancé, un objet ne peut plus te servir d'arme.

— Si j'avais eu un tabouret sous la main, oui, je m'en serais servi comme matraque ou bouclier, mais on se promène rarement avec un tabouret dans la rue, répond Audrey. Il a essayé de me frapper pour se dégager, mais j'ai esquivé sur le côté et comme il avait un bras tendu...

— Bras tendu, bras foutu !

— Je lui ai fait ma clé de coude favorite, ude-gatame.

— Ah, pas facile, mais élégant, ude-gatame.

— J'ai entendu un craquement, je lui ai alors planté les ongles dans les yeux, ce qui a provoqué des cris... peu mélodieux, puis il s'est évanoui. Je me suis relevée, là j'avoue j'ai été un peu perverse, puisque le combat était terminé, mais pour gifler ou pour le reste à l'avenir ça va être compliqué pour lui parce que je lui ai fait une clé à l'autre coude et en cadeau d'adieu un atémi aux parties.

— En guise de pousse-café, pourquoi pas.

Quand je pense qu'il fut une époque où Audrey et moi on parlait de poésie...

— Depuis, maman est passée à autre chose, ajoute Kevin avec un sourire en coin. Elle pense que le jujitsu pourrait être un peu juste face à un couteau ou à un flingue.

— Ça dépend de la technique et de la distance, dit Jacques, qui ne veut pas admettre que son art de défense préféré puisse ne pas suffire face à un char d'assaut.

— Kevin, je ne t'ai pas sonné, grogne Audrey, à qui je demande dans quoi elle s'est donc lancée.

Elle semble hésiter, pendant que son fils se moque d'elle :

— Vas-y, fais pas ta timide, montre ton dernier joujou.

Audrey pousse un soupir fatigué, fouille dans son sac à main et pose négligemment un calibre sur la table, entre la salière et la moutarde.

Tout le monde contemple le flingue par-dessus le curry dans un silence stupéfait. Un pas de plus vers une société à l'israélienne. Audrey a visiblement anticipé sur la conclusion du débat en cours depuis des mois sur la légalisation du port d'armes, qui réduirait sans doute le nombre de victimes par attaque au couteau mais ferait un peu déraper les altercations entre automobilistes. Disons, bilan neutre sur le plan démographique.

— Tu t'entraînes où ? demande Marie d'un air intrigué.

Bientôt, elles vont s'échanger des adresses entre copines, comme jadis des centres d'épilation « et toi en ce moment tu es plutôt calibre 7,65 ou 9 mm ? ».

— Dans un club, répond Audrey prosaïquement.

— C'est ça, un club de tir sylvestre, ricane son fils.

Un soupçon m'étreint. La femme que j'aim... que j'aimais... que j'ai aimée... que j'eusse aimée, que j'aimai fugitivement, n'aurait pas viré très à droite quand même ? Mais non, c'est impossible, ce n'est pas parce qu'elle porte un flingue, ça n'est plus si rare de nos jours. Même si c'est mal vu dans mon milieu d'intellos... D'un autre côté, la mine sarcastique de Kevin et son évocation d'un club sylvestre... Audrey aurait basculé du côté obscur de la Force ?

Impossible, Audrey a toujours défendu un monde sans frontières et généreux, du bolcho-festif et du tous ensemble batifolant. Jadis, son passe-temps favori était d'occuper les ministères pour réclamer encore plus d'open bar et le renflouement de la fontaine d'argent public infini et gratuit, sport très prisé à gauche (à droite aussi, d'ailleurs). Mais depuis lors je n'ai pas pu suivre son évolution, car elle et moi ne parlions pas politique, ni de rien d'autre d'ailleurs, à part des dents et des jeux de Paul, ou du boulot de nos enfants, fâcherie oblige.

– Je crois que tu n'as pas réalisé à quel point maman a changé, me glisse Kévin.

– Te gêne pas, fais comme si je n'étais pas là, le rabroue sa mère en me servant en curry d'un geste sec.

– Ben quoi, je briefe Fred, des fois qu'il ne saurait pas.

Audrey lui jette un regard selon lequel il eût été bon de me laisser mijoter dans l'ignorance.

*

* *

Instant de méditation politique, le temps qu'Audrey serve le riz.

Je ne sais pas où elle se situe désormais sur ce plan (je parle de la politique, pas du riz) et ce n'est pas anodin à mes yeux, même si j'ai l'esprit large et le corps indulgent. Il se trouve que je suis assez sourcilleux en matière d'idéologie, malgré les clichés selon lesquels elles auraient disparu au prétexte que celles du fascisme et du communisme seraient mortes, quoiqu'ils constituent à mes yeux des cadavres encore bien actifs. Il faut bien se raccrocher à quelque chose pour interpréter l'actu, genre boussole, et mine de rien, des milliards de gens s'affilient, avec plus ou moins de dogmatisme, aux marques disponibles sur le marché des idées ; social-démocratie, écologie, islamisme, libéralisme, confucianisme, nationalisme, no border…

Bob et Scarlett se sont réparti les deux dernières. J'ai pris le libéralisme par goût des causes mal barrées. Ce qui me classerait donc à droite sur le plan économique, « *sors-toi les doigts du cul si tu veux croûter* », mais « progressiste » sur le plan identit… euh conception des moeurs. Cool et open ;

légalisation du cannabis, mariage homo, accueil de ceux qui viennent chercher ici une vie meilleure. J'ai longtemps pensé qu'on n'a pas à dicter à quiconque la manière de s'habiller et que si les commerces traditionnels de mon quartier disparaissaient pour laisser la place à des kebabs, eh bien c'est que les gens aimaient les kebabs. Bien sûr, je n'étais pas naïf et me doutais bien que certains d'entre EUX essayaient en douce de conquérir l'espace public, ce qui fait que le voile, même porté par des femmes intelligentes, émancipées et tout, me gêne aux entournures. Avec le temps, on absorberait tout cela, comme cela s'est toujours fait, même si le moule semble fissuré par endroits.

Mais mes reportages à l'étranger m'ont révélé quelque chose de perturbant. C'est que l'intelligentsia boboïde des mégapoles occidentales à laquelle se flatte d'appartenir le cosmopolite pétri de respect pour les autres peuples que je suis (j'ai fait l'effort d'apprendre quatre langues, anglais, arabe, russe et énarque, et discuté jovialement avec les hauts et les bas de l'échelle sociale, de chef de gouvernement kazakh à garçon d'étage libanais, de tous les sujets les plus sensibles, religion, politique, alimentation, ou football, au prix il est vrai d'une légère censure de mes opinions, athée, de droite, carnivore et fan de Liverpool) a des convictions partagées par 0,2 % de l'Humanité. Et qu'à l'inverse, en Asie, Afrique, Proche-Orient, Russie ou Amérique latine, des gens pourtant cultivés et courtois vous confient de manière décontractée que tel ou tel peuple est atteint des tares les plus affligeantes. Et même quand ils ont des convictions impeccablement non xénophobes, ils ont des opinions qui seraient jugées néfastes à Paris, comme mon pote Rachid, un avocat égyptien qui jugeait qu'il y avait trop de Soudanais dans son pays, « *j'apprécie les autres peuples mais on n'est pas obligé de prendre une coloc avec tous les gens qu'on apprécie...* ».

Tout cela me situerait donc à la fois dans la case « centre droit perturbé » en Europe occidentale, extrême gauche à peu près partout ailleurs et extrême droite dans les arrondissements bobos de Paris. Cul entre deux, voire quatre chaises. Et ça ne clarifie pas beaucoup la situation en ce qui concerne Audrey.

*

* *

Gêné par l'exhibition du flingue, car selon son étiquette un peu vieux jeu on ne se met pas à table avec un arsenal, Jacques fait revenir la conversation sur Mogadiscio. De fil en aiguille et de Mogadiscio en Kaboul, Chloé raconte son intervention d'hier soir, qui s'est très bien passée. Ah oui, j'avais complètement oublié, l'incendie programmé. Elle souligne que « l'assoce de gestion du quartier » qui les a appelés était contente du résultat. L'assoce en question doit être celle que l'État a désignée comme son relais pour maintenir l'illusion d'une souveraineté en bordure de Kaboul. Sans doute dénommée Culture et Partage ou Référent Vivre Plusmieux Ensemble, elle assure sans doute le maintien d'un ordre relatif en échange de subventions et d'un certain monopole local de la violence. Un deal fréquent dans les quartiers périphériques des califats. Kevin précise qu'elle a fait appel à eux pour empêcher que se propage aux bâtiments voisins un incendie allumé pour dissuader une structure concurrente. Marie s'étonne qu'ils aient pour clients des incendiaires. Elle a décidément des conceptions très classiques. « Tout de suite, les grands mots », se récrie Kevin, « On éteint des incendies et on est payé, cash. On est PRAG-MA-TIQUE ». Ça me rappelle Serge. Y a-t-il encore quelqu'un dans ce pays connement attaché à des principes ?

— Le problème c'est que les deux potes qu'on avait recrutés ont déguerpi en cours d'intervention, ajoute Chloé. Trop chaud.

— C'est généralement ce qu'on peut reprocher aux incendies.

— Non, trop chaud… ils se sentaient pas à l'aise. Charles-Henri n'a pas tenu le choc culturel, il croyait que « ça serait fun » mais a trouvé le paysage… oppressant.

— On peut le comprendre, commente Marcel d'un ton lugubre.

— Et Ismaël nous a dit qu'il avait reconnu dans la rue quelqu'un dont le cousin avait eu des embrouilles avec son beau-frère, qui l'aurait traité de Mutazilite.

— En quoi est-ce une insulte ? s'étonne Jacques. C'est très bien, les Mutazilites.

— Pas dans ce quartier apparemment. Du coup, on n'était plus que deux, ajoute Kevin. Chloé au volant et moi à la lance, mais il y a une putain de pression dans ces tuyaux, j'ai failli perdre le contrôle.

— Au fait, Jacques et papa, ça vous dirait de jouer les pompiers à vos heures perdues ? Je veux dire, la nuit.

Elle nous propose ça comme une virée au pub. Je réponds que je suis un peu occupé en ce moment, une petite guerre civile sur les bras au journal et Jacques rétorque d'un air déterminé que la nuit il dort. « Soigner des quartiers entiers sans toujours se faire payer, ça fatigue ». Kevin me fait valoir avec un sourire enjôleur qu'à Kaboul le journaliste que je suis pourrait faire des connaissances.

Et ça fait tilt. Benkhirane. Providentiel, si je croyais encore en une Providence distribuant les coups de chance comme des biscuits (c'est curieux, les gens la remercient de les avoir fait survivre à la tempête, mais ne lui reprochent jamais de les y avoir plongé).

Entre deux arrosages de façades en feu, je discute avec

un badaud, ou un voisin, en demandant benoîtement si par hasard il ne saurait pas où se planque Benkhirane et, reconnaissant, le badaud-voisin-cousin me mène jusqu'à l'interview du siècle, non n'exagérons pas, disons l'interview de l'année. Gloire, fierté et surtout ligne précieuse dans mon press-book en cas de faillite de *La Ligne*... Les incendies ça peut avoir du bon.

– À Kaboul on ne veut pas recruter sur place, ajoute Kevin, on ne veut pas de connivences, sinon c'est foutu il faudra recruter le cousin et le cousin du cousin.

D'accord, mais bosser la nuit, en plus du jour, je dors quand ?

– Je soigne qui vous voulez mais pas question de tenir une lance à incendie, ajoute Jacques, j'ai une tendinite.

– N'empêche, Chloé au volant de son camion toute pimpante dans une salopette avec casque de pompier, j'aurais bien aimé voir ça, sourit Marie.

Casque ? C'est comme une déflagration dans mon crâne.

– Au fait, Chloé, tu portais quoi sur la tête en sortant du camion ?

Grâce à vingt-six ans d'entraînement, je sais quand ma fille s'apprête à me cacher quelque chose. Elle bredouille un « *pourquoi tu veux savoir ça ?* » qui constitue un aveu.

*

* *

– Putain, j'en étais sûr ! Ne me dis pas que t'as mis un voile ?!

– Écoute, papa...

– Tu t'es cru obligée de mettre un PUTAIN DE VOILE ? En France, au XXIe siècle, ma fille agnostique met un voile pour aller bosser. Mais on marche sur la tête ! On est chez les fous. Bordel, j'y crois pas. Je n'aurais jamais pensé qu'on y arriverait un jour. JAMAIS, tu m'entends ? JAMAIS ! On va se laisser faire encore longtemps ? Voltaire, reviens, ils sont devenus fous.

Sous le coup de l'indignation, envolé le sens de la mesure et le flegme dont je me flatte de faire preuve. Terminé, on ne pondère plus, on correctionne, on ventile, on éparpille. Chloé répond qu'elle est assez grande pour savoir ce qu'elle fait, contresens fréquent chez les enfants à l'âge adulte, et me jette le regard breveté depuis l'enfance pour faire fondre, « s'il te plaît, papa, toi qui es si fort », sauf que là ça serait plutôt, « s'il te plaît, papa, toi qui es si réac, fais un effort. ». Je ne me laisse pas ramollir.

— Non mais je rêve. Je cauchemardise, plutôt. J'étais prêt à affronter tout ce que le futur pouvait nous réserver, de préférence voitures volantes et guérison du cancer, mais ça, ÇA, ma fille qui accepte... C'est quoi la prochaine étape ? Les chemises à manches longues ? Virer tous les nus du Louvre, injecter dans les manuels d'Histoire « nos ancêtres les Sarrasins », interdire le saucisson ?

Marcel sursaute, visiblement on peut toucher à tout mais pas au saucisson.

— Fantasmes identitaires, murmure Marie.

— C'était ça, ou perdre le contrat, répond Chloé d'une voix calme.

— On a vraiment besoin de ce fric, Fred, précise Kevin. On a un gros emprunt sur le camion et à Mogadiscio le reste de notre business ne va vraiment pas fort en ce moment. En fait, on a acheté le camion à quitte ou double et si on ne décroche pas le marché des incendies à Kaboul on coule. On n'a pas le choix.

— Mais si, vous l'avez. On a toujours le choix dans la vie, même si on se persuade souvent du contraire.

— Pas vraiment, non, lâche Marcel d'une voix funèbre.

— On peut refuser, tenir bon, ou à la rigueur esquiver.

Suffit d'en payer le prix.

– Eh bien justement à propos de prix, grince Chloé, si tu connais un autre moyen de sauver ma boîte, vu que tu ne connais ni le marché ni le quartier, je t'écoute. Ta fille ne compte pas vivre d'allocs, tu devrais être fière de ça, non ?

– Mais vous pouvez pas bosser ailleurs, non ? Les incendies, c'est pas ça qui manque !

– Ailleurs, les pompiers y vont.

– C'est une stratégie de niche, croit malin d'ajouter Kevin.

Chacun m'observe d'un air désapprobateur, comme s'ils savaient tous pour le voile et redoutaient ma réaction. Même Paul a l'air inquiet, c'est la première fois qu'il voit son grand-père en colère.

– S'il fallait que je ne soigne que les gens respectant les principes républicains, intervient Jacques, je serai au chômedu depuis longtemps. Faut parfois faire un pas vers l'Autre. Être PRAG MA TIQUE, Fred.

Encore un ! Mais c'est une épidémie. Faut trouver un vaccin.

– Eh bien si tu les laissais crever, ils les adopteraient vite fait, les principes républicains, crois-moi. Et pareil pour toi, Chloé.

– Je ne vois pas comment laisser cramer les gens peut les rendre plus républicains, papa.

– Au moins, ça résoudrait le problème.

Comme toute la tablée connaît mon registre d'humour acide, court un léger gloussement qui détend l'atmosphère un instant. Seul Marcel contemple la soupière de curry d'un air lugubre.

– Tu fais quand même une fixette sur un simple morceau de tissu, reprend Marie.

– Si c'est juste un morceau de tissu, pourquoi tiennent-elles tant que ça à le porter ? Fixette aussi ?

— En raison de leur liberté de religion. Tu peux faire preuve de tolérance ?

— Tout à fait, mais je ne suis pas sûr qu'ELLES toléreraient que je porte le grand écriteau « Dieu est une escroquerie » que ma religion m'ordonne de porter dans la rue.

— Tu es de mauvaise foi : aucune religion ne peut prescrire ça.

— Si. Celle dont je viens de me déclarer prophète, j'ai de la sympathie pour les dieux masochistes.

En fait, j'ai la même relation avec la religion qu'avec les montres de luxe ; il ne me viendrait pas à l'idée d'en avoir une, mais ne désapprouve pas ceux qui en ont. Jacques croit judicieux de venir en renfort de sa femme, travers très ordinaire :

— Marie a raison, c'est qu'un bout de tissu et c'est leur liberté de le porter ou pas.

— Mais tu disjonctes, toi aussi. L'étoile jaune c'était juste un bout de tissu aussi, tant que tu y es.

— Un point Godwin [1], un, murmure Jacques.

— C'est pas à la société de dire aux femmes ce qu'elles doivent porter ou pas, énonce Marie d'un ton pincé qui me donne envie de lui renverser la soupière de curry sur la tête.

— Tu m'as convaincu, je vais me promener à poil sur les grands boulevards.

— Chiche, glisse Jacques.

— Ça n'a rien à voir !

— Ça a tout à voir justement. Toute société est fondée sur ce qui se fait et ne se fait pas. Les mœurs. C'est précisément toujours une histoire de pantalon ; il faut laisser celui du pays d'où l'on vient et adopter celui du pays où l'on va.

1. Point attribué lors d'une conversation au premier qui compare un de ses contradicteurs à un fasciste ou un nazi, en référence à Mike Godwin, professeur américain de sciences politiques qui l'avait théorisé.

— Mais ILS ne vont nulle part, Fred. ILS y sont déjà. C'est LEUR pays.

— Très bien, eh bien qu'ILS en respectent l'esprit des coutumes, dans aucun autre pays du monde ça ne fonctionne différemment.

— Et c'est quoi ce fameux... esprit des coutumes ? Que je m'instruise... assène Marie (elle va y avoir droit à son semi-remorque).

— L'ensemble des règles implicites que l'on a le droit de ne pas suivre, mais dans ce cas ne t'étonne pas d'être rejeté. En Thaïlande, on ne touche pas la tête d'un enfant. Je trouve ça con, mais je respecte, ou alors j'y vais pas en vacances.

— On peut comprendre les jeunes de banlieues, assène Marie sentencieusement, ils veulent afficher leur religion pour montrer qu'ils se sont affranchis du colonialisme imposant la discrétion à leurs parents. Un signe d'affranchissement, en quelque sorte.

— Pas de problème, mais pourquoi ne le font-ils pas, précisément dans les anciennes colonies, au lieu de s'imposer de vivre dans l'odieuse métropole ?

Ce n'est pas possible, je n'ai aucun allié, même pas Audrey, c'est bien la peine qu'elle s'entraîne à la kalach si c'est pour se défiler au premier débat. Ça serait bien que je puisse avoir droit à un joker, comme dans les jeux télévisés, et puisse dire à l'arbitre « *je peux appeler Bob ?* ».

— La vie en société est faite de concessions, lâche Jacques. Faire un pas vers l'autre. Tendre la main.

— Ah oui, et le type qui intimide ma fille qui entrerait sur son territoire sans voile même pour le sauver des flammes, tu peux me dire quelle main il tend ? Ou plutôt quel doigt ?

— T'es pas obligé de virer à la vulgarité, répond Marie.

— Non, mais j'hallucine. Et le voile imposé à une athée, ce n'est pas vulgaire peut-être ? Je défends Voltaire et on me reprend sur mes vannes !

Audrey fait passer le chutney de mangue, les bols de coriandre, raisins secs et amandes, sans oublier le piment, pas sûr que ce dernier condiment soit indispensable, les convives sont déjà assez chauds.

— Fred, on obtient toujours plus dans la vie par le dialogue et les concessions que par l'affrontement, croit utile d'ajouter Jacques.

Juste au moment où j'envisageais de peut-être commencer à me refroidir.

— Vous aimez les concessions, vous en voulez encore ? Allez-y. La soumission est au bout du chemin, elle est faite d'une série de petites reculades les unes après les autres. Et c'est quoi la prochaine étape ?

Avec leur candeur féroce, ils vont finir par me transformer en Bob, à mon corps défendant. Chloé jette un regard à Audrey, comme si elle sollicitait un conseil ou un soutien. De mieux en mieux ; elle s'appuie sur sa belle-mère contre moi !

— Rrrrrroh faut pas exagérer, lâche Marie.

— Ce n'est pas moi qui exagère, c'est l'époque. Nous avons le privilège d'observer une époque exagérée. Ça nous fera des récits à nos petits-enfants.

— Si nous en avons, dit Marcel d'un air lugubre.

— Papa, lâche-moi la grappe, c'est pas les vendanges. Tout ça, ce sont mes oignons. C'est mon boulot. Je ne m'occupe pas de ton taf à *La Ligne* et des compromis que tu es obligé de faire pour tes reportages.

— Mais je ne me déguise pas, moi ! Et je ne cède pas à des gens qui veulent NOUS soumettre. NOUS briser.

— Le communautarisme ne mène pas forcément au djihad, ni même à la partition, lâche Marie, avec un air pincé d'institutrice. Relis Olivier Roy.

— C'est vrai, mais il prépare quand même bien le terrain. Bordel, ce voile que Chloé est obligée de mettre pour aller bosser, ce voile, c'est un instrument de soumission et d'aliénation.

— Il est des femmes modernes et intelligentes qui le portent de leur plein gré, riposte Marie d'une voix glaciale.

— Bien sûr. On peut être une brillante chirurgienne et porter le hijab, mais dans ce cas on est une chirurgienne participant à un projet de conquête politique et culturelle... révulsant. Tes femmes modernes et intelligentes ne se rendent pas compte qu'elles cautionnent un symbole d'infériorité, puisqu'on n'exige rien des hommes en parallèle. Un symbole qui t'envoie en prison dans plusieurs pays, si tu ne le portes pas... Et celles qui le mettent ici pour éviter les baffes et les crachats, on en parle ?

— Et s'il me plaît à moi d'être aliénée ? rétorque Marie, étonnamment pugnace ce soir.

Qu'est-ce qu'il lui prend ? Elle qui d'habitude intervient moins dans la conversation que la salière.

— Sophisme bobo, je ne relève même pas. Tu sais dans combien de pays il est obligatoire sous peine de fouet ? C'est ça que vous voulez ? Une charia soft dans nos banlieues en attendant la hard ? Et les petites filles qui le portent à huit ans, ça ne vous interpelle pas au niveau du vécu ? C'est quoi la prochaine étape ? Quatre ans ? Deux ans ? Dès qu'elles sortent des cuisses de maman ? Parce que des mecs ne se tiennent plus devant les cheveux d'une gamine ? On doit accepter de gâter le paysage juste parce que des mères ne savent pas éduquer leurs fils ?

— Faut s'adapter, c'est tout, répond Chloé calmement. Là où je bosse c'est un usage local, un dress-code, quoi.

— Et mon usage local à moi, personne ne se préoccupe de savoir s'il est choqué ?

— Je flaire le sophisme, grince Marie.

— Si on justifie le voile par le fait que les hommes sont censés être incapables de se maîtriser à la vue d'une mèche de cheveux, toute femme qui en porte un m'insulte, moi, puisqu'elle me traite de fontaine à testostérone hors de contrôle.

– C'est bien ce que je disais ; sophisme.

– Mais bien sûr, Marie. Et puis imposer un truc aux femmes et rien aux hommes ça te paraît pas fondamentalement sexiste ? Si le but est vraiment d'éviter les tentations, faudrait interdire aux hommes de montrer leurs abdos ; les femmes, ça les rend toute chose, les abdos.

– Encore faut-il qu'il y en ait.

– On serait mignon à la plage avec un tchador sur le ventre, glisse Jacques rêveusement.

– Je vais chercher ma bouée canard.

Un soupçon de rire de la tablée détend légèrement l'atmosphère. Je pioche dans mon curry d'un air sans doute de forcené. Ce qui me met hors de moi n'est pas tant d'être ultra-minoritaire, j'ai l'habitude, ni même l'égarement de mes proches, là aussi fréquent, mais le fait que ce soit ma fille qui joue leur jeu. Dingue. Chloé pousse un soupir, après un nouveau regard échangé avec Audrey. Ah, elle n'a pas intérêt à s'interposer, parce que sinon, fantasme depuis sept ans ou pas, cela va mal finir.

– Papa, tu peux me faire confiance.

– Confiance ? Bien sûr que je te fais confiance. Tu connais beaucoup de pères qui ne moufteraient pas d'apprendre que leur fille s'est endettée sur dix ans pour acheter un camion de pompiers pour aller opérer dans des quartiers où les flics ne vont plus qu'en convoi ?

– Cinq ans, le crédit, pas dix, corrige Kevin, féru de précision.

– Mais ça dépasse ton cas perso. C'est politique. Tu cautionnes des types qui veulent nous imposer leur manière de vivre...

– Cautionner ? Et toi tu ne cautionnes jamais ? C'est pas

toi qui m'as dit l'autre jour que tu as investi le quart de ton portefeuille boursier dans Omnium Grands Travaux, qui construit des autoroutes au Soudan où le régime est salafiste et dictatorial au dernier degré.

— Mais ça n'a rien à voir !

Ce qui est généralement l'argument de mauvaise foi ultime. J'avise la frimousse de Paul, qui grimace d'inquiétude. Il est vrai qu'on est monté dans les décibels, il se met à pleurer. Eh bien voilà, bravo, vous avez réussi à gâcher sa soirée d'anniversaire. En plus, il va chercher refuge chez sa mamie.

— Bon, alors si personne autour de la table ne trouve cela choquant, j'abandonne. Je démissionne. Je suis un vieux con qui croyait encore possible de défendre notre pays, mais non, c'est cuit. Tiens, à propos de cuisson, je vais chercher le gâteau, ça va me détendre. En tout cas, jamais vu des veaux aussi contents d'aller à l'abattoir.

Kevin découpe le gâteau d'anniversaire dans une ambiance incongrûment tendue, même si Paul a retrouvé un sourire de banane, avec ce don étonnant des petits pour oublier et sécher les larmes. Chez eux le chagrin est comme une averse bretonne, tandis que chez leurs parents ça dévaste longtemps comme une mousson. Je leur en veux à tous, à Chloé qui a mis son fichu fichu, à Kevin qui n'a pas cherché à l'en dissuader, à Audrey qui semble approuver tout cela, à Jacques, encore une fois candide, sans parler de Marie, et puis Marcel, qui n'est plus bon à rien à part déprimer. Et je m'en veux aussi de m'être laissé embarquer dans une de ces discussions politiques à table qui dégénèrent TOUJOURS, c'est scientifiquement prouvé, au point que dans le bruit et la confusion chacun s'engueule avec son voisin sans s'apercevoir qu'il était en fait d'accord avec lui, ou lance à l'autre bout de la table, comme des quignons de pain, des anathèmes, « tu peux pas dire ça », « je suis désolé, mais... ». Après tout, j'aurais pu ne pas m'énerver et me concentrer sur la priorité de la soirée, passer un bon moment avec des gens que j'aime et ne vois pas assez souvent, et profiter de l'anniversaire de Paul. Être PRAG-MA-TIQUE.

*

* *

Pragmatique, je ne le suis pas tant que ça, car j'aurais pu demander à Audrey un contact à Mogadiscio pouvant me conduire à Benkhirane de fil en aiguille. Après tout, elle a des contacts là-bas, puisqu'elle y est née. Et ce serait l'occasion de me renvoyer l'ascenseur, puisque c'est grâce à moi, ou plutôt à l'occasion du baptême de Paul où j'avais convié Redwane, qu'elle a fait sa connaissance. Les deux ont sympathisé et Redwane, qui cherchait un « scout » en matière de ressources humaines dans l'optique de l'installation de son usine de textiles dans le quartier, l'a recrutée.

Cela dit, rien ne garantit qu'Audrey saurait me mettre en contact avec Benkhirane, puisque Mogadiscio et Kaboul ce n'est pas tout à fait la même chose. Et puis, je ne veux rien devoir à Audrey, suite à notre rupture d'il y a sept ans. Je sais, c'est de l'orgueil, mais ça ne peut pas s'opérer. Précisément, au moment de partir, Audrey me rejoint dans la chambre où nous avons jeté nos vestes en arrivant.

— Fred. Je voulais te dire...

Silence. Le trouble le dispute à l'émoi. Elle ne va pas... non elle ne va pas, ce n'est pas possible, ni souhaitable, ni le sujet, surtout après ces engueulades. Elle s'approche de moi. La dernière fois que nous avons été si près l'un de l'autre c'était dans un lit. Et ex-agitatrice bolchevique ou pas, il faut que je me retienne pour ne pas la prendre dans mes bras et l'embrasser fougueusement en murmurant... qu'est-ce que je pourrais lui murmurer au fait ? « *N'aie pas peur, je suis là* » ? Non, trop macho. « *On en a mis du temps* » ? Non, trop nostalgique, « *oh toi !* », trop ordinaire. Oh, et puis merde, je ne murmure rien, j'enlace et je laisse la vérité des corps s'exprimer...

— Tu vas sans doute me dire que je n'ai pas de conseils à te donner...

— Comment t'as deviné ?

— Je voulais juste te dire... ne laisse pas cet incident affecter ta complicité avec Chloé.

Mais j'hallucine, on peut plus s'engueuler tranquille entre père et fille sans admonestations d'intruse ! Surtout que je crois n'avoir de leçon à recevoir de personne en matière de complicité avec ma fille, forgée qu'elle fut par le stoïcisme avec lequel j'ai affronté ses diverses périodes, dans l'ordre d'apparition à l'écran « princesse outragée », « artiste incomprise », « rebelle bon marché » ou « entrepreneuse contrariée ». En plus, ce n'était même pas une vraie engueulade par les standards modernes, tout juste une légère divergence d'opinions, la preuve Chloé ne m'a même pas lancé *« lâche-moi, fais chier, casse-toi »*.

Plus question de vertige pour des embrassements fougueux. « *Mêle-toi de tes fesses* », voilà ce que je devrais lui dire, voilà ce que je vais lui dire, sauf que je n'ai que quelques secondes pour faire un choix dont je me rends compte, suivant sa virulence ou pas, qu'il va tuer pour de bon notre histoire, ou au contraire la laisser agoniser encore des années. Je me sens comme en haut d'un plongeoir, à ceci près que les plongeoirs, quand j'étais ado, j'y restais un quart d'heure avant de me crier intérieurement « *oh, et puis merde* » et de faire un gros plat. J'opte comme d'habitude pour la demi-mesure, donc le gros plat.

— Chloé et moi, figure-toi, nous sommes assez grands pour gérer nos complicités et nous engueuler tranquillement.

Elle recule, sans paraître affectée par ma réponse.

— C'est juste que... tu sais, c'est une fille vraiment bien.

Tout ça pour ça ? Et sur ce truisme, elle déguerpit.

*

* *

En m'emparant nerveusement de ma veste, je croise le regard interrogateur de Jacques dans le vestibule. Il me tire par le coude, décidément ce soir le thème c'est « aparté ». Je prends les devants.

— Je sais, Jacques, tu vas me dire, laisse béton, mets de l'huile. T'inquiète pas, Chloé a déjà eu mille disputes de ce genre avec son père réac, c'est devenu presque un jeu. Cela dit, cela va te surprendre, mais si Chloé virait dhimmi je trouverais cela presque pire qu'islamiste. Parce que, eux, on peut leur faire bien des reproches, genre faire chier le monde entier, mais au moins ils ne se gavent pas de haine de soi et de masochisme.

Il a l'air surpris et murmure :

— Tu es sincère ?

— Presque.

— Ah bon ! Mais c'est pas de ça dont je voulais te parler. Dis-moi, je ne veux pas remettre sur le tapis un dossier clos depuis des années, mais...

Et il laisse planer un silence expressif, avec haussement de sourcils et regards en biais vers Audrey qui est en train de pousser le tricycle de Paul dans le salon à en juger par ses éclats de rire d'une clarté de cristal.

— Mais quoi ?

— Eh bien, vu la manière… douce-amère dont tu regardais Audrey pendant le repas, et puis à l'instant elle se tenait plus près de toi qu'il n'était strictement nécessaire, je voyais passer des ondes et me demandais si… ne me dis pas que…, enfin ce n'est pas possible que tu…

Nouveau coup de silence expressif, sourcils, roulements d'yeux.

— c'est pas impossible, si.

— Quoi ? ! Mais ça fait sept ans. Y a pas prescription ? Ou péremption ?

— Faut croire que non.

— Mais vous ne pouviez pas passer à autre chose ? Genre, amitié platonique.

— Ah non, le platonique j'en ai soupé. Je préfère encore la sourde hostilité.

— Et elle ?

— J'en sais rien. Je ne crois pas, non. Pas demandé.

— Mais enfin, c'est pas raisonnable. Faut te faire opérer. Tout ça pour quelques patins il y a cent ans. Mais qu'est-ce qu'il y avait dans son rouge à lèvres ? De la coke ?

— Je suppose que c'est ce qu'on appelle avoir une femme dans la peau. C'est pas comme l'appendicite, pas d'ablation possible. Me suis renseigné.

— Je ne comprends rien à votre conception de l'amour. Dans les combats de boxe à la TV, on s'insulte durant des semaines avant et on s'embrasse pendant deux minutes après, vous c'est dans l'ordre inverse, ajoute-t-il en secouant la tête d'un air accablé.

Il me tient alors un petit discours de médecin, soyez raisonnable Monsieur, va falloir arrêter de fumer, boire, manger, sans basculer pour autant dans la neurasthénie. C'est simple, suffirait que je m'investisse dans une autre femme. Ça s'appelle faire une fin, moyennement romantique, puisque passé un certain âge on se met moins en couple par passion que par peur de la solitude. Ça serait presque médicamenteux. « Car enfin, sept ans ! » s'exclame-t-il, comme s'il y avait une durée optimale pour une histoire ratée avec une femme. Je rétorque d'une voix sourde pour ne pas alerter l'entourage :

– Qu'est-ce que c'est que ces reproches à la con ! Tu peux parler, toi, c'est l'hôpital qui se moque de la charité. T'es marié avec Marie depuis trente-cinq ans.

– Je ne te reproche rien, Fred. Mais au moins Marie et moi on couche ensemble, au lieu de regarder des photos fanées avec amertume.

Merci cousin, super, l'uppercut. Quoiqu'il ne soit pas impossible qu'il y ait une petite part de vérité. Faut avancer. Tourner la page. Ou revenir, quitte à se prendre une baffe. Je vais y réfléchir. Sauf qu'il y a un truc que je ne comprends pas, brusquement. Si Audrey est passée du côté obscur de la Force pourquoi ne s'indigne-t-elle pas que Chloé porte un voile ? Ce n'est pas logique. Elle aurait dû m'approuver quand je me suis altercationné avec ma fille. À moins que Kevin ait déconné et qu'en fait Audrey soit restée « progressiste »... Une bisounours portant un flingue, ça peut être cohérent, faites ce que je dis mais pas ce que je fais. Ou alors la situation est encore plus confuse que je ne le crois ?

Marcel monte dans ma voiture d'un air lugubre : s'il s'agissait de lui remonter le moral en l'immergeant dans une fête de famille, je me demande si c'était réussi...

CHAPITRE 8
UNE VIRÉE AU CALIFAT

Si j'ai refusé sans hésiter l'occasion d'infiltrer Kaboul que me proposait Chloé, c'est un peu pour ne pas mélanger boulot et famille, mais aussi parce que je dispose d'un joker en la personne de Redwane. En tant que principal employeur de Mogadiscio, il a sans doute des contacts à Kaboul, c'est la porte à côté. Une porte toutefois un peu spéciale, l'une des quatre ou cinq communes du pays les plus avancées dans la partition, bien plus que Mogadiscio.

Cette dernière compte pour moi, à croire qu'il y a une attirance trouble dans mon clan pour ce genre de quartier qui fait partie, selon Bob, « *des endroits sur terre où la vie ne vaut pas vraiment d'être vécue* ». Y sont nés ou y travaillent la plupart de mes proches, Audrey, Kevin, Chloé, en plus de Redwane et sans oublier Jacques, mon idéaliste de cousin médecin. Jacques prêt à soigner la veuve et le réfugié dans les endroits les plus pourris. Loyal, courageux, altruiste, il est agaçant à force de quasi-perfection (hormis un placage à retardement au rugby qu'il m'avait infligé jadis). Un type bien, même pas donneur de leçons.

Ca, c'est Mogadiscio. À Kaboul, où se planque sans doute Benkhirane, c'est encore pire. Banlieue typique du Dar al-Frappadingues, une « no-go zone » pour les Français, comme disent d'autres Français qui ne se sentent pas tels. Le communautarisme y a triomphé. Les piscines n'accueillent plus hommes et femmes en même temps, des mères obligent leurs gamines de six ans à porter le voile, sinon elles se feront traiter de putes (les mères, pas les filles, quoique...). Les examens scolaires sont déprogrammés le vendredi (au fait, j'ai une religion qui m'interdit de travailler le lundi, mardi, mercredi et jeudi, je peux me prétendre discriminé ?). Les bibliothèques publiques ont été vidées des livres de cuisine mentionnant le porc ou l'alcool. En attendant d'exclure ceux écrits par quelqu'un ayant mangé une fois du saucisson, ou mieux, ceux ayant croisé un jour quelqu'un ayant entendu parler d'un saucisson. Gare au bibliothécaire audacieux, la police locale de la morale rôde et sait manier le jerrycan d'essence.

Les enseignants autochtones se font mettre en arrêt maladie et ont été remplacés par des recrues du cru, charia compatible. Kaboul compte une université, fameuse, où Benkhirane jouerait un rôle clé, avec fermeture le vendredi et prières collectives sur le campus, qui prétend à une certaine modernité, c'est la force des frérots, ils se disent modernes, puisque des femmes y enseignent (mais ne font pas passer d'examens aux garçons, faut pas exagérer). Les programmes sont aménagés ; Rabelais, Molière, Montaigne, Balzac, Flaubert, Voltaire, Proust, Camus, Diderot, Hugo, Pascal, Descartes ont été retirés de la littérature, l'Histoire est réécrite dans un sens « moins occidentalo-centré », la philosophie nettoyée des Vieux blancs, Platon, Locke, Nietzsche, Spinoza parce que symbolisant un mode de pensée « racisé et oppresseur », il fallait les remplacer par des penseurs de la Diversité, tels qu'Ibn Rushd, Al-Kindi et Avicenne [1], ah non trop libéraux, trop tolérants, plutôt Ibn Taymiyya [2]. Le programme de physique a essayé de réconcilier Copernic avec le dogme du Soleil tournant autour de la Terre, bon courage, la finance expurgée des taux d'intérêt, Darwin viré de la biologie, seules les mathématiques sont restées intactes vu le rôle qu'y ont

1. Philosophes musulmans libéraux des IXe et Xe siècle.
2. Théoricien du djihad et de l'intégrisme du XIIIe siècle.

joué les Sarrasins.

Les élus locaux ont laissé faire en croyant avoir la paix, *je file des subventions à ton assoce et en échange, tu canalises les jeunes désœuvrés.* Un entrisme à l'air inoffensif, dans les syndicats, qui recrutent ici quasiment que des barbus, les écoles, les services de santé, les centres de sport et nombre de médias complaisants envers les mots de la haine, « *Égorgez les koufars, c'est une provocation de jeune, vous n'avez jamais été jeune ?* » (oui, mais je me confinais à « *mort aux cons* »).

Un entrisme que Bob surnomme « le djihad silencieux », souterrain et plus efficace que les attentats, ces derniers faisant moins souvent plier les peuples que les terroristes ne le croient, les gens peuvent se mithridatiser pour continuer à vaquer. Jusqu'au jour où l'entrisme a été suffisant pour que les élus soient chassés, avec une forte impression d'avoir été cocus, des conseils municipaux, des conseils d'administration des écoles, des assoces, des syndicats et des clubs de sport. Les élus de terrain, les profs, les juges, les médecins, les flics alertaient du désastre depuis des années mais se faisaient dire « pas de vagues ». Et à force, on s'est pris un tsunami.

*
* *

Redwane accepte joyeusement de me recevoir, « *tu n'as pas encore vu mon usine ?* » s'exclame-t-il comme on parle d'un nouveau-né. Il m'apprend qu'elle tourne déjà à quarante-cinq pour cent de ses capacités, « *quinze embauches la semaine dernière* », sans doute grâce aux talents de scout d'Audrey, ça serait amusant qu'on se croise, d'ailleurs.

Je me rends à l'usine de Redwane en voiture. En une centaine de mètres à partir de la « frontière » rue Jean

Jaurès, la densité de femmes voilées dans la rue augmente exponentiellement, jusqu'à atteindre quasiment cent pour cent. Si j'avais pris le métro, la proportion de Blancs dans la rame aurait chuté de même en trois stations. De quel vivre-ensemble peut-on encore se gargariser quand on peut deviner sur quelle ligne on voyage juste d'après la photo des passagers de la rame ?

L'usine de Redwane s'étend sur deux hectares. Il a récupéré un terrain vague, des entrepôts désaffectés et une église abandonnée. Des couturières s'activent maintenant là où jadis on évoquait péchés, pardon et tentation. Je me perds un peu dans le bâtiment adjacent, où une trentaine d'ouvriers de toutes origines s'affairent sur des machines. Le bureau de Redwane est une mezzanine vitrée surplombant l'atelier principal. D'un fier geste du bras, il désigne la salle fourmilière, où crépitent machines à coudre, chariots de tissus et ex-chômeurs.

Il fallait être maso pour venir ouvrir une usine ici, malgré la concurrence des importations éthiopiennes ou bengalis et un environnement… délicat, mais Redwane m'a expliqué il y a deux mois qu'il avait senti que là était sa place, pour faire précisément cela : produire, vendre et embaucher ceux issus du même milieu que lui, mais qui n'avaient pas eu la chance d'avoir comme lui des parents pénibles durant sa scolarité.

Redwane n'avait surtout pas voulu investir dans les secteurs assignés aux jeunes des cités, mode, musique, qui offrent du rêve mais pas d'emplois en nombre. Il ne voulait pas faire du social condescendant ou des faux jobs, mais monter un business normal dans un coin qui ne l'était pas, produire des objets que des adultes consentants peuvent avoir envie d'acheter. Même si cela doit rester secret jusqu'à l'inauguration, je sais que son catalogue compte des fringues un peu spéciales, tirées d'un textile spécialement conçu pour résister aux coups de couteau de cette intifada qui ne dit pas son nom. Marché d'avenir.

Redwane concède qu'effectivement vouloir ressusciter un bout de la classe ouvrière à qui les Gens Qui Savent recommandent depuis des décennies de se reconvertir en web designer ou concepteur de jeux vidéo, c'est audacieux, surtout dans un quartier où l'État de droit est, disons, allégé.

Il a été courtisé, bien sûr, créer deux cent vingt emplois dans ce genre de quartier ça attire la compassion, mais a refusé que les agences publiques chargées d'impulser mettent le nez dans son business plan « *tout ça pour qu'à la fin elles me reprochent d'avoir été imprudent ou d'avoir manqué d'audace* ». Son carnet d'adresses — être ancien ministre et entrepreneur à succès en Afrique ça aide — lui a fourni les capitaux nécessaires.

— Je me suis aperçu brusquement que c'était ça qu'il fallait que je fasse, ajoute-t-il. Je ne suis pas trop du genre idéaliste à prétendre « *rendre ce que j'ai eu la chance de recevoir* », ne serait-ce que parce que je n'ai pas reçu grand-chose, ce que j'ai obtenu je suis allé le chercher.

— À part peut-être des parents casse-couilles.

— Sur le moment je ne leur en ai pas été reconnaissant. Mais trente ans plus tard, tu sais ce que c'est, quand tu te poses des questions essentielles, du genre « qu'est-ce que je fous là ? »

— Ça me prend souvent dans les embouteillages.

— Avec quoi je « signe » ma vie ? Qu'est-ce qui me fait avancer et fait que, tout compte fait, elle aura eu de la gueule ? Je suis arrivé à la conclusion que vivre c'est beaucoup plus transmettre que ressentir. Et que donc avoir fait ma pelote, en plus de deux enfants et d'une vie de couple vaguement présentable, eh bien j'avais besoin en plus de... réaliser ça. Avec des ouvriers qualifiés au chômage et des jeunes qui avaient de la niaque, qu'Audrey a repérés. Attention, ça va devoir cracher du pognon et du prrrrofit, tout ça, une entreprise c'est pas une garderie, faire des pertes c'est méprisant pour les gens que tu emploies. Mais vu là d'où je viens, je voulais prouver que c'était possible. Ma place était ici et pour faire ça… Comme une évidence. C'est curieux comme les virages cruciaux dans la vie sont faits de ces moments soudains où tu te dis « bien sûr » en te demandant ce qui t'empêchait de le voir avant. Et alors malgré les conseils ou ton conditionnement, tu fais un choix radical conforme à ce que tu es vraiment, en épousant cette cause, ce pays, ce métier, ou cette femme-là.

– Nietzsche disait « *deviens ce que tu es* ».

– Connais pas. Il est de quelle cité ?

– Zarathoustra.

– Je suis heureux de le savoir, réplique Redwane en souriant. Bref, tout cela est parti d'une conversation que j'ai eue avec Garbi Younouss en Inde.

– Connais pas…

– Bien joué, Fred. Younouss m'avait dit : « *Si vous voulez sauver le monde ne vous gargarisez pas de grands trucs abstraits et hors d'atteinte. Commencez par des trucs simples, concrets, créez des boîtes qui distribuent des salaires permettant à des gens de s'émanciper, de payer leur loyer et de faire des projets, offrez des services qui améliorent la vie quotidienne d'une population. Un seul camion de ramassage d'ordures vaut mieux que quinze sociologues. Puis, développez votre firme et vous verrez que les gens auront beaucoup moins besoin d'ONG ou d'assistance.* »

– Mon gendre serait d'accord.

Redwane me révèle que Kevin et Chloé font déjà les coursiers pour lui, ce qui fait qu'en additionnant Jacques, médecin-conseil de l'usine, et Audrey, on peut dire que dans mon entourage il n'y a quasiment que ma grand-mère qui lui échappe.

— Tu vois le mec en bas qui discute avec une couturière ? m'interpelle-t-il brusquement. Chafik. C'est Audrey qui me l'a recommandé. Il était en voie de radicalisation. Je n'aime pas trop le terme, d'ailleurs, après tout ce n'est pas un crime d'être radical. Toi et moi sommes des défenseurs radicaux de la liberté. En 1940, heureusement qu'il y avait des antinazis radicaux.

— Disons alors que ton Chafik virait islamiste, avec un risque marqué de devenir djihadiste.

— Un type intelligent, mais qui était en train de se faire laver les cerveaux par les barbus, bien récuré dans les coins, nickel. Je lui ai offert une chance, il est chargé de la gestion des stocks de tissus, eh bien tu verrais sa fierté… Et il commence à saluer les femmes.

Je n'ai pas le cœur d'égratigner les estimables convictions de Redwane. Si seulement c'était si simple. On procure un job, un appart, et hop, le fanatisme cède la place à tolérance et dignité. Mais les experts du dimanche en radicalisation et les explications socio-économiques de gens comme Redwane oublient un élément important de la psyché humaine ; la quête de quelque chose de plus grand que soi. Le sentiment « océanique » dans lequel on s'immerge, on s'abandonne avec jubilation pour éprouver la puissance rassurante ou grisante d'un mouvement donnant enfin un but. Jusqu'à s'y dissoudre. Pour prétendre à la fin de sa vie ne pas avoir seulement fait son taf de 9 à 17 heures et acheté un canapé en vingt-quatre mensualités, certains créent des familles, écrivent des opéras, fondent des empires industriels, ou s'engagent dans l'humanitaire. Et d'autres préfèrent s'attaquer aux ennemis de Dieu. Comme si le Tout-Puissant, débordé par la gestion des galaxies, avait besoin du renfort de quelques bipèdes à petits poings musclés contre l'ennemi qu'IL aurait eu le masochisme de créer. Je scrute en silence Chafik, *« seconde chance ou indécrottable ? »*, qui me rend mon regard *« tu me cherches ? »*.

*
* *

Croyant que notre entretien est terminé, Redwane me raccompagne jusqu'au parking, alors que je n'ai toujours pas posé la question importante, pour laquelle je suis venu en fait. C'est une erreur que je commets souvent lors de mes déjeuners professionnels ou interviews, je garde la question clé pour la fin, misant sur le fait que mon interlocuteur, amadoué par le bavardage et un bon bordeaux, lâchera la pépite. Cela m'a conduit parfois à poser de manière précipitée THE question au moment où ma source réglait l'addition.

Refaire le monde et les moyens de lutter contre les dérives salafistes c'est bien, mais j'ai quand même un scoop à avancer, moi. Je révèle donc à Redwane que j'ai un service à lui demander, puisqu'il connaît du monde ne saurait-il pas par hasard où se cache Benkhirane ? Redwane fronce le sourcil soudainement, l'air tellement pensif que je m'exclame :

— Ben quoi, qu'est-ce que j'ai dit ?

— Non, rien. C'est juste que… Benkhirane… tu te doutes que c'est compliqué. Je ne veux rien lui devoir.

— Je comprends, je réponds sans être sûr d'avoir compris (ça m'arrive souvent).

— En plus, je ne suis pas vraiment en odeur de sainteté à Kaboul, tu sais.

— Pas sûr que la métaphore soit appropriée.

— Là-bas, pour certains, je suis un traître. Un collabeur.

L'insulte est en vogue depuis longtemps dans ces quartiers, comme bounty, alibi couscous ou beur de service.

Je sais que Redwane y a eu plus souvent droit dans sa vie qu'à « bougnoule », même si ce n'est pas simple non plus pour lui sur cet autre front intérieur. Il m'a confié en avoir aussi marre qu'on lui envoie à la tête le ramadan qu'il ne fait pas et le voile que sa femme ne porte pas, au seul motif qu'il a une tête d'arabe. *Qu'est-ce qu'ils veulent ? Quelle caution ? Que je me fasse le look suédois par chirurgie esthétique ?*

On lui a dit « *fais pas ton Français* » dans son collège à Lyon, parce que bien travailler en classe est une trahison et la caution de ce sale pays. Quand tu étudies, tu reprends le contrôle de ta vie et échappes donc à celui des grands frères. Ici, c'est réglé, les gamins ne peuvent plus ramener de bonnes notes pour la simple raison qu'il n'y en a plus, trop stigmatisant. Plus d'exigences non plus ; mon père instit me disait que l'indulgence est une forme de mépris, à l'inverse d'un de ses collègues, pour qui il ne fallait jamais stigmatiser, ni réprimander, tout n'est que découverte et initiation ludique. À la fin de l'année, il fallait repeindre la classe et ses élèves étaient moins alphabétisés qu'un chimpanzé de labo.

— Ça m'emmerde de ne pas pouvoir t'aider, mais c'est difficile, crois-moi, ajoute Redwane.

C'est bien la peine d'être pote avec un entrepreneur charismatique de l'Immigration intégrée si c'est pour ne pas pouvoir approcher le leader de la Désintégration. Pour masquer ma déception et, pour tout dire, mon agacement, je demande à Red pourquoi un type qui crée autant d'empois n'est pas accueilli à Kaboul comme le Mess... comme un bienfaiteur. Red m'explique que son itinéraire déplaît ; il a épousé une « Française », qui se trouve être allemande mais c'est un détail, a retiré sa fille du club de foot local quand il a appris qu'il participait au championnat parallèle « pudique », où on joue en survêt, s'est crêpé le chignon avec des parents d'élèves qui refusaient de prendre le pot de fin d'année dans un café au prétexte qu'on y servait de l'alcool, a défendu des « tepus », c'est-à-dire des femmes assez crânes pour se promener tête nue, et a refusé d'installer une salle de prières dans son usine au motif que Dieu serait incommodé par le bruit des machines à coudre.

– C'est sans fin, Fred. Sous prétexte de pureté, il n'est en fait question que de séparation. Nous ne devons plus nous toucher, nous parler, ni échanger. Juste nous nier. Les purs et les impurs. Tout est sujet à interdiction ou obligation. Sanctionné. Proscrit. Exigé. Licite. Illicite. Imposé. De ce que je sais, à Kaboul la vie est souvent triste et apeurée comme à l'ombre d'un tombeau, tu ne vois personne rire sur les trottoirs, hormis quelques jeunes mecs en groupe ayant fait « quelques bêtises », comme on dit ici, ça évoque des chapardages de bonbons pour dire en fait des crimes.

Pendant notre accolade, j'ajoute :

– Tu veux que je te dise ? « Leur » objectif est de piéger des gens comme toi et moi pour qu'un jour on se retrouve face à face, kalach en pogne.

– On ne va pas LEUR faire ce plaisir, répond Redwane avec un sourire gourmand.

Et à mon retour au journal, Bob m'informe que les flics veulent nous voir à propos de Scarlett.

*

* *

– À mon avis, ils ont retrouvé le corps, prononce-t-il d'un air solennel dans la salle d'attente du commissariat du 10e arrondissement.

– Dis pas de conneries, si elle était morte ils te l'auraient dit au téléphone, *le décès a été constaté ce matin au lieu dit...*

Et dans la salle d'attente du commissariat, nous méditons et supputons en silence sur les divers scénarios d'enlèvement et restitution de Scarlett jusqu'à ce qu'un inspecteur, un blond à mâchoire carré et coupe en brosse, nous invite dans son bureau pour simplement nous informer qu'il voudrait prendre notre déposition plus complètement que l'autre jour.

— Entre les fugues, les fake news et les moments de confusion, nous ne prenons au sérieux les alertes enlèvement qu'au bout d'une journée, nous explique-t-il. Et nous disposons de faits nouveaux. Donc, reprenons, votre collègue marchait devant vous hier matin rue de Magenta, quand, tourné le coin, pffuit, disparue.

— C'est cela ; pffuit. Disparue.

— Et vous avez interrogé les passants et les commerçants, sonné aux portes ?

— Exactement. Pendant une demi-heure. On l'a appelée sur son portable, pas de réponse. À ce sujet, vous nous avez dit que vous aviez mis sa ligne sur écoute. Ça a donné quelque chose ?

— Son portable a borné ce matin dans un quartier de Kaboul. C'est ça, le fait nouveau.

Bob et moi échangeons un regard inquiet.

— Ce qui veut dire ?

— Éteindre le portable et le rallumer brièvement à Kaboul ne cadre pas avec un vol. Le plus vraisemblable est que votre collègue a été enlevée, a réussi à cacher son portable sur elle et vient de le rallumer pour nous signaler sa position, sans pouvoir nous passer un appel, surveillée ou ligotée.

— Mais il faut aller la chercher, je m'exclame. Boucler le quartier, fouiller les immeubles.

— Faudrait juste une brigade parachutiste et deux divisions blindées, grince Bob.

L'inspecteur lance un regard circonspect à ce dernier, avant d'énoncer que les forces de l'ordre évitent les provocations dans les quartiers sensibles. Il ajoute :

— Je vois là dans votre... déposition que votre collègue et vous aviez quelques divergences sur l'opportunité du reportage avant son enlèvement.

— Ça arrive souvent entre journalistes, on se laisse emporter par la chaleur du débat, mais sans conséquences.

— Bien sûr... Mais on peut en déduire que vous vous êtes disputés avant de l'emmener dans ce quartier que vous saviez peu sûr.

— Pas exactement, c'est elle qui nous a emmenés.

— Et vous êtes bien les derniers à l'avoir vue ?

— C'est cela.

Après un long silence pensif, il nous demande si, à notre connaissance, Scarlett avait reçu des menaces et, sans me laisser le temps de répondre, Bob grogne d'un air convaincu :

— Pas que je sache, mais ça ne m'étonnerait pas. Elle cherchait vraiment les emmerdes.

— Que voulez-vous dire ?

— Eh bien, déjà, aller traîner en jupe dans ce quartier, c'était très imprudent. Il suffisait de croiser des types un peu malades dans leur tête, dans le coin c'est pas ça qui manque. D'un autre côté, ses articles d'idiote utile des barbus avaient de quoi révulser certains de nos lecteurs. De là à ce que l'un d'entre eux lui ait tendu une embuscade...

— Vous avez des soupçons en particulier ?

— Pas précisément, mais il y a une galaxie d'organisations de natios, que je connais bien puisque c'est moi qui les suis pour le compte du journal, qui la trollent sur les réseaux sociaux, ou la vomissent au courrier des lecteurs. Et entre nous, je lui veux bien sûr aucun mal, c'est une collègue sympa et tout, mais faut reconnaître que vu sa contribution à la dhimmitude ambiante, si elle disparaît quelques jours ça nous fera des vacances.

L'inspecteur se redresse, l'œil brusquement plus vif.

— Ça serait donc une bonne chose qu'elle soit réduite au silence ?

— Eh bien, faut admettre qu'elle verse souvent dans le grand n'importe quoi à tropisme de submersion, si vous voyez ce que je veux dire.

— Pas trop.

— Par exemple, elle écrivait l'autre jour que nos ancêtres se sont battus en 14 et dans la Résistance en 40 pour le Vivre Ensemble. Moi, je croyais bêtement qu'ils s'étaient battus plutôt pour du Vivre Non Allemand. Voire du Vivre Chacun Chez soi.

— Euh, Bob, je ne suis pas sûr que tout cela passionne Monsieur l'inspecteur.

— Mais si, mais si, laissez s'exprimer votre collègue. Continuez, c'est très intéressant.

— Et vendredi dernier, elle nous a bassinés sur une pleine page que la grande tradition française a toujours été d'être *« métissée, mélangée, et ouverte, nous sommes tous descendants d'immigrés, et que serions-nous sans les peintres et les architectes italiens ? »*. Bien sûr, la France ouverte et accueillante, comme le montrent ses nombreuses guerres avec ses voisins. Qui d'ailleurs faisaient de même pour témoigner de leur propre soif d'altérité. Et puis, les architectes italiens, ils n'amenaient pas tout leur village. Et ils mangeaient du prosciuto…

— Bob, on est hors sujet, là.

— C'est très instructif, au contraire, me coupe l'inspecteur. Ce sont des éléments de… contexte précieux pour l'enquête. Et donc, pourquoi la disparition de votre collègue serait plutôt une bonne chose, si je vous suis bien ?

Il arbore un sourire enjôleur de confesseur, je commence à ne pas aimer la tournure que prend la conversation. Bob, lui, a l'air ravi d'avoir trouvé une oreille attentive.

— Sur le plan personnel j'espère qu'on va la retrouver saine et sauve très rapidement.

— Bien sûr, bien sûr.

— Mais sur le plan, disons, politique... ça serait pas plus mal qu'elle soit quelque temps en retrait, oui. Figurez-vous qu'elle écrivait encore l'autre jour qu'un antiraciste authentique doit forcément n'en avoir rien à foutre que la France soit musulmane à la fin du siècle. Facile, elle sera morte. Je parle de Scarlett, pas de la France, hein, quoique. Vous vous rendez compte ?

— Plus encore que vous ne le croyez.

— Que « nous » devenions minoritaires dans notre propre pays, on dirait qu'elle s'en réjouit. Vous saviez qu'au Liban la répartition entre chrétiens et musulmans était 80-20 il y a un siècle et maintenant c'est l'inverse.

— J'ignorais ce point d'Histoire.

La manière dont tournent les choses me plaît de moins en moins. J'essaye d'alerter Bob par des haussements de sourcils impérieux, il me répond par du sourcil perplexe, on dirait deux candidats à un concours de mime.

— Pourtant, continue Bob, l'air heureux d'avoir trouvé en l'inspecteur une oreille attentive, on ne peut pas accueillir toute la misère du monde, comme le reconnaissait je sais plus quel neuneu de gauche jadis. Mais pour Scarlett et consorts, périsse un pays plutôt qu'un idéal.

— Bob, je te rappelle que notre consœur a été kidnappée...

— Grand bien lui fasse ! s'emporte Bob, qui a définitivement oublié où il se trouvait et les convenances.

Je connais mon Bob, quand il se laisse emporter par ses convictions il perd toute lucidité. Je me sens comme Houston essayant de rappeler un satellite ayant échappé à tout contrôle, « allô, Module ? Répondez ? Module ? ». Le

Module ajoute à destination de l'inspecteur :

— Vous voulez que je vous dise ?

— Oui, dites-moi, répond l'inspecteur, l'air gourmand.

— Cette xénophilie féroce cache chez elle une névrose narcissique assortie de pulsions de culpabilité psychotique.

— Rien que ça !

— Avec complication épisodique de haine de soi.

— Bob, on s'écarte du sujet, là.

— Mais on est en plein dedans, au contraire. Je bois vos paroles...

Ces mots encourageants semblent enflammer Bob.

— Notre collègue représente l'archétype de cette caste qui mène notre pays au désastre, pour qui les racines et la fierté ne sont acceptables que chez des étrangers. Qui prétendent défendre les droits des femmes et des homosexuels, mais ont toutes les indulgences du monde pour des gens qui verrouillent les premières et lapident les derniers. Je les vomis.

— Vraiment ?

Je suggère timidement que « *vomir est un peu fort, disons que mon collègue n'est pas toujours d'accord avec ma collègue, mais que pour autant...* » Bob secoue la main dans ma direction comme pour se débarrasser d'un moustique et confie à l'inspecteur d'un air complice :

— Je vomis les compères de Scarlett à cause de qui on ne peut plus rien dire. *Dérapage, rancitude !* Le brillant « *interdit d'interdire* » de Mai 68 s'est réincarné en, plus nunuche, en « *excluons l'exclusion. Et on amalgamera les amalgameurs* ». Les dhimmis comme elle ostracisent pour délit de stigmatisation quiconque critique tel ou tel point stigmatisant de l'islam.

— Il plaisante, Monsieur l'inspecteur !

— Je vois bien.

— Je vomis ce culte multiculturel qui ment sur l'Histoire

et cet antiracisme dévoyé par ses boutiquiers en une idéologie de la soumission et de la lâcheté.

— Est-il farceur !

— À l'évidence.

— Je vomis ces gens qui se vantent d'aimer des peuples dont ils n'ont pourtant jamais étudié l'histoire ou la culture, sans se demander ce qu'éprouvent les peuples du Proche-Orient qui ne veulent pas, pour la plupart, vivre sous les ordres des barbus et qui pleurent notre trahison.

— Il galèje...

— Bien sûr.

— Je vomis ces confits en moraline narcissique, ces Castafiore *« ah, je ris de me voir si cool dans ce miroir »*, bouffis de pénitence postcoloniale, tous ces coquets qui s'admirent en majesté progressiste, qui s'enorgueillissent de se mépriser et ces donneurs de leçons des beaux quartiers gavés du mythe du bon sauvage à la Rousseau revisité en djellaba.

— Juste un peu de provoc...

— Ça saute aux yeux.

— Je vomis ces intellos zombies qui jugent admirables des coutumes quand elles sont exotiques mais rances dès lors qu'elles sont autochtones. On applaudit la musique arabe et on conspue une chanson en breton. Honnêtement, ils pourraient assurer que leur ouverture à l'Autre ne leur sert pas surtout à se chatouiller l'ego ?

— Il blague !

— Évidemment.

— Je vomis cette ambition imbécile de sainteté de la génération des soixante-huitards la plus gâtée de l'Histoire, ces retraités en sandales Birkenstock qui laissent après eux une société en faillite et éparpillée.

— C'est pour rire...

— À qui le dites-vous...

— Et je vomis les illuminés à la Scarlett qui vous expliquent que nous allons disparaître, que le peuple actuel, quel mot puant sous les bras, va se dissoudre et se doter d'une culture mixto-hybride. Leur projet civilisationnel ; se déguiser en cachet effervescent !

— Quel taquin !

— Ça tombe sous le sens.

— Je vomis aussi ceux des immigrés qui marinent dans des ressentiments et revanches historiques. Tout homme mené par le ressentiment se rétrécit.

— Nietzsche ? hasarde l'inspecteur.

— Non, Robert Jausiers, répond Bob, superbe.

Il s'immobilise, avec l'air majestueux du ténor à la fin de l'aria de l'apogée de l'acte III.

— Et si une femme ne peut plus se promener en jupe dans Paris, on sait bien pourquoi !

— Oui, pourquoi donc, Monsieur ?

— Mais parce qu'on a tout cédé aux barbus voyons !

— Il plaisante, Monsieur l'inspecteur.

— Pas du tout. « Ils » se croient tout permis, désormais. Ils infiltrent tout. J'en ai interviewé un, l'autre jour, qui me montrait l'Élysée en me disant « *un jour, ça sera à nous. Et on transformera Notre-Dame de Paris en mosquée* ». Vous allez voir qu'on sera bientôt obligé de stopper les usines trois fois par jour pour permettre à ces messieurs de faire leurs prières !

Et Bob se tait, satisfait de sa diatribe, pendant que j'incarne l'accablement, prostré sur ma chaise en plastique. L'inspecteur nous dévisage dans un silence où je devine des soupçons appuyés. Le téléphone sonne, il répond à son interlocuteur qu'ils se retrouvent « *comme convenu à la mosquée vendredi* », puis regarde sa montre et se lève :

— Je vous remercie pour votre déposition. Elle a été très utile. Je vous laisse, j'ai ma pause prière, conformément au règlement.

*
* *

— Tu vois, je ne suis pas persuadé que tu aies été très avisé de faire du flic chargé de l'enquête un ennemi idéologique.

— Mais enfin, je ne pouvais pas deviner qu'il était converti. Il n'avait vraiment pas le look, répond Bob en accélérant le pas dans la rue pour retourner au journal. Blond et la coupe en brosse, c'est pas du jeu.

— Quand on ne peut pas deviner, on ferme sa gueule, au lieu de faire des provocations.

— C'était pas une provoc mais la vérité pure.

— Dans certaines circonstances, cela revient au même. Et ce n'était pas non plus très futé de disjoncter sur Scarlett alors qu'elle a été enlevée...

— Tu savais au passage qu'ILS avaient le droit de faire leurs prières sur leur temps de travail ?

— Je crois que Scarlett a fait un papier récemment là-dessus. C'est toléré dans certains commissariats.

— L'article de Scarlett devait être très impartial ; elle a dû interviewer quinze sociologues favorables et personne en face. Décidément, ILS sont partout, grogne Bob en jetant un regard farouche aux alentours. Leur mot d'ordre : s'installer, recruter, grenouiller, peser, négocier, intimider, demander, exiger, dominer.

— Arrête, tu ressembles à David Vincent dans *Les Envahisseurs.*

— Mais, c'est ce que je suis, bordel ! me crie-t-il en roulant des yeux colériques. Tu ne vois pas qu'on est envahis ? Que « l'éléphant dans la chambre » s'est réveillé dans le magasin de porcelaine ? Il s'agit de nous culpabiliser dès qu'on refuse l'entrée de n'importe qui, de n'importe quelle origine, en n'importe quel nombre, pour n'importe quel motif. C'est ce qu'ILS veulent. Les conflits se gagnent plus par les discours que par les armes. Il s'agit de persuader l'adversaire que sa résistance est futile, et sa cause indigne.

– Yun Tsé ?

– Certainement. Soumettre en ôtant la volonté de résister.

– Mais qui ILS, Bob ? Les Barbus ?

– Tu ne sais pas qu'ILS ont un Plan de conquête et domination, écrit noir sur blanc ? rétorque-t-il d'un air farouche.

– Ça sonne un peu comme le protocole des sages de Sion [3], ton affaire.

– Lis le manifeste des Frères Musulmans. Le Projet de la banque Al Taqwa [4]. La Stratégie de l'action culturelle extérieure de l'ISESCO [5]. Si ça ne te dessille pas, alors c'est que rien ne pourra altérer ta candeur féroce. À tes risques et périls.

– ILS peuvent faire chier, d'accord, mais c'est tout. Tu crois vraiment que des types dont le soft power consiste à proposer de mettre les femmes dans de grandes chaussettes noires et à prétendre que la musique transforme en singe et en porc vont envoûter la jeunesse du monde entier ? On manque à ce point de confiance en notre capacité de séduction ?

Il pousse un soupir fatigué.

– Tu sous-estimes la capacité de névrose et d'instinct de mort de l'humanité. Si on t'avait dit il y a un siècle

3. Faux document, peut-être fabriqué par la police secrète du tsar vers 1903 afin d'attiser l'antisémitisme, tendant à accréditer un plan de conquête mondiale des Juifs.

4. Banque liée au très influent prédicateur islamiste Youssef Al Qarawadi, dont ce document de conquête de l'Occident a été trouvé par la police suisse en 2001. Lire *La Conquête de l'Occident* du journaliste suisse d'investigation du *Temps*, Sylvain Besson.

5. Branche pour la culture et l'éducation de l'Organisation de la Conférence Islamique qui regroupe 57 Etats à majorité musulmane.

qu'un peuple ayant produit Goethe, Beethoven et Einstein voudrait marcher au pas, envahir le monde entier et construire des chambres à gaz, tu m'aurais cru ? En 1922 le New York Times t'expliquait qu'Hitler n'était pas vraiment antisémite. Les mêmes t'expliquent aujourd'hui que les Frères Musulmans ne veulent pas conquérir le monde, juste exprimer maladroitement une révolte d'opprimés. Et à côté de ce genre de champions du déni tu as aussi les lâches, j'ai dîné chez certains d'entre eux, qui confient tranquilou qu'ils ont conscience que l'affaire pourrait virer au vinaigre mais que ce n'est pas grave, leurs petits enfants iront étudier et travailler à l'étranger. Déserter est toujours ce que la haute bourgeoisie sait faire de mieux.

– Pour l'instant, ce que je vois surtout c'est que l'inspecteur nous soupçonne d'avoir organisé la disparition de Scarlett pour faire taire quelqu'un dont les articles t'horripilaient. D'ici à ce qu'on soit inculpés...

– Penses-tu ! Tu deviens parano.

*

* *

Entre ma virée bredouille à Mogadiscio et les soupçons du commissaire, je n'ai donc pas de quoi rentrer guilleret au journal. Je suis tenté de me lancer dans mes classiques séances d'introspection consacrées à mes échecs professionnels, citoyens et familiaux et qui ressemblent au conseil d'administration d'une multinationale ayant tout misé sur un réseau de pigeons voyageurs alors qu'on vient d'inventer le smartphone. Il est plus que temps de réaliser une percée décisive sur, par exemple, le dossier Plan Gorafi. Et pour cela, évidemment jouer mon joker, Gorge profonde numéro 1 : Guezbou.

Mon vieux pote de Sciences Po Bordeaux qui m'avait servi, un peu malgré lui, d'informateur lors de la grande crise financière d'il y a sept ans, dans des circonstances un peu tordues puisqu'à l'époque, un peu par jeu un peu pour raisons financières, je chroniquais secrètement l'affaire pour deux journaux antagonistes. Guezbou s'en était aperçu et ne m'en avait, curieusement pas tenu rigueur, emporté qu'il fut par la tourmente politico-financière et fuyant finalement le tumulte pour élever des chèvres dans le Larzac.

Après le prompt décès desdites chèvres, il s'est toutefois rendu compte qu'un haut fonctionnaire ne sait rien faire à part haut-fonctionner et il est revenu à Paris où il a pu faire passer son éloignement providentiel pour de la probité. À l'occasion d'une nouvelle simili alternance, il a donc réintégré l'appareil d'État où sa capacité à s'attribuer le mérite des dossiers qui avancent et à faire porter le chapeau aux autres pour ceux qui s'effondrent a fait merveille. J'ai donc comme informateur secret le secrétaire général adjoint de l'Élysée, excusez du peu.

Guezbou, par ailleurs garçon intelligent, cultivé et courtois, fait partie de ces bergers administratifs qui croient que la société est une sorte d'assemblage de lego en juste un peu plus compliqué. Il suffit de tirer sur les bons leviers pour obtenir ce qu'il faut du troupeau. Il fait partie de ces hauts fonctionnaires réputés brillantissimes sans avoir jamais rien créé vraiment, ni firme ni œuvre d'art, d'une éloquence à la limite du bègue de peur de proférer du compromettant. Un charisme d'huître. Mais il sait « nager », ça on ne peut pas le lui enlever.

Quand j'ai besoin d'un briefing j'envoie à Guezbou un mail évoquant l'actualité de manière anodine, mais où je m'enquiers en passant de la santé de sa mère, car il pourrait y avoir enquête sur les fuites, même si celles dont il m'a fait bénéficier ces années étaient généralement validées en haut lieu. Nous nous retrouvons donc en fin d'après-midi à notre lieu de rendez-vous discret habituel, la Grande Roue du jardin des Tuileries, clin d'œil entre cinéphiles. Et quand, installés seuls dans une cabine, je lui demande ce qu'il pourrait me filer sur THE PLAN, il répond sobrement : « *No comment. No Sé.* ». Mouais, dans Tintin et le Temple du Soleil, ceux qui disent ça, en fait ils savent…

Je me récrie, *quand même, un vieux pote, allez un bon mouvement, un bout de PLAN, une miette, un Planounet, un échantillon pour voir.* Mais il reste inflexible, il me faudra attendre le Sommet de la semaine prochaine, comme tous les confrères, car *le dossier est très sensible, arbitrages, dissensions.* Tout ce qu'il peut me dire c'est que *« l'exécutif cherche un équilibre entre crispations identitaires et communautaristes, pour ramener de l'ordre dans le pays et partir sur des bases apaisées et rénovées »*. C'est beau comme du Baudelaire. En légèrement moins remuant, peut-être.

CHAPITRE 9
UN PETIT PUTSCH POUR LA ROUTE

JEUDI.

Ceccaldi m'appelle à cinq heures du matin, j'ai connu des réveils plus voluptueux, pour m'informer que Bob a été blessé en couvrant hier soir une opération de sécurisation qui visiblement ne sécurisait pas assez. Son reportage de ce matin est donc à l'eau et comme des collègues sont mobilisés sur la tentative d'incendie de la cathédrale de Reims, j'ai gagné le gros lot. Ceccaldi m'invite à être dans une heure en forêt de Fontainebleau pour la conférence de presse clandestine de la Garde nat. J'objecte que j'y ai aucun contact puisque c'est la chasse gardée de Bob, mais pas de soucis, depuis son lit d'hôpital Bob a téléphoné au contact de son contact, ils sont prévenus. Je me gare à six heures à l'entrée ouest de la forêt, parking B3, et un type en voiture me prendra en charge pour m'emmener sur le lieu de la conférence. Mot de passe « beau temps pour les champignons, non ? », il me répondra « pour le chevreuil aussi ».

J'arrive à l'endroit convenu, où stationne une seule voiture, une camionnette, certainement mon contact. Je m'approche donc, toque à la vitre, demande « beau temps pour les champignons ? » et il me répond « pour les pipes aussi ».

Eh ? Ce n'est pas tout à fait ce qui était convenu.

— Comment, ce n'est pas... vous n'êtes pas de la Gar... attendez, je crois qu'il y a erreur.

Il me jette un regard perplexe.

– Cinquante balles, bijou, cherche pas à mégoter.

– Non, je vous assure, je… je dois vraiment rencontrer quelqu'un qui… pour aller à la chasse aux champignons.

Je sais lire dans les yeux de quelqu'un quand il considère que je me fous de sa gueule et c'est clairement le cas, faut dire que convaincre que je chassais les champignons à six heures du mat sur un parking désert c'était peut-être un challenge. Il ouvre la portière d'un air menaçant. Je n'ai rien contre une guerre civile, mais une baston avec un prostitué sur un malentendu ça vire au glauque. Heureusement, une voiture surgit sur ces entrefaites et chapeaux de roues pour se garer juste à côté de nous. Son conducteur en sort, l'air nerveux, il est vrai qu'il est en retard, un retard préjudiciable.

– Excusez-moi, Messieurs, mais l'un d'entre vous pratique-t-il la chasse aux champignons ?

– Moi, moi, je réponds promptement en levant la main comme à l'école. Et vous, vous chassez le chevreuil, n'est-ce pas ?

Le prostitué nous observe, l'air interloqué devant cet afflux soudain de mycologues.

– Ouais, grogne le nouvel arrivant, heureusement plus porté sur la venaison que sur la fellation.

– On a tout fait à l'envers, ajoute-t-il sur un ton de reproche, normalement, la procédure prévoyait que ce soit vous qui posiez la question des champignons.

– Je sais mais comme vous étiez en retard, j'ai entamé la procédure et ça a mal tourné. Un quiproquo. L'essentiel est qu'on se retrouve, n'est-ce pas ?

– Et vous deviez être seul. Bob m'avait dit…

– C'est le cas, c'est le cas. Monsieur s'est greffé… sur un malentendu, mais il va rester là, il a… du travail.

Et nous partons, laissant le type attendre le prochain micheton, les poings sur les hanches, qui semble se dire

« y a de ces pervers, quand même ! ».

*

* *

Mon nouvel ami conduit vite dans des chemins peu praticables. Un quart d'heure plus tard nous nous garons dans une clairière aux côtés d'une dizaine de 4x4. On vérifie mon identité, on effectue une vague fouille et on me guide vers un banc déjà occupé par deux confrères devant une table vide. Je reconnais Brigitte Jussier, *du Monde.*

— Oh, ce n'est pas Bob qui couvre ? me demande-t-elle.

Ceux qui couvrent les natios dans la presse parisienne forment une petite tribu.

— Il a eu un empêchement. Un éclat de mortier dans l'épaule, hier soir.

— Les risques du métier et les choses de la vie.

Nous rejoignent les envoyés spéciaux du *Figaro*, des *Échos*, de *Match* et évidemment de *France Matin*, la feuille de chou « maison ». Tout ce petit monde s'installe tranquillement avec force bises, « *salut, tu vas ?* » L'endroit a l'air convivial.

Je me retrouve assis entre Marc Saint-Lambert, de *France Matin* et Brigitte, qui ne se saluent pas. Un détail révélateur de la crispation contemporaine, alors que jadis le chroniqueur de *L'Huma* eût papoté avec *Le Fig*, après tout nous faisions le même job et on ne sait jamais, au nom de l'étonnante plasticité du métier, nous pouvions être amenés à postuler ici ou là. Tandis qu'aujourd'hui, Brigitte et Marc pensent mutuellement que l'autre fait surtout travail de propagandiste. Marc appelle *Le Monde* « La Pravda » et Brigitte désigne les journalistes de *France Matin* comme « les tarés de Terroirs et Clochers ». En tant que représentant d'un quotidien réputé « centriste, un peu mou du genou », j'ai le privilège de pouvoir papoter indifféremment avec les deux.

Notre badinage est interrompu par l'arrivée d'une demi-douzaine de cagoulés, puis de tout un détachement d'une centaine d'ombres arborant diverses armes de guerre, RPG y compris, qui s'alignent derrière eux. Ça me rappelle les briefings de feu FLNC en Corse. Faut reconnaître que c'est impressionnant. Celui qui semble être le chef, le seul à visage découvert, mâchoire carrée et cheveux en brosse qui fait dire à Brigitte « une belle tronche de faf », s'empare du micro.

— Je me présente, colonel de réserve Gervais. Bienvenue à cette conférence dont l'objectif est de vous présenter le plan d'action d'une nouvelle organisation clandestine issue du rapprochement entre des éléments de la Garde nationale et divers groupes de Vigilants. Des citoyens qui, comme vous le savez, suppléent informellement les forces de police dans le maintien de l'ordre, ou plutôt de limitation du désordre, mais qui estiment aujourd'hui nécessaire de se fédérer. Ces derniers jours ont donc été créés secrètement vingt-quatre Comités de salut public en France, prêts à agir sous peu en liaison avec nos relais dans l'armée, la police et la gendarmerie.

Brigitte lève le doigt, sagement.

— Tout ça c'est « *on* », ou c'est « *off* » ?

— Euh, comment ça ?

Le colonel n'a pas l'air de maîtriser tous les codes des conférences de presse clandestines. Il débute sans doute.

— On peut citer vos propos ? C'est pas du *deep background* ?

— *Deeep* ?

— Pour du contexte mais sans citation attribuée.

— Bien sûr que vous pouvez citer, grommelle Gervais, on ne vous a pas fait venir pour commenter la recette des crêpes.

— Non, mais on ne sait jamais vous pourriez vouloir protéger votre anonymat. Donc, on ne cite pas « dans l'entourage de la Garde nationale », mais « le colonel Gervais » ?

— Vous pouvez y aller, de toute façon je suis bien colonel de réserve, mais ne m'appelle pas vraiment Gervais.

Et pour reprendre un peu de componction, il dépose sur la table le calibre qu'il avait glissé dans sa ceinture. Ça fait certainement son petit effet d'habitude pour signifier « *faites attention aux questions que vous allez poser* », mais le coup du flingue on nous l'a déjà fait à tous, car sur le banc de la presse, fort inconfortable au demeurant il faudra qu'ils corrigent cela la prochaine fois, s'il y a de la divergence éditoriale il y a aussi et surtout de l'aguerri.

— Nous n'avons plus le choix, car la patrie est en danger, livrée aux barbus, avec la complicité des dhimmis.

Il se tait un instant pour faire son effet, mais là encore, le public ne semble pas impressionné, vu qu'il est constitué de pros habitués à couvrir zones de non droit et sociétés parallèles.

— La Patrie est en danger. Et même la civilisation occidentale tout entière, qui de manière invraisemblable a organisé sa propre invasion et sa reddition, reprend-il d'une voix plus ample.

— Bon, la planète tant qu'on y est, murmure Brigitte. On nage dans le Choc des civilisations d'Huntington.

— Ainsi que tous ceux qui, partout ailleurs dans le monde, sont attachés aux mêmes valeurs de démocratie et d'État de droit que nous, continue Gervais.

— Allez, je vous fais la galaxie pour le même prix et on n'en parle plus.

— Partout en Europe nous voyons notre manière de vivre insultée et piétinée par une coalition de communautaristes, d'intellectuels analphabètes et d'élus félons. Des étrangers viennent jusque dans nos bras « *égorger nos fils et nos compagnes* », comme dit notre hymne national, brûler nos musées, pisser sur nos églises et nos pelouses, ou gifler nos femmes et nos mères, avant de diffuser sur les réseaux sociaux les vidéos de leurs provocations. La France, nation des Arts, des Armes et des Lois, est devenue celle des Graffitis, de la Lâcheté et des Allocs. Nous avons invité des égorgeurs à dîner et nous nous excusons que les couteaux ne soient pas assez aiguisés…

— La révolte des petits Blancs, soupire Brigitte avec dédain.

— Enfin ! s'extasie Marc sur ma droite.

— Les civilisations ne meurent pas, elles se suicident, disait Arnold Toynbee. La nôtre se détruit au nom d'une idéologie selon laquelle tout doit devenir liquide et interchangeable ; les sexes, les partenaires, les pays, les métiers, les engagements, les convictions, les peuples, les cultures. Tout se vaut, tout se tente, tout s'échange. On zappe. Cette idéologie est l'instrument d'un complot ourdi depuis des décennies par les autorités d'Occultation. Une clique de cultureux subventionnés, de technocrates arrivistes, d'affairistes sans honneur, d'élus opportunistes s'acoquinant avec des intellos médiocres s'est ruée vers la servitude en même temps que la trahison. Ils nous enjoignaient de ne plus être nous-mêmes pour ressembler à Big Other et nous gavaient de multiculturalisme, qui consiste à aimer toutes les cultures du monde sauf l'Occidentale.

— Paranoïa au stade aigu ; vingt ans de divan, assène Brigitte.

— Seuls les paranos survivent, grince Marc.

— Un complot mené par Deep Sate, l'État profond, prononce Gervais-qui-n'est-pas-Gervais, avec l'air d'un prêtre évoquant le Malin.

Ah ben, v'la aut chose. C'est quoi cet État profond ? Les confrères autour de moi ont l'air de connaître. Faudra que je demande à Bob tout à l'heure.

— Quant au peuple français il est menacé d'être remplacé, submergé par une véritable cinquième colonne d'assistés polygames, des hordes sexistes, obscurantistes et fanatiques. Quarante pour cent des enfants nés à Paris sont d'origine africaine. Dans certaines communes c'est quatre-vingt-dix pour cent. En bref, nous avons organisé notre propre disparition. Avec jubilation, en prime.

— Et allez donc, la théorie du Grand Remplacement, souffle Brigitte.

— Va mettre tes gamins à l'école dans ces quartiers et on en reparle, grogne Marc.

Paix, mes chers confrères, ce n'est pas parce qu'on couvre des coups d'État qu'il faut s'étriper.

— Des articles scientifiques attestent que, si rien n'est fait, le dernier enfant blanc de ce pays naîtra en juin 2054, clame Gervais.

Ah tiens, 2054, comme la prédiction de Kill Bounty, au moins ils sont d'accord sur quelque chose.

— Tu crois que je peux demander le jour ? me glisse Brigitte.

— C'est un trait d'esprit qui ne serait peut-être pas apprécié.

— Dans trente ans, si nous n'y prenons pas garde, les descendants de ce peuple qui s'est forgé une nation et un style unique au prix de nombreux combats, seront minoritaires et, ne vous y trompez pas, en voie d'élimination. Ceux qui sont morts pour leur pays doivent se retourner dans leur tombe. Des hordes clamant sur Internet la nécessité de dominer et mépriser ces autochtones qu'ils surnomment les babtous, conditionnent leurs gamins dès l'âge de trois ans à n'avoir qu'un seul geste à notre endroit, celui du pouce qu'on passe devant sa gorge, sauf si nous leur signons les chèques des allocs...

La voix de Gervais se fait de plus en plus ample et solennelle, au point de faire dire à Marc : « De Gaulle, sors de ce corps. ».

– Une longue lignée de figures patriotiques regarde ce désastre et notre passivité avec colère. Clovis, qui a porté ce pays sur les fronts baptismaux il y a quinze siècles, Charles Martel qui repoussa les Sarrasins à Poitiers où le sort de l'Occident était en jeu, Jeanne d'Arc, quand notre pays semblait perdu. Et de Gaulle, dont on fermerait la page Facebook s'il revenait, qui proclamait au moment de sauver l'honneur de la France : « *L'équipe mixte du défaitisme et de la trahison s'est emparée du pouvoir dans un pronunciamiento de panique.* »

– Ah, qu'est-ce que je disais ! murmure Marc.

– Pourtant, tout n'est pas perdu, claironne Gervais. Nous pouvons encore sauver ce pays fourbu semblant chercher un coin où s'allonger et mourir, mais qui au fond de lui n'a pas encore renoncé. Aux heures les plus sombres des hommes et des femmes se sont toujours levés. Les Ploucs se rebiffent. Nous posons ce soir les premiers jalons de la reconquête. Ce vieux peuple ne veut pas disparaître. Nos contacts dans l'administration et les services de renseignement intérieurs attestent que le Dialogue national de la semaine prochaine présenterait un véritable plan de partition du pays, prévoyant, de gré ou de force, une homogénéisation ethnoculturelle. Des Français forcés de quitter leur logis, au pied des beffrois et des clochers où ont vécu leurs ancêtres, avec des baïonnettes françaises dans les reins. Jamais ! Nous prendrons les armes.

Si ce plan est validé, nos Comités de salut public

prendront le pouvoir dans les vingt principales villes du pays, avec le soutien de l'armée, dont une grande partie n'a plus confiance en le pouvoir politique, pour sauver la patrie. Nous ferons mouvement avec les Vigilants et les Volontaires. Nos exigences ; expulsion immédiate de tous les fichés FSPRT [1] d'origine étrangère et des imams salafistes, ainsi que des étrangers auteurs de délit, rappel du sursis de tout fiché FSPRT qui a été condamné à quelque délit que ce soit et assignation à résidence avec bracelet électronique de tous les autres. Suppression du droit du sol et du regroupement familial, fermeture de toutes les associations culturelles proches des Frères musulmans et des Ikhwans. Dénonciation du traité de Schengen, limogeage des juges rouges, ou des énarques complices. On a des listes.

— Ils adorent ça, faire des listes, grogne Brigitte. Des listes de traîtres, de francs-maçons... Ne manque que les Juifs, je me demande bien pourquoi.

— Peut-être parce que, question antisémitisme, ceux d'en face ont pris tout le stock, grommelle Marc.

— Nous lançons un avertissement solennel : si le gouvernement franchit la ligne rouge, nous serons obligés de prendre nos responsabilités et les Comités de salut public mèneront l'opération Sanglier. Nous disposons de deux cents unités sur tout le territoire. Voici un aperçu de leurs capacités opérationnelles.

Il claque des doigts et à ce signal un ordre bref et guttural retentit derrière lui. Aussitôt, la centaine de silhouettes se disperse en quatre groupes au pas de course, fusils d'assaut à la poitrine.

— Chic, un peu d'action, commente Brigitte.

— Pourquoi Sanglier ? je demande à Gervais.

1. Fichier des signalements pour la prévention de la radicalisation à caractère terroriste, fort de soixante mille fiches au moment où s'exprime le colonel Gervais, contre vingt mille en 2017.

— Euh, nous tenions à un nom d'animal. On aurait préféré Condor ou Cobra, mais le nom était déjà pris.

— Et puis, ajoute un de ses adjoints à passe-montagne, nous voulions un nom d'animal bien français. On a pensé à Coq. Mais, opération Coq ça ne sonnait pas très bien et un peu cliché.

— Alors, on s'est rabattus sur Sanglier.

— Un proche du cochon… vous saisissez le message.

— Je saisis. Subtil.

Une pétarade devant nous. Ça pourrait attirer un garde-chasse. Un comble, les chevreuils mieux protégés que les banlieusards.

— C'est un véritable coup d'État que vous nous décrivez là, commente Brigitte.

— Et alors, qu'est-ce que vous avez contre les coups d'État ? C'en est bien un, le 13 mai 1958, qui a donné naissance à la Ve République, non ? Même si tout le monde l'a oublié. Pas d'ostracisme ou de pudeur de rosière. Dans certaines circonstances…

Silence perplexe des confrères : la Ve République que nous chérissons tous comme une vieille tante espiègle, même si elle semble hésiter entre l'essoufflement et l'infarctus ces derniers temps, la glorieuse V^{e} serait marquée du péché originel d'être issue d'un putsch ? Faudra que je vérifie cela dès mon retour au journal et que je relise *Technique du coup d'État* de Malaparte. Ça peut servir.

— De ce point de vue, ajoute Gervais, nous sommes tous des fils de put… schistes.

Gloussement parmi les collègues. Le facho a de l'humour, c'est curieux.

— Qu'est-ce qui nous prouve que vous ne représentez pas que vous-même ? demande Brigitte.

— Mais rien, bien sûr. Nous ne sommes peut-être qu'une

bande de guignols en treillis en forêt. Nous n'avons peut-être aucun relais discret dans l'administration, aucuns sympathisants parmi les ministres et les élus, ni aucun poids dans l'armée, la gendarmerie ou la police. Nous ne pouvons compter sur l'appui d'aucun des groupes de volontaires qui s'entraînent discrètement en forêt...

Et sur ces points de suspension lourds de sous-entendus, on s'esclaffe autour de lui sous les cagoules, un son étouffé un peu étrange. Les ombres se précipitent alors dans une clairière. Les Vigilants prennent d'assaut une cabane abandonnée, avec force postures martiales, ils regardent trop de séries américaines. De la cabane sort une demi-douzaine de silhouettes, ils ont même prévu des ennemis, c'est chiadé. Les Vigilants les neutralisent à grand renfort de projections d'épaule, dont un très bel ippon-seoi-nage réalisé par une silhouette menue, sans doute féminine. Les Ennemis semblent un poil complaisants, s'écroulant dès qu'on les effleure, comme souvent dans ce genre de démonstration. Dans la vraie vie il faut cogner comme un furieux aux points sensibles pour abattre un type shooté à testostérone-adrénaline, mais ne chipotons pas.

Ça y est, objectif pris, sécurisation du périmètre réalisé, tout ce petit monde se regroupe en un ballet bien réglé au centre de la clairière pour un garde-à-vous martial. Gervais annonce alors fièrement « entraînement aux sommations ». Une salve salue illico cette annonce.

— J'avais dit « sommations », pas de rafaler comme des malades, beugle Gervais.

Une subtilité qui visiblement échappait aux recrues. Gervais revient nous saluer pour signifier la fin du briefing et conclut en désignant ses troupes !

— Voilà mes guerriers. Parce que ce n'est pas avec les tarlouzes végétariennes au pouvoir qu'on va défendre notre pays et notre civilisation.

Marc, sursaute. Il était sans doute d'accord avec quatre-vingt-quinze pour cent de ce que disait Gervais, mais là, peut-être que « tarlouze végétarienne » était de trop.

Et Gervais donne l'ordre de marche vers la pénombre avec un chant militaire en prime. Une bande de guignols en treillis.

*
* *

— Pas tout à fait, me répond Bob quand je débarque en fin de matinée dans sa chambre d'hosto, où il est en observation jusqu'au soir.

Je suis passé prendre de ses nouvelles, il me confie sa déception d'avoir loupé le point presse mais les toubibs n'ont rien voulu savoir, vingt-quatre heures d'observation obligatoire, et il en profite pour lui demander de me briefer sur mes nouveaux amis dont je n'avais jamais entendu parler. Tenté de ne pas les prendre trop au sérieux, un petit coup de bluff d'excités d'extrême droite.

— C'est ce que je croyais quand j'ai découvert leur existence par une de mes sources le mois dernier, répond Bob. Depuis, je les ai approchés, amadoués, ils sont farouches, ils m'ont expliqué leur analyse de la situation...

— Que tu partages...

— Dans les grandes lignes oui, ce ne sont pas les petites frappes et les analphabètes habituels des réseaux néonazis, même s'ils tiennent un discours un peu exalté et qu'il faut admettre que préparer des coups d'État ça peut être dangereux pour la démocratie.

— L'État de droit c'est comme un panier d'oursins, on ne s'assied dessus qu'à son détriment.

Bob précise qu'ils l'ont laissé enquêter avec comme seule condition que tout serait off jusqu'à aujourd'hui. Maintenant qu'ils sont un peu sortis de l'ombre avec cette conférence clandestine, ils comptent intimider le gouvernement. Quant à savoir s'ils ont les moyens de mener un véritable coup d'État ou si ça ferait pschitt... j'éclate de rire.

— Tu crois vraiment qu'ils ont pu monter quelque chose de significatif sans se faire repérer ? Les cent gugusses que j'ai aperçus ce matin doivent représenter l'intégralité de leurs effectifs. Tout se sait, maintenant, Bob, tu sais bien, tu ne peux plus faire un pas sans te faire pister par ton propre téléphone portable. Aucun secret partagé par plus de deux personnes n'est un secret.

Je sais ça depuis mes huit ans ; j'avais confié à un ami être attiré par une certaine Véronique et il le lui a répété dans l'heure, ce fumier. Bob esquisse un sourire indulgent et me demande si je connais l'organisation Stay Behind. Euh, non. Et Glavio ? Je hasarde que cela doit être italien. Et Schwert ? Allemand ? Et le réseau Rose des Vents ? Français, ou belge, ou suisse, je réponds.

— Non, en Suisse, c'était l'armée secrète P26.

— Une armée secrète ?

*
* *

— En 1947, l'Europe était zébrée de grèves insurrectionnelles communistes, voire d'ébauches de guerre civile, et la perspective d'une invasion soviétique n'était pas saugrenue. C'était le début de la guerre froide et la dissuasion nucléaire n'existait pas encore vraiment. Au vu des rapports de force, avec des dizaines de milliers de chars capables de déferler dans les plaines orientales de l'Allemagne, notamment via ce qu'on appelait la trouée de Fulda, une plaine près de Francfort, il était clair que les armées de l'ouest seraient débordées au bout de quelques semaines, avant que le gros de l'armée américaine ne puisse se déployer. Des dirigeants de l'armée et des services de renseignement des pays de l'Alliance atlantique ont alors jugé indispensable de monter de quoi continuer la lutte par sabotage, propagande, guérilla, harcèlement des Soviétiques après l'invasion et l'occupation. D'où le nom de Stay Behind, « Rester derrière » quand le front aurait cédé. Il s'agissait, avec l'appui de la CIA et du MI6 britannique, d'un véritable réseau clandestin anticipé de résistance, nourri du retour d'expérience de la Seconde Guerre mondiale, en Norvège, Autriche, Allemagne, Portugal, Grèce, Italie, France, Finlande, Belgique, Pays Bas, Luxembourg, Danemark, Turquie, et même dans des pays non-membres de l'OTAN, comme la Suède et la Suisse qui savaient que les chars soviétiques ne feraient pas de détails une fois lancés.

Des réseaux forts, suivant les pays, de centaines voire de milliers d'hommes. Avec des caches de fusils-mitrailleurs, lance-grenades, radios, explosifs. Des hommes recrutés dans l'armée et les services de renseignements, généralement à l'insu de leur hiérarchie ou du pouvoir civil, avec l'appui de quelques industriels, contactés discrètement, qui fournissaient argent, couvertures, terrains d'entraînement. Souvent, des anciens résistants. Étaient prévus aussi des plans d'évacuation des gouvernements pour légitimer la suite de la lutte depuis l'étranger ; la base de repli française était au Maroc, l'allemande au Portugal, la suisse un immeuble loué à Dublin. La branche italienne de Stay Behind s'appelait Gladio, en France c'était Rose des Vents, le Weirt en Allemagne, etc. La P26 suisse, dont je te parlais tout à l'heure, comptait huit cents hommes et quatre caches d'armes, dont une dans un chalet huppé de Gstaad.

— La gueule de la femme de ménage quand elle a voulu passer l'aspirateur dans la chambre qu'il fallait pas.

— Les réseaux italiens, turcs, français ou allemands étaient les plus imposants. En Italie, cent trente-huit caches d'armes. Ils disposaient de lieux d'entraînement clandestins dans les propriétés de riches châtelains, en France prédilection pour le Loiret ou la Bretagne.

— Il eût été imprudent de s'y inviter pour le week-end sans prévenir.

— Ou de creuser au fond du jardin. Ils avaient pour couverture diverses organisations anodines, par exemple en Autriche une association d'amateurs de ski et de randonnées. Par la suite, comme ces réseaux n'agissaient pas franchement dans un cadre constitutionnel et étaient par définition surtout constitués de nationalistes, souvent extrême droite, certains ont pris de mauvaises habitudes.

— Par exemple ?

— Rien de vraiment prouvé, mais on peut soupçonner que dans les années soixante et soixante-dix certains de ces réseaux ont dérivé vers le terrorisme, ou la préparation de coups d'État, en Italie, où on a appelé ça la stratégie de la tension durant les années de plomb, en France à la fin de la guerre d'Algérie, en Allemagne, ou en Belgique.

— Les ravages du désœuvrement. Et donc, tu veux dire que nos amis randonneurs de ce matin ont monté quelque chose d'équivalent dans l'armée et la police ?

— Peut-être. En tout cas, Stay Behind[2] a impliqué des dizaines de milliers d'agents dans tous les pays d'Europe à partir de 1947 et son existence n'a été révélée au grand public, qui n'y a pas vraiment fait attention, la preuve tu en ignorais l'existence, qu'en 1990 dans une interview

2. Tout ce qui précède est rigoureusement authentique.

du Premier ministre italien de l'époque, Giulio Andreotti, lui-même sans doute ancien cadre de Gladio. Des dizaines de milliers d'agents secrets dans vingt-quatre pays pendant un demi-siècle. Alors, tu vois, Fred, tes théories sur les secrets impossibles…

*

* *

— Pas mal ton petit papier sur les cinglés de la forêt, commente Ceccaldi dans l'après-midi. On s'y croirait. Les mecs qui rampent dans la boue, les tirs et le discours… déjanté du chef. Tu n'as aucune idée de qui ça peut être ?

— Non, c'était le seul à parler à visage découvert, mais il a juste dit qu'il était colonel de réserve.

Après m'avoir remercié d'avoir remplacé Bob au pied levé, Ceccaldi ajoute qu'il faudrait vraiment accélérer sur la piste de Benkhirane, sans oublier ce foutu PLAN du gouvernement. Pour ce dernier, je relance à tout hasard la piste Guezbou, mais le mail où je lui demande, selon le code convenu, des nouvelles de la santé de sa mère, reçoit une réponse immédiate.

— Maman est effectivement un peu souffrante, merci de ta compassion, mais je ne pourrai pas t'en dire plus avant la semaine prochaine.

En désespoir de cause, je contacte ma dernière source dans l'administration, puisque mes deux Gorges profondes sont peu coopératives, un directeur d'administration centrale qui travaille effectivement sur ZE Plan mais me confie que les groupes de travail sont hyper cloisonnés, *je n'ai jamais vu ça, à croire qu'on bosse sur du nucléaire, je ne peux strictement rien te dire, ne serait-ce que parce que je ne sais rien, j'ai pour instruction expresse de ne pas parler aux journalistes, rien qu'en te prenant au téléphone je suis en infraction.* Qu'est-ce qu'ils nous concoctent encore ces Grands Timides ?

Quant à l'interview de Benkhirane, pas de piste depuis ma discussion avec Redwane. Ne me reste que la piste Chloé. Après tout, refuser de travailler avec elle pour cette histoire de foulard... comment ils disent tous, déjà ? Être PRAG-MA-TIQUE. En gros, s'asseoir sur ses principes. Quand brusquement, comme si elle lisait dans mes pensées, Chloé appelle.

Elle a le ton de voix immédiatement reconnaissable qui signale d'habitude que ça serait bien si je pouvais passer en coup de vent pour a) dépanner sa voiture, b) ouvrir sa porte, dont elle a perdu les clés, c) aider à récupérer sa carte bancaire, carte d'identité, téléphone portable, lite non limitative.

Elle doit intervenir sur un feu ce soir et me demande si je ne serais pas disponible vue que Kevin et elle n'ont personne sous la main. Je m'étonne qu'elle sache à l'avance l'heure de départ de l'incendie, c'est parce que ses clients ne l'ont pas encore allumé, je ne m'y ferai jamais. Je promets de venir, elle me remercie, ce qui montre qu'elle doit être rendue aux dernières extrémités. Mais j'objecte « tu auras ton morceau de tissu, là, sur la tête ? ». Ben oui, répond-elle, avant de me recommander de venir en métro jusqu'à la « frontière », où un certain Ahmed, le frère de son client, doit me récupérer à l'entrée sud de Kaboul.

*
* *

Ahmed me retrouve donc peu avant vingt heures, à quelques pâtés de maison de l'incendie, à en juger par la fumée au loin, qui a démarré à l'heure convenue, le client est ponctuel. Mon chaperon me demande si c'est la première fois que je viens à Kaboul, à croire qu'il se prend pour un guide touristique : « *Where are you from* ? *First time in Cairo* ? ».

— Non, déjà venu plusieurs fois, la dernière fois il y a un an.

— Seul ? s'étonne-t-il.

— Oui, seul.

— Et on ne t'a pas égorgé ?

— Non, personne n'a formulé ce projet. Pourquoi ?

— Parce qu'ici généralement on liquide les kouffars, répond-il, hilare.

Manière de chambrer typique des jeunes des quartiers. Je glousse pour montrer que j'apprécie, parce qu'ici montrer qu'on est choqué c'est se mettre en danger. Un peu appuyé son registre d'humour, quand même. Mais le journaliste en moi reprend le dessus, toujours la curiosité des motivations des gens, selon l'adage « *un être humain est un sujet d'article caché sous un bout de peau* ». Je demande donc suavement « *pourquoi, qu'est-ce qu'ils t'ont fait les kouffars ?* », à quoi Ahmed réplique que « *les gens qui font attention à la couleur de peau des gens sont des racistes, c'est pour ça que je vomis les Blancs* ». Je pourrais lui faire remarquer qu'il s'agit là d'une contradiction dans les termes, un oxymore, mais un doute m'étreint subitement : peut-être n'est-il pas coutumier du concept d'oxymore.

— Tous les Blancs sont racistes, par définition, vu qu'ils héritent de privilèges et capacités à dominer.

— Y a des Blancs dans une misère noi… euh sombre, et des Noirs qui vivent très bien sans se saigner à bl… euh, sans sacrifices excessifs.

— Pas beaucoup, s'enflamme-t-il, ou alors des bounty. Parce que vous les Blancs refusez d'admettre que toute votre existence de privilégiés et tous vos succès ne sont bâtis que sur l'exploitation, le sang et la mort des gens de couleur, votre vie entière n'est donc que racisme, quoi que vous prétendiez. Les Blancs font en sorte d'être privilégiés dans l'accès à la propriété, au pouvoir, aux soins, à la reconnaissance ou au confort, au détriment des autres. Ils utilisent l'école comme outil de transmission de leurs privilèges à leurs enfants et comme arme pour entraver le champ des possibles des nôtres.

Ah, un intellectuel.

— Pourtant, tu as pu faire des études, visiblement. Donc...

— Mon cas ne veut rien dire. Des agressions dans la rue au terrorisme vous ne récoltez que ce que vous avez semé. Juste retour des choses. La pollution, c'est vous, les guerres mondiales, c'est vous, la misère, c'est vous, les inégalités, c'est vous, l'athéisme c'est vous. Le racisme anti-blanc n'existe pas, parce qu'il n'est que révolte contre l'oppression de racisés et de colonisés. Ce n'est que quand vous aurez admis que vous êtes le cancer du monde et que vous devez disparaître de la surface de la terre qu'on pourra commencer à se parler.

— Je ne vois pas très bien comment se parler, si je dois disparaître d'abord.

— Essaye pas de m'embrouiller, tu vois ce que je veux dire. Je te dis ça, t'es le beau-père de Kevin, mais bon...

Et voilà des points de suspension lourds de sous-entendus, comme quoi il est ouvert à débat mais à condition qu'on soit d'accord avec lui, surtout si on est du cancer du monde.

Il semble comprendre que comme entrée en matière c'est peut-être un peu rude. Les règles de l'hospitalité locale ne prévoient peut-être pas qu'on menace d'égorger de but en blanc un type qui vient vous aider à éteindre des incendies. Il lâche, l'air grand seigneur :

— Ouais, je dis ça en général. Y a des Blancs très bien. Toi, de toute façon, on ne te ferait rien parce que tu es le beau-père de Kevin. On verserait notre sang pour lui.

Monsieur est trop bon. Quand même, ces quartiers où on passe si rapidement de projet d'égorgement à proclamation de fraternité éternelle, sont un peu déconcertants.

— Tu connais Kevin depuis longtemps ? je demande en espérant aborder des sujets plus légers.

— On a été chouffeurs ensemble quand on avait dix ans. Après, il a obliqué, mais on est resté potes. C'est pour ça que quand mon frère m'a demandé de venir te chercher, parce que Kevin avait besoin de toi pour éteindre l'incendie, j'ai pas discuté. C'est le seul babtou avec qui je suis prêt à bosser.

— Et c'est quoi, au fait, cet incendie que nous allons éteindre ? Si ce n'est pas indiscret.

— L'entrepôt d'un concurrent, répond-il négligemment. Beaucoup plus gros que nous.

— Un peu le combat de David contre Gol... euh, de Bourg-en-Bresse contre le PSG, quoi.

— C'est ça. Mais on s'est pas laissé embrouiller. Mon frère et moi on gère une boîte de transports et on l'avait prévenu « *si tu touches à un cheveu d'un de nos camions, t'es cramé* ».

J'ai des amis du même genre, allergiques surtout à la concurrence qui les touche, la concurrence entre boulangers pour avoir un meilleur pain, aucun problème. Mais il faut reconnaître qu'ils vont rarement jusqu'à pratiquer le bidon d'essence.

— Ton frère et toi, vous foutez le feu à tous les bâtiments des gens qui vous gênent ? je demande d'un ton urbain.

— Pas systématiquement. J'aime pas les banques, mais je vois pas l'intérêt d'y foutre le feu.

Ah, saine tolérance.

— Par contre, liquider un banquier, pas d'objections.

Euh...

— Pourquoi ? Ils défrisent aussi tes camions ?

— Non, ils sont dans la main des Juifs. Attention, j'ai rien personnellement contre les Juifs. Mais...

Et il laisse les trois points de suspension habituels dans lesquels tiendrait une préface de *Mein Kampf*.

— Mais ils foutent quand même bien la merde. S'il y a tant d'antisémitisme, c'est bien qu'ils le méritent, non ?

Je ne sais si j'ai affaire à un sophiste mais à un antisémite, visiblement. Cela dit, j'avoue une discrète indulgence pour l'antisémitisme, le seul racisme fondé non pas sur un sentiment de supériorité mais, au fond, de jalousie et de complexe d'infériorité, une originalité de losers qu'il convient de saluer.

Ahmed souligne que les Juifs tiennent tout, les médias, les banques dont « *on pourrait très bien se passer, d'ailleurs* ». Je hausse le sourcil, ce qui est ma manière à moi de contester le point de vue d'un type porté sur les égorgements :

— Tu es sûr ? En tant que chef d'entreprise, ton frère et toi vous pourriez avoir besoin d'un crédit fournisseur.

— Mais on s'arrangerait, voilà tout ! Moi, mes fournisseurs, je leur fais passer le goût de réclamer un paiement trop vite.

— À coups de bidon d'essence ?

Mon intuition me dit que je peux discuter avec lui, malgré son tic de langage corporel à base de pouce sur la gorge. L'expérience d'avoir interviewé courtoisement des furieux aux quatre coins du pays.

— Au fait, pourquoi appeler Kevin pour éteindre un incendie que vous allumez ? Je ne vois pas bien la logique.

— Pour éviter que le feu se propage aux voisins. On a des potes qui vivent à côté.

— Un sens des responsabilités qui vous honore.

— Et on est obligés de passer par Kevin, parce que les pompiers ne viennent plus ici, ces fils de teupu.

Peut-être à cause de types comme toi, à l'approche de la loi et de l'ordre un peu... particulière.

– C'est scandaleux, je m'exclame, me qualifiant ainsi directement pour la finale du championnat du monde des faux culs.

– NOUS, on peut crever, renchérit Ahmed. Nique la France !

Malentendu entre un pays et sa jeunesse immigrée, dirait Serge. Foutage de gueule, répondrait Bob. Je prends ma voix d'intervieweur imperturbable :

– Mais quand même... je vais me faire l'avocat du dia... euh faire de la provoc, juste pour animer notre conversation, ne le prends pas mal, mais ce pays qu'il faut niquer, il te soigne gratuitement, il versait des allocs à tes parents, et si t'as fait des études...

– J'ai une licence d'informatique, dit-il fièrement, qu'est-ce que tu crois ? Parce que je viens de Kaboul...

Je me disais aussi qu'il avait un registre de vocabulaire pas typique du coin.

– Oh, mais je ne crois rien. Je me demande juste pourquoi tu détestes ce pays qui te soigne, te loge et te fournit des diplômes.

Il pile furieusement au milieu de la route. J'espère que mon intuition sur sa non-dangerosité va tenir jusqu'au bout de la rue.

– Ah, parce que tu crois qu'ON peut NOUS acheter avec ça ? ON peut nous humilier, contrôle des flics au faciès, nous insulter dans les médias, le prochain journaliste qui écrit que NOUS sommes violents... (et de nouveau le coup du pouce sur le cou, un vrai tic. Il serait peut-être peu judicieux de lui révéler mon métier maintenant), nous raciser, tuer et humilier nos frères partout dans le monde mais c'est pas grave ? ON NOUS fait fermer notre gueule avec un job, un appart et des allocs ? Non, ce qu'on exige c'est du RESPECT.

— Euh, le contrôle des flics, je ne dis pas, encore que, de leur point de vue, parfois ils se font aussi canarder, faut comprendre. Un peu comme les pompiers, mets-toi à leur place, s'ils se font caillasser et traiter de fils de teupu, ça peut dissuader.

— Ils ont tous que ce qu'ils méritent. Nique la France. Et les États-Unis et l'Angleterre.

— Tu es dans une démarche de revanche sur des puissances coloniales. Je respecte tout à fait ça, mais...

Mais en fait, non, je respecte pas du tout. Qu'est-ce qu'il va me sortir, encore ? Qu'on doit réparation pour esclavage, croisades et domination coloniale ? Mais, bijou, la plupart des peuples de la terre ont pratiqué l'esclavage depuis l'Antiquité : les Blancs par les Blancs ou les Arabes, les Noirs par les Blancs ou d'autres Noirs, ou encore des Arabes, etc. L'esclavage était légal en Mauritanie jusqu'en 1985 et se pratique encore ici ou là dans le Sahel. Et toi, tes aïeux n'ont jamais ramassé de coton, non ? Quant aux croisades, elles ont été bien sanguinaires, mais les conquêtes des Sarrasins ne se sont pas non plus faites au son des flûtes et des harpes, non ? Et la colonisation, vous allez nous faire chier encore longtemps avec ça ? Tout le monde a colonisé tout le monde ; la Mongolie a colonisé la Chine qui a englouti le Tibet, la Turquie a colonisé la Grèce, la Palestine et l'Égypte, les Sénégalais ont colonisé le Ghana, les Arabes les Berbères, les Kurdes l'Égypte et l'Iran, qui a de son côté colonisé l'Inde occidentale... Et on va tous se réclamer des excuses et des compensations pendant des siècles ? Je vais organiser une manif devant l'ambassade d'Italie, tiens, pour ce que les Romains ont fait subir aux Gaulois.

J'aurai envie de lui dire, cousin ne reste pas prisonnier d'un passé d'il y a mille ans, l'Histoire n'est qu'une litanie de mensonges plaquée sur une série de meurtres. Mais, vu les habitudes de zigouillage ci-dessus évoquées, mieux vaut éviter une réaction trop véhémente, même si après un début un peu rude il a l'air relativement ouvert au débat :

— Mais de quel NOUS tu parles ? T'es né ici ! Tu profites de notre prospérité d'ex-colonialistes, au passage... Tu fais partie des pilleurs. Tu te prétends victime de tous les crimes subis par d'autres uniquement parce que tu as la même couleur de peau qu'eux ? Et tu serais prêt alors à te sentir coupable de tous leurs crimes aussi ? C'est absurde, on a tous déjà assez de mal à nous occuper de nos propres délits perso. Et dans ce cas, que dis-tu des Norvégiens ?

— Qu'est-ce qu'ils viennent foutre là ?

— Et les Canadiens, les Tchèques, les Australiens, les Kényans, les Nigérians, les Égyptiens, les Camerounais, les Pakistanais, enfin partout dans des pays qui n'ont jamais colonisé personne, mais où des islamistes font des carnages dans des foules.

Ahmed roule des yeux excédés.

— Mais c'est pas NOUS, bordel ! T'as jamais entendu parler des attentats sous faux drapeau ? Faut pas croire ce que disent les journaux.

— À qui le dis-tu !

La conversation a introduit les concepts gênants de NOUS et EUX, alors que j'avais pris soin d'adopter une démarche inclusive... Et puis, ça renvoie à qui son NOUS ? Les habitants de Kaboul, les Arabes, les Musulmans, les Déshérités ?

— Et les pays que tu cites sont des marionnettes des régimes occidentaux, ajoute Ahmed. Normal qu'ils soient visés. Je justifie pas le terrorisme, mais...

Et de nouveau points de suspension lourds de sens. Il ne justifie pas, mais motive très bien. Ahmed tambourine de nouveau sur son volant, il est temps qu'on arrive, bientôt ça sera un volant façon crêpe.

— Tu piges pas ? Tous ces attentats attribués à des Frères, comme par hasard... ces régimes corrompus et répressifs en Afrique et au Proche-Orient, installés et soutenus par les services secrets occidentaux.

— Euh, j'avoue que je vois pas très bien quel intérêt les Occidentaux auraient à voir leurs voisins du Sud dans la merde et à être du coup envahis par une foule de réfugiés.

— Parce que des pays arabes stables et prospères menaceraient leur hégémonie. Ils savent qu'ON est nombreux et solidaire comme des oufs.

Faut reconnaître qu'il a réponse à tout et ne doute de rien. C'est à ça qu'on les reconnaît, comme dirait Audiard. Lui ferais-je remarquer que les solidaires de ouf passent pas mal de temps à s'entre-tuer ?

— Donc, si je te comprends bien, les responsables des régimes corrompus et répressifs qui sévissent depuis quatre-vingts ans au Maghreb et au Proche-Orient...

— ...Sont les juifs et les croisés.

— Les responsables du sous-développement, de la misère, de l'illettrisme, du fanatisme, des inégalités, du chômage...

— Les juifs et les croisés, évidemment.

— ...De l'échec des révolutions...

— Les juifs et les croisés, bien sûr.

— ...Des guerres civiles...

— Justement, les juifs et les croisés.

— ...Des coups d'État...

— Les juifs et les croisés, je te dis.

— ...Les attentats tous azimuts...

— Les juifsélécroisés, les juifsélécroisés, les juifsélécroisés.

Apparemment, la seule raison pour laquelle il ne rend pas les juifs et les croisés responsables de l'incendie dont les noires volutes roulent au bout de la rue c'est qu'il l'a allumé lui-même. D'un air farouche, Ahmed m'explique en substance qu'il faudra à terme débarrasser la surface de la terre des juifs et des croisés, sans oublier pour faire bonne mesure, les polythéistes et les apostats (je me garde de lui préciser que je suis athée comme une pierre), c'est-à-dire juste cinq ou six milliards de personnes en incluant les Chinois, les Indiens et la majorité des Africains. Il lève un doigt sentencieux.

— Combattez les koufars, jusqu'à ce que la Terre appartienne à Allah, sourate 2 verset 191. Tuez-les où que vous les rencontriez. Sourate 4 verset 91.

Apparemment, quoique capable de jongler avec des galaxies pour se détendre, Dieu aurait besoin du renfort des petits bras musclés de quelques croyants pour terrasser Satan.

— Combattre les koufars partout et tout de suite ? je bredouille.

— Non, répond-il d'un air de vieux sage, le temps viendra à son heure. D'ici là, on a un incendie à éteindre.

Dieu soit loué.

— ...Et une chance doit t'être donnée à toi et aux tiens de vous repentir et vous convertir, car Allah est omniscient, sage et miséricordieux. Mais sinon...

— J'ai compris : couic. Mais je croyais que l'islam était une religion de paix et d'amour ! je m'exclame.

— ARRRRH, tu te fous de moi, dit-il en roulant des yeux furieux. Paix et amour ? C'est quoi ce truc de tafiole ? L'Islam est une religion de Justice et de Vérité, ce n'est quand même pas compliqué à comprendre, non ?

Je serais tenté de lui suggérer de s'interroger sur le concept de Vérité, celui de Paix et d'Amour n'étant pas non plus si évident, mais je devine que cela serait malvenu.

— Et ceux qui n'adhèrent pas à la Vérité ?

Il se passe le pouce le long de la gorge. Prévisible, ce

garçon.

— Donc, c'est la conversion ou la mort ?

— Exactement. À terme.

— Tu sais pourtant bien qu'il n'y a rien d'obligatoire en religion, sourate 2, verset 256 : *la ikray fi din.* Interdit de convertir sous la menace.

Je pensais qu'exhiber ainsi une culture coranique inattendue et bienvenue, en VO qui plus est, pourrait l'amadouer, voire susciter un dialogue fécond. Mais cela semble avoir un effet inverse.

— Tu sais pas que ce verset a été abrogé ?

Ah ben oui, s'il était cool c'était trop beau, il s'est trouvé des oulémas pour le supprimer. Supprimer ce qu'est censé avoir dit Allah, il y faut un certain culot, *Tout Puissant, t'es gentil mais tu t'es contredit, alors on a été obligés de corriger*, mais apparemment ils ont trouvé les ressources en casuistique pour dire que finalement *la ikray fi din* veut dire tout l'inverse de ce qu'il dit.

— Tu oses souiller le Coran en le citant ? ajoute Ahmed.

— Puisque je l'ai lu, je réponds sans trembler.

— Tu as osé poser tes mains impures sur le Saint Coran ?

— Comment veux-tu que je puisse me convertir sans le lire ?

Il semble ébranlé par la logique de ma réponse et demande, l'air soupçonneux si je compte me convertir. Je bredouille que je n'exclus rien, suis en recherche, selon la formule consacrée, sans être sûr que Dieu existe, « *le doute est encore autorisé, non ?* ». L'Effroi se peint instantanément sur son visage. Il ressemble à un tableau de Munch. Fragile face aux menaces métaphysiques, le garçon.

— Mais Il FAUT que Dieu existe, se récrie-t-il d'un ton farouche. C'est pas possible autrement !

— Pourquoi ? Pour nous fliquer ? Parce que sans lui tout est permis, comme disait Dostoïveski ? Si on ne cogne pas nos gamins c'est seulement par peur de l'enfer ? Et si on est décent avec nos voisins c'est pour gagner des coupons pour le paradis ?

Il ne sait trop quoi répondre, les yeux fixés dans le vide du bitume. Je me prends au jeu et pousse mon avantage.

— Seule la peur de l'enfer, ou la promesse du paradis nous pousserait à avoir un comportement décent ? Sans punition, ou récompense, on se comporte en salaud ? Mais c'est terriblement insultant ! Humiliant, même. Je connais des athées qui ont une conscience. Et à l'inverse, être croyant n'empêche pas d'être criminel.

— Je peux te dire que si je ne te tue personne, c'est bien parce que c'est interdit dans le Coran.

— C'est bien. Continue dans cette voie.

Il semble quand même tenir à son histoire de paradis et s'exclame :

— Mais s'il n'y a plus rien après, la vie est absurde !

— C'est un reproche que je lui fais souvent.

Il secoue la tête d'un air perturbé. Il pensait qu'il aurait une mission simple, récupérer un pompier à la frontière, et voilà qu'il affronte un type lui expliquant que la soif d'au-delà ne suffit pas pour susciter une apparition divine, avec paradis clé en main et bail éternel. Il se récrie brusquement, deuxième set :

— Tu vois pas que le monde est tellement merveilleux, tellement compliqué, qu'il lui a fallu forcément un Créateur ? !

— Créateur qui devait lui-même être complexe et merveilleux pour maîtriser tant de complexités. Pourtant, personne ne l'avait créé, lui, sinon il ne serait pas Dieu. Logique, non ?

— Et alors, ?

— Eh bien, ça montre qu'on peut être complexe et merveilleux sans avoir de créateur… Ça pourrait donc être le cas de l'Univers, non ?

— Mais qu'est-ce que tu m'embrouilles avec tes raisonnements à la con ! s'exclame-t-il en tambourinant de nouveau sur le volant.

Réflexion faite, ce n'est peut-être pas judicieux de contester l'existence de Dieu en ces circonstances. Je reviens à une stratégie plus prudente :

— Je dis ça, juste pour jouer l'avocat du Dia... pour le plaisir de débattre, mais bon, je suppose qu'IL existe. Seulement pour l'instant j'ai pas éprouvé... pas reçu le Message.

Ahmed m'examine avec l'air d'un juge à qui un suspect explique comment ses empreintes digitales se sont retrouvées par hasard sur le couteau planté dans l'omoplate d'un voisin un peu décédé. Il grogne finalement :

— Le Message tu le recevras si tu sais écouter. Je sais que tu y viendras, sur le Chemin.

J'espère que nous allons arriver sur les lieux de l'incendie avant qu'on ait eu le temps de me circoncire.

— Et tu pourras gagner le paradis d'Allah, conclut-il.

— Tu m'en vois ravi.

— Ressusciter dans un jardin avec des fontaines de miel et des houris qui...

— Rousses ?

— Hein ?

— Oui. Il me faut des rousses. Une blonde de temps en temps à la rigueur, mais surtout des rousses. Et le moins de brunes possible. Je suis très exigeant sur la chevelure des filles.

— Euh, je suppose, a priori les houris seront... comme il te convient.

— Pas trop bavardes, j'espère. Horreur des bavardes. Surtout si elles parlent politique. Elles ne parleront pas de politique, dis-moi ?

– Ah non, répond-il d'un air rassurant, elles fermeront leur gueule.

– Tant mieux ! Et je ressusciterai avec ma tendinite ?

Le visage d'Ahmed traduit une soudaine perplexité. Visiblement, il n'a pas l'habitude d'être interrogé sur le statut des tendinites au Paradis. Manque de curiosité métaphysique, ce garçon. Je lui explique que j'ai une tendinite récurrente et je préférerais en être débarrassé, d'autant plus que l'éternité avec mal à l'épaule ça peut être long.

– Euh, faudrait vérifier, maugrée Ahmed, mais je crois que les infirmités sont effacées. L'impuissance, par exemple...

– Ça va de ce côté, merci, je réponds sèchement.

– Alors, est-ce que la tendinite est considérée comme une infirmité, je sais pas.

– Et les comédons ?

– Les comédons ? grimace Ahmed, en proie cette fois carrément à une sorte de désarroi.

– Oui, les points noirs, tout ça, ils sont considérés comme faisant partie de mon corps ou pas ? Faudrait être précis, parce que l'éternité avec un malentendu ça serait embêtant.

– Mais qu'est-ce que tu m'embrouilles ! Tu me pètes les couilles avec tes comédons.

Il ne faut plus trop le pousser dans ses retranchements, car sinon le paradis je risque d'en faire connaissance prématurément. Je me tais donc et il conduit, l'air renfrogné, jusqu'au brasier du quartier, idoine métaphore sur l'endroit où il envisage sans doute de me faire passer l'éternité.

*

* *

Chloé nous attend au volant du camion, voilée. Décidément, je ne m'y habituerai jamais. Enfin, je n'ai pas l'intention de venir souvent ; je l'aide à éteindre un ou deux incendies, pas plus, juste le temps de copiner avec un local, pas forcément Ahmed aux postures un peu… rudes, qui me mènera jusqu'à Benkhirane et ensuite ciao les incendiaires et les allumés. Pendant que Chloé discute avec ce qui semble être son client, Kevin me souffle en déroulant une lance à incendie :

— Vite, le feu nous prend de vitesse, tu tiendras la lance avec Ahmed. Tu sais t'en servir ?

— Non, mais faudra bien.

— Tu vises la base des flammes à quarante-cinq degrés, c'est là que tu as le maximum de portée, et tu tires sur la gâchette en acier, là, fais gaffe ça envoie la purée, Ahmed tiendra le tuyau derrière toi.

Mon nouvel ami et moi-même nous mettons en position et tout se passe bien pendant cinq minutes, nous arrivons à réduire le sinistre sur une façade. Puis, Ahmed lâche tout pour aller saluer une connaissance, c'est le problème avec les gens à forte vie sociale, peu disciplinés, ce qui fait que le tuyau se tord comme un serpent furieux, j'ai un mal fou à le contrôler, et quand je me retourne machinalement vers Ahmed pour lui intimer l'ord… lui demand… lui suggérer de reprendre son poste, il se prend les chutes du Niagara en pleine gueule. Ce qui lui fait faire un très beau vol plané vers le mur en béton derrière lui, où il se fracasse.

— Ahmed ! s'exclame le caïd.

Comment on éteint ce truc-là ? Il faut redescendre la gâchette, j'imagine, mais la pression est trop forte, je reste donc là à asperger les façades d'immeuble avec le Niagara. Décidément, pompier c'est pas ma vocation première. Ah, j'arrive à couper le jet.

— Ahmed, hurle son frangin penché sur lui, dis quelque

chose.

Ah, vu qu'il est un peu déguisé en crêpe, Ahmed risque d'avoir du mal à entamer une conversation pendant quelque temps. Une foule pas encore hostile mais décidément peu avenante s'approche.

– Ahmed, il a tué Ahmed !

Non, assommé tout au plus. Soyons précis. Si on commence à lancer des accusations inconsidérées, ça risque de dégénérer.

– Ahmed est mort ! beugle le caïd en me dévisageant les yeux exorbités.

– Seulement assoupi. La chaleur, sans doute. À moins que ce ne soit le bruit.

– Tu as tué Ahmed, putain de ta race.

– Pas du tout. Juste aspergé d'un peu d'eau fraîche.

Des copains à lui s'approchent. Ça commence à sentir le roussi, métaphoriquement.

– MONTE, BOP, hurle Kevin (mon gendre me surnomme ainsi, contraction ironique de Beau-Père), alors que le camion conduit par Chloé pile tout près de nous.

Je bondis dans la cabine, nous repartons en trombe, poursuivis par la foule hostile pendant qu'au fond rougeoient les flammes, c'est malin, qui va le leur éteindre leur incendie maintenant ?

– Qu'est-ce que t'as fait, bordel ? hurle Chloé.

Nous quittons le quartier sur les chapeaux de roues en laissant derrière nous un paysage de désolation et de fureur. Vision démente dans le rétroviseur de la lance à incendie serpentant dans les virages comme un gigantesque pénis hors de contrôle.

– Mais rien. Juste un peu assommé Ahmed. Une maladresse.

– Juste un peu assommé Ahmed ? Mais j'y crois pas ! À

cause de toi, on est grillés dans le quartier maintenant.

Je pourrais répliquer que par temps d'incendie c'est normal, mais je suppose que cette plaisanterie facile ne détendrait pas l'atmosphère.

— Tu te rends compte du merdier dans lequel tu nous mets ? hurle Chloé tout en faisant crisser les pneus dans un virage.

Air penaud du paternel.

— Maintenant, on peut plus mettre un pied dans le quartier. C'est foutu.

Air contrit de l'auteur de ses jours.

— Tu pouvais pas la tenir braquée sur le feu, cette putain de lance, sans gigoter dans tous les coins, c'était trop compliqué ?

Bon, ça va, on ne va pas y passer la journée. Le penaud se rebiffe.

— Eh, oh, ça va, d'accord j'ai merdé, mais je ne demandais rien, moi, j'étais peinard dans mon coin et vous venez me chercher. Je suis journaliste, pas pompier, ça a tendance à être différent. Médecin légiste, je veux bien, mais éteindre des incendies, avec ce truc qui se tordait comme un serpent sous amphets, et ce connard d'Ahmed qui abandonne son poste. Je veux bien rendre service, mais faut pas pousser papy dans les orties.

— Justement, on espérait que tu rendes service, pas que tu butes le frère de notre client.

— J'lai pas buté, juste fracassé contre un mur en béton, nuance.

S'ensuit un long silence boudeur dans l'habitacle. Une fois tous arrivés à Paris, j'essaye de trouver des mots plus apaisants.

— Excuse-moi, j'ai merdé, mais bon, y a pas mort d'homme. Tu trouveras d'autres clients, par les temps qui courent les incendies c'est pas ça qui manque.

Chloé me jette un regard agacé.

– Mais putain, c'était à Kaboul que je voulais bosser ! Tu peux pas comprendre…

Elle pousse quand même son engagement citoyen inclusif un peu loin.

CHAPITRE 10
LA NUIT DES LONGS STYLOS

VENDREDI.

Cette journée se présente mal, comme disait Malesherbes après s'être tordu la cheville avant de monter à l'échafaud.

Comme j'ai pris un jour de récup de mon dernier dimanche de garde à *La Ligne*, je traîne chez moi avant de prendre l'air et un café près de la gare RER de Juvisy, où il faut admettre que je dépare un peu sur le plan ethnique et sociologique. Et le nez dans mon expresso, je suis pris d'un léger coup de blues. Ça arrive, j'imagine, quand on bousille des interviews scoopesques en fracassant involontairement des caïds, tout en se fâchant avec sa fille. Même si ladite fâcherie est restée en dessous du minimum syndical, puisque Chloé ne m'a même pas traité de vieux con. Mais un père attentif est toujours déçu de gâcher les opportunités professionnelles de sa fille dans des zones de non-droit. D'autant plus que ce faisant j'ai peut-être suscité des inimitiés. Les cousins d'Ahmed et consorts connaissent-ils l'adresse de Chloé ?

J'ai un mode de fonctionnement excessivement objectif et impartial, quand ma fille est prise dans un conflit. Je désosse son ennemi, déchiquette les morceaux résultants, les fais frire dans l'huile d'olive et les disperse dans la mer, avant de demander à Chloé : « *Au fait, les torts étaient de quel côté, au juste ?* ». Car si mes amis me considèrent généralement comme un papa-poule (je préfère le terme de père impliqué, mais passons), eh bien, les papa-poules peuvent avoir des dents. Si ça se trouve, je vais devoir affronter les milices de Kaboul. Faudrait que je cherche sur Google une notice d'utilisation de blindé léger.

Je ne suis pas porté sur l'introspection intérieure ou les bilans réguliers, car cela peut s'avérer imprudent, je pourrais être pris d'un instant de lucidité, mais peut être aussi utile pour piloter une vie. Et sur ce plan, force est de reconnaître qu'en ce moment mon horizon est encombré de perspectives dégradées, comme disent les éditorialistes. Du côté familial et sentimental, je n'arrive pas à me désenticher d'une Audrey (qui plante sans doute des aiguilles dans une statuette à mon effigie) et ma fille m'en veut sans doute à mort, non sans raison, faut admettre, mais aussi quelle idée de me demander de tenir ce foutu tuyau de pompier.

Au boulot, ma tentative d'interview de Benkhirane est en panne et mon enquête sur les Accommodements raisonnables patine ; je n'ai pas encore trouvé le bout de la pelote, le contact qui connaît quelqu'un qui connaît quelqu'un en cheville avec un informateur pouvant vous mettre sur un début de piste. C'est un travail frustrant, riche en retours à la case départ. Si les lecteurs avaient une seule fois dans leur vie cherché des sources informées (parce que des sources qui se prennent au sérieux sans rien savoir, on en trouve des tonnes), à suivre des fausses pistes, risquer de se faire intoxiquer, recouper l'info sans alerter la concurrence ou ceux qui sont l'objet du scoop, sans oublier de résister aux pressions, aux menaces sur votre job, voire votre vie, eh bien ils iraient un peu plus doucement sur les insultes dans les tweets et les courriers des lecteurs... Quant à mon papier d'hier sur l'opération Sanglier, il a suscité seulement des commentaires goguenards de Ceccaldi. Les confrères présents à la conférence clandestine n'ont d'ailleurs fait qu'un entrefilet sur *« des hurluberlus et des énergumènes qui jouent aux putschistes en forêt de*

Fontainebleau ».

Voilà pour ma famille et mon boulot. Quant à mon pays… (je sais, tout cela fait très « travail, famille, patrie », mais ce n'est pas parce que ces trois concepts ont été réunis dans la devise du régime pétainiste, le plus méprisable de notre Histoire, qu'ils ne sont pas, pris séparément, respectables et de nature à éventuellement structurer une vie). Quant à mon pays, donc, je suis pris brusquement d'une sévère bouffée de nostalgie… Nostalgie d'une époque insouciante, nonobstant chômage et sida. Et où, surtout, la parole était bien plus libre. C'est ce que je regrette le plus, en sus des changements de paysage, urbains crasseux et ruraux délaissés : on n'était pas obligés de faire attention à ce qu'on disait en public de crainte de se faire traiter de heurteur de sensibilités par des écorchés vifs du métaphysique, ou des caporaux du politiquement correct beuglant « chef, chef, j'en tiens un » en vous accrochant une cible « Islamophobe » dans le dos. Des caporaux condescendants, finalement, envers les musulmans, comme s'ils étaient trop fragiles pour supporter les critiques que les pratiquants des autres religions encaissaient sans broncher.

Des associations ne traquaient pas obsessionnellement les dérapages et n'obtenaient pas de la justice que le chef-d'œuvre d'Agatha Christie soit débapt… renommé par les éditeurs *Dix petits racisés.* Les féministes et les trans n'exigeaient pas non plus que la prière clé du catholicisme commence par « *notre Parent 1 qui êtes aux cieux* ». On n'appelait pas à boycotter les produits d'annonceurs boycottant des médias ne boycottant pas des chroniqueurs amalgamant. C'était une époque où je pouvais me moquer avec mes amis chrétiens, juifs, musulmans et bouddhistes de cette histoire de Fiston de Dieu, de peuple élu, de message divin-bédouin, ou de réincarnations en rafales. Où le moindre acte de bravoure d'un migrant ne suscitait pas un chœur « *faites en venir d'autres* » sur ma gauche, « *c'est juste un cas particulier* » sur ma droite, auquel répondait, au premier acte criminel d'un autre migrant, le chœur en miroir « *ne généralisez pas* », ou « *virez-les tous* ».

Une époque où je ne craignais pas en écoutant la radio de découvrir l'attentat ou l'agression de trop, la goutte de sang qui ferait déborder le vase et qui nous ferait basculer dans le piège d'al-Souri. Ce n'est apparemment pas pour cette fois, après que la radio évoque très fugitivement l'incendie d'hier soir, la routine, deux blessés dont un grave. Un incident de plus, mais sans conséquences, comme le meurtre la semaine dernière de deux jeunes à l'arme blanche. Blanche comme la marche qui a suivi.

La République a mis du temps à comprendre que dans les territoires où elle avait à peu près perdu le contrôle, de Mogadiscio à Kaboul, il ne fallait pas tant mener une contre-insurrection, de type militaire, mais une contre-domination ou contre-influence portant sur les coutumes, en cherchant des relais dans les institutions de santé, enseignement, culture, sport, religion. Un instit ferme et habile vaut un régiment. Un blogueur une escouade. La plupart d'entre nous ont longtemps nié que nous étions confrontés à un projet sérieux, celui d'une conquête mondiale. On s'est planté parce qu'on ne voulait plus prendre vraiment Dieu au sérieux. Ça l'a vexé. Nous avons cru pouvoir le sortir du jeu et il se venge, ce qui de la part de quelqu'un qui, selon moi, n'existe pas est vraiment fort. Nous avons pensé que nous arriverions à le cantonner au coin des excentricités personnelles. Puisqu'il ne pouvait plus être tenu pour responsable de famines et épidémies et nuages de sauterelles, on pourrait lui consacrer juste un détour au Temple entre deux virées au cinoche, ou sur Amazon.

Et les religions pourraient dialoguer respectueusement, comme des concessionnaires automobiles qui ne vendent pas la même marque mais se respectent, car ils font le même métier, la vente de Transcendance en l'occurrence. Transcendance 1, Transcendance 2, Spiritualité bis... Cela paraissait tellement futile que des gens, sur lesquels nous projetions notre mode de fonctionnement matérialiste et flegmatique, soient prêts à tuer et à mourir pour Transcendance IV, dont la séduction réside dans sa capacité à structurer des vies en fournissant à toutes les questions une réponse rassurante, quoique peut-être un peu monotone suivre Allah. J'ai chroniqué le mois dernier un sondage du Pew Research Center auprès de jeunes d'origine immigrée avec des questions considérées comme marqueurs du djihadisme ; les attentats suicides sont-ils légitimes, faut-il instaurer la charia, les homos et les apostats méritent-ils la mort et le blasphème la prison ? Les réponses positives dépassaient vingt pour cent. Ambiance.

Pour eux, comme pour des dizaines de millions d'autres, « l'islam est la solution », ce qui a l'avantage de décharger du fardeau du doute, ou « l'islam impose de », qui a le mérite de décharger de celui des choix. Je ne suis, pour ma part, pas très convaincu par ce concept servi à toutes les sauces, « l'islam veut ceci », « l'islam fonctionne comme cela », comme si c'était un personnage historique, réifié, alors qu'on ne le dit plus pour les autres religions, « la chrétienté envisage de », « le bouddhisme en a assez de... », « le zoroastrisme a commandé des pizzas ». Je connais seulement des Musulmans, et encore je dirais plutôt des individus de culture ou d'origine musulmane, parmi lesquels des gens qui se trouvent être, en sus de bien d'autres choses par ailleurs, des croyants non pratiquants, des pratiquants, des agnostiques, des islamistes, etc. Je me méfie des mots-valises, qu'on emmène partout sans trop se demander ce qu'il y a dedans. La seule chose que je sais sur l'Islam, c'est que c'est l'inverse d'une boîte de nuit ; très facile d'y entrer, suffit de réciter une proclamation, mais interdit d'en sortir.

Et puis, de quelle maison commune les islamistes se réclament-ils au juste ? L'islam chiite, soufi, malikite, hanafite, chaféite, hanbalite ? La seule maison que les Barbus acceptent est la oumma des purs, au sein de laquelle ils s'entretueraient jusqu'au dernier en beuglant « *je suis plus pur que toi* ». Ils s'étriperont sur des points pointus de doctrine, pour savoir si ce qui est prévu pour les innovateurs est la lapidation ou la récusation, si la géhenne est réservée aux associateurs ou aux hérétiques et quel châtiment est optionnel pour les impies...

Je sais, pour l'avoir étudié sur les conseils de lecture de Redwane, que l'islam - l'aventure historique, pas les individus ni les peuples - a une forte personnalité, ce qui participe d'ailleurs de sa séduction, et une conscience aiguë de lui-même. Il n'est pas conçu pour se fondre dans le paysage. C'est une culture très particulière, qui laisse peu de place au doute et aucune aux vérités floues. Pour qui s'adapter est un renoncement et l'osmose une trahison. Et pour la version intégriste de ce monde, le choix au contact des autres, qui a le mérite de ne pas être compliqué, se ramènerait toujours à dominer ou être dominé. Un dirigeant islamiste de premier plan, Youssef al Qaradawi, proclamait « *Avec vos lois démocratiques nous vous coloniserons, avec nos lois coraniques nous vous dominerons* ». À bon entendeur...

Évidemment, j'évite de discuter de l'islam avec ses thuriféraires comme ses détracteurs, tant une conversation sur le sujet s'apparente à un jeu vidéo ; on ne sait pas quand on va marcher sur une mine, mais ça va forcément arriver avant le niveau IV. Faut admettre qu'il est plus délicat de débattre de la vie éternelle que des goûts culinaires ou musicaux (encore que, critiquer Genesis devant Bob peut être dangereux). Au motif de respect des croyances il devient impossible de susurrer des questionnements sur les aspects politiques de la chose sans se faire insulter par des rachitiques du QI. C'est pourquoi, je ne discute religion avec des croyants que si j'ai pu tester leur flegme au préalable, que nous sommes tous les deux à jeun et que l'endroit ne comporte aucun objet contondant. C'est le cas avec Redwane.

*

* *

C'est précisément lui qui m'a expliqué qu'il y a, grosso modo, trois manières de lire le Coran. Qui n'est pas seulement un manuel de morale et de spiritualité mais une véritable Constitution personnelle, censée régir minutieusement tous les aspects de la vie. Dieu est un peu intrusif. Une Constitution que l'on peut suivre à la lettre, ainsi que le font aussi bien les djihadistes que ceux qui beuglent *les Muzz dehors*, en citant des versets et hadiths recommandant d'exterminer les athées, les polythéistes et ceux des Juifs et des Chrétiens qui ne reconnaissent pas le message d'Allah, c'est-à-dire en gros… les Juifs et les Chrétiens. Avec cette logique, ça devrait s'achever par un carnage planétaire, ou par la soumission de ceux qui ont le moins envie de tuer et mourir. Deuxième lecture ; tenir compte du contexte de la Révélation, transmise par un prophète qui n'en restait pas moins un chef politique et militaire, entré dans La Mecque les armes à la main en 630. Les passages belliqueux pourraient s'expliquer par ses batailles, les trahisons et les vengeances. Les livres sacrés regorgent tous de massacres dont leur Dieu se réjouit et les religions ne sont pas entièrement pacifiques, ne serait-ce que parce qu'elles traitent de sujets violents, la mort, la création et la fin du Cosmos. Elles ont une face sombre, le tout est de l'apprivoiser. D'ailleurs, les croyants de toutes les religions ne lisent pas leurs textes sacrés en entier.

— Les prescriptions sont généralement associées à un contexte local et situé dans le temps, m'avait expliqué Redwane. Par exemple, on trouve dans le Coran la justification explicite de l'esclavage et du mariage avec une fille de six ans, mais à l'époque c'était admis, et pas seulement en Orient.

— Tout ça permet donc de jeter un voile pudique sur ces passages...

— Fred, tu en as fait de meilleures.

— ... inacceptables pour un contemporain et de privilégier ceux parlant plutôt de sagesse et de tolérance.

Je savais, car j'ai un peu bossé l'affaire, qu'il s'agit grosso modo de ceux transmis avant que Mahomet ne se fasse expulser de La Mecque vers Médine, ce qui l'a un peu... crispé. Du coup, le Coran est truffé de contradictions, entre les sourates de La Mecque, relativement libérales pour le lieu et l'époque, et celles de Médine, plus guerrières. J'ai longtemps cru que le Coran serait, du coup, cool aux premiers chap... euh sourates et teigneux dans les dernières, avant de découvrir que non, les sourates sont classées par ordre de longueur et non chronologique, c'eût été trop simple.

— Cette lecture historique est celle choisie par les Occidentaux et de nombreux Musulmans, avait continué Redwane, mais elle a un petit inconvénient, elle ne correspond pas au dogme central de l'islam selon lequel le Coran est incréé. Une Révélation éternelle et universelle transmise par à Mahomet. C'est ce qu'il a expliqué à la première convertie, sa femme Khadija...

— J'ai aussi essayé avec la mienne, convaincre que Dieu m'avait transmis la Vérité, et je peux te dire que ça n'a pas marché du tout.

— … une Vérité un peu comme ces théorèmes mathématiques, qui préexistent à leur démonstration et survivront à leur découvreur, voire à l'humanité.

Comparaison bien trouvée. Quand il m'arrive de douter de la non-existence de Dieu, je me dis en effet que les mathématiques pourraient constituer un substitut acceptable. Si la définition de Dieu est d'être éternel, cohérent et tout-puissant, ça colle pour les Maths. Bon, Elles n'ont pas conscience d'Elles-mêmes, ni le moindre sens moral, quant à concocter un Paradis au profit d'une espèce de bipède apparue inopinément sur une planète banale d'une étoile anodine, ou à nous imposer des interdits alimentaires au prétexte qu'un prophète il y a deux mille ans avait mangé des huîtres pas fraîches, n'en parlons pas. Disons qu'elles pourraient faire un Dieu au rabais si on n'a rien d'autre en stock. Vertigineux, cela dit, un ciel où tous les astres se sont éteints, vidé de toute vie, et où ne continuent d'exister que les théorèmes…

Du coup, m'avait expliqué Redwane, si on admet que le Coran est incréé mais qu'on veut éviter de s'entre-tuer au nom des versets… saignants, il faut, troisième type de lecture, tenir compte du contexte, non plus historique et géographique de la révélation, mais ce qu'il y a dans le texte AUTOUR des versets incriminés. Découvrir les conditions, les critères, tout l'environnement théologique, chercher l'aspect métaphorique et parabolique, et neutraliser ainsi l'aspect belliqueux. Par exemple, il est autorisé de tuer les apostats, mais seulement après un procès où ils auraient par trois fois confirmé leur refus de Dieu. La guerre est autorisée mais seulement de manière défensive. Etc.

— Ce qui est au demeurant l'astuce mise en avant depuis

toujours par tout le monde pour envahir tout le monde. OK, va pour le récit métaphorico-parabolique, mais alors « *exterminez les ennemis de Dieu* » c'est la métaphore de quoi, au juste ? D'un différent courtois ? Et puis, les injonctions haineuses contre les infidèles, à défaut de les prendre au pied de la lettre, on en fait quoi ? On prétend que c'est de l'affection déguisé ? Et l'apostat, s'il s'obstine, à la fin il est quand même zigouillé, non ?

– Il encourt forcément quelques désagréments, oui, et c'est pour cela que je privilégie Lecture 2.

*
* *

Voilà donc, mon job part en couille, ma famille en sucette et ma civilisation en vrille. Et pour achever de me briser le moral, je passe mon coup de fil quotidien à la police pour m'enquérir de l'enquête sur la disparition de Scarlett. On me fait sentir à demi-mot que parfois on met beaucoup de temps à retrouver le corps. Mais, première lueur dans un brouillard intense, Chloé m'appelle alors pour me confier Paul. Elle me révèle d'une voix ensoleillée qu'elle a un rendez-vous pro urgent et inattendu, dont elle ne peut pas encore me parler. Cela aura donc été notre fâcherie la plus courte des vingt-cinq dernières années.

Puis c'est au tour d'Hélène de s'incruster téléphoniquement, je suis son réceptacle à confidences depuis que nous nous sommes retrouvés il y a huit ans et que nous avons failli reprendre notre flirt de jeunesse. J'étais alors encore marié à Sophie et bourrelé de scrupules, car la loyauté envers celle que je croyais être la femme de ma vie me semblait indispensable, je me sentais en conséquence depuis des années vis-à-vis des femmes comme un renard se promenant dans un poulailler en se répétant « *n'oublie pas que tu es végétarien, n'oublie pas que tu es végétarien...* ». Hélène avait juste déclenché cette révélation : la fidélité est un cocktail à base d'un tiers de morale, d'un tiers bien tassé de manque d'occasions, d'un petit tiers de paresse et d'un grand tiers de trouille.

Manquer de coucher ensemble, vingt-cinq ans après avoir fugitivement manqué de coucher ensemble (ledit flirt de jeunesse avait en fait consisté en tout et pour tout en un patin désespéré roulé sur un quai de gare, il ne m'en faut pas beaucoup, j'ai un don pour l'inachevé, même pas, pour l'ébauché) et s'être séparés sans récriminations, ça crée de la complicité. Hélène fait partie de ces femmes, nombreuses, à qui je rappelle leur grand frère, ou leur père, voire parfois leur grand-père, une figure attentive, loyale et sexuellement inoffensive.

C'est une fille bourrée de charme et d'intelligence, dont le principal défaut est d'être une sorte de fontaine verbale. Lors de nos déjeuners où nous nous « débriefons » mutuellement, elle ne m'épargne presque aucun détail de sa vie avec mon vieux pote Serge, qu'elle a rencontré, séduit et épousé par mon intermédiaire, des problèmes dentaires et scolaires et de leur fille, Jade, et du magasin d'antiquités qu'elle a ouvert. Je lui ai suggéré de mettre des socialistes à son catalogue, elle a ri jaune, car elle ne parvient pas à se débarrasser de son ADN de gauche, même si elle reconnaît que ledit ADN bugue sévère depuis quelque temps. Généralement, à la fin du repas elle s'exclame « *oh, mais je parle, je parle et toi ça va ?* », « *La routine* », je réponds pour ne pas rentrer dans les détails d'une vie en panne dans une impasse.

Après que Paul m'a été droppé comme un paquet par une Chloé à la bourre, Hélène et moi convenons de nous retrouver vers onze heures au jardin du Luxembourg, dans lequel nous mettons un peu de temps à entrer car les gardiens prennent leur mission de sécurisation au sérieux et vérifient scrupuleusement nos affaires, y compris le tricycle de Paul. Pourquoi filtrer à l'entrée des parcs alors qu'un véhicule piégé dans la rue ferait plus de morts ? Peut-être parce que le dernier attentat était une bombe dans un jardin public…

Nous nous installons sur les chaises à proximité du bassin central où des générations de gamins ont piégé des mini-voiliers. Comme beaucoup de femmes devenues mères sur le tard (elle n'a eu Jade qu'à quarante-cinq ans, après quinze ans de mariage et avoir plaqué Marcel qui n'assurait plus ni au lit ni aux fourneaux, ni nulle part), Hélène est très précautionneuse sur la santé de sa fille, qui doit donc porter une cagoule-qui-gratte même par ce beau temps printanier. Cela tombe bien, Jade aimerait bien jouer à l'assaut du RAID contre un preneur d'otages, qui serait Paul. Nous lui expliquons qu'il est trop petit pour ça, il faudra se rabattre sur chat perché, à l'ancienne.

La conversation démarre là où nous l'avions laissé il y a deux mois, sur le fait qu'en ce moment avec Serge « *c'est pas trop ça* », ce qui d'habitude, dans une confidence féminine, prélude à des questions de lit. Pris par la vie de cabinet, Serge n'est jamais là et tout le taf à la maison et « l'élevage » de Jade incombe donc à Hélène.

— Ma grand-mère me disait que pour garder un homme, il fallait s'occuper de son ventre et de son bas-ventre. Régulièrement remplir le premier et vider le second.

— Sommaire, mais efficace.

— Je me suis donc appliquée avec Serge. J'ai même appris à cuisiner le lièvre à la royale et pour le reste j'ai…

— Je vois le topo, ça ira.

— Jusqu'au jour où je me suis dit, « *mais au fait, quel lièvre à la royale cuisine-t-il pour MOI ?* ». Ou l'équivalent. D'autant plus que s'y sont ajoutées les conséquences de plus en plus gonflantes de mon... engagement. Tu comprends, pour lui faire plaisir, depuis le temps qu'il me disait qu'il fallait un peu s'impliquer dans le Vivre Ensemble, multiculturalisme, chance pour la France, je me suis inscrite l'an dernier aux Femmes Inclusives.

C'était cohérent pour elle, attentive à l'ouverture aux autres, toujours prête à guider une canne blanche dans le métro même quand il s'avère que c'est juste un type qui a acheté des tringles à rideaux. Assez encline à prôner le culte nunuchon de l'amour universel, sans voir que l'amour, le vrai, hein, pas juste la sympathie, est mine de rien, un sentiment très sélectif. Vivre, au fond c'est exclure, même si c'est rude. Accepter parfois, rejeter le reste du temps. J'ai viré de ma liste de partenaires sexuels possibles des milliards de femmes (qui me le rendent bien), des centaines de millions d'entreprises de celles pouvant bénéficier de mon travail ou de mes placements et la quasi-totalité de l'humanité de celle pouvant vivre dans mon appartement, ou ma commune. Sur la base, en outre, de critères très arbitraires, voire odieux, notamment la couleur des cheveux.

— Bref, sur le papier, Femmes Inclusives, cela avait l'air très bien, continue-t-elle. Des femmes de tout horizon qui se rencontrent pour discuter, s'enrichir de la différence, réfléchir aux moyens d'aplanir les malentendus à l'école, dans l'entreprise, dans la rue. Mais j'étais un peu perdue, parce que je ne savais plus si les différences je devais les célébrer, les imiter, les accommoder, les incorporer, ou ne pas y faire attention.

— T'inquiète, la seule différence inadmissible c'est de voter à droite. Tout le reste est bon.

— Mais quand on nous a demandé de faire venir nos enfants pour qu'ils s'initient au tapis de prière...

— Pardon ?

Hélène, ma complice, que je connais par cœur depuis nos seize ans, l'irrévérencieuse, l'indépendante, qui accepte ça ! Eh bien oui, pour s'initier aux pratiques de l'altérité, pas de crispation identitaire, et tout, Jade a appris à se prosterner, elle l'a fait dix fois en trente secondes, jusqu'à ce que l'animateur lui explique qu'il ne fallait pas viser la performance. C'est là où Hélène a commencé à trouver cela insidieux.

– Comme une sorte de conditionnement. Ce n'est pas anodin comme geste, mine de rien. Et si je n'aime pas me soumettre, moi, fût-ce à Dieu ? D'autant plus que, question initiation à la richesse de la diversité, il n'y a pas eu de match retour ; pas question que les petits Muslims fassent le signe de croix, c'était haram, ou qu'ils disent quatre fois d'affilée « Dieu est mort » pour la session altérité nietzschéenne. Dans d'autres séances, les enfants sautaient comme des cabris en criant « vive l'Amour et la Diversité ». Comme, en toute logique, cela imposait de haïr les discours de haine, il fallait organiser à la séance suivante le saut de cabri tous en cercle de la haine envers les non partisans de l'amour. Qu'il serait plus commode d'appeler, en abrégé, « minute de la haine », la boucle est bouclée. Mais une haine vertueuse, voyez-vous. Inclusive.

Hélène trouvait aussi gonflant de prendre un bus dont le chauffeur ne lui rendait pas son bonjour de peur d'atterrir en enfer. Serge lui avait signalé qu'on ne faisait pas plus pacifiste, parfois, qu'un salafiste voulant vivre sa piété, mais elle lui avait répliqué ne pas être sûre que considérer que les femmes sont d'impures et source de turpitude, soit très pacifique.

– Il va désinfecter le siège où je m'assieds après ? Ensuite, j'ai emmené Jade à ses matchs de foot, où certaines copines jouaient en survêt, si un arbitre avait pu voir les guibolles d'une gamine de huit ans il aurait pu avoir de mauvaises pensées. Et après le match tous les sandwichs étaient halals, c'est plus commode une seule ligne de production. J'ai dit que vivre-ensemble ça ne veut pas dire vivre comme les derniers arrivés (derniers, pas dans un sens péjoratif, hein), mais les organisateurs n'ont rien voulu savoir et je suis parti en criant, moi pourtant progressiste, le « On est chez nous, merde ! » que je trouvais bien nauséabond jusque-là.

Si même Hélène s'y met... Le pompon, ajoute-t-elle, ça a été la journée du voile, une fois par mois, porté par toutes les femmes en solidarité avec nos sœurs victimes d'islamophobie.

– J'ai découvert à cette occasion que ça remonte à 2016, cette histoire. C'était le président de l'Autriche qui avait envisagé de l'exiger.

– Autriche ou autruche ?

– Tu en as fait des meilleures. Et s'il me plaît à moi d'être islamophobe ? s'exclame-t-elle d'une voix un peu trop forte à mon goût, je jette discrètement un regard alentours. D'abord, phobie, étymologiquement, ça ne veut pas dire « détester », mais avoir peur. Et si la peur est mauvaise conseillère, il faudrait en plus qu'elle soit interdite ?

– Ce n'est plus le sens que lui accordent les gens.

– Et quand bien même ? On n'aurait plus le droit de ne pas apprécier particulièrement l'islam, ou juste de le juger difficilement conciliable avec notre manière de vivre ? Ça laisserait finalement, grosso modo que l'amour comme sentiment autorisé ? L'amour de l'islam, ainsi que, pour pas faire de jaloux, du christianisme, du bouddhisme, du judaïsme, du zoroastrisme, de toutes les doctrines religieuses, serait obligatoire ? Et qu'est-ce qu'un amour obligatoire sinon une dictature ? Sans doute orwellienne, en plus !

C'est l'avantage de parler tensions communautaristes

avec une lettrée, on a droit à des références.

— Bref, la journée du voile se présentait comme un jeu, continue Hélène. En m'aidant à l'ajuster, mes copines inclusives riaient en disant que j'étais belle comme ça, et que la mode pudique c'était le top. J'ai répondu que je ne me sentais pas une salope de me promener tête nue et qu'elles seraient aussi belles en bikini de temps en temps.

— Ça a jeté un froid, non ?

— Un peu. Certaines m'ont dit « *fais gaffe, t'es en train de basculer* », et la taulière de Femmes Inclusives m'a dit que finalement, j'étais comme les autres, raciste sans le savoir et que d'ailleurs, vu le nombre de gens comme moi, elle ne savait pas ce qui la retenait de quitter ce pays xénophobe. « *Les allocs, peut-être ?* » j'ai répondu.

— Ouch !

— « *Le fait que la musique est pourrie dans tes paradis pieux ?* », ai-je rajouté avant de claquer la porte. Mais ce qui a vraiment fait déborder le vase c'est quand Serge, le lendemain, m'a demandé de faire désormais mes courses à *Shamza.*

— Parce que leurs supermarchés sont boycottés par les natios en représailles au fait que leurs caissières peuvent refuser d'encaisser les caddies où il y a du porc ou de l'alcool ?

— Bien vu. Tu connais Serge, n'est-ce pas.

— Depuis trente ans. Et il m'en a remis une couche récemment.

— Ça va loin, tu peux être recalé pour une canette de bière et si tu achètes des lardons et du pinard faut te dégoter une caisse dédiée aux mécréants, avec une queue plus longue. Il est gentil Serge, mais il ne fait pas les courses. En plus, les magasiniers ont le droit de ne pas toucher à des cagettes de charcuterie ou de vin, du coup ça complique un peu l'achalandage. On n'y trouve plus que du cassoulet sans porc et de la choucroute à la dinde. Du cassoulet sans porc, tu te rends compte ? Y a atteinte à l'appellation. S'ils veulent vendre des fayots à la dinde, pas de problème, mais ils ne l'appellent pas cassoulet. Je vais faire du couscous à base de riz, moi ? Faut respecter les racines culinaires.

C'est vrai qu'on peut tout bouleverser, les fringues, les habitudes cultuelles, l'espace public, mais la bouffe non, il y a encore quelque chose de sacré en France. Comme Serge expliquait à Hélène qu'il fallait défendre une société inclusive et ouverte, elle lui a demandé « *y compris les cuisses ?* », il n'a pas trop apprécié ce trait d'esprit raffiné et a répliqué que si nous voulions éviter la déflagration, il fallait faire un effort, des petits gestes quotidiens et Hélène lui a, effectivement, fait un petit geste.

Nous rions de bon cœur. C'est vrai que Serge m'a un peu gonflé avant-hier.

– Je ne t'en ai pas parlé plus tôt, c'est vrai que nos confidences étaient cantonnées à cul, job, fric et gamins, mais voilà tout a mis de l'eau dans le gaz entre Serge et moi. Surtout que j'ai joué le jeu, en bon petit soldat du multicul, pour la bonne cause. J'ai accepté d'être perfusée par cette petite industrie du conditionnement censée nous convaincre à coups de pubs genre United Colors of Benetton qu'un futur multicolore était désirable et en fait déjà notre présent. T'as remarqué au passage que dans l'ethno-marketing on montre souvent des femmes blanches dans les bras de Blacks mais jamais des Blancs avec des femmes noires. Trop connoté colonial. Je me suis aussi fadé avec Serge les films subventionnés où des migrants joviaux, généralement incarnés par Omar Sy, apprenaient aux bourgeois coincés à faire la fête tout en trouvant en passant un traitement contre le cancer, malgré la jalousie de quelques beaufs moustachus, ou blonds. Et en sortant, je m'extasiais sur le message humaniste, positif, tout en trouvant curieux qu'il n'y ait jamais de films sur les rêves devenus cauchemars, ou sur le choc culturel parfois insurmontable.

Je ne protestais pas quand la RATP acceptait une affiche souhaitant bon ramadan mais refusait les pubs pour des fêtes chrétiennes, ou quand des élus souhaitaient bonne fête de l'Aïd mais plus Joyeux Noël, comme si renier nos racines allait nous gagner du respect. Je ne tiquais pas quand, pour mieux faire accepter le voile, on nous racontait que nos grands-mères se promenaient en mantilles et que les femmes n'entraient jamais dans un café il y a un siècle.

Je n'objectais pas à la réécriture méthodique de notre Histoire pour nous convaincre que nous étions culturellement un peu africains et orientaux depuis des siècles. Que le français était en fait une langue aux racines arabes au prétexte qu'il compte moins de mots gaulois, quoique pas plus de 1 %. Que notre plat préféré était le couscous, voire les kebabs que la plupart d'entre nous ne mangent quasiment jamais.

Mais à la longue, ces discours étaient d'une xénophilie tellement forcenée qu'ils m'en sont parus suspects. Quand on crie trop « que je t'aime », c'est qu'il y a un loup. La goutte d'eau c'est quand j'ai découvert que dans les derniers albums d'Astérix la présentation traditionnelle du « *village d'irréductibles Gaulois résistant encore et toujours à l'envahisseur* » avait disparu. J'ai dit à Serge *« c'est parce que le mot envahisseur était devenu connoté ? Y a pu envahisseur, seulement des convives un peu insistants ?* ». Il m'a sorti le melting-pot américain, ce qui ne manquait pas de sel de la part d'un antiaméricain comme lui. Le pot, lui ai-je fait valoir, il a dû détruire la civilisation antérieure et s'est cimenté au prix de deux ou trois guerres civiles, dans un chauvinisme non négligeable.

Cela m'inquiète quand une ex, pour être précis une

qui eût-pu-être-ex-mais-finalement-non, me confie ses tourments conjugaux. Non que je craigne qu'elle se jette sur moi avec des mains pleines de doigts pour se venger ou se consoler, car entre nous c'est affaire classée. Mais il ne faudrait pas que lesdits tourments débouchent sur des crises, j'aime bien que mes amis soient conjugalement satisfaits, c'est mon côté altruiste.

– Et donc la guerre culturelle sévit à la maison, murmure Hélène, l'air farouche. Je subtilise ses exemplaires de *Télérama* et achète des numéros de *Valeurs actuelles*, qu'il me chourave en représailles. Je mets Sud Radio plutôt que France Inter au petit-déjeuner et il remet France Inter dès que je tourne le dos pour griller les toasts.

– Êtes-vous taquins !

– Le salon maintenant, c'est Verdun, je prends exprès cette métaphore : tu te souviens peut-être que le centenaire de la bataille devait être commémoré par le chanteur d'un groupe au nom dérivé d'une milice nazie et qui vomissait la France, « pays de cougars ».

– Qu'on envisage de laisser chanter « djihad » au Bataclan où une centaine de jeunes gens avaient été assassinés au nom du djihad, c'était pas mal aussi comme masochisme.

– Chez nous, la ligne de front s'est étendue au frigo. Après le différend sur *Shamza*, j'ai boycotté une marque de yaourt au goût grec qui avait photoshopé discrètement l'image d'un monastère pour en retirer la croix, dommage il était crémeux. Et je commente d'un ton sardonique les émissions où des vedettes admonestent depuis leur villa d'Hollywood d'ouvrir nos cœurs et nos villes aux migrants.

– Tu dis *« vas-y, montre l'exemple »* ? Pas très original.

– Je lâche aussi des *« tu parles ! »* quand des directeurs de conscience autoproclamés expliquent que *« l'âme et l'honneur de l'Europe sont dans ce bateau de migrants »*. Des

« *ben voyons* » quand passe un spot contre les resquilleurs dans le métro avec des Jean-Eudes ou des Marie-Sophie, ou contre les mariages d'adolescentes avec un vieux bourge qu'on dirait surgi tout droit du XIXe siècle.

– Ah, le coup des « *tu parles* » et des « *ben voyons* », horripilant en effet.

– Je voyais distinctement les orteils de Serge se crisper dans ses chaussettes. Je pratiquais aussi le « *comme par hasard* ».

– Redoutable. Faut des nerfs d'acier pour encaisser. Serge ne réagissait pas ? Contre-sarcasme, admonestation, tentative d'étranglement ?

– Il se contentait de « *rroooo, tu exagères* » d'un ton flegmatique.

Ah, le « rroooo, tu exagères », classique signature de l'aveuglement. Si on nie un problème avec assez de conviction il aura le bon goût de disparaître.

– « *Comme par hasard* » devant un clip électoral où un tiers des femmes était voilé, ajoute Hélène.

– Rroooo, tu exagères.

– « *Mais bien sûr* » quand un chroniqueur à la TV comparait à Brassens un type qui appelle à pendre les Blancs (un jour il applaudira ses égorgeurs), comme quoi ça aurait été en fait juste un « *piège, un miroir tendu aux fanatiques* » « *pris à leur propre jeu* », un « *renversement de perspective* », ou une « *mise en abyme* ». C'est ça, et *Mein Kampf* était juste une licence poétique ?

– Roooo, c'est juste un cas particulier.

– Quand j'entendais un humoriste sur France Inter (oxymore) dire « *les petites cathos m'excitent, j'ai envie de les prendre en levrette* », je lui faisais remarquer « *que dirait-on s'il avait remplacé cathos par musulmanes* » ?

– Rrooo, faut pas généraliser.

Hélène en a visiblement gros sur la patate et des idéaux

quelque peu perturbés. Mais il ne faudrait pas que ça dégénère entre Serge et elle. Ça commence en planquant des exemplaires de *Télérama* et ça finit devant un juge qui précise la garde alternée. Devant mon air inquiet, elle me rassure en m'expliquant que Serge est l'homme de sa deuxième partie de vie et que, de toute façon, « si les choses tournaient au pire comment me recaser à mon âge ? À l'époque de Marcel, c'était facile, j'étais sexy, croqueuse, j'ai même failli coucher avec toi...

— C'est dire si tu étais affamée...

— Mais non crétin, éclate-t-elle de rire.

C'est fou le nombre de femmes qui m'auront traité de crétin dans ma vie, je dois envoyer des ondes.

« Tu te rends compte si on s'était mis en couple, tout aurait été différent », ajoute-t-elle d'un air rêveur. Je me suis en effet souvent livré à ce genre d'expérience mentale sur les alternatives du passé. Si nous étions devenus amants, j'aurais sans doute divorcé de Sophie un peu plus tôt, et Hélène et moi aurions peut-être fait un enfant, mais je n'aurais sans doute pas dragué Audrey et me serais donc moins intéressé à son fils Kevin, que je n'aurai pas invité à la maison et donc, d'un trait de plume, d'un instant de spéculation mentale, Hélène et moi venons de tuer Jade et Paul. Nous nous regardons, horrifiés. Nous avons bien fait de ne pas forniquer, concluons-nous muettement, pendant que Jade court après Paul qui rit sur son tricycle, en criant « *Allah Akbar, Police, rendez-vous* », ce qui semble témoigner d'influences confuses dans sa cour de récréation.

— Et toi, au fait, demande Hélène. Longtemps que tu ne m'as pas raconté d'aventures. Toujours un cœur à prendre ?

— Un cœur, je ne sais pas, mais un corps oui. Naaan, je déconne, parce qu'il se pourrait que je sois un peu amoureux. Enfin, je crois...

— C'est bien. C'est bon pour le foie.

— ...d'une femme dont je découvre qu'elle n'est pas franchement *politically correct.*

Hélène gronde que le *politically correct* nous aveugle, nous suicide et empaille le sens de l'humour. Certes, mais comme entre un homme et une femme il serait bienvenu que les complicités aillent au-delà du lit, de la table et des films préférés, je rétorque que sur le plan... idéologique peut être... *Bullshit,* cingle Hélène, s'il fallait n'aller au lit qu'après vérification du bulletin de vote, une épidémie d'abstinence menacerait le monde. J'essaye d'objecter que l'objet de ma fièvre semble s'entraîner à tirer à la kalach, ce n'est pas anodin, mais chacun ses hobbies, répond Helène. Dans les bois avec des gens qui semblent préparer un coup d'État ? je m'étrangle. Hélène s'étonne « C'est-ce qu'elle t'a raconté ? C'est rare que les putschistes s'épanchent... ».

— Non, mais j'ai fait un reportage hier sur des types masqués en treillis. Et une silhouette lui ressemblant beaucoup a opéré sur un comparse un ippon-seoi-nage, qui est son attaque préférée.

— C'est un peu mince comme preuve. Vous vous entraînez ensemble au jujitsu ?

— Non, mais je sais qu'elle pratique.

— De toute façon, c'est pas bien grave, tu étais déjà tombé amoureux d'une extrémiste il y a huit ans, qui est même devenue la grand-mère de ton petit-fils. T'es rodé.

— Ca tombe bien, puisque précisément, c'est elle.

Rare de voir un visage passer aussi vite du flegme à la stupéfaction.

— Audrey ?

— Je suis un garçon conservateur.

— Mais c'est pas possible, ça va durer longtemps cette affaire ?

— J'ai toujours le goût de ses lèvres sur les miennes.

— Depuis sept ans ? C'était plus un palot, mais une marque au fer rouge !

— C'est-à-dire qu'on continue à se voir, vu qu'on partage un petit-fils, je te rappelle. Ça entretient, même si elle se comporte en peste... ses petites mèches folâtres sur sa nuque, ses gestes, je suis très sensible à la manière de bouger des femmes...

— Très original...

— Ses plissures au coin des yeux, qui jettent des étincelles...

— Je vois que la charge virale reste élevée. Fred, faut avancer, faut bouger.

— Oh, j'ai bougé, je te rassure, quand même, il y a eu des remplaçantes et des intérimaires. Mais...

Et je laisse les points de suspension exprimer la nostalgie, le regret, les remords et l'espoir (ténu).

— Tu m'avais parlé d'une certaine Léa, insiste Hélène. Qu'est-ce qu'elle est devenue, celle-là ? Tu avais l'air accroché.

— Elle voulait un enfant. Pas moi.

— Et Véronique ?

— Elle voulait me convertir au régime vegan. Pas moi.

— Tu quittes une femme parce qu'elle veut te faire renoncer à l'entrecôte saignante ?

— Il est des principes sur lesquels je ne transige pas, Madame...

— Et celle qui t'avait ensorcelé lors d'un reportage ?

— Laura. Je voulais qu'elle arrête de fumer. Pas elle.

— Et Nathalie ?

— Quand j'étais au volant, elle lâchait, les lèvres pincées, « quatre-vingt-dix » quand on passait devant le panneau de limitation de vitesse, au prétexte que j'étais à quatre-vingt-douze. Je déteste les psychorigides pour ce qui est de traverser dans les clous.

— Un crime impardonnable en effet, glousse Hélène, tout en surveillant Jade, qui semble avoir repris son idée de prise d'otage, vu la manière dont elle a confiné trois petits, dont Paul, près d'un arbre. Autoritaire, la gamine. Mais à ce propos, ton Audrey qui s'entraîne avec des natios, était bien d'extrême gauche jadis ! Du genre à manifester avec des tarés croyant que la fontaine d'argent public infinie durerait éternellement ? Et « y a qu'à, faut qu'on », qu'il suffirait d'interdire les licenciements, imposer la gratuité des loyers et plafonner les revenus pour réduire la misère ?

Je reconnais qu'Audrey fait peut-être partie désormais des nombreux « petits Blancs » qui se sont sentis trahis par la gauche Terra Nova, pour qui le vrai prolétaire désormais est le Malien qui fait la plonge dans un restau et non plus le soudeur gaulois en marcel, au risque que ce dernier foute le camp à l'extrême droite. Faudrait que je vérifie où Audrey se situerait politiquement, on dit que quand on dîne avec le Diable il faut une longue cuiller, alors quand on couche avec il faut sans doute une longue... Euh, je m'égare, là.

Alors que Paul se précipite vers nous, il y a eu un grand mouvement d'évasion des otages à la faveur de l'intervention d'une mère au loin, j'ajoute qu'il me paraîtrait bienvenu que la femme dont je suis amoureux m'explique si elle est totalement infréquentable ou juste un peu. Après tout, s'entraîner dans les bois à des coups d'État, je critique pas le côté farce, mais sur le plan de la légalité on pourrait objecter, non ?

— Et pourquoi ça serait plus grave pour toi que quand elle préparait la révolution il y a huit ans ?

— Parce que les gens que j'ai rencontrés dans le bois mercredi ont l'air bien givrés. Et que ses plans m'ont l'air plus teigneux que quand elle se contentait de prendre d'assaut Bercy avec ses potes ; ils n'avaient pas de kalach, eux, excuse le classicisme. Mais imagine que le pire succède au pire et qu'on se retrouve au lit et qu'elle me dise « *excuse-moi, j'ai un petit putsch à préparer et je reviens* » ? Tu vois le dilemme. Je pense qu'elle fait carrément partie de Deep State.

– Deep quoi ? demande Hélène, tout en consolant Jade d'avoir dû relâcher ses otages.

*

* *

– Deep State. J'ai découvert ça en me documentant, suite à une conversation avec mon collègue Bob, ce matin. C'est un concept apprécié des adeptes des théories du complot. Il est apparu en Turquie dans les années cinquante, mais on en parle depuis dans pas mal de pays occidentaux, par exemple quand la haute administration contrecarre bizarrement les élus, quand des pouvoirs occultes au sein de l'État semblent intriguer ou orienter l'action du gouvernement. Tirer les ficelles en coulisses. Bien sûr, ça sonne un peu parano.

– C'est souvent le cas les théories du complot. Mais seuls les paranos survivent, paraît-il.

Je me cale sur ma chaise et jouerai avec mes lunettes si j'en avais.

– Deep State, c'est une sorte de structure secrète dans l'appareil d'État dotée d'un agenda. Pas une franc-maçonnerie ou un lobby, plutôt un réseau informel dans l'armée, la justice la police, la haute administration. Une organisation aux contours flous, constituée pour l'essentiel des couches intermédiaires de l'appareil d'État. Des colonels qui surveillent l'état-major en quelque sorte. A-t-elle des chefs ? Pas sûr. Des codes secrets, des lieux de rencontre, des plans ? Pas vraiment. Ce qui la rend difficile à identifier et à détruire. Comment décapiter ce qui n'a pas de tête ? Deep State serait constitué de sortes d'amicales, de cercles unis par des connivences. Il ne cherche pas le pouvoir mais veut être influent sur les questions essentielles, via notamment son pouvoir de nomination, pour placer discrètement des compères aux postes clés. Deep State nie exister, bien sûr. Au point que certains de ses agents d'influence ignorent en faire partie.

— Tellement clandestin qu'on peut en être membre sans le savoir ? Ça, c'est fort.

— Deep State a aussi ses idiots utiles [1]. Ses compagnons de route, qui le servent sans le savoir et en croyant même qu'il n'existe pas. Quant à la mission de Deep State... Il se considérerait comme les seuls gardiens fidèles et déterminés de l'essence de la nation en péril. Dépositaire des composantes invariables du pays à travers les siècles et donc de son destin. L'Histoire leur impose de défendre la poignée de valeurs simples qui caractérisent leur pays. Pour la France, ce serait d'être un pays de population en grande majorité blanche, de culture grecque et latine et d'inspiration chrétienne revue par les Lumières. Si les élus sont d'accord avec cet agenda, tant mieux, ça simplifie le travail, sinon tant pis pour eux ; intrigues, obstruction, voire moyens illégaux. Discréditer, faire fuiter, corrompre, éliminer. Coups d'État en dernier recours.

— Pas franchement des démocrates, donc.

— On ne l'est pas systématiquement quand on se croit initié aux Vents de l'Histoire et déterminé à servir non pas une différence entre pays légal, genre Pétain, et pays légitime, genre de Gaulle. Les gens de Deep State s'appuient sur des morts célèbres. Leurs préférés, de Gaulle, Jeanne d'Arc, Clémenceau, Jaurès, avec parfois Péguy ou Hugo pour le dessert.

1. Allusion à un commentaire qu'aurait proféré Lénine en 1922 sur Walter Duranty, le correspondant à Moscou du *New York Times*, très complaisant envers l'URSS ; « c'est un idiot, mais il nous est utile ».

— Et des centaines de gens pourraient faire partie de cet... hybride sans être repérés, sans qu'on en ait parlé dans la presse ?

— Il est des précédents historiques de réseaux secrets étendus. Je te parlerai de Stay Behind une autre fois, dont une version modernisée est d'ailleurs sans doute proche de notre Deep State et semble prêt à passer à l'action.

— Avec Audrey ?

— En tout cas, elle participe à la préparation d'une sorte de coup d'État, d'après la séance que j'ai vu hier dans une clairière de Fontainebleau. Bob m'a donné des détails depuis son lit d'hôpital.

— Ils ont essayé de l'assassiner ? s'exclame Hélène, qui jette un regard inquiet alentour.

— Non, il a juste couvert une manif un peu teigneuse mercredi, c'est moins glamour. Deep State n'a certainement rien contre Bob, vu qu'il est acquis à leurs thèses. Ils planifient quelque chose comme les Comités de salut public à Alger en 1958, qui ont porté de Gaulle au pouvoir. La séance dans les bois hier était dirigée par un colonel Gervais qui a poussé l'obligeance jusqu'à nous donner les grandes lignes du plan. Je subodore qu'il y a dans de nombreuses unités militaires des officiers prêts à passer à l'action. Des ministres aussi, puisqu'il ne t'a pas échappé que le gouvernement, à la limite de la schizophrénie, compte des gens de sensibilités... diverses.

— C'est le problème avec les coalitions.

— Au signal, ces comités s'empareraient des bâtiments stratégiques, préfectures, gares, relais TV dans les grandes villes, du grand classique quoi, avant de proclamer l'état d'urgence. Surtout des militaires, parce que tu sais que, depuis le temps qu'il y a des attentats et des no-go zones, la Grande Muette ça la démange d'ouvrir un peu sa gueule, mais aussi des juges, des flics, des politiques.

– L'état d'urgence !? Mais on n'y est pas déjà de facto depuis dix ans ?

– Disons un super état d'urgence. Alors, ils limogeraient tous les fonctionnaires soupçonnés d'être affiliés à Deep State 2.

– Ah, parce qu'il y a un autre Deep State ? s'éberlue-t-elle, ça fait pas un peu beaucoup pour un seul pays ?

– Le terrain est assez encombré en ce moment, oui. Deep State 1 est persuadé qu'existe un Deep State antagoniste, qui aurait largement infiltré les médias, les juges dits « rouges », les sociologues, les publicistes, les enseignants, les ONG et une partie de la classe politique.

– Et tu crois à un complot de ce Deep State 2 ?

– Pas vraiment. Un complot ça implique un petit nombre de conjurés agissant secrètement et illégalement. Dans le cas présent, les partisans de Deep State II sont nombreux, agissent au grand jour et légalement, même si leur terrorisme intellectuel et judiciaire n'est pas franchement démocratique. Je penserais plutôt à un projet culturel, ou à une sorte de lutte des classes, voire une crise civilisationnelle. Au choix.

– Et donc, s'exclame Hélène, ce pays est trop petit pour nous deux, Deep State 1 et sa némésis Deep State 2 vont s'avancer dans la grand-rue, flingue à la ceinture ? Un colonel de parachutiste face à un maître de recherches du CNRS, il vaut mieux parier sur le colonel.

– Les paras pourraient passer à l'action dès le Sommet du vivre-ensemble, suivant que ses conclusions en sont provocatrices ou pas. Ils ont des listes, et avec l'appui de certains ministres ralliés ils signeraient des décrets de limogeages à tour de bras. Ce serait la nuit des longs stylos...

Hélène salue le jeu de mots avant de soupirer, « *En tout*

cas, vu ta description de Deep State 2, Serge en fait partie ».

— Il en est probablement un colonel.

— Ça doit coller avec le fait que le soir, au lit, il lit un rapport au titre bizarre. « *Mémento pour un vivre-ensemble apaisé et renouvelé. Mutation culturelle et restructuration féconde de l'espace national.* »

Je sursaute avant de m'exclamer « *Tu sais que c'est ultrasecret ?* ». Elle rit « *ah bon ?* ». Non seulement Serge s'endort en pyjama rayé sur un secret d'État, mais en plus il s'agit d'un des trois scoops dont Ceccaldi m'a passé commande... Non, ça ne se fait pas de demander à une ex de chouraver en douce un document ultra-confidentiel à son mari et au demeurant ami d'enfance. Ça ne se fait pas. Non.

CHAPITRE 11
LES BISOUNOURS PARLENT AUX BISOUNOURS

C'est donc englué de perplexité que je retourne chez moi, car si même Hélène commence à douter c'est révélateur d'un changement de paradigme. Je crois la connaître par cœur, c'est d'ailleurs depuis la mort de mon père ma plus vieille connaissance, à part Jacques. Hélène est une fille respectueuse des autres et généreuse au diapason, « *nous sommes tous descendants de migrants* », « *besoin d'amour et de paix* », persuadée que, slogan des années quatre-vingt-dix, la France « *est comme une mobylette, elle avance au mélange* », même si le moteur paraît un peu encrassé ces dernières années. Alors, si elle commence à vaciller vers du « *on est chez nous, merde* », c'est que l'heure est grave.

Pour quelqu'un comme elle, cela doit être perturbant de commencer à basculer du côté Excédé de la Force. Mais vient un moment où les meilleures âmes peuvent se dire « *ça commence à bien faire* ». C'est fatiguant, la sainteté, et tout le monde n'a pas la chance d'être aveuglé, comme Scarlett, princesse hallucinée du Camp du Bien. Moi-même, oscillant depuis longtemps entre idéalisme, réalisme, mauvaise conscience et ras le bol, je suis aussi concerné aussi par cette glissade. Comme dans un toboggan que nous serions finalement bien plus que prévu à dévaler, les yeux exorbités, en bégayant « *ça n'a pas l'air d'être le bon chemin* ». Un peu comme ces amis votant pourtant avec une régularité de coucou suisse pour le Généreux-ouvert, qui me confiaient récemment leurs doutes, comme dans un confessionnel « *je crois que je ne crois plus à toutes ces foutaises* » pour s'étonner d'entendre le curé répondre « *à qui le dites-vous !* ».

Bob m'appelle sur ces entrefaites car il est convoqué en tant que témoin assisté dans l'affaire de la disparition de Scarlett (moi, pas encore, ma discrétion m'a servi). C'est un torrent de colère au téléphone sur cette justice dont il se demande dans quel camp elle est au juste, *a encore été relâché un type avec 85 inscriptions au casier, donnons-lui une 86ème chance... et voilà qu'on soupçonne d'honnêtes citoyens* ». Je réponds qu'il était quand même imprudent de déblatérer devant un inspecteur sur une collègue kidnappée.

C'est alors au tout de Sophie de me passer son coup de fil bihebdomadaire pour demander des nouvelles de notre fille. Laquelle nous a répartis il y a longtemps les rôles sans nuances excessives : à sa mère les confidences, à son père la gestion des emmerdes. Ma fille, j'ai l'impression étrange qu'elle a toujours fait partie de ma vie avant même que de naître, j'ai partagé cette constatation saugrenue avec quelques amis, dont Audrey durant notre bref flirt. Elle aussi n'imaginait pas qu'elle eût pu commettre un autre enfant que Kevin, ce qui est objectivement absurde au demeurant (je crois que ma rationalité m'a quitté peu de temps après que j'eus remis mon pantalon, neuf mois avant la naissance de Chloé). J'explique à Sophie que notre fille régule des incendies de règlement de comptes dans des quartiers où les flics ne vont plus, « *la routine, quoi* ». Sophie n'a pas l'air de trouver cela choquant, son job semble la rendre indulgente envers tout ce qui n'est pas génocidaire.

Tout cela teintera sans doute de mélancolie ma soirée passée à zapper sur la TV, je pourrai m'abaisser à regarder le quart de finale du championnat de France de pétanque, tweeter, discuter sur WhatsApp, LinkedIn, consulter mails et pages Facebook pour me persuader que quelqu'un quelque part en a quelque chose à foutre de moi. Tout en mâchouillant un Objet Culinaire Non Identifié sorti du four à micro-ondes. Ne manquera que l'adagio d'Albinoni pour donner envie d'ouvrir le gaz, heureusement que je suis chauffé à l'électricité.

Jacques prend le relais de manière imprévue pour me demander benoîtement si je peux l'emmener en urgence à Mogadiscio. Je lui réponds que j'y ai été hier et crains de me lasser. Mais Jacques y a un patient en détresse et comme ni le SAMU ni les taxis n'y vont plus (on peut les comprendre), il me demande ce petit service. Je maintiens qu'il pourrait trouver un autre chauffeur, vu qu'à cinq heures du mat je discutais encore coup d'État en forêt, surtout qu'en plus son patient doit être juste un dealer qui a pris un coup de couteau, grand bien lui fasse.

— Mon patient s'appelle Zayed Zachari, un prof de droit qui a eu une demi-heure pour ramasser son passeport, sa femme et ses gosses avant que les milices ne rasent son village et il a traversé tout le Proche-Orient pour demander l'asile ici. D'autres questions ?

*
* *

Une demi-heure plus tard, Jacques bondit, sa trousse à la main, vers une jeune fille à l'air inquiet, sans doute Mlle Zachari, au pied d'une tour de Mogadiscio, après m'avoir lâché *« si on t'emmerde, tu dis que tu es un pote de Zayed Zachari, ça devrait suffire »*. Eh, ça veut dire quoi ? Parce qu'il y a des fois où ça ne suffit pas ? Si encore j'avais un appui feu, mais là je suis seul dans un coin où rodent sans doute des malintentionnés. En tout cas, ça embaume le bitume glauque, le béton sournois et les lampadaires déprimants. Il en a de bonnes, Jacques. Zayed est sans doute une sommité locale respectée, mais si jamais il ne suscitait pas l'unanimité ?

J'aurais pu suivre Jacques, mais avec la quasi-certitude de retrouver ma bagnole bousillée. Je vais donc rêvasser en mode pas vraiment détendu, en essayant de chasser de mon esprit les réflexions d'Hélène, les mystères d'Audrey, l'avenir de Chloé et la disparition de Scarlett.

*
* *

Ces tours où rôdent des ombres aux agendas troubles et où les chauffeurs de bus ne répondraient pas au bonjour d'Hélène ne correspondent pas tout à fait à l'idée que j'aurais aimé me faire de mon pays. Jacques et moi sommes sans doute les premiers Caucasiens à bac + 5 et payant l'impôt sur le revenu à s'aventurer ici depuis longtemps. Une séparation qui confirme simplement que, manières de vivre et territoires fracassés, ON s'est pris la mondialisation en pleine tronche. Comme une de ces vagues qui, sans prévenir, montent tout en haut de la plage pour disperser les parasols, les clés de la voiture et les mamies.

Oh, la mondialisation, ça serait faux cul d'en faire un bouc émissaire, elle est, après tout, fondée sur le goût naturel du commerce et du voyage. C'est séduisant ce brassage d'idées, d'expériences, de musiques, de cuisines et de gens, surtout s'il permet d'avoir un smartphone moins cher, sans parler des bagnoles, fringues et armoires Ikea quand j'arrive à les monter. Et puis, on ne pourra pas la désinventer, sauf à instaurer une taxe de 1 000 % sur trains et avions. On n'arrête pas le progrès, alors la mondialisation, vous pensez !

Puisque le monde est désormais un village, eh bien le monde, fatalement, a débarqué dans le village pour y chercher des vies meilleures, j'aurai fait pareil à leur place. C'était d'ailleurs flatteur d'être l'auberge la mieux notée sur TripAdvisor, *« bon État de droit, du job et des allocs, population un peu dévergondée, mais ça peut se corriger »*. C'est mécanique ; quand un pays voisin dispose d'un revenu dix fois supérieur au vôtre et que chez vous le moindre cousin de satrape peut confisquer votre maison ou votre magasin, c'est tentant de s'y installer. Au risque que son chez-lui lui devienne méconnaissable. Qui peut jeter la pierre à quelqu'un estimant que sa recherche du bonheur vaut mieux que ses racines dans un pays sous dév ? Et donc, sauf miracle en matière de prospérité et de démocratie qui, pas de paternalisme, est entre leurs seules mains, les Africains vont inéluctablement se déverser, comme un fleuve, dans les pays les plus prospères de leur continent, ainsi que dans une Europe[1], qui semble ne plus avoir pour ambition que d'être l'hospice le plus cool du coin. La planète déborde, voyez-vous, puisqu'on y meurt avec de plus en plus de circonspection. L'Afrique, surtout, bouillonne, puisqu'on y compte souvent la richesse en nombre de gamins. Sa population a doublé en vingt ans, doublera encore d'ici 2050 et encore d'ici 2100, pour atteindre un niveau soixante fois plus élevé qu'il y a un siècle. Je vois encore Bob s'exclamer qu'elle représenterait alors la moitié de l'humanité, un truc sans précédent dans l'Histoire et dont tout le monde se fout. Il ressemblait à Hippolyte Calys, avertissant Tintin de la fin du monde dans L'Étoile mystérieuse. J'avais essayé de riposter qu'elle avait des atouts, l'Afrique, des gens prêts à bosser et prendre des risques, des fleuves, des terres fertiles, mais Bob avait tranché « *Et tu crois que ça suffira pour nourrir, soigner,*

1. Lire *La Ruée vers l'Europe* de Stephen Smith.

éduquer et employer tout ce monde ? Tiens, le Niger, un désert avec des chèvres et de l'uranium, les femmes y font toujours sept gosses, à la fin du siècle ils y seront cent millions. Te racontes pas d'histoires, c'est une bombe et pas à retardement. C'est tout un continent qui va se transvaser chez nous ».

Une partie du fleuve m'observe, trois ombres installées sur un sofa servant aux chouffeurs, à l'époque où des flics venaient encore ici. La langue de bitume mal éclairée entre nous est comme un symbole de fossé muet entre deux mondes. Le fleuve compte un paquet de gens prêts à se prendre en main, c'est sûr, ça fait partie des histoires authentiques dont les journaux comme le mien se font l'écho. Des réfugiés connaissant leur Victor Hugo sur le bout des doigts, comme Zayed, pour lequel je risque une baston avec un mec du sofa, qui fait quelques pas vers moi, je pose négligemment la main sur la clé de contact. Il se ravise et retourne voir ses potes, peut-être un passage des *Contemplations* à relire.

*
* *

Pourtant, il suffit d'y aller voir, même dans des régions, sur les cinq continents, dotées d'une solide tradition d'hospitalité, le réfugié ou le chômeur qu'on accueille comme un frère, au bout d'un moment on voit parfois en lui un mendiant, un concurrent, un délinquant. Mais pour surmonter, on s'est persuadé, autant joindre l'utile à l'agréable, que tout cela représenterait un apport de consommateurs et une main-d'œuvre docile et bon marché prête à se déchausser les plombages au marteau-piqueur, monter les parpaings, passer le bassin aux petits vieux, récurer les chiottes, ou faire la plonge dans les restos. On leur ferait miroiter de devenir ingénieurs s'ils acquéraient nos codes culturels. Des unités de travail et de consommation, UW et UC selon le jargon désincarné d'économistes. Sauf qu'elle ne reste, logiquement, pas si longtemps bon marché, la main-d'œuvre, ni docile, d'ailleurs. UW et UC s'avèrent être, c'est embarrassant, des êtres humains, qui se trimbalent avec leur culture et leurs convictions, qui ne sont pas toujours raccord avec les nôtres, voire avec des amertumes postcoloniales et des envies de match retour. Mais nos valeurs étaient tellement séduisantes qu'ils y adhéreraient naturellement, on y arriverait, *Wir schaffen das* comme disait Angela Merkel. Au passage, on était un peu complice des passeurs auprès de qui des villages entiers se cotisaient pour envoyer un des leurs dans l'Eldorado européen. Pour convaincre des bienfaits de la chose, on s'est mis à regrouper subrepticement sous le même terme sympa mais fourre-tout de migrant les catégories les plus diverses : réfugiés, clandestins, ou chercheurs d'opportunités.

Ca impliquait de ne pas trop se poser de questions. Quand il s'avérait que les UW se retrouvaient souvent au chômage, les patrons devaient être sacrément racistes pour préférer faire tourner leurs usines au ralenti plutôt que d'embaucher des immigrés. On ne se demandait pas non plus s'il était si moral que ça d'attirer des migrants une chance pour la France, après tout s'ils étaient un atout pour nous ils allaient manquer à leur pays d'origine. Cet appel d'air les privait de précieuses ressources humaines mais, rétorquait-on, lesdits pays « n'avaient qu'à » être des démocraties prospères… « Zavaient qu'à », aphorisme condescendant de nanti. D'autant plus que si toute leur jeunesse se barre, avec qui ces pays vont-ils construire des sociétés démocratiques prospères ? Il n'était pas non plus certain que le voyage fût tant que ça une chance pour les migrants. Certains avaient l'air bien malheureux et déracinés. Ne serait-ce que parce que l'Eldorado, il tire surtout sa prospérité d'impertinences sur la place de Dieu et des femmes que beaucoup ne supporteraient pas. Désolé pour le malentendu XXL. Du coup, je m'interroge, le Black qui s'approche, c'est parce que son grand-père a été exploité par le mien, instituteur en Corse ? Ou bien constitue-t-il une unité de cotisation, UCo, en sus d'UW et d'UC, en quête d'opportunités financières ?

*

* *

Futur PDG de start-up ou djihadiste ? Difficile à dire, ça serait bien qu'ils portent un badge pour aider à trier… oups, Scarlett me lyncherait, disons distinguer… ça va, distinguer, c'est positif, non ? Bref, j'ignore s'il compte m'entreprendre sur les ratés de l'intégration, ou me fracasser.

– Qu'est-c'que tu fous là ?

C'était un peu la question que je me posais.

– T'es sur mon territoire, dégage.

Ah, ça se discute. Il ressemble à une murène défendant son terrier. Je pourrais lui faire valoir que je peux vouloir aller partout dans MON pays, mais quelque chose me retient, en sus d'un gabarit qui rendrait une altercation désagréable, nonobstant mon jujitsu. Ce qui me retient c'est la conscience d'être né sans m'en donner la peine dans une ville aisée d'un pays riche, alors que lui a peut-être vu le jour au Sud Soudan. Du coup, je manque peut-être d'arguments moraux pour refuser qu'il s'installe ici. Le sens de la justice nous imposerait d'accueillir quiconque est opprimé, désespéré ou doté de perspectives peu ragoûtantes…

Quoique… un instant s'il vous plaît. Réflexion faite, ça ne va pas être possible (je me fais l'effet d'un videur à l'entrée d'une boîte de nuit). Parce que la vie est foncièrement inégalitaire, vois-tu, le seul endroit où nous sommes tous égaux c'est le cimetière. Et puis, ça ne serait pas si juste que ça qu'on t'accueille toi et pas un autre, sinon ça serait sans fin. Si on prend tous ceux qui rêvent d'une vie meilleure on va être un peu serré dans le métro. Et à force d'importer le Sud Soudan on risque de ressembler au Sud Soudan, en juste un peu moins chaud. Et au passage, si nous devons partager un pays il serait bon de vérifier nos valeurs communes, que penses-tu du mariage homosexuel et du droit au blasphème ?

Ah, je sais bien, tes relais et accointances ayant quelques comptes névrotiques à régler avec l'État-nation de leur papa, sont censés m'avoir convaincu qu'il serait criminel de t'objecter quelques frontières, par essence arbitraires et immorales puisque tracées jadis dans le sang. Euh, objection, votre honneur, elles sont aussi les lignes en deçà desquelles sont en vigueur certaines lois, certains votes, certains impôts et au-delà desquelles d'autres peuples font différemment. Genre dessiner un cadre, tu vois, un peu comme le modeste cadre de bois sans lequel le plus beau des tableaux n'est qu'un bout de toile recroquevillé.

Et donc, c'est toi qui es sur mon territoire et je te prie de vider les lieux séance tenante. Au nom de quoi ? Oh, d'un principe qui n'est pas bien glorieux, mais universellement pratiqué, en gros « *nous étions là avant* ». Un truc fustigé quand il émane de Gaulois, mais n'est-ce pas exactement ce que l'on avance, non sans raison, en défense des Palestiniens face aux Israéliens ? Zétaient là avant (quoique, cela dépende du millénaire de référence).

Évidemment, prag-ma-tique, je ne lui dis rien de tout ça

— J'attends un ami. Médecin. Qui soigne quelqu'un du quartier. Zayed.

— Quel Zayed ? Y en a quatorze ici. Le Zayed de la tour

A ou celui des Bosquets ?

— Euh, je sais pas. Lequel est le mieux ?

« *Un fou* », semble-t-il se dire, les yeux écarquillés, « *déjà pour venir ici, et ensuite pour se foutre de ma gueule* ». Mais ça semble l'amuser, apparemment la folie rassure ici.

— Le premier, des potes à moi le buteraient volontiers. Le deuxième, je donnerais ma vie pour lui.

— Euh, je crois que je vais prendre la solution B.

En plus, le stress me fait oublier le nom de famille de Zayed, un grand classique ça, j'ai la mémoire qui flanche au-delà d'un certain seuil d'adrénaline (ou pour réciter un poème à une femme, mais ce n'est pas le lieu présentement). Je précise :

— En tout cas, il habite dans cette tour, il est réfugié... prof de droit constit.

— Droiconstit ?

— Droit constitutionnel. Un spécialiste de Montesquieu, je crois.

— Montesquieu ? C'est pas un nom courant ici.

Je salue la repartie d'un sourire qui ne semble pas le dérider, car il se penche à ma portière.

— Écoute, je sens que tu cherches les embrouilles, alors tu prends ton Montescul, là, et tu dégages.

— Mais je peux pas ! J'attends le médecin qui soigne Zayed. Vous le connaissez certainement. Il est respecté dans le quartier.

— Il deale ?

— Je crois pas, non, encore que, on sait jamais, le Droit constit peut mener à tout.

Mine dubitative du gars. La conversation vire au pénible. Je m'exclame :

— Mais il a obtenu l'asile politique le mois dernier après avoir échappé à un massacre je sais plus où.

Il semble pris d'une révélation.

— Ah, c'est le Zayed qui a eu une heure pour ramasser son passeport, ses gamins, les bijoux de sa femme pour payer le passeur en fuyant Charjahouine ?

— C'est ça. Accessoirement, il a emmené sa femme aussi, avec les bijoux.

— Tu pouvais pas le dire plus tôt ?

— C'est ce que je me tuais à te dire, que Zayed est un réfugié.

Je mets d'habitude un peu plus de temps à passer du vouvoiement au tutoiement, charmant rituel de la marche d'approche à la française, mais il faut s'adapter aux coutumes locales.

— Ben oui, réfugié, s'exclame-t-il, je croyais que tu voulais dire qu'il se planquait dans le quartier, asile c'est autre chose, tu manques un peu de culture politique, toi.

— C'est en effet un reproche qu'on me fait souvent. Donc, tu connais Zayed ?

— Très bien, t'es un ami de Zayed, t'es mon frère.

Un peu fatiguant ces quartiers où on passe si vite de menaces de mort à fraternité indissoluble. Une fraternité employée sur ces entrefaites à aider Jacques et la fille de Zayed à transporter ce dernier, inconscient, jusqu'à ma voiture. Nous l'y installons tant bien que mal avec sa fille, Jacques bondit à l'avant. « AVC. Le plus proche CHU est à dix minutes. Brûle tous les feux rouges. » Avec les radars planqués partout pour sauver la face d'un État incapable de faire régner la loi et l'ordre sur un quart de l'île de France, ça me coûtera quelques points de permis, mais pour Zayed on ne compte pas. Je fais donc crisser les pneus sous les encouragements de mon nouvel ami.

Je rentre chez moi à minuit, vidé, cuit. Pronostic vital engagé pour Zayed, comme disent les médecins pour signifier « il risque de mourir », mais la thrombolyse faite à temps rend Jacques optimiste. Ce garçon est indestructible.

Et au moment où je m'apprête à m'endormir enfin, mon portable sonne.

Redwane : « *Tu veux toujours interviewer Benkhirane ?* »

CHAPITRE 12
COUCOU, NOUS REVOILOU

— Mais tu m'avais dit que ça serait compliqué... je bredouille.

— J'ai hésité oui, mais il ne peut pas me refuser grand-chose, entre frères.

Je tique un peu, ça ne ressemble pas trop à Redwanne d'appeler quelqu'un « frère » au seul motif qu'il est musulman, et puis frère, c'est quand même... intime, et un milliard et demi de frères ça fait beaucoup. Mais bon, l'essentiel est que j'aie ma promesse d'interview.

Doté du désormais incontournable mot de passe, cette fois-ci ça sera Sagesse et Miséricorde, je suis attendu à l'entrée ouest de Kaboul à sept heures. Je préviens aussitôt Ceccaldi qui beugle « *deux pages pleines, avec appel en une et communiqué aux agences* ». Je la sens bien cette interview avec ce grand timide de Benkhirane. À l'heure dite, après donc une nuit courte, une de plus, Ismaël, le contact convenu, plus chaleureux qu'Ahmed, me prend en charge à la frontière. Il conduit lentement en scrutant les rues où rôdent quelques rares piétons. On entend au loin des détonations. Devant son air nerveux, je demande s'il se passe quelque chose de particulier. « *La situation... géopolitique du quartier a changé de manière inattendue hier soir* » répond-il, avant de m'expliquer que Kaboul est tenu, classiquement, par une dizaine de bandes rivales sur le plan ethnique ou mafieux, certaines fortes de plusieurs centaines de membres. Et un incident curieux la nuit dernière a suscité des règlements de comptes sonores :

un incendie allumé par deux caïds algériens a dégénéré et détruit l'entrepôt d'une entreprise de transport de Somaliens, mais aussi un immeuble avoisinant tenu par des Marocains. Du coup, baston entre les Marocains et les Algériens, jusque-là alliés. Les Algériens ont perdu leurs chefs, neutralisés par un commando de babtous qui s'était introduit dans le quartier avec une audace incroyable, caché dans un camion de pompiers.

— Nooooon !

— Si. Un des caïds a été fracassé contre un mur à coups de lance à incendie, une technique étrange mais efficace. Et le deuxième s'est fait rouler dessus par le camion au moment où le commando se repliait. Tous deux sont hors circuit, transportés à l'hosto par leurs proches.

— Vraiment ? !

— Du coup, les Kosovars ont cru pouvoir profiter de l'affrontement entre Marocains et Algériens pour mettre tout le monde d'accord. Mais les Somaliens, humiliés par la perte de leur entrepôt, se sont alliés avec les Mauritaniens pour empêcher les Kosovars de prendre le pouvoir.

— Bien sûr !

— Les Sri-Lankais se sont mis de la partie.

— Tu m'étonnes.

— Puis les Irakiens.

— Comme de juste.

— Qui se sont alors heurtés aux Tunisiens, s'appuyant sur les Turcs, malgré une engatse ancienne.

— Évidemment.

— Et au final, tout ça produit le bordel que tu entends.

— Et Benkhirane dans tout ça ? je demande inquiet.

— Sofiane s'est toujours tenu à l'écart de tout ça, son combat est purement politique.

Il continue à conduire, le regard fixé sur le bout de l'avenue où fuient des ombres.

— En tout cas, je donnerais cher pour savoir qui était le commando des babtous qui a eu le sang-froid de venir liquider les Algériens en plein cœur de Kaboul.

Je hoche la tête.

— Tu veux mon avis ? Ça dû être planifié au plus haut niveau.

— Un coup des sionistes, certainement, opine-t-il.

Nous arrivons sur ces entrefaites. Traversons une cour décorée par des carcasses de voitures et des tags, puis un hall d'immeuble où veillent trois types en armes à qui mon guide adresse un discret signe de tête, prenons l'ascenseur, dix-septième étage, entrons dans un appartement que j'imagine loué pour l'occasion à une « nourrice », une de ces femmes qui acceptent contre rémunération de ne pas fermer leur porte à clé pour permettre à un délinquant d'y trouver refuge à l'improviste.

Je vérifie le mini-magnéto que j'ai emmené exceptionnellement, avec un client comme Sofiane mieux vaut être prudent des fois qu'il conteste avoir dit ce qu'il a dit, mes deux stylos, mon carnet moleskine, à l'ancienne, dans lequel j'ai griffonné cinq questions, et commence à me préparer mentalement pour l'interview, qui est au fond quelque chose à mi-chemin entre le jeu et l'affrontement. Il s'agit au final de pousser l'interviewé à montrer ce qu'il a dans le ventre. Et à dévoiler du qui-secoue le Glaude [1] ou la Jacqueline.

Ismaël me confie :

— On a beaucoup hésité parce qu'il y avait ta consœur sur le coup aussi, depuis trois jours qu'elle est *embedded* ici, mais Sofiane ne refuse rien à un frère.

Consœur ? Frère ? Pardon ?

Et il me laisse entrer dans une pièce où Scarlett attend sur un canapé, et nous nous exclamons de concert : « *Mais*

1. Surnom ironique donné au lecteur lambda dans certaines rédactions parisiennes

qu'est-ce que tu fous là ? »

*

* *

C'est un pêle-mêle de « *non, c'est pas vrai, tu vas tout gâcher!* » (elle) et de « *mais je te croyais morte, kidnappée, violée (rayez la mention inutile)* » (moi), avant qu'elle ne grogne :

– Non, je ne suis pas morte, cache ta joie.

– Très bonne nouvelle ! Mais enfin, tu conviendras c'est quand même... tu avais organisé ton propre enlèvement ?

– On ne peut rien te cacher.

– Mais pourquoi, comment ? Enfin, tu voulais...

Et se révèle soudainement la vérité, l'horrible vérité nue, pendant que Scarlett complète :

– Me faire *embedded* pendant quatre jours chez Benkhirane pour un reportage scoopesque sur son organisation, que tu es prié de ne pas... polluer. Au passage, j'espérais que Bob se lâche grave dans la fachosphère sur le thème « impossible de se promener en jupe dans Paris sans risquer le kidnapping », que je me serais fait une joie de discréditer en réapparaissant toute pimpante, mais je n'ai rien vu.

– Décevant, hein ? ! Ceccaldi nous a demandé de garder le secret de ta disparition pour ne pas gêner le travail de la police.

– Ah, parce que la police enquêtait ? Je croyais qu'ils étaient débordés...

– Ils nous ont effectivement dit qu'ils avaient autre chose à foutre que s'occuper d'une pintade cherchant le grand frisson dans des quartiers. Ils ont évoqué « Marie-Chantal en Somalieland ». Mais Bob a respecté les instructions de Ceccaldi, il était presque inquiet pour toi.

– C'est touchant.

– Si on peut plus compter sur les fachos pour animer la fachosphère, où allons-nous ?

Elle hausse les épaules.

– Bon, c'est pas tout ça, mais j'ai des notes à relire, parce que depuis quatre jours je fais un reportage passionnant qui va claquer sévère, mais le Benkhirane je l'ai pas encore rencontré. Je ne sais pas pourquoi il a accepté que tu te mettes dans mes pattes, mais va falloir corriger.

– Écoute, je te croyais morte, tu ne l'es pas. Un bon point. Maintenant, on devrait tomber de soulagement dans les bras l'un de l'autre, alors que tu m'accueilles comme un chien dans un jeu de quilles...

– C'est un peu le cas, oui.

– Attends, tu n'es pas en train de me dire... d'insinuer... de sous-entendre que tu comptes réaliser cette interview toute seule ?

– C'est pourtant un peu l'idée.

C'est dingue. Notre amitié a résisté à tout, depuis dix ans, à des déserts sentimentaux respectifs et simultanés, à des assauts tout aussi simultanés, quoique concurrentiels, sur le ministère des finances, à diverses engueulades sociologiques, et là, là...

– Là, je suis sur un gros scoop et tu vas pas te mettre au milieu, l'amitié dût-elle en souffrir.

– Ah, elle va plus qu'en souffrir, bordel, mais trépasser sévère. M'enfin, ce n'est qu'une putain d'interview, et j'en ai chié autant que toi pour l'avoir, j'ai dû activer mes réseaux, renvoyer des ascenseurs, autant que toi, risquer presque la mort, éteindre des incendies avec des furieux... Tu n'es pas propriétaire de Benkhirane, nous allons donc réaliser une superbe interview à quatre mains.

– Pas question. Je ne me suis pas emmerdée à négocier une exclu pour au dernier moment devoir me coltiner un boulet.

— Exclu négociée en échange d'une petite intox sur les femmes en jupe, pour servir la propagande de Benkhirane, n'est-ce pas ? Au risque de discréditer ton propre journal. Ce n'est pas joli, joli, tout ça...

— Je me passe de tes leçons. Le seul truc qui compte, c'est de décrocher l'entretien que tout le monde rêve d'avoir. Ceccaldi a été très clair là-dessus avec moi.

— Il était au courant pour ta minable petite intox en jupette ?

— Pas vraiment, mais il pouvait se douter que j'allais pas rester dans mon bureau à attendre un communiqué de Benkhirane, comme toi. Dégage, Fred. En matière de scoop, je suis pas partageuse.

— Va falloir s'y mettre.

Je lis dans ses yeux qu'elle cherche en accéléré tous les moyens de se débarrasser de moi. Corde ? Poison ? Coups de pied dans les parties ? Sarcasmes d'une acidité insupportable ? Désolé, bijou, mais je crois qu'anéantir un type de quatre-vingt-dix kilos, ceinture marron de jujitsu, doublé d'un reporter habitué aux discrets coups d'épaule des collègues dans des foules d'intervieweurs, ça va être compliqué. Ce que je lui signifie par un sourire fat. Elle change de registre.

— Écoute, tu ne connais rien de Benkhirane, ni de son projet de transformation sociale et culturelle.

— Pol Pot, sors de ce corps.

— Tu vas tout gâcher avec tes questions de neuneu goguenard. Crois-moi, vaut mieux que tu ailles attendre en bas.

— C'est vrai que je pourrais pousser Benkhirane dans ses retranchements, au lieu de lui passer les plats comme la dhimmi à l'état cristallin que tu es devenue.

— Tu sais ce qu'il te dit le cristal ?

— Allah Akbar ?

— Casse-toi, pov'con.

— Barre-toi, pouffiasse. Mais c'est pas possible d'être conne comme ça, c'est un don ou travaillé à l'entraînement ?

— Mais je ne te permets pas !

— Ça tombe bien, parce que je te demande pas la permission.

— Dites, vous êtes sûrs que vous travaillez bien dans le même journal ? demande Benkhirane sur le pas de la porte.

*

* *

Il va s'asseoir sur le canapé en face de nous, pendant que Scarlett lui fonce dessus.

— C'est pas tout à fait conforme à nos accords. Ça devait être une interview *one to one.*

— J'avais promis l'exclu à votre journal, mais je n'ai pas voulu refuser la requête de mon frère Redwane en faveur de votre collègue. Un problème ?

Scarlett ne répond rien au prix d'un effort visible. Bon, je crois que notre amitié, qui avait résisté à tout, vient de succomber. Dommage, mais c'est la vie, c'est le taf. Ce qui me perturbe c'est cette histoire d'appeler Redwane « frère ». Mon pote serait un agent double islamiste ?

C'est, paradoxalement vu mon job, la première fois que j'approche Benkhirane. On m'avait parlé d'un fauve politique envoûtant, charismatique, mais ce n'est pas ce que je ressens, peut-être parce que mes parents m'ont glissé dans le biberon des doses massives d'esprit critique. Le charisme, c'est bien beau, mais on suit sans savoir pourquoi un fort en gueule et on se retrouve à s'entre-tuer avec des inconnus à l'autre bout de l'Asie Mineure. Je devine plutôt un virtuose de la double pensée, doué pour vous enfumer avec un sourire bienveillant.

Sur les plateaux TV qu'il trustait jusqu'à l'an dernier, Benkhirane était toujours calme et courtois, récusant toute intolérance ou violence, contemplant ses contradicteurs avec ce petit sourire horripilant de condescendance de ceux à qui ont été révélés la Lumière et le Chemin.

Nous posons tous les trois nos magnétos sur la table basse, je sais d'expérience que ce genre d'engin a tendance à faire se méfier les interviewés, qui se ferment comme des huîtres, mais l'huître semble chaud bouillante aujourd'hui. « Eh bien, commençons », dit Benkhirane d'une voix exagérément douce. J'ai assez commis d'interview avec la plupart des formes de bipèdes ayant arpenté cette planète pour repérer les ondes qu'il émet involontairement. En nous dévisageant tous les deux, Scarlett et moi, il ressemble non plus à une huître mais à un boa constrictor se disant « *Tiens, des lapins ! Et en plus, ils se bouffent le nez* ».

CHAPITRE 13
JE DOUBLE PENSE, DONC JE SUIS

ÉDITORIAL PAGE 2.

Après des mois de silence, Sofiane Benkhirane a accepté de répondre à nos envoyés spéciaux au cœur de « Kaboul ». Une exclusivité de La Ligne, *négociée par nos deux reporters en parfaite symbiose, après des contacts prudents, puisque Kaboul est sans doute la « no-go zone » la plus hermétique de France et que, d'autre part, Benkhirane ne compte plus les menaces de mort de la part des milieux nationalistes comme de certains de ses confrères islamistes.*

Celui qui est largement considéré comme un visage moderne de l'islamisme-intégré le plus influent du pays, voire d'Europe, s'y livre à un véritable manifeste d'un Vivre-ensemble renouvelé. Il affirme avoir trouvé les voies d'une Juxtaposition des valeurs et des coutumes, loin de tout communautarisme-apartheid, au-delà du multiculturalisme. Une « fusion » de ce qui seraient simplement deux versions « différentes mais non antagonistes » de la même civilisation « arabo-gréco-latine ». Un document exceptionnel dans nos colonnes. Questions sans concessions et propos rapportés par Frédéric Beaumont et Caroline Trudeau. Une contribution décisive au débat à quelques jours d'un sommet crucial pour l'avenir de notre pays. Lire aussi en pages enquête « Trois jours d'immersion à Kaboul, derrière les clichés » de Caroline Trudeau. Voici dont le transcript de l'interview but de décoffrage, qui a dû éclater les codes traditionnels du questions-réponses, pour respecter l'esprit de

cette conversation... tonique.
Antoine Ceccaldi.

*
* *

La Ligne : Pourquoi sortir de votre silence aujourd'hui ?
SB : Mais pour participer au Grand Remplacement, voyons (rires) ! Je vous vois blêmir mais je parle du Grand Remplacement des idées, pas de panique. Je fais juste partie de la vague qui va vous submerger... sur le plan intellectuel. J'ai dû plonger dans la clandestinité il y a six mois en raison des persécutions d'un appareil judiciaire téléguidé, sous prétexte de citations sorties de leur contexte. Je sors de mon silence aujourd'hui parce que l'heure est grave ; c'est mon devoir de porte-parole de cette jeunesse qui ne sent pas française, tout en l'étant en fait autant que vous et moi puisqu'elle est née ici, a étudié ici et compte travailler ici, à l'inverse des enfants de la haute bourgeoisie en plein exode. Une jeunesse qui ne baisse pas les yeux. Et qui, je vous préviens, n'a pas du tout soif d'intégration.
La Ligne : Le mot a en effet des relents paternalistes, voire néocolonialistes pour tout dire.
SB : Absolument. L'intégration est un crime culturel. Une manière de se renier et de s'annihiler. De tuer une deuxième fois nos ancêtres. Il s'agirait de se dissoudre ? Se fondre dans le moule sans avoir pu au moins discuter de sa forme ? Je ne vous demande pas de renoncer à quoi que ce soit tous les deux, au nom de quoi me le demanderait-on ? Parce que mes ancêtres ne sont pas morts à Verdun ? Je serais moins français que vous parce que j'ai des conceptions qui vous défrisent en matière d'éducation ou de laïcité ? Ou parce que je souffre de discrimination dans l'emploi, le logement, l'éducation ?

La Ligne : À ce propos, comment amender cet État qui pratique, il faut le reconnaître, une forme de racisme institutionnalisé ? Comment débarrasser la société française de ses crispations identitaires ? Et ramener à « nous » des jeunes perturbés par une vie au pied de barres d'immeubles déprimantes ?

La Ligne : ... où dans les années cinquante et soixante ont vécu, au demeurant, Portugais, Italiens, Antillais et Polonais sans enquiquiner personne ?

SB : Nous allons simplement construire ensemble une société plus fraternelle, plus tolérante et juste. Une fructueuse hybridation. Nous allons devenir vous et vous allez devenir nous.

La Ligne : Je ne doute pas de la sincérité de la deuxième partie de votre proposition.

SB : Cette jeunesse des quartiers veut s'asseoir à la table commune pour participer à l'élaboration du menu. On veut bien « s'intégrer », s'il faut absolument utiliser le mot, mais à condition que NOUS déterminions le contenu.

La Ligne : C'est ça ; on veut bien se plier à vos lois, à condition que ce soient les nôtres...

SB : Mais non. Simplement, « vous » « nous » avez fait venir pour faire le sale boulot, torcher vos mômes, récurer vos égouts, pour tous les boulots déplaisants indignes de vos rejetons. Normal qu'on vous présente un peu l'addition, politiquement et culturellement. Ce sont les risques de la démocratie. Vous croyez qu'un cinquième, puis un quart et bientôt un tiers du pays allait rester comme une masse informe et docile dans son coin sans envie d'expression politique et culturelle propre ?

Mais rassurez-vous, tout va bien se passer. La France va juste devoir s'astreindre à une mutation culturelle. Je suis là pour vous aider, pour vous amener à changer le regard que vous portiez sur vous-même. Vous croyez vivre dans une nation *« de peuple essentiellement de race blanche, de culture gréco-latine et de racines chrétienne »*, comme disait de Gaulle ? Mais c'est fini, tout ça, c'est dépassé. Vous vous faisiez une certaine idée de la France ? Il va falloir en changer.

Ne vous inquiétez pas, on va y arriver. Je sens que le peuple français y est prêt en grande partie, il est d'ores et déjà à 20 % musulman, qui constituent d'ailleurs la majorité des pratiquants, voire des croyants dans le pays. La fille aînée de l'Église, ça pique, hein ! Les mosquées drainent chaque semaine plus de monde que les églises. Vous-même, c'était quand la dernière fois que vous avez été à la messe, hors baptêmes, mariages et surtout enterrement ? Et la majorité de l'assistance, y compris peut-être le curé, n'était sans doute pas croyante...

Surtout, nous sommes la relève parce que le peuple autochtone est trop fatigué pour croire en l'avenir, puisqu'il ne fait plus d'enfants. La démographie est la taulière des sciences humaines, car elle traduit l'envie d'être encore là après-demain. Quand je vous disais que je fais partie du grand Submergement mais pas sur le plan démographique... ce n'est pas non plus de notre faute si vous ne voulez plus faire de mômes.

La Ligne : C'est Yasser Arafat, qui disait « nous vaincrons grâce aux ventres de nos femmes ».

SB : Vous avez renoncé, tout occupés à vos obsessions : ne pas perturber vos carrières ou vos plans de week-end. Vous doutez. Nous pas. Nous allons vous fournir des racines toutes neuves. Vous devriez être contents. Inspirées d'un texte ancien, mais revisitées, revivifiées, plein d'ardeur et d'élan spirituel. Nous détenons la vérité des ventres et de l'orgueil, à laquelle vous n'avez à opposer que la piètre vérité des ventes et du deuil.

La Ligne : C'est travaillé à l'entraînement, cette formule !

SB : Oui (rires).

La Ligne : Concrètement, comment mettre en place ce Vivre-ensemble régénéré et nécessaire ?

SB : Pour commencer, nous allons faire des efforts de notre côté, si vous en faites du vôtre. Ainsi, nos organisations peuvent lutter efficacement contre le fléau des incivilités (il n'est pas normal qu'une femme se sente en insécurité, quelle que soit sa tenue, ou qu'on importune quelqu'un qui mange dans la rue durant le ramadan s'il s'avère qu'il n'est pas de foi musulmane) si on leur accordait une souveraineté dans les questions de police locale.

La Ligne : Y compris pour protéger les femmes qui ne portent pas le voile dans certains quartiers ?

SB : Ah, le voile, y avait longtemps ! Que de haine pour un morceau de tissu ! Mais vous êtes obsédé ! Je vous enquiquine, moi, avec votre blue-jean ?

La Ligne : À travers l'Histoire, des centaines de millions de gens se sont montrés prêts à tuer ou mourir pour de simples morceaux de tissus symboliques ; on appelait ça un drapeau.

SB : Et de quoi le voile serait censé être le drapeau si ce n'est celui de la liberté de s'habiller comme on l'entend ?

La Ligne :...Et vivre sa foi paisiblement ?

La Ligne : ...En arborant ce qui est aussi un symbole d'occultation des femmes dans l'espace public, que les femmes ne seraient autorisées à traverser que pour aller chercher les enfants ou à manger, et d'oppression dans certains pays où elles risquent le fouet si elles ne le portent pas.

SB : Vous êtes choqué par le niqab ? Moi par une minijupe. On est quittes.

La Ligne : Une femme n'a jamais été défigurée à l'acide parce qu'elle ne portait pas de minijupe.

SB : Je ne cautionne jamais la violence. Mais les femmes peuvent comprendre que dans certains quartiers le port du voile est une forme de respect élémentaire. Vous vous promenez en maillot à la plage mais pas en slip sur les grands boulevards. Nous faisons déjà beaucoup d'efforts, nous tolérons de croiser des femmes impudiques dans le métro et que vous mangiez dans l'espace public des sandwichs aux animaux impurs-beurre.

La Ligne : Monsieur est trop bon de tolérer nos coutumes.

SB : Tout le plaisir est pour moi.

La Ligne : Les salafistes réclament des voiles pour les femmes, des menus spéciaux à la cantine, des pauses prières et du non mixte dans les bus, les dispensaires médicaux et les piscines. Et que réclament d'équivalent les athées, les juifs, les chrétiens, les shintoïstes, les hindouistes, les sikhs, les chamaniques et les bouddhistes ? Rien.

SB : Ce n'est pas de ma faute si les autres religions jouent petit bras.

La Ligne : Vous appelez donc à un nouveau contrat social pour intégrer une spiritualité trop longtemps délaissée ?

SB : Tout à fait. Nous avons en fait déjà fait une part du chemin, vous devrez faire aussi le vôtre. Il s'agira souvent d'ajustements relativement mineurs. En matière par exemple de promiscuité ; est-il normal d'exposer à la vue de jeunes célibataires la vue de femmes quasi nues à la piscine ? Les horaires aménagés sont une piste intéressante. Il faut tenir compte de la sensibilité et de la pudeur, dans ce monde de provocation.

La Ligne : Magnifique ; l'apartheid jusque dans les pataugeoires. C'est pas un peu réac ?

SB : Au contraire. Je suis votre futur. Je suis la vraie modernité. Plus que vous, recroquevillés sur un monde déchu, occupés à relever le pont-levis d'un château hanté.

La Ligne : Sans aller jusqu'à dire, pour reprendre l'expression de la Révolution française, « du passé faisons table rase », vous envisagez quand même un nettoyage de nappe assez radical.

SB : Ce n'est pas faux. Il faut dépasser le multiculturalisme, qui n'est que la cohabitation de plusieurs modes de vie, pour marcher vers un nouveau modèle plus fécond. Une fusion, un alliage. Pour forger une nouvelle identité forcément plurielle, en s'enrichissant de nos différences, le robuste appétit de technologie de l'Occident, la vigilance spirituelle de l'Orient ; vous n'allez pas prétendre que vous n'avez pas abandonné le terrain là ! L'Occident, déspiritualisé, démoralisé, discrédité par ses guerres et sa pollution… l'Occident à bout de souffle et court d'idées…

La ligne : … d'ailleurs le reste de la planète est peuplé des bons sauvages dont Rousseau s'enamourait, n'ayant connu que paix et harmonie écolo.

SB : … est en fait fatigué de lui-même et attend, prostré, qu'un autre système, plus fort et plus juste, le supplante.

La Ligne : Pourtant, ce dynamisme technologique que vous évoquez est le fruit d'un foisonnement intellectuel, d'une audace, d'une capacité à contester les dogmes qui va parfois jusqu'au blasphème.

SB : Justement, à propos de blasphème : il est temps de considérer désormais que toute critique du Coran ou de l'islam, quelle qu'elle soit, est assimilable à du racisme, qui donc doit être puni comme tel.

La Ligne : Vous voulez rétablir le délit de blasphème supprimé en France en 1791 ? !

SB : Quand les libertés sont utilisées pour attiser le mépris entre citoyens, il faut encadrer les libertés.

La Ligne : Ou du moins d'appeler à une utilisation prudente et responsable…

La Ligne : Le mépris serait peut-être de considérer que les musulmans sont des petites choses fragiles et écorchés vifs, incapable de supporter les critiques que les autres croyants encaissent généralement sans broncher ! On pourrait tout critiquer, robuste tradition dans notre pays, et votre religion serait le seul sujet tabou ? !

SB : L'islamophobie n'est pas une opinion mais un racisme, donc un délit, point barre.

La Ligne : Ah bon, l'islam n'est plus une religion ? C'est devenu une couleur de peau ?

SB : Vous savez très bien ce que je veux dire. Les gens qui critiquent l'islam le font en fait par haine des Arabes.

La Ligne : Pourtant, sur les dix principaux pays musulmans de la planète neuf ne sont pas arabes.

SB : Les islamophobes l'ignorent.

La Ligne : Critiquer le projet politique de conquête se réclamant du Coran serait du racisme ? Désolé, le piège ne marche plus. D'ailleurs, vous revendiquez, légitimement, de pouvoir critiquer le projet sioniste sans passer forcément pour antisémite...

SB : Cela n'a rien à voir.

La Ligne : Le parallèle me paraît pourtant irréfutable ...

SB : Vous vous en servez juste pour justifier de stigmatiser certains de nos compatriotes afin de développer un agenda xénophobe et anti immigration.

La Ligne : Immigration qui n'a pas si bien fonctionné que ça. On n'a pas vraiment essayé de donner aux immigrés de troisième génération le goût de notre pays, de ses paysages et ses mœurs. Jamais pris la peine de fournir le mode d'emploi, on aurait pourtant pu, dès l'école primaire.

SB : Bien sûr, remettez donc une petite louche de paternalisme néocolonial. Vous voulez vérifier que les petits immigrés adhèrent à la Déclaration des Droits de l'Homme et du Citoyen de 1789 où qu'ils connaissent

Jeanne d'Arc avant de les accueillir ? Pourquoi pas. Mais dans ce cas, si vous êtes un peu honnête, va falloir expulser les trois quarts des enfants d'autochtones. Ça fera de la place dans les écoles.

La Ligne : Mais vous ne proposez rien de convaincant pour que ça marche mieux demain !

SB : Qu'entendez-vous par « accompagner » ? Il faudrait rééduquer ces sauvages, c'est ça ? Leur apprendre les bonnes manières ?

La Ligne : Nombre de gamins se font répéter par leurs potes, leurs parents ou des imams qu'une femme est une pute si elle porte une jupe, que les Juifs sont des porcs et les musiciens des singes. Ça n'aurait peut-être pas été idiot toutes ces années d'expliquer à ces gosses-là que nous n'avions pas tout à fait ce point de vue et qu'il faudrait l'accepter.

SB : …Ou bien un peu repartir ? Des expulsions, ça vous démange.

La Ligne : Mais non, simplement, vous ne pouvez nier qu'on a livré à eux-mêmes les immigrés et leurs gosses, trop peur de formater ou d'imposer un récit national.

SB : Discours néocolonial.

La Ligne : Sur notre propre sol, ça ne manque pas de sel.

SB : Et vous préconisez un effort de contre-propagande ? Avec salut aux couleurs et récitations « nos ancêtres les Gaulois » ? Au nom de quoi ? Expliquer qu'une femme à jupe ras la touffe est aussi pudique qu'une femme pudique ? Désolé, très peu pour moi.

La Ligne : Pour une société un peu cohérente, il faut beaucoup plus que quelques pages avec jolis dessins et slogans nunuchons sur la tolérance qu'on a glissés dans les manuels scolaires pour se donner bonne conscience. Un discours général et une fermeté. Vous savez aussi bien que moi que rien ou presque n'était fait sur le plan culturel pour susciter un désir d'intégration...

La Ligne :Qui s'est très bien réalisé toute seule, comme toujours depuis des siècles, pour quatre-vingt-dix-neuf pour cent de nos compatriotes immigrés.

La Ligne : Quatre-vingt-dix-neuf pour cent? Les enquêtes montrent qu'un quart de nos compatriotes immigrés tiennent la charia pour supérieure à notre Constitution. Et pour cent immigrés fiers de leur pays, combien qui ignorent tout de son histoire et de sa géographie?

SB : Comme tous les gamins de leur génération...

La Ligne :Et qui ne savent pas pourquoi celui-là plutôt qu'un autre. Juste un endroit où on vit, parce qu'il faut bien vivre quelque part. Parce qu'on y a trouvé du taf ou quelques parents, mais dont on ignore, voire déteste la personnalité.

La Ligne : Ce qui assure la transition, si vous le voulez bien, sur la deuxième partie de notre entretien; pour vous, être français c'est quoi?

SB : Vous vous croyez capable d'en donner une définition?

La Ligne : Je serais tenté de vous répondre comme Armstrong à qui on demandait ce qu'était le jazz, « *si vous avez besoin qu'on vous explique, alors vous ne le saurez jamais* ».

SB : La vanne est bonne, mais vous vous débinez.

La Ligne : C'est aussi être l'héritage de crimes coloniaux. De politiques racistes et oppressives...

La Ligne : Oh, je pourrais vous faire une liste de caractéristiques assez longue. Être français c'est sans doute un art particulier de vivre mêlé à un goût de l'universel. Une sorte de gourmandise, de charme, de liberté de ton, un mélange déconcertant de sens collectif et d'anticonformisme, un esprit fait d'audace, de querelle, d'impertinence, ainsi que, pour tout dire, de panache, c'est être l'héritier des Lumières, du mariage miraculeux de la morale judéo-chrétienne, de la philosophie grecque et du droit romain, c'est...

SB : Superbe (applaudissements). J'ai compris, vous appelez d'Artagnan et Cyrano en renfort, ainsi que Molière, Voltaire, Pagnol, Tocqueville, Goscinny, nous aurons aussi Berlioz et Piaf en guest star, et il y aura sans doute du saucisson et du bourgogne pour le dessert, ainsi qu'un coup de Mont-Saint-Michel, de tour Eiffel, de Versailles et de Verdun, voire de Poitiers. Mais vous savez, les capes et les épées sont rangées au vestiaire. Et une liste d'ingrédients (je pourrais vous en procurer quelques-uns moins ragoûtants, vous m'avez montré l'appartement témoin avec terrasse et vue imprenable, mais il y a aussi la cave où on trouve de la veulerie, du cynisme, du conformisme et de la crétinerie), ne fait pas une définition. D'autant plus que bien des étrangers aussi aiment le saucisson, et sont élégants, pleins d'esprit et pour tout dire de panache. Dois-je vous rappeler l'invraisemblable remontée victorieuse de l'équipe anglaise de rugby contre nous l'an dernier ? Quant à Molière (au demeurant antisémite et sexiste) et Voltaire (au demeurant admirateur de l'islam), je vous mets au défi de trouver deux jeunes sur cinq pris au hasard dans la rue qui l'aient lu et compris. Certains croiront même qu'il s'agit de chanteurs de variétés. Et ils vous situeront sans doute le Mont-Saint-Michel en Gironde. Vous admettrez pourtant qu'ils sont tout à fait français, sauf à faire preuve d'un arbitraire manquant quelque peu de panache.

La Ligne : D'autant plus que le panache de la France dans l'oppression coloniale...

SB : Exactement. Comme quoi *La Ligne* est aussi riche de diversités... Vous semblez fantasmer sur des paysages, des terroirs, des villages, des coutumes, mais ouvrez les yeux, le pays correspondant a été englouti. Remplacé par des barres d'immeubles, des parkings, des autoroutes, des centres commerciaux et des jeunes à casquette et survêt, qui parlent un argot que vous ne comprenez pas. Ah, ces villages aux petits marchés odorants où on se fait la bise en sortant de l'église devant des maisons propres et paisibles, qui semblent aussi éternelles que le granite dont elles sont faites ! Au loin, travaille un laboureur, avec un peu de chance on pourra entendre l'Angélus. Ne manque plus qu'un cliché de Doisneau et une chanson de Michel Sardou. Vite un pick-up, s'il vous plaît. L'opération résurrection de Johnny Halliday semble aussi en bonne voie.

Ce n'est pas dénué d'un charme suranné, comme une voiture de collection, mais qui ne roule plus vraiment ; on ne peut pas désinventer la mondialisation et les flux gigantesques qu'elle implique, mon cher. Vouloir revenir en arrière est aussi illusoire que de se camper face aux vagues de l'océan et de dire « couché ». Quant à votre pays fantasmé…

La Ligne : Ça serait peut-être bien que chaque fois qu'une idée ou une représentation ne vous convient pas vous ne le balayez pas d'un « fantasme » condescendant…

SB… Les clochers ne résonnent plus, les églises sont à l'abandon, la terre, elle ne ment peut-être pas, mais elle est en friche. Les usines à la sortie desquels bavardaient vos ouvriers en marcel et gitane ont été délocalisées. Et les paysages et les monuments sont surtout entretenus pour les touristes. Va falloir faire votre deuil de cette carte postale. C'est désagréable, mais vous vous y ferez, vous ne pouvez pas remonter dans l'utérus nourricier. Vous êtes une incantation muséifiée, mon cher, on devrait vous mettre dans une vitrine à côté d'une lampe à huile et d'une cotte de mailles, les gens feraient la queue pour vous voir.

La Ligne : Au moins une lampe à huile, ça éclairerait.

La Ligne : Euh, il est temps de conclure, nous vous remercions pour cet entretien précisément... éclairant.

SB : Au plaisir de vous retrouver dans des circonstances moins clandestines. À l'Élysée, pourquoi pas ? Non, je plaisante.

CHAPITRE 14
LÂCHE CETTE KALACH

– C'est incontestablement l'interview le plus surréaliste que je n'ai jamais lue, grogne Jacques. On aurait dit Groucho Marx associé à Oui-Oui pour interroger Machiavel.

– J'ai joué à deviner quelles questions étaient de toi et lesquelles de ta collègue, ajoute Marcel, qui sort brusquement de la rêverie sans doute neurasthénique où le plonge le décor de barres d'immeubles, tags et carcasses de voitures que nous traversons à vive allure, Jacques, lui et moi.

Marcel a tenu à se joindre à l'inauguration de l'usine de Redwane dans vingt minutes. Via Jacques et moi, il espère approcher Redwane pour lui proposer un projet d'intégration par l'astrophysique des jeunes de Mogadiscio, voire Kaboul. Quand on a la tête dans les galaxies on ne les aurait plus dans les promesses célestes. Accessoirement, cela lui rendrait du « *purpose* » à Marcel. J'en ai touché deux mots par téléphone à Redwane, dont j'ai deviné la moue sceptique « *ça rend fier en rentrant chez soi et ça permet de payer un loyer, ça, l'astrophysique* ? ».

Jacques, à qui j'ai raconté les circonstances de l'entretien, me demande si ce n'était pas trop dur de réaliser une interview à quatre mains avec quelqu'un que je venais de traiter de poufiasse. Je lui explique que ça peut arriver dans le journalisme, sport d'équipe et de combat où on se gueule dessus dans la chaleur du match, avant de se réconcilier. Mais là la réconciliation risque d'être délicate.

– Ah bon, comment a réagi ta...collègue ?
– Elle m'a dit que je me Bobifiais avec l'âge.

*
* *

– Quand même, ajoute Jacques, avec vos questions reflétant des sensibilités... divergentes, je ne comprends pas bien la ligne de *La Ligne.*
– Nous nous enorgueillissons d'accueillir toutes les sensibilités. C'est parfois baroque, en effet.
– En plus, tu m'as dit que ta collègue s'est livrée à une petite manipulation qui aurait pu ridiculiser son propre journal... Ça ne défrise pas tes collègues ?
– Personne n'était au courant de sa disparition, à part Bob et mon rédac chef, qui nous avait demandé de garder le secret pour éviter de faire monter les enchères des ravisseurs.
– Et il n'a rien dit ?
– Non. C'est pourtant de la haute trahison. L'indulgence de Ceccaldi est un mystère. Il m'a juste glissé qu'elle avait agi *« avec un peu de légèreté »* mais que l'essentiel était que son reportage, *embedded* parmi les Frères, valait le coup. Si c'était moi le taulier, elle aurait déjà pris la porte et un coup de pied au cul, fût-il sublime.
– Elle suce peut-être bien, suggère Marcel d'un air lugubre.
– Je sais pas, pas eu l'honneur. Cela me décevrait de la part de Ceccaldi. Trop conventionnel.
– Et pas de la part de Scarlett ?
– Scarlett-que-les-chiens-la-dévorent-dans-un-ravin ne peut plus me décevoir, je réponds d'un ton sec. Elle figure désormais, avec Gamblin et Kim Jongle, au Panthéon

des gens dont je fêterais la disparition. Dans d'atroces souffrances serait un plus.

— Qui est Gamblin ? demande Jacques. Un dictateur asiatique ?

— Pire, un ancien réd-chef. Un de ces progressistes qui aiment d'autant plus l'Humanité qu'ils méprisent la plupart des êtres humains. Très indulgent aussi avec Scarlett, il passait sans discuter tous ses articles Vivons ensemble avec les Barbus dans la joie et l'obscurité.

— Moi, j'en démords pas, il y a des pipes là-dessous, assène Marcel.

— Je te dis que non, je l'aurais perçu.

— Quand tes collègues sucent, elles t'envoient un faire-part ?

— Non, mais Scarlett n'est pas comme ça, ni Ceccaldi. Je pense à une explication moins clichée.

— Genre franc-maçonnerie ? demande Marcel, l'air plus guilleret.

— Peut-être. Ou Deep State... C'est à la mode en ce moment.

— Deep State ?

— Je t'expliquerai après l'inauguration, on arrive.

Le Secrétariat d'État au Dialogue Intercommunautaire a mis les petits plats dans les grands. À trois jours du sommet sur le Vivre-ensemble renouvelé, l'inauguration d'une usine pilote ça se chiade. Les flics vérifient que je fais bien partie des journalistes accrédités, ainsi que l'invitation de Redwane à Marcel. Deuxième contrôle dans l'usine, un de plus que d'habitude.

L'usine, la première construite dans le département depuis trente ans, s'étend sur deux hectares qui furent jadis des terrains vagues entourant une église et un entrepôt désaffecté. C'est dans ce dernier, des murs de béton brut et des poutres en bois qui lui donnent un charme rétro, il aurait pu virer boîte de nuit tendance, que s'activent les deux cent vingt couturiers et couturières recrutés par Redwane.

Bob (*La Ligne*, comme les autres grands quotidiens, a décidé de couvrir en force) nous rejoint, malgré son épaule en vrac. Je m'égare un peu dans les couloirs et c'est Audrey qui me repère, m'engueule, normal, et nous guide jusqu'au bureau en mezzanine de Redwane. Ce dernier me claque deux bises méditerranéennes, fait de même avec « toubib Jack », qui après m'avoir montré, radieux, le SMS qu'il vient de recevoir de la Pitié-Salpêtrière – Zayed est sauvé et n'aura aucune séquelle – présente Marcel à Redwane. Je crains un dégagement astrophysique de Marcel, mais on ne lui en laisse pas le temps, car Roland Eiffel, le ministre, surgit sur ces entrefaites, suivi par son attaché de presse et celui qu'il présente comme son principal conseiller, Serge.

Effusions, plaisanteries, *small talk*, Redwane, resplendissant, verse des jus dans des gobelets en plastique « *pour éclaircir la voix avant le discours, Monsieur le ministre* », qui se rengorge et explique les thèmes qu'il compte développer sur « *l'intégration par l'emploi, tracer perspectives, attentif à, vigilant sur, feuille de route, fixer cap, tolérance mutuelle, toutefois, néanmoins* ». Même si on peut difficilement ne pas adhérer, comme j'ai déjà entendu ça mille fois, je commence à être goguenard.

L'officier de sécurité et l'attaché de presse ressortent à la recherche de Chafik pour se coordonner sur le moment où nous devrons descendre dans l'atelier pour le discours, Redwane interviendra d'abord, puis Eiffel. Restent juste dans le vaste bureau Jacques, Marcel, Audrey, Serge, Redwane, Bob, le ministre et moi papotant devant les jus d'orange.

Suscitant des signes d'approbation de Redwane, dont j'ignorais qu'il puisse se montrer lèche boules à ce point, Eiffel se lance dans de nouvelles considérations sur ce discours *« marqueur, je crois, je dirais même plus fondateur »*. Mais la fondation risque d'être un peu perturbée car la petite porte donnant sur les bureaux administratifs s'ouvre brusquement et Redwane lance l'équivalent moderne de la fameuse exclamation de Jules César devant Brutus s'apprêtant à le zigouiller *« Tu quoque mi filli ?! »*

— Chafik, lâche cette kalach !

Ce qui, on en conviendra, est plus riche en allitérations.

*

* *

Non seulement Chafik ne lâche pas sa kalach, mais il s'en sert pour tirer une rafale vers le plafond. La fouille des locaux par le Service de protection des hautes personnalités a été un peu bâclée, ou bien Chafik disposait d'une planque. Redwane s'approche de Chafik en criant *« fais pas de conneries »*, recommandation que, sans vouloir jouer les rabat-joie, j'ai rarement vue suivie d'effets dans ma vie. *« Merde, Chafik, ne gâche pas tout. »* continue Redwane avant de se prendre un coup de crosse en plein visage. Chafik se penche vers lui.

— Ah, parce que tu crois que gérer tes stocks de fringue ça me suffisait comme destin ?

Et fier de sa repartie, qu'il a peut-être travaillée à l'entraînement, il laisse Redwane se relever et nous rejoindre en titubant. Chafik nous ordonne de nous aligner les mains sur la tête contre la baie vitrée, par laquelle je perçois un mouvement de foule genre fourmilière piétinée, et après un *« Allah Akbar »* au cas où nous n'aurions pas compris, s'éloigne de quelques pas, un portable collé à l'oreille. Consultation de confrères, revendications à la police, appel à sa mère avant de mourir ?

Mais il ne va quand même pas nous tuer ? Surtout moi... C'est pas sérieux, comment pourrait-il me vouloir du mal ? On n'a même pas été présentés. En plus, je suis un garçon plutôt sympathique, tout le monde pourrait le lui certifier, à part dix ou quinze ennemis pour raisons purement professionnelles. Qu'il se renseigne, il apprendrait que c'est toujours moi qui détends l'atmosphère d'une boutade, prêt à aider mon prochain et mon lointain si ce n'est pas trop prenant. Chafik, si tu venais passer une soirée à la maison j'ouvrirais une bonne bouteille, limonade pour toi, on discuterait et tout serait réglé, non ? Non ?

Les manières de mourir sont généralement connes et, dans le genre, celle qui nous menace a l'air gratinée : être exécuté par un type qui ne nous connaît pas et à qui on n'a rien fait, juste parce qu'il a lu quelques textes de travers.

Nous sommes alignés, dans l'ordre, Marcel, Audrey, moi, Serge, Jacques, Eiffel, Bob et Redwane comme pour un peloton d'exécution, ce qui d'ailleurs préfigure la suite des évènements, quoique Chafik n'ait pas encore tiré dans le tas, cela semble indiquer qu'il serait prêt à négocier. C'est d'ailleurs ce que Serge confie à voix basse, après que Jacques a soufflé : *« Il faut faire quelque chose, on ne va pas se laisser exécuter comme des moutons. »*

— On se calme. Je le sens pas dans une démarche terroriste, sinon il nous aurait déjà rafalés. À mon avis, il ne veut exécuter personne.

— Il a amené une kalach juste pour faire joli ? grogne Audrey.

— Il veut sans doute juste communiquer un message.

— Putain, Serge, il y a les jeux de téléréalité pour ça.

— Un djihadiste qui négocie, c'est simplement qu'il attend les caméras de TV pour filmer l'exécution de ses otages, ajoute Marcel lugubrement.

C'est vrai que les prises d'otages à l'ancienne, dont on

sort vivant, c'est passé de mode. Mais Serge n'en démord pas.

— Résister est trop dangereux. Si on coopère, ça peut bien se passer.

— Mais tu vas la fermer ? gronde Audrey.

— C'est vrai, Serge, t'es en plein syndrome de Stockholm [1].

Ce qu'il y a de bien à se faire prendre en otage avec des intellos, c'est qu'ils n'en oublient pas pour autant de citer des références.

Comme pour confirmer nos pressentiments, deux autres types armés entrent dans la pièce par la porte de l'escalier de service. En avisant l'un d'entre eux, Redwane murmure « Édouard » d'un ton accablé. Visiblement, un employé. Un converti, sans doute, il paraît qu'ils représentent vingt pour cent des djihadistes français. Édouard nous dévisage avant de ressortir avec son complice. L'issue ne fait plus vraiment de doute. Et puisque c'est la fin... après tout, je n'ai plus rien à perdre, et je ne voudrais pas partir avec mon secret.

— Audrey, je voulais te dire... malgré tout...

— Ce n'est peut-être pas le moment...

— Il n'y en aura sans doute plus beaucoup d'autres.

— Eh bien, figure-toi que je compte bien qu'il y en ait des autres, de moments. On ne va pas se laisser buter sans rien faire, grince Audrey du coin de la bouche tout en fixant Chafik près de la porte.

— T'as une solution ?

— Pas vraiment, mais maintenant on a le choix entre se laisser abattre ou mourir en tentant quelque chose.

— C'est pas faux, commente Jacques, qui a l'ouïe fine.

Cela me fait changer brusquement d'avis. Il y a un temps pour les confessions et un temps pour l'action.

---

1. Syndrome inspiré d'un hold-up à Stockholm où des otages avaient développé une certaine sympathie pour les malfaiteurs du fait que ces derniers contrôlaient leur vie.

— OK, je chuchote à l'attention de tout le monde. On est cinq ceintures noires de jujitsu ; Audrey, Marcel, Jacques, Bob et moi. Enfin, moi c'est marron, mais ne chipotons pas.

— Et moi 15-1 au tennis, ça peut être utile ? demande le ministre.

J'aurais préféré que cet Eiffel eût d'autres tours dans son sac.

— J'ai l'épaule droite en vrac, ajoute Bob, mais je suis assez motivé pour donner des baffes avec la gauche.

Je continue en roulant sans doute des yeux de comploteur.

— Si on attaque tous en même temps, il va en descendre un ou deux, mais les survivants sont sûrs de le neutraliser.

— Il y a deux types de personnes dans cette pièce, ajoute Audrey, l'air farouche. Ceux qui vont mourir et ceux qui vont se battre.

— Ça se tente, commente Jacques sous un coude.

— N'importe quoi, grogne Serge. Vaut mieux attendre qu'ils négocient leur reddition.

Ça me rappelle ma grand-tante, qui dans un camp de concentration travaillait en 44 sur une route sous la surveillance d'un seul soldat allemand à cinquante mètres d'un bois. Sa copine Esther et elle avaient calculé que si elles s'enfuyaient chacune dans une direction opposée le soldat aurait le temps d'en tuer une mais pas deux. En captivité chez des nazis, entre la liberté et une chance sur deux de mourir, on prend le risque. Au signal, elles s'étaient élancées, ma grand-tante avait entendu un coup de fusil et avait réussi son évasion, sans se retourner. À la fin de sa vie, en crise de démence, elle quittait régulièrement son domicile pour « *aller chercher Esther* ».

— On maîtrise tous la technique de désarmement de revolver à bout touchant [2], je murmure.

2. Tsukaké Koté Gaeshi.

– Justement, remarque Serge, c'est un revolver à bout touchant et pas une kalach à cinq mètres. Et le flingue à l'entraînement il est en PLASTIQUE.

Depuis le seuil, Chafik nous jette un regard sévère. Visiblement, il n'a pas l'habitude d'otages aussi bavards. Ce n'est pas conforme aux usages. Mais il retourne à ses mystérieux échanges téléphoniques.

– On vote ? propose Redwane.

– Comment on fait avec les mains sur la tête ? objecte Jacques, qui ne se départit jamais de son sens pratique.

– Levez un doigt. N'importe lequel. Donc, cinq index et deux majeurs, seul Serge s'abstient. Dès que Chafik est assez près, on lui bondit dessus.

– Attendez, attendez, ça va se jouer à un quart de seconde, faut pas hésiter, objecte Audrey. Faut un signal.

– Lequel ?

– *Let's go*, suggère Redwane.

– Pas un truc anglais, s'exclame Audrey, qui pousse parfois le chauvinisme un peu loin.

– Montjoie, Saint-Denis ?

– Trop long. Et connoté.

– Mort aux cons ?

– C'est de circonstance.

– Vaste programme.

– Adopté, s'exclame Audrey.

– FEMME, TAIS-TOI, hurle brusquement Chafik, qui depuis la porte semble enfin avoir compris qu'il se tramait quelque chose et s'approche, l'air menaçant. FEMME, BAISSE LES YEUX, croit-il utile d'ajouter.

Ah, mauvaise pioche, mon garçon.

– BAISSE LES YEUX, hurle-t-il.

On aurait dû le prévenir, les experts sont unanimes sur ce point ; faire baisser les yeux à Audrey est une entreprise vouée à l'échec. Audrey pète un câble.

– MAIS VOUS ALLEZ FAIRE CHIER ENCORE LONGTEMPS ?

Chafik a l'air surpris, on le serait à moins, quand on tient une kalachnikov il est inhabituel de se faire invectiver par un civil désarmé que l'on a courageusement attaqué par surprise. Il débute sans doute dans l'attentat suicide.

– QU'EST-CE QUE VOUS VOULEZ ? TUER TOUS LES MÉCRÉANTS ? ALLEZ-Y ÇA FAIT TROIS MILLIARDS DE CHRÉTIENS, DE JUIFS ET D'ATHÉES. ET VOUS ME METTREZ AUSSI DEUX MILLIARDS DE POLYTHÉISTES INDIENS ET CHINOIS. ET UN MILLIARD DE MUSULMANS TROP TIÈDES À VOTRE GOÛT…

D'un autre côté, envoyer ses quatre vérités à un type armé d'une kalach, ce n'est peut-être pas très avisé. Devant une tasse de thé, pourquoi pas, mais là Audrey manque un peu de discernement. En même temps, se lâcher une dernière fois avant d'être trucidé, pourquoi pas.

– TU VAS TE TAIRE ? hurle Chafik en brandissant sa kalach.

Mais, curieusement, il ne tire pas. Ça serait si facile, mais il veut peut-être qu'Audrey se taise avant, pour une dernière victoire symbolique, une soumission avant le carnage. Peut-être que tant qu'Audrey le défie elle est, paradoxalement, en sécurité.

– VOUS NE SEREZ CONTENTS QUE QUAND, À CAUSE DE TYPES COMME VOUS, TOUS LES MUSULMANS RECUEILLERONT L'HOSTILITÉ OU LA MÉFIANCE DE TOUT LE RESTE DE L'HUMANITÉ ? AH BEN NON, PARCE QUE VOUS VOULEZ LES LIQUIDER AUSSI, POUR VOUS RETROUVER SEULS COMME DES CONS, ILS NE SONT PAS ASSEZ PURS, ASSEZ DÉVOTS, ASSEZ OBSÉDÉS PAR LA MORT. C'EST POUR ÇA QUE TU DÉTESTES LES FEMMES ET QUE TU EN AS PEUR. PARCE QU'ON AIME LA VIE ET QU'ON LA DONNE

AUSSI, TANDIS QUE TOI TU NE SAIS QUE TUER DES INCONNUS POUR OUBLIER QUE TU N'ES QU'UNE MERDE NEVROSEE QUI A TOUT RATÉ.

Au risque de paraître vieux jeu, je maintiens qu'il n'est pas forcément judicieux de traiter de merde névrosée un type armé d'une kalach. Un peu de retenue dans l'expression ne ferait pas de mal.

Cela me rappelle le discours courageux de je ne sais plus quel président égyptien, malheureusement dictateur par ailleurs, qui avait assené il y a une quinzaine d'années aux dignitaires religieux de son pays qu'il était urgent qu'ils se bougent pour contrer une idéologie fossilisée travaillant à un monde de destructions et de meurtres, avec pour perspective que, dans le monde entier, les gens finissent pas changer de compartiment dans le train quand monterait un musulman, jusqu'à ce qu'on se regarde tous avec méfiance et haine. Si on survit, je demanderai à Audrey si elle a lu le discours d'al-Sissi (ça y est, ça me revient).

Audrey est seule, les mains sur les hanches, face à un kalachnikeu éberlué. Pas à dire, elle a du panache. Du Cyrano en bottes-jupe.

– MAIS TU OUBLIES QUE TON DIEU N'EST QU'UN BOUT DE NÉVROSE DANS UN COIN DE TON CRÂNE !

Alors là, bien sûr, ça pourrait ouvrir un débat intéressant, « toute religion n'est-elle pas une névrose collective ? », comme soulignait Freud, à quoi on opposerait la remarque de Napoléon « si Dieu n'existait pas il faudrait l'inventer », avec en conclusion le célèbre aphorisme de Karl Marx « la religion est l'opium du peuple, le soupir de la créature opprimée » par la bourgeoisie, (ce qui n'explique pas très bien pourquoi la religion est apparue six mille ans avant la bourgeoisie ni pourquoi des millionnaires sont grenouilles de bénitier, mais passons). Mais ce débat serait-il judicieux face à un type brandissant un fusil-mitrailleur ?

Chafik semble considérer que tant pis, pas de soumission, finissons-en, fait deux pas en avant et, légèrement hors de son champ de vision, je bondis au moment où Audrey fait de même. Elle saisit Chafik par la kalach qu'elle brandit haut au-dessus d'elle et s'enroule dessous en une projection d'épaule, technique ushiro-goshi. Mais comme j'ai passé mon bras droit autour du cou de Chafik pour l'étrangler, hadaka-jimé, les lois de la physique établissent qu'une fille d'un mètre soixante-dix qui tente ushiro-goshi avec un Chafik pesant, à vue de nez, quatre-vingt-cinq kilos, plus le poids de la kalach (quatre kilos trois cent), plus un Fred de quatre-vingt-onze kilos en rentrant le ventre, eh bien cela va immanquablement au tapis en mode mille feuilles.

Édouard surgit mais hésite à tirer dans le tas, de peur peut-être d'atteindre Chafik, louable scrupule car, pendant qu'il s'approche, cela donne la fraction de seconde nécessaire pour que, dans un tourbillon de « Mort aux cons », « Montjoie Saint-Denis » et de kya, l'énergie vitale des combattants d'arts martiaux, le reste de la troupe passe à l'action.

Le RAID en position à l'autre bout de l'atelier semble s'être rendu compte que les silhouettes armées de kalach discernées par la baie vitrée étaient hostiles, ce n'est pas qu'on s'ennuyait mais il était temps. Nouveaux cris, rafales, éclats de verre. Et au hasard du combat, je me retrouve brusquement allongé sur Audrey, les lèvres à quelques centimètres des siennes et les yeux plantés dans les siens. Nous restons figés ainsi, un instant suspendu saugrenu dans la bataille, sans douceur particulière mais sans, non plus, la dureté habituelle, il y aurait peut-être du « *va, je ne te hais point* », avant que les nécessités du combat ne s'imposent de nouveau, car Chafik, sous le dos d'Audrey, essaye de contre-attaquer, c'est vrai qu'être écrasé par deux ex-otages prêts à roucouler c'est inconfortable. Nos réflexes de combattants reprennent le dessus et j'étrangle machinalement Chafik pendant qu'Audrey lui casse un coude.

La suite est un peu confuse. Des mains s'emparent de nous sans ménagement, je reconnais l'uniforme des types du Raid, qui essayent de trier entre otages et terroristes, nous nous relevons, c'est fini. Serge, Bob, Redwane et Marcel n'ont pas l'air blessés, tout comme Jacques, penché sur Eiffel qui saigne abondamment. Seul Chafik a survécu parmi les djihadistes. L'étranglement de Marcel sur Édouard a été un peu long et appuyé. Le troisième a été abattu par le Raid. Très bien, votre intervention, les gars, en revanche pour le filtrage des armes à l'entrée de l'usine il y a quelques points à améliorer, quoique Chafik et ses complices les eussent sans doute introduites depuis longtemps.

Nous sommes évacués dans une cohue de caméras et, après les interrogations « d'usage » (j'aime bien le mot) de la police, deux heures plus tard je rentre en voiture, un peu sidéré, chez moi, où Chloé m'attend pour me tomber dans les bras sans un mot. Elle a l'âge où si on prend son père dans ses bras c'est qu'il est probablement à l'article de la mort, ce qui est d'ailleurs techniquement exact, hormis que l'article en question a été... annulé in extremis. Elle bafouille juste des « *papa!* » pendant que je glousse des *« ah ben dis donc, ça a été chaud »*. Et c'est seulement à ce moment-là que je réalise qu'effectivement j'aurais dû être un peu défunt à cette heure-ci et qu'au lieu de m'esclaffer avec ma fille dans le couloir de mon pavillon de banlieue je devrais jouer les gisants dans un frigo pendant que Scarlett (ah non, pas elle!) préparerait ma nécro. Ça s'est joué à un fil. Au câble qu'Audrey a pété...

Je répète en boucle, d'un ton sans doute sidéré, *« j'suis*

vivant ». Quelle phrase peut être à la fois aussi glaçante et euphorique ? Respire. Profite. Déguste. Le moindre détail, le bruit de la rue et la vue de cet immeuble banal. Sidéré d'être encore là. Mon officier de cavalerie de grand-père m'avait raconté un jour que sa voiture avait été rafalée en 40 et que les types assis à sa droite et à sa gauche avaient été tués. Il considérait qu'il était en fait mort ce jour-là et que depuis lors il « faisait du rab », profitant d'une dose de vie incongrûment accordée par le destin. Eh bien, il a sacrément bon goût, le rab.

Sophie m'appelle évidemment pour me demander des nouvelles, d'une voix émue mais pas affolée, l'habitude de discuter avec des rescapés de génocides. Elle clôt la conversation par un enjoué « *surtout si tu croises un type en barbu brandissant une kalach, tu t'écartes* ». Chloé repart à Kaboul discuter avec quelque ami incendiaire et je passe ensuite la soirée à éconduire les confrères au téléphone et à répondre à tout ce qui dans ma tribu s'est inquiété pour ma santé aujourd'hui, y compris une lointaine cousine « *j'ai entendu à la radio qu'un ministre avait été pris en otage lors de l'inauguration d'une usine. C'est pas le genre d'évènement que tu couvres pour* La Ligne *d'habitude ?* », « *Oui, j'ai bien couvert, en effet* ».

Et je me couche en me disant, « *pourquoi tu ne lui as pas roulé une pelle, bordel ?* », ce qui, on en conviendra, n'est pas forcément la question la plus logique à se poser quand des djihadistes viennent jusque dans nos bras flinguer nos fils, nos compagnes et nos ministres. L'occasion ne se présentera sans doute plus, les prises d'otages sont aléatoires. C'est donc, incongrûment, le regard et la révolte folle d'Audrey, sans laquelle je serai en ce moment un tas de chair froide, qui me hantent. Vers minuit, le tas de chair finalement pas froide se lève, s'habille et prend sa voiture. Trois quarts d'heure plus tard, après m'être dit « *tu vas te prendre un râteau, tu fais une connerie* » à chaque carrefour, je me gare à l'arrache devant chez elle, sonne, elle ouvre, en pyjama rose molletonné et pantoufles ridiculement gigantesques, et après nous être dévisagés quelques instants d'un air impassible, nous nous enlaçons comme des morts de faim.

CHAPITRE 15
COUCHER N'EST PAS JOUER

Après que nous nous sommes désapés fébrilement, papouillés à loisir, embrassés à bouche que veux-tu, trombinés avec ardeur, avons bafouillé, haleté et grogné tout notre répertoire, secrété tout ce qu'il fallait secréter et convulsé à souhait, nous entamons notre redescente dans le chaos de ses draps entre babillage et soupirs hilares. Et je ne peux m'empêcher de poser la seule question qu'il ne faut pas poser dans ces circonstances :

— Pourquoi ?

— Pourquoi quoi ?

— Eh bien, pourquoi tu crois qu'on mérite une seconde chance ? Je sais bien que les prises d'otages ça crée des liens, mais quand même...

Elle réfléchit en jouant avec mes poils pectoraux.

— Peut-être parce que j'ai pas vraiment refait ma vie depuis cette quinzaine particulière où j'essayais de faire la révolution et toi de l'empêcher. Tu as eu des successeurs, bien sûr, mais finalement ça n'a jamais été aussi intense qu'avec toi. Pas totalement amoureuse, plutôt pour pas me sentir seule, je me disais « pourquoi pas », mais ils ne me faisaient pas rire, ou n'étaient pas assez à l'écoute, ou simplement au lit c'était dans le genre footballeur.

— C'est-à-dire ? Je n'ai jamais eu le bonheur de connaître...

— Sans les mains et droit au but.

— Ah ! Pourtant, je connaissais « un amant peut rendre une femme heureuse en un quart d'heure, mais un footballeur tout un pays en cinq secondes ».

Elle glousse, ce qui fait une vibration sympa de ses seins contre moi.

– Bref, il y a eu des flirts sympas, mais jamais vraiment... rouge passion. Je suis donc au regret de te dire que je suis arrivé à la conclusion que je t'avais dans la peau.

– C'est partagé et crois bien que j'en suis désolé.

– Ce n'est pas parce que j'étais avec toi moins aguicheuse qu'une bande-annonce que je n'éprouvais rien.

– Tu le cachais bien. Le trailer était un peu hermétique.

– C'est pourtant quelque chose pour lequel je me serais donné des baffes.

– Tout ça à cause juste de mon mensonge d'il y a huit ans ?

– Au début oui, mais ensuite j'ai dû admettre qu'il pouvait m'arriver aussi de cacher des choses à des proches. J'aurais pu te pardonner, pourtant tu continuais de m'horripiler. Tout en me troublant, faut admettre que tu as un certain charme, pas physique, restons objectif, mais ton humour, ta confiance en toi, ça peut attirer une femme. Mais, lors des réunions de famille, je t'aurais volontiers étranglé pour une raison que j'ai mis du temps à trouver.

Je me passe machinalement une main sur le cou.

– J'avais bien perçu. Donc, les missiles sol-sol que tu m'as envoyés toutes ces années, c'était ta manière paradoxale de me dire que tu rêvais encore de moi ? En toute logique, inversement, les signes de tendresse, ça voudrait dire...

– Que je te déteste, répond-elle en se lovant davantage. T'avais pas deviné ? Tu ne connais vraiment pas grand-chose à la psychologie féminine, toi...

– Ça me rappelle l'histoire du surfeur et du djinn.

– Raconte.

– Un surfeur se promenant sur une plage tombe sur

une vieille théière qu'il frotte, s'en échappe un djinn emprisonné là depuis trois siècles qui, pour le remercier, lui propose d'exaucer un vœu. Le mec dit qu'il est passionné de surf, il adorerait surfer à Hawaï mais il a peur de l'avion, le djinn ne pourrait-il pas lui construire une autoroute pour s'y rendre en voiture ? Le djinn s'exclame qu'il ne faut quand même pas exagérer, c'est au-dessus de ses forces, un autre vœu s'il vous plaît. Le mec répond que ça ne va pas très fort en ce moment entre sa copine et lui, qu'il n'y comprend rien et qu'il voudrait devenir expert infaillible en psychologie féminine. Le djinn hoche la tête pensivement, avant de demander « *dis-moi, finalement, ton autoroute, tu la veux à deux ou à trois voies ?* ».

*
* *

À huit heures, après une nouvelle séance de rattrapage ardent, nous sommes obligés d'écluser le petit-dej rapidement car, c'est bien beau tout ça, les prises d'otage et les fornications, mais on a du taf. Même si Ceccaldi m'a proposé de prendre un jour de repos, j'ai envie de retourner au journal, retrouver les collègues et l'actu. Tout comme Audrey veut retrouver l'usine. Replonger sans attendre dans la course du rat est un bon moyen d'absorber le choc. Tout en boutonnant son chemisier, elle murmure :

— À ce sujet, quand je t'ai dit tout à l'heure qu'il m'était arrivé de cacher la vérité à des proches, faudra que je t'explique un truc quand on aura le temps. Mais prépare-toi à un choc.

— Tu crois vraiment que je ne sais pas, je dis en l'enlaçant par-derrière pour défaire le travail de reboutonnage.

— Que tu ne sais pas quoi ? dit-elle en remettant un bouton.

— Que tu es une des amazones du colonel Gervais. Très joli ton ippon-seoi-nage, dans la forêt l'autre jour.

Elle glousse en remettant un autre bouton que je défais aussitôt. Ça risque de durer longtemps ce jeu, si nous ne prenons pas une décision franche.

— Je me doutais un peu que t'avais deviné, j'ai failli ne pas venir quand Gervais m'a appris quels journalistes avaient été invités, mais je me suis dit que ça serait… farce. Donc, comme tu le vois, j'ai évolué, politiquement.

— Y a que les cons qui ne changent jamais d'avis, je lui glisse à l'oreille, que je mordille en passant.

— J'ai mis du temps à comprendre que c'était à cause de ça que je te détestais.

— Je ne suis pas sûr de comprendre.

— Parce que tu préfigurais mon futur. Parce que tes idées de chiotte étaient en train de devenir les miennes et que je t'en voulais pour ça. Pas tout à fait, d'ailleurs, puisque toi tu es droite libérale, tandis que moi j'ai carrément viré natio, quand j'ai vu l'abandon de la classe ouvrière par les bobos qui manifestaient avec moi à République à l'époque de Nuit Debout. C'est un cheminement pas marrant à faire.

— Eh bien maintenant, je sais. Et tu vois, je supporte le choc, je dis en m'attaquant à son soutien-gorge.

— Non, tu ne sais pas tout, il y a autre chose. Que même Kevin ne sait pas.

— Ah ? Curieux, ça, je réponds, pendant que ses pigeons rebondis s'évadent de leur cage de dentelle dans un joli frou-frou.

— Mais dont ta fille est au courant…

— Hein ?

— Je te dirai plus tard. Pour l'instant, on arrête de tourner autour du pot, dit-elle en se retournant pour arracher ma chemise.

*
* *

Une demi-heure plus tard, nous nous quittons devant le métro. Je ne peux toutefois m'empêcher de lui poser une autre question.

– Dis-moi, comment savais-tu que Chafik ne tirerait pas quand tu lui as fait ushiro-goshi ?

– Si je te dis que je suis meilleur en psychologie masculine que toi féminine, tu me crois ?

– Pas du tout. Je crois simplement que tu as oublié, heureusement, la leçon de mon maître de juji : « *ce n'est pas parce que vous savez vous battre qu'il ne faut pas tout faire pour éviter les engatses* ».

– Engatses ?

– Embrouilles, en argot sudiste.

– D'un autre côté, y a des fois où on est dos au mur.

Elle descend l'escalier du métro, sa jupe lui fouettant les mollets, incarnation de la Parisienne, même si les trottoirs de Paris n'ont pas l'apanage de ce registre d'élégance féminine vive et effrontée, puis fait demi-tour et revient vers moi l'air déterminé.

– Premièrement, hier c'était tsuri-komi-goshi et non pas ushiro-goshi, rien à voir. Deuxièmement, j'ai oublié le goût de tes lèvres depuis cinq minutes, on peut en reprendre ?

*
* *

Des années, finalement, que je n'ai pas été amoureux et vice versa, avec la sensation d'être super vivant, de marcher sur l'eau tout en se sentant, paradoxalement, lesté d'intensité. Des années à ne pas avoir gloussé connement sur les grands boulevards après avoir enlacé une femme qui rit et s'est faite coquette pour moi.

Avec tout ça, Audrey ne m'a pas briefé sur ce soudain mystère la concernant. Mes perplexités sont interrompues par l'accueil soulagé de mes collègues dans la salle de rédaction. Même Scarlett, que je croise dans le couloir, s'arrête un instant pour me glisser « *j'aurais cru ne plus jamais dire cela désormais, mais cela m'aurait fait chier que tu te fasses descendre* ». À quoi je rétorque « *très déçu de t'avoir évité ce désagrément* », avant de retrouver Ceccaldi dans son bureau où il sort, l'air ému, une bouteille de champagne pour fêter ma survie. Du coup, il échappe à la grande scène d'explication sur sa complaisance envers Scarlett, mais ne perd rien pour attendre.

Il me demande si je suis OK pour faire le récit « *de notre envoyé spécial à l'intérieur de la prise d'otages* » et à sa grande surprise, j'hésite, faisant valoir que la charge émotionnelle a été un peu forte. Mais quand il me répond qu'il comprend et demandera alors à Scarlett de développer un compte rendu avec les dépêches d'agences, je réponds qu'il aura ses trois feuillets dans deux heures.

La Une du site de *La Ligne*, comme celle de tous les confrères, fait la part belle à l'attaque qui a vu le ministre du Vivre ensemble manquer se faire liquider, tout un symbole. Eiffel a reçu une balle dans la hanche, mais ses jours ne sont pas en danger. Sur ces entrefaites surgit Bob, que je n'ai pas recroisé depuis la fin de la prise d'otage, nous avons juste échangé quelques SMS. Il beugle à notre intention « *Ouezkéllé ?* » en roulant des yeux de furieux.

Ça ressemble à un cri de guerre polynésien. Il me faut quelques instants pour comprendre que cela veut dire « *où est-ce qu'elle est ?* » et que cela concerne Scarlett, qui débarque précisément dans le bureau de Ceccaldi, pas de chance pour elle. Bob se jette sur elle en criant

« *je vais la tuer* », Ceccaldi et moi nous interposons en appelant toutes les parties à la retenue et à ne pas faire un usage excessif de la force, Scarlett se réfugie derrière le bureau de Ceccaldi en bredouillant des « *je vais t'expliquer* », auxquels Bob réplique par des « *Ssssssalope* » et des « *Konnasse* » véhéments en essayant de contourner ledit bureau, des renforts surgissent du service Société pour soutenir les Casques bleus, « *Que se passe-t-il ?* » « *Je crois que Bob veut tuer Scarlett* », « *Encore ?* », et puis finalement le brouhaha s'apaise, Bob semble renoncer temporairement à ses projets colléguicides et recule pour proclamer magistralement :

– Il se passe, voyez-vous, que cette connasse a organisé son propre enlèvement pour approcher Benkhirane au risque de nous discréditer...

Tout le monde se retourne vers Scarlett, dont le silence vaut assentiment, ce qui suscite quelques hochements de tête désapprobateurs, mais pas trop, car la chasse au scoop peut s'accommoder de quelques entorses à la morale voire à l'esprit corporate. Mais Bob ajoute « *et ça a failli m'envoyer en taule quand les flics ont cru que c'était moi qui l'avais fait disparaître* ». Là, les collègues froncent un sourcil, car enfin la manipulation et le mensonge, pour un scoop passe encore, mais manquer d'expédier un collègue en prison ça ne se fait pas, même s'il travaille dans un service concurrent. Scarlett bredouille qu'elle n'avait pas prévu que la police suspecterait Bob et le prie, gros sacrifice de sa part, d'accepter ses excuses, et Bob la prie de se les carrer dans l'oignon.

Chacun retient son souffle. Bob est d'un naturel rancunier, il m'a confié jadis « *Dieu pardonne. Moi, pas* ». Et comme Scarlett-Chatouilleuse du garrot est peu encline aux compromis, l'affaire risque de ne pas se résoudre de sitôt autour d'un café, *quel malentendu, désolé, mes mots ont dépassé ma pensée.* Scarlett souffle « *va te faire foutre* » et quitte le bureau. Bob se rabat sur l'attitude dignité outragée en assenant *« eh bien, va mourire »* et la dizaine de collègues débraillés par l'échauffourée se disperse.

Une heure plus tard, alors que je peine à terminer mon article, Ceccaldi vient me voir d'un air préoccupé. Non pas pour évoquer l'incident mais pour m'annoncer la mort de Gamblin.

*

* *

— Grand bien lui fasse, je grommelle.

Il a vraisemblablement succombé à l'hôpital à la balle perdue qui l'avait trouvé le mois dernier. Pour une fois qu'il partait en reportage, *le terrain y a que ça de vrai, coco.*

— C'est pas la compassion qui t'étouffe ! s'exclame Ceccaldi. Je sais bien que tu n'avais pas beaucoup d'estime pour lui, mais quand même, le respect dû aux morts...

— Tony, j'ai un point de vue pragmatique : il meurt trois êtres humains par seconde sur cette planète, dont au moins deux et demi sont passionnants et estimables. Et pourtant je n'éprouve aucun chagrin et ne porte aucun deuil au seul prétexte que je ne les connaissais pas personnellement. Alors, par équité pour ces gens, je ne vais pas faire semblant d'avoir du chagrin pour un escroc comme Gamblin.

Ceccaldi semble, étrangement, trouver cynique ce point de vue. Et à ce moment, Hélène m'appelle pour me dire qu'il faut qu'on se parle.

*

* *

Je devine à sa voix tendue que je vais être sollicité en tant que cellule de soutien psychologique, alors que je n'ai pas trop le temps et que ça devrait être moi à bénéficier en priorité de soutien psychologique après l'attentat, mais que ne ferais-je pas pour une copine antédiluvienne ? « *OK, mais une demi-heure, pas plus* », je réponds, à quoi elle rétorque mystérieusement « *tu ne le regretteras pas* ».

Elle m'attend dans un café de la Bastille où les clients mangent sur des tables d'écoliers de jadis, avec même le trou pour l'encrier. Je réalise alors seulement au vu de son émotion à quel point on aurait pu, on aurait dû, à un poil de kalach près, ne plus se revoir. Et c'est donc un enlacement serré en gloussant des « *ah ben, dis donc, merde alors !* ». Elle écrase même une demi-larme, avant de me demander si je savais que notre preneur d'otages était un réfugié.

J'ignorais. Nous n'avons malheureusement pas eu l'opportunité d'échanger sur nos itinéraires respectifs. L'inconvénient de brandir une kalachnikov c'est que ça nuit à la conversation. Un peu ingrat pour un réfugié, mais il considérait sans doute dès le départ que nous lui devions le gîte et le couvert car nous aurions intériorisé combien nous étions inférieurs. Ce détail semble horripiler Hélène, qui glisse en tripatouillant l'emballage du sucre de son café.

— Et pourquoi on invite tant de gens qui vomissent notre manière de vivre et comptent d'ailleurs la liquider ? On peut quand même revendiquer le droit de trier et de virer ceux qui nous détestent, non ? On trie toujours dans la vie, sinon c'est une partouze.

J'imagine Serge, scandalisé, *ah oui trier, comme des déchets. Dans poubelle verte les migrants économiques et poubelle jaune, les réfugiés. Eh bien moi, tu vois, je refuse de choisir entre ceux fuyant la guerre ou la misère...*

La mort est pourtant généralement plus irréversible que le chômage. En même temps, il faut admettre que si trier est légitime, c'est compliqué. Comment choisir entre Zayed et Chafik ? Voire entre un étranger dont je partage les valeurs et un type qui possède le même passeport que moi mais conchie ce à quoi je tiens ?

— Je me suis engueulée avec Serge là-dessus, continue Hélène. Il prétend que puisque la Terre appartient à tout le monde, tout le monde aurait le droit de s'installer où il veut. Mais désolé, ça fonctionne comme ça nulle part, même pas dans un terrain de camping. Et ne me sort pas la charité chrétienne.

— J'en ai pas l'intention ! Tu sais ce que je pense de la religion.

— Je te rappelle que je suis croyante, fait remarquer Hélène d'un air pincé. Simplement, je me souviens que l'Évangile met des curseurs partout. C'est un truc pondéré, quoi. À chaque principe, aussitôt, il fixe une limite. « *Tends l'autre joue quand on te gifle* », ça ne veut pas dire « *laisse toi piétiner comme une merde sans réagir* ». Et l'étranger qu'il faut accueillir il est DE PASSAGE. Surtout qu'il ne fuit pas la guerre tant que ça. T'as remarqué que ce sont en grande majorité des hommes jeunes, qui ont laissé derrière eux leur femme, leurs gosses et leurs vieux parents au prétexte que le voyage vers l'Europe serait dangereux. Parce que pour la famille restée au pays, endurer bombardements et milices qui rôdent, ça serait peinard ?

Je devrais peut-être lancer à Hélène mon habituel « *venons-en au fait* », vu sa propension à ne m'épargner aucun détail lors de ses confidences, *alors je lui ai dit, alors il m'a dit, c'était lors du week-end où nous devions aller chez ma cousine, tu sais celle qui a une maison en Normandie où elle a fait faire des travaux qui...* Mais elle est lancée comme un bobsleigh.

— Mais non, pour Serge, il faut accueillir, encore et encore, parce que nous sommes tous frères, enfin, je dirai plutôt cousins de fin de banquet. Sauf que c'est sans fin. On héberge ceux qui ont faim, puis les malheureux, et ensuite ceux qui cherchent simplement une vie meilleure, et de fil en aiguille, on s'arrête où ?

On pourrait aussi objecter à Serge qu'il n'est pas logique d'à la fois aimer ceux qui viennent chez nous chercher une vie meilleure et insulter ceux de nos compatriotes qui s'exilent pourtant dans le même but. Mais je ne le fais pas remarquer à Hélène, ça remettrait une pièce dans le bastringue.

— Admettons même, ajoute-t-elle, qu'il faille accueillir les Vies Moins Meilleures. Mais ça pousse au portillon. Compte tenu de nos revenus, nos institutions, nos paysages, sans parler de la cuisine, faudrait lancer quelques milliards de cartons d'invitations. On va se caresser tous en cercle, nos écoles, nos hostos, nos bureaux sont impatients de nous voir nous mélanger dans la joie et la bonne humeur. J'ai dit à Serge, tu ne vas pas les laisser croupir dans un foyer en préfabriqué, n'oublie pas d'en héberger deux ou trois cent dans notre maison en Sologne... Il m'a bassiné que nous sommes tous frères et moi j'ai répliqué *« plutôt cousins de fin de banquet ».*

Elle a un halètement indigné comme je ne lui en ai jamais vu, sauf peut-être la fois où elle m'avait raconté avoir découvert que Marcel l'avait trompé avant qu'elle ne l'ait trompée elle-même.

— Surtout que, plus généralement, sur cette question de l'immigration, on ne nous a jamais demandé clairement notre avis ! T'as eu l'occasion de voter là-dessus, toi ? Moi non plus. Pourquoi on ne nous a jamais posé la question ? On nous a fait un pays dans le dos !

Faut admettre qu'on n'a jamais été consultés, ni sur les flux acceptables, les modalités, ou conditions d'intégration, ni même sur le principe. Le dossier faisait souvent la une des journaux, ou des conversations de bistrot, mais semblait tabou des 1 485 scrutins organisés en Europe depuis l'an 2000 (j'en ai effectué un recensement sur wikipédia récemment pour un papier). En revanche, Bruxelles n'a pas oublié de nous consulter par référendum sur l'heure d'été. Le sens des priorités existentielles.

– Note, continue Hélène, c'est normal qu'on ne nous demande pas notre avis, l'immigration actuelle constitue juste la plus grande transformation des peuples européens depuis l'effondrement de l'Empire romain d'Occident il y a quinze siècles.

– Il s'est passé deux ou trois petits trucs depuis, non ?

– Rien qui ait bouleversé les photos de classe à ce point. Suffit de ne pas être aveugle.

Pas entièrement faux, l'admettre. Est-ce le moment de lui sortir que la différence entre la religion et l'idéologie c'est que la première consiste à croire en ce qui n'existe pas et la deuxième à refuser de croire en ce qui existe ? Elle n'a pas l'air disposée à rire. Hélène m'agrippe le poignet en roulant des yeux de furieuse ;

– On va se faire bouffer, Fred ! C'est ce que préparent le ministère et les autres pignoufs que Serge assiste. Ils appellent ça Arrangement apaisé. Apaisé mon cul, c'est juste organiser l'apartheid ou la soumission. Et l'invasion. Programmée par les neuneus immigrationistes. Ils y en font la propagande depuis des années, par exemple en prétendant naturelle la confusion entre citoyens et résidents, véritable acide chlorhydrique des nations, ce qui trahissait l'agenda, selon lequel du moment qu'on étudie, travaille et paye des impôts quelque part, on en est citoyen. Sauf qu'un citoyen peut être amené à se battre pour son pays, pas un résident. Un citoyen est abonné au récit national, un résident peut zapper. Tu es du pays pour lequel ton cœur chante le plus quand il prospère et saigne quand il se ruine.

Ça y est, elle a viré Saturée. Quasi Bobifiée.

Bon, je suppose qu'elle avait besoin de se défouler auprès d'une oreille indulgente, mais j'ai un peu de travail en ce moment. Je fais mine de me lever

— Bref, je suis tombé sur la notice de la capitulation, lâche-t-elle en sortant négligemment de son sac un document dont je reconnais l'en tête. J'ai aussi l'habitude de lire « top secret » à l'envers par-dessus un bureau.

Finalement, je crois que je vais me rasseoir.

— Mais comment t'as fait ? Et pourquoi ? Serge t'a à ce point énervé que...

— Tu demandes toujours à tes sources pourquoi elles te filent un scoop ? demande Hélène d'un ton cinglant.

OK, sujet sensible, visiblement, donc ne pas insister. J'imagine la scène. Après avoir estimé que la dérive de Chafik était aussi la faute aux récidivistes habituels, Monsieur LeSystème et sa copine LaSociété, ratés de l'intégration, pas assez d'efforts, toussa, il a pris sa douche ce matin en laissant imprudemment traîner le doc sur sa table de chevet. Et Hélène l'a photocopié avant que Serge ait fini de se savonner les pectoraux. Pas anodin comme décision, car il y aurait à redire question confiance entre partenaires. C'est quand même un peu rude, Serge manque de se faire descendre et sa femme lui chourave un doc ultrasecret. Cela dit, quel couple n'a pas ses hauts et ses bas ? Et puis, en matière de scoop, y a que le résultat qui compte. Ma main rampe vers le document.

— Parce que, question Soumission, ça se pose là ! s'exclame Hélène en assenant sur le document un coup de poing qui manque de me fracasser trois phalanges. Mais pourquoi ça serait à nous de nous adapter ? Ça n'a jamais été comme ça, nulle part. Attention, je dis pas « la France, tu l'aimes ou tu la quittes », après tout, on peut bosser dans un pays dont on raffole pas. Mais la France « si tu la détestes tant que ça, barre-toi ». C'est toujours ceux qui arrivent qui se coulent dans le moule, sinon c'est une invasion.

– Le terme n'est pas tout à fait approprié, Hélène. Une invasion, c'est les armes à la main.

– Et ce sont des pistolets à bouchon dans les quartiers ? C'est quoi le terme autorisé pour discuter de l'immigration ? « Flux testant nos capacités d'absorption ? ». « Challenge ludique de notre conception de l'altérité » ?

La manière dont elle commence à s'échauffer m'inquiète, car elle ne me l'a pas encore filé, le document. Il ne faudrait pas qu'on se lance dans une spirale émotionnelle qui la fasse changer d'avis.

– Et puis, aucun autre pays ne fonctionne comme ça ! Aucun peuple n'accepte d'être ainsi dilué. Va recommander ça à un Argentin, un Égyptien, ou un Thaï, tu verras comment tu seras reçu. Et pourquoi nous ? On est puni ? De quoi, par quel jury, de quel droit ?

Allez, Hélène, un bon mouvement, par ici le doc.

– Et s'ILS détestent tant que cela ce pays de mécréants à l'histoire coloniale haïssable, pourquoi donc tiennent-ils tant à y vivre ? S'ils veulent changer ce pays je leur conseille plutôt de changer de pays, martèle-t-elle.

Tu vas me le filer ce scrogneugneu de rapport ?

– S'ILS veulent du rituel, de l'ostentatoire, qu'ils aillent à Riyad ou au Caire, là-bas il y en a à foison, ça déborde. Ici, le sacré n'est pas à l'aise, désolé, c'est l'esprit français. L'impertinence et le panache. Et s'ils veulent jouer le match retour de la colonisation avec la complicité de nos repentants masos, ils nous trouveront sur leur chemin.

Et elle pousse enfin vers moi le document dont je m'empare goulûment.

– Tu vas voir, conclut-elle en se levant, c'est juste la

notice par laquelle notre pays organise son suicide.

— À ce point ?

— Tu sais lire ?

Je prends mes lunettes.

*
* *

Une demi-heure plus tard, Ceccaldi soupèse pensivement dans son bureau ma demande d'ouverture de la une et deux pages en intérieur. Je plaide que c'est bien le minimum pour le scoop qu'il me réclame depuis une semaine.

— J'espère que tu as des biscuits béton, gronde-t-il, parce qu'avec une telle productivité tu pourrais avoir été tenté de… prendre des risques niveau vérification. C'est quand même ton deuxième scoop en trois jours, sans oublier ta couverture de la conférence de presse sur le plan Scarabée.

— Sanglier. Pour ce qui est d'avoir des biscuits, tu sais lire ?

Je pose l'enveloppe kraft devant lui et il met ses lunettes.

*
* *

Après avoir pondu in extremis mon article sur la prise d'otages, je retourne en début d'après-midi à l'usine où Redwane a décidé de réunir tout le personnel disponible, soit une centaine de personnes, pour *se retrouver ensemble après la tempête.* J'y retrouve Jacques et son associée Myriam, en tant que médecin-conseil de la boîte, qui ont réussi à amener Marcel, lequel sanglote dans mes bras qu'il comptait refaire sa vie en France et que tout ce qu'il a fait c'est de tuer un homme. Je lui réponds que cela lui a permis surtout de sauver une huitaine de vies et qu'en outre Édouard serait bien mal inspiré de se plaindre, « *il voulait rejoindre Dieu, tu as exaucé ses vœux* ».

Toutes les vitres et les cloisons portent des impacts de balles. C'est miracle qu'il n'y ait eu qu'une dizaine de blessés. Je n'avais pas réalisé durant l'assaut que le Raid et le troisième djihadiste se sont longuement tirés dessus. Le complice d'Édouard et Chafik était posté près de la mezzanine, derrière un pilier d'où il avait commencé à arroser la salle en contrebas au moment de la « révolte des otages », ainsi que l'appelle la presse.

Redwane, la lèvre tuméfiée par le coup de crosse de Chafik, passe au milieu de ses employés, l'air sacrément secoué, on le serait à moins. On s'étreint de-ci de-là, à deux, trois ou quatre, en déambulant au milieu des machines à coudre mitraillées, sans un mot, ou juste quelques paroles perdues sur une épaule. De parfaits inconnus me tombent dans les bras, il n'y a que les guerres et le foot pour provoquer cela. On s'adresse des regards « *ça va aller malgré tout* » et des sourires tristes, ou on se serre les doigts à la volée. Des ondes passent. Un bain d'empathie silencieuse, pour la bonne raison que personne ne saurait quoi dire, même si chacun sait ce que ressentent les autres. Ça ressemble à une sortie d'église lors d'un enterrement. Sauf que ce qu'on enterre est simplement le rêve de Redwane de détourner du djihad Chafik et consorts avec un bon boulot. Les paroles de Chafik *« tu croyais qu'être chargé de gérer un stock de fringues me suffirait comme destin ? »* résonnent encore en moi.

*

* *

Le rêve de Redwane a échoué, mais aussi celui de Chafik. Le rêve de déclencher le piège d'Abou Moussab al Souri, ou du moins d'appels à la haine en attentat, de contribuer à ce qu'on se rapproche du seuil. Le piège décrit minutieusement dans son manuel de guerre civile planétaire, au demeurant assez répétitif, il faut tuer ou soumettre six ou sept milliards de personnes. On ne pouvait pas lui reprocher de jouer petit bras. L'objectif était de partir à la conquête de la Méditerranée, au prétexte que la moitié en était sous domination musulmane il y a mille ans, avec Rome et Madrid en tête de pont, puis du reste de l'Europe, qui a l'air molle du genou. Et une fois l'Europe en cendre ou soumise, achever la dislocation finale de l'Occident et conquérir le reste du monde. Puisqu'on vous dit que la sourate 8 verset x le veut.

Pour cela, commencer par nous monter les uns contre les autres. À grande échelle. Enfermer dans le sentiment de victimisation des jeunes d'origine immigrée de troisième génération, par tous les moyens ; le diplôme, le job, ou l'appart qu'ils n'ont pas eu, quelle qu'en soit la raison, le contrôle de police au faciès, le séjour en taule, la Palestine, qu'ils ne sauraient pas situer sur une carte, tout est bon. Tabler sur la crispation identitaire et la colère en face (à force de se faire assassiner il arrive que certains expriment leur agacement), avec la complicité de médias et blogueurs des deux camps, pour susciter des représailles. Afin d'obtenir la Décantation où les plus pacifiques deviennent excédés, puis hors de soi, au sens propre, et finalement se rangent d'instinct dans un camp, par solidarité épidermique ou idéologique. Viser les Juifs, les policiers, les militaires, les églises, les grands événements sportifs et culturels pour dresser les populations contre les musulmans. Pratiquer parallèlement la tactique dites des « mille entailles ». Harceler et épuiser la police et l'armée par les incidents et délits les plus divers, les pousser aux bavures ou les contraindre au contraire à réagir de moins en moins, à renoncer. Et quand les forces de l'ordre sont en burn-out, dispersées sur un front intérieur infini, hébétées, attendre patiemment l'incident déclencheur, conformément à la théorie du cygne noir qui veut qu'un système instable s'écroule pour un événement imprévisible et minuscule. Al Souri disait que la victoire serait inévitable parce que les vrais Croyants aiment la mort et les Mécréants la vie, et préfèrent donc la soumission à l'affrontement.

Le discours d'al-Souri était repris dans des prêches d'imams ayant pignon sur rue, mais les Serge et les Scarlett les minimisaient, « *trois cinglés isolés* ». Toujours la tentation de psychiatriser l'ennemi pour se protéger en se persuadant qu'il ne compte pas vraiment. Bien sûr, cela paraissait tellement énorme, même à des « médecins légistes de la planète », ainsi que Bob surnomme notre métier. Cela semblait effectivement impensable qu'avec, quoi, 1 % des gens qui approuvent leur doctrine, ou qui ont de la complaisance pour elle, al Souri et consorts pourraient mettre un continent à feu et à sang. Ils ne font pas le poids. Mais il suffit d'ouvrir n'importe quel livre d'Histoire pour voir qu'elle est parfois faite par les minorités violentes. Il suffit d'un disjoncté pour pourrir l'ambiance d'une soirée. Combien d'Allemands en 1933 se disaient « chic, nous allons envahir l'Europe entière et liquider les Juifs » ? Combien de Russes en 1917 aspiraient au totalitarisme, aux goulags et aux files d'attente devant les magasins ? Un pour cent ? Pourtant, Lénine et Trotski ont pris Saint-Pétersbourg comme un fruit blet avec trois mille combattants… Pas besoin d'être nombreux pour soumettre. Il suffit d'être organisé et plus déterminé qu'en face à tuer ou à mourir. Si seulement 5 % des musulmans adhèrent aux thèses d'al Souri et 1 % d'entre eux passe à l'acte, cela ferait quand même 700 000 tueurs worldwide...

Mais non, on serait plus futé que ça. Solidement doté en résilience et tolérance, malgré un goût certain pour l'algarade, genre village d'Astérix. D'ailleurs, en France, on ne s'est plus entre-tués depuis 1793, à part un peu entre résistants et collabos en 41-44, même si on pourrait rajouter quelques semaines en 1871 et qu'entre 1954 et 1962 c'était un peu sanguinaire, mais de l'autre côté de la Méditerranée.

Sauf qu'il n'est pas nécessaire d'être un peuple barbare ou antipathique pour une guerre civile, contrairement à ce que croient les candides. On ne fait pas plus chaleureux qu'un Libanais et il faut être autiste au dernier degré pour ne pas sympathiser avec des Irlandais, mais cela ne les a pas empêchés de s'entre-liquider sévère et longtemps. Et les États-Unis, grande démocratie et État de Droit : première guerre civile à échelle industrielle avec celle de Sécession. À ce sujet... bientôt le 9-3 sera comme le Kosovo, qui s'est séparé de la Serbie il y a un quart de siècle et pas franchement à l'issue d'un concours de bisous.

Le piège d'al Souri, Bob avait voulu le présenter à nos lecteurs lors d'une conférence de rédaction tempétueux il y a un mois, où Scarlett avait grogné « *la fachosphère va se RE-GA-LER* », brisant la convention selon laquelle on ne dézingue pas le sujet d'un collègue en conf. Gamblin avait objecté « *Tu nous as déjà régalés avec Au cœur du réseau Nassim Rhitoum, les secrets des Lions du Cachemire et dans la tête de la cellule de Roubaix. C'est qui ton al Souri mondialement connu de sa concierge ?* ». Jean-Pierre, notre chroniqueur foot, avait grogné « *Vous faites ce que vous voulez, mais le papier de Bob ne prend pas la place du mien sur PSG-Bayern en Une* », et Yasmina avait renchéri « *Et vous ne touchez pas à un cheveu de mon ensemble sur les prix de l'immobilier* ». Scarlett avait alors ricané, « *faire peur dans les chaumières, tu adores ça, hein ! Affoler encore sur le péril islamiste et par extension musulman. L'Autre est à nos portes et en plus il est nombreux. Par vagues entières, des hordes de barbares qui en veulent à nos vierges et nos porte-monnaie qui vont nous submerger. Nous remplacer. Nous diluer. Au secours, ILS sont partout ».*

– Pour ta greffe de cerveau, ça avance, tu as trouvé un donneur ? avait répondu Bob.

– Oui, mais comme il a les mêmes opinions que toi, je me suis abstenue.

Gamblin avait clos le débat « *Fred, creuse encore un peu, sujet pas assez mûr* », c'était ce jour-là qu'il était parti en reportage et à la rencontre de son destin.

*

* *

Redwane avait prévu de faire un discours mais n'y arrive pas, trop pris par l'émotion. Il croasse juste un : « *Merci d'être là et de votre cran. Et excusez-moi de ne pas avoir su repérer les djihadistes infiltrés parmi nous. Mais ça ne doit pas nous empêcher de continuer. On boit un godet et on répare le matos. Bonne chance à tous. Je suis fier d'être parmi vous.* »

Les yeux brillent autour de moi, sous l'effet d'un cocktail constitué sans doute d'un tiers d'émotion, d'un autre de colère, d'un petit tiers de tristesse et d'un grand tiers de détermination. Redwane me fait une accolade en grognant des « *on va repartir, on va y arriver* », je réponds des *bien sûr qu'on va y arriver*, sans trop savoir à quoi au juste, et il ajoute des explications confuses sur son projet, pourquoi il est important que ce soient des gens comme lui qui offrent l'espoir par l'embauche, *tu comprends, compte tenu de mes origines, mon parcours*. Avant de me croasser dans le col de chemise que s'il est si motivé c'est « *tu vois, parce que je suis beur* ».

— Tu es beur, Redwane ? Tu ne me l'avais jamais dit !

*

* *

Assis dans un coin, je me remémore le regard de Chafik quand les flics l'ont menotté, de type frustré d'avoir raté son coup, « *comment se fait-il que ces gens soient encore vivants ? C'est injuste* ». Qu'est-ce qui pousse un type à faire la bise à sa femme le matin et puis aller trucider des inconnus parce que son Ami Imaginaire Eternel le lui a demandé ?

Ça m'a toujours fasciné la puissance des religions, comparée à la politique. Du moment qu'on peut se réclamer d'un commandement divin, d'un prophète pour être précis, hop, joker d'immunité, les coutumes les plus discutables doivent être respectées par la société. Sur le plan marketing, vendre une éternité de félicité c'est imbattable, même si on n'a aucune garantie sur le stock disponible. Du coup, un Prophète proclame « les premiers seront les derniers » et deux millénaires plus tard ça console un tiers des losers de la Terre. Un autre interdit de boire du lever au coucher du soleil un mois par an et mille quatre cents ans plus tard des centaines de millions d'êtres humains suivent ses instructions dans la fournaise. D'autres rapportent que Yavhé ne veut pas qu'on allume un feu le samedi et, pouf, quarante siècles après, le samedi c'est buffet froid. Si un homme politique en exigeait le quart, ça tiendrait au maximum vingt ans (quant à moi, quand j'ordonne *« un peu de silence s'il vous plaît »* devant trente personnes, tout le monde s'en fout. La prochaine fois que je m'adresserai à un amphithéâtre, il y aura des menaces d'enfer et des promesses de paradis).

Je me suis renseigné sur Chafik auprès d'Audrey, toujours instructif de se documenter sur les gens qui ont essayé de vous liquider. Il n'avait pas à se plaindre de la société, qui lui avait fourni gratuitement études, allocs, activités sportives et culturelles, *sois gentil, ne tue pas les gens, fais plutôt du saut à l'élastique*, subventions pour sa petite entreprise avant qu'il ne fasse embaucher par Redwane, Pas vraiment de revanche personnelle à prendre, comme pour d'ailleurs des djihadistes que j'avais interviewé en prison. Des types intelligents et qui avaient beaucoup lu, sauf que c'étaient des lettres de sang et de rancœur.

Certains avaient réussi dans la vie avant de basculer, à rebours du bobard de l'explication socio-économique qu'on nous sort, bien enveloppé, selon lequel la misère serait le terreau de la partition ou de l'extrémisme et que les jobs et les allocs en seraient l'antidote. Si c'était vrai, pourquoi des jeunes de régions déshéritées du Cantal ne surgissent pas kalach en pogne en criant *Doux Jésus* ? Et pourquoi les terroristes sont-ils absents de dizaines de pays pauvres d'Asie, Amérique latine ou Afrique ? Alors que les pirates de l'air du 11 septembre 2001 étaient issus de la bourgeoisie saoudienne ou égyptienne et que Ben Laden était milliardaire. La marginalisation économique et sociale n'explique que marginalement. Les voisins de Chafik vont sans doute s'étonner demain, *pourtant il était parfaitement intégré*, comme s'il suffisait d'avoir un job ou payé ses impôts. Un pays c'est juste un arrangement financier, c'est ça ?

Chafik était sans doute mû par un névrotique besoin de fierté collective, censément fondé sur des humiliations de frères de peau et de foi. Sans compter que quand votre vie est tout entière tendue vers l'espoir de l'au-delà parce qu'il est insupportable de se confronter à la disparition du petit truc qui dit « je » au fond de votre crâne, et qu'alors la simple existence d'un mécréant est une provocation. Qui vous murmure que vous sacrifiez votre vie à une illusion. Il faut donc le faire taire. Des empires se sont fondés sur l'habile manipulation de ces pulsions, des sociétés y ont puisé leur perte. Et donc, sans partager l'indulgence masochiste de Serge, je comprends un peu ce que Chafik a voulu dire avec son histoire de fringues et de destin.

*

* *

Le plus étonnant est que tout le monde prend au sérieux la suggestion de Redwane de reconstruire. Des marteaux et des tournevis sortent des placards et on s'affaire à retaper les machines hors d'usage, on range les lieux, avec l'autorisation des flics qui ont tout photographié hier soir. Ça permet de se projeter sur un demain qui s'obstine. C'est donc dans le vacarme (j'ai proposé mes services sur la machine à coudre n° 4 mais une ouvrière, dont j'ai écrasé les doigts avec un marteau, me souffle gentiment « *laisse, ça ira, t'es plus doué pour étrangler que pour réparer* ») que je bavarde avec Jacques et Myriam avant de retrouver Audrey, dans un coin, le regard dans le vide.

– C'est de ma faute, tout ça, glisse-t-elle.

– C'est quoi cette connerie ?

– Je sais bien que les frérots sont doués pour la dissimulation, ils appellent ça la taqîya, mais quand même… C'est moi qui étais chargée du screening des candidats et j'avais dit à Redwane que Chafik et Édouard étaient OK. Je me suis fait enfumer comme une bleue.

– Mais c'était vachement dur de repérer ! Les barbus peuvent paraître propres sur eux sans qu'on puisse deviner le délire à l'intérieur. Et puis, c'est spécial comme job, faut une formation psy spéciale. C'est bien que Redwane t'ait fait confiance et tu as certainement fait du bon boulot en jouant les DRH, mais repérer des djihadistes, c'est pas ton métier, tu n'es pas dans les renseign...

Audrey me dévisage d'un air imperturbable. Monte en mon for intérieur le « noooooon?! » des stupéfaits. Je répète machinalement :

— Tu ne bosses pas pour les...

— Penses-tu !

L'air imperturbable vire au sourire goguenard.

— Je n'ai pas pour habitude de cacher quoi que ce soit au mec avec qui je couche, MOI, c'est mon côté fleur bleue. Agent Audrey Almaviva pour te servir.

J'encaisse le coup de cymbale. D'un autre côté... j'aurais pu le soupçonner un peu, vu la période dramatique que nous vivons. Et puis, si j'ai pu jadis jouer double jeu entre deux canards antagonistes pour couvrir la Grande Crise Financière, pas de raison qu'Audrey n'ait pas eu ses petites activités secrètes.

— Depuis quand?

— Deux ans. Un officier du Renseignement intérieur m'a contacté en me disant que puisque j'étais née à Mogadiscio et que j'y connaissais du monde (d'après les noms qu'il a cités il était déjà très renseigné sur mon entourage), j'étais idéalement placée pour savoir ce qui se tramait ici. Au début, c'étaient des renseignements anodins, qui fréquentait qui, qui était en affaire avec qui à Mogadiscio. Et puis, j'ai eu accès à des infos plus sensibles, sur les réseaux clandestins, pas seulement ceux de Benkhirane, il y a pire à Kaboul. C'est pour ça que je me suis débrouillée pour me faire recruter l'an dernier comme DRH par Redwane, grâce à toi et à une recommandation d'un de ses partenaires qui est de mèche avec les militaires. La couverture idéale pour aller et venir dans Kaboul, rencontrer du monde, tirer les vers du nez. Offrir des jobs, crois-moi ça ouvre des portes. J'ai ramené un paquet de bons tuyaux. Chafik a été ma seule erreur. Qui a juste failli nous coûter la vie.

– Et tu me racontes tout ça seulement parce qu'on joue à Audrey et Fred 2.0 ?

– Il y a un peu de ça, mais je me suis dit aussi que tu devais être bien informé et ferais aussi un agent intéressant. J'ai donc demandé il y a une heure à ma hiérarchie l'autorisation de te « tamponner ».

– Le terme est évocateur, mais je ne vois pas trop...

– Aborder quelqu'un en vue de recrutement. Vu les moments dramatiques que nous traversons, tous ceux qui peuvent servir le pays sont les bienvenus. J'ai l'impression que tu partages largement « nos » analyses. Évidemment, faudra être discret, parce que sinon, chtou, chtou, dit-elle en imitant le canon d'un pistolet avec deux doigts de la main droite.

– J'adore ton sens de l'humour.

Elle rit d'un air bizarre et je ris aussi d'un air bizarre, ce qui fait beaucoup d'airs bizarres, à croire qu'il y a des substances dans le jus d'orange.

– Partager « vos » analyses ne suffit pas, Audrey. Ce n'est pas déontologique pour un journaliste.

– En effet, d'ailleurs tu es la Déontologie à l'état cristallin, je me souviens quand tu bossais sous pseudo pour le rival du canard qui t'employait.

Je ris en haussant les épaules, ce qui est un poil compliqué, avant de lui demander ce qui a pu déclencher son basculement dans le camp... chauvin, alors que je l'avais connu à l'extrême gauche. Elle élude, mais j'insiste, car elle joue quand même à préparer un coup d'État avec le colonel Gervais que je tiens pour un barjot, ce n'est quand même pas un loisir anodin. Audrey m'explique que les Services l'ont chargée de le surveiller.

– Ses cellules peuvent être utiles, si le pire devient le

pire, mais on aimerait aussi pouvoir le… neutraliser s'il va trop loin.

— Ça veut dire que tu as infiltré à la fois Kaboul ET les Comités clandestins de salut public ?

— Ouais. Fromages et dessert. Je t'expliquerai plus tard pourquoi j'ai abandonné mes idées de gauche, ou plutôt comment ce sont elles qui m'ont abandonnée. Pour ce qui est du coup d'État, je voudrais pas te paraître cynique, mais ça ne serait que le troisième de la Vᵉ République.

Je tique brusquement. Les pièces du puzzle commencent à se mettre en place.

— Mais, tu m'as parlé hier d'un truc dont seule Chloé était au courant. C'était ça ? Ça voudrait dire que…

Audrey me dévisage avec un petit sourire en coin.

— C'est moi qui l'ai recruté. On a bavardé sur Mogadiscio lors du baptême de Paul et une chose en entraînant une autre…

— Moi qui croyais que vous commentiez les dragées, je m'exclame en riant pour cacher ce qui bouillonne in petto, colère d'avoir été ainsi court-circuité et trouille rétroactive pour les risques qu'elles ont encourus et encourent d'ailleurs encore.

— Je précise que Kevin n'est pas au courant, même s'il se doute de quelque chose rapport à mon infiltration de l'organisation Sanglier, je suis rentrée un peu trop crottée d'une session dans les bois, c'est pour ça que ce crétin a évoqué mes activités « sylvestres » au dîner l'autre jour. PERSONNE n'est au courant, sauf Chloé, notre officier traitant et toi désormais.

— C'est pour ça que tu m'avais dit chez moi après l'engueulade à table qu'il ne fallait pas que je m'énerve trop sur Chloé portant le voile ? C'était pour pénétrer dans Kaboul.

— Ben oui, ta fille unique et préférée n'avait pas viré

dhimmi. Soulagé ?

— Mouais, enfin si c'est pour apprendre qu'elle est agent secret comme toi… J'aurais préféré qu'elle s'engage dans l'Association Clandestine des Amateurs de Tricot. Le renseignement à Kaboul, c'est dangereux non ?

— Penses-tu. Elle va juste là où presque personne d'extérieur ne va.

— Ah ben, ça me rassure pleinement, en effet.

— Fred, TOUT est dangereux désormais, gronde Audrey en désignant les impacts de balles.

— Et c'est aussi pour ça que, quand on s'est enfuis dans son camion de pompier, elle m'a dit que je ne pouvais pas comprendre à quel point elle avait besoin de bosser dans le coin.

— Oui. Tu as eu de la chance, ta maladresse ne l'a pas grillée, au contraire, ça a initié des bouleversements géopolitiques locaux favorables. Maintenant, tu en sais trop. Félicitations pour ton recrutement. On fête ça au jus d'orange ?

— C'est cheap, je grogne.

*
* *

Je retourne au journal dans un ruminement de fébrilité. Apprendre que votre compagne et votre fille sont des agents secrets dans une ébauche de guerre civile a de quoi perturber le plus flegmatique des aguerris. En outre, se retrouver « tamponné » [1] ne faisait pas partie de mes plans de la journée.

Dans mon bureau, Ceccaldi contemple le document que m'a transmis Hélène, comme un dresseur face à un cobra particulièrement capricieux. Nous avons convenu de sortir

1. Jargon des services secrets pour dire « approché en vue de recrutement ».

le scoop ce soir à vingt heures sur le site du journal, trop tard pour que les concurrents puissent nous plagier dans leur édition papier. Un scoop à déchausser les plombages, comme disait mon entraîneur de rugby pour évoquer un plaquage dévastateur. Va y avoir de l'adrénaline en soirée dans les salles de rédaction et les lieux de pouvoir.

Ceccaldi me jette un regard songeur et grimace :

– En même temps...

– Je sais...

– Faut admettre que...

– En effet.

– C'est que...

– C'est pas faux...

– Alors...

– Bien sûr.

– Je me dis que...

– Certainement...

– Ne m'en veux pas, mais...

Je prends le temps de réfléchir pour synthétiser notre conversation.

– C'est tout à fait ça, on risque la crédibilité du journal sur ce coup-là et c'est imprudent de tout miser sur ma source, qui s'est peut-être fait intoxiquer, ou qui bossait juste sur un élément de brainstorming politico-administratif et ZE Plan définitif n'aurait rien à voir avec ça, il vaudrait donc mieux recouper l'info auprès d'une autre source...

Ce qui résume le dilemme de tous les scoopeurs, dont le grand public n'a aucune idée, non plus que la majorité des journalistes qui ne seront jamais en situation d'en claquer un. Parce que vérifier une info est souvent plus difficile que l'obtenir. J'ai ainsi été au courant de nombreux scandales qui pour être secrets n'en étaient pas moins bidon. Il est déjà assez difficile de disposer d'une Gorge profonde prête, après parfois des années d'approche, à vous livrer en confiance des secrets au risque de sa carrière, voire de sa vie dans certains pays, alors DEUX Gorges profondes, vous pensez ! Et puis, en contactant une deuxième source on va forcément l'alerter alors qu'elle n'a peut-être pas du tout envie qu'il sorte, votre scoop. Et source 2 va donc l'annihiler, soit en démentant aveuglément, soit, perdu pour perdu, en le filant à un autre journaliste qu'elle vous préfère. Sans compter que le jeu n'en vaut pas toujours la chandelle, car source 2 peut s'approvisionner auprès du même intoxicateur que source 1. Et donc on n'a rien recoupé du tout alors qu'on croit avoir recoupé. Limpide, non ?

Cependant, les enjeux sont tels qu'il semble indispensable de recouper. Ceccaldi ne m'a jamais demandé l'identité de mes Gorges profondes, comme c'est l'usage dans la profession, ce qui a de quoi surprendre car cela revient à mettre la réputation d'un titre et donc le job et les capitaux de milliers de personnes entre les mains d'un inconnu. Sans compter les amendes qu'encourent l'auteur de l'article, son rédac chef et le directeur de la publication en cas de procès d'une cible ombrageuse. Mais il s'avère difficile de demander benoîtement à un reporter d'investigation « *dis-moi, ta source qui risque sa carrière, voire sa vie, tu peux me donner son nom ? Ne t'inquiète pas, ça ne sortira pas de Paris* ». Nombre de rédacs chefs se contentent donc d'une indication précise et floue à la fois de leur enquêteur *« je le tiens d'un membre du cabinet du ministre qui ne m'a jamais menti »*, ou *« d'un flic de la Brigade des Stups dont je suis un intime depuis 1962 »* et après qu'ils eussent bégayé « *tu es vraiment sûr de ton coup ?* » ça sort le lendemain en citant Madame De Source sûre, ou, ma préférée, *« de source généralement bien informée »*.

Dans des affaires très sensibles et si la confiance est forte entre l'enquêteur et son rédac chef, cette règle de discrétion peut souffrir quelques exceptions. C'est ainsi que les deux reporters du *Washington Post* auteurs de l'enquête du Watergate qui en 1974 avait fait chuter Nixon, rien de moins que l'homme le plus puissant de la planète, avaient confié à leur rédac chef qui se cachait derrière le pseudo de Gorge profonde, dont il a été révélé trente-cinq ans plus tard qu'il était le numéro 2 du FBI. Qui avait trahi son administration pour défendre la démocratie.

C'est pourquoi, comme j'ai mené jadis avec Ceccaldi des enquêtes risquées que je n'aurais réalisées avec personne d'autre, même pas Bob, je lui confie que « le mémo provient de Serge Dubourg ». « Provient » est techniquement exact. Je n'allais pas dire à Ceccaldi « *ouais, en fait c'est sa femme, une ex à moi, qui lui a chouravé le rapport* ».

– L'ombre d'Eiffel ? s'exclame Ceccaldi.

– Lui-même.

Puisque la priorité est de vérifier le scoop, je crame dans la foulée le blaze de Gorge profonde 2 auprès de Ceccaldi. Ce dernier salue en connaisseur mais s'étonne que Guezbou accepte de valider ZE Plan. Je concède qu'il est taciturne en ce moment, mais que si je lui montre un fac-similé du texte ça pourrait le réveiller. De toute façon, on n'a rien d'autre en magasin comme source. Ceccaldi souligne que Guezbou ne va pas gambader de joie à l'idée qu'on sorte l'info.

– Il va prévenir le PR, continue-t-il en jouant avec la douille d'un obus que m'a offert un commando ukrainien. Qui va peut-être décider de tenter de nous faire taire. Ça justifie un petit conseil de rédaction de crise.

– J'appelle Bob ?

– Et Scarlett ?

– Tony, tu veux du sang sur les murs ?

– OK, OK.

*

* *

– Fred a ZE plan, lâche Ceccaldi à Bob.

Bob pousse un sifflement triomphal. Ceccaldi nous explique les contours de l'opération *« La Ligne sort toujours »*, à activer au cas où l'Élysée réagirait de manière taquine. A priori, si je vois Guezbou, dont je ne dévoile pas le nom devant Bob, à dix-huit heures, pas question de régler ça par téléphone, trop délicat, il faut que je puisse le sentir, lire dans ses yeux, ça ne laisse que deux heures à « l'adversaire » pour intenter un référé sous prétexte de recel de secret d'État. Trop court. Mais un petit coup de barbouze est à envisager, un accident est si vite arrivé. Ou des coups de fil discourtois. Je ne serai peut-être plus invité aux petits-déjeuners du Quai d'Orsay, où j'interpellais le ministre, « *saisissez le Conseil de sécurité de l'ONU, voyons !* » (le charme de notre métier, c'est qu'on peut contester l'action de dirigeants élus par des dizaines de millions de personnes sans avoir soi-même exercé d'autres responsabilités que vice-président d'un club de ping-pong).

– Tony, on assume ? Je veux dire, notre papier va susciter… de l'agitation, avec insurrection en option.

– Ben oui, et alors ?

– Aucun scrupule ?

– Scrupules ? répète Ceccaldi, comme devant une expression bizarre.

– Je te préfère bourrelé de gras que de scrupules, ajoute Bob, l'air méfiant. Fred, tu ne vas pas niquer NOTRE scoop ?

– Juste pour être sûr qu'on est raccord. D'observateur, on devient protagoniste.

– Ben ouais, divulguer c'est peser, forcément. T'es nouveau dans le métier ?

– Jusqu'ici, je ne faisais pas de papier pouvant déclencher des carnages.

– C'est pas toi qui déclenche le carnage, grogne Bob, mais le gouvernement et tous ceux qui l'ont précédé.

– C'est quoi le problème, Fred ? ajoute Ceccaldi. On ne prend pas parti, on dit juste aux gens ce qui se prépare. Ils auront les cartes en main. À eux de se faire leur opinion. Si on sait quelque chose, on le raconte, point. Dissimuler, c'est ça le passeport pour la défiance et le carnage.

Ceccaldi est très « old school ». Il considère que son job n'est pas de jouer à « laisse petit, je t'explique » avec le lecteur. Tant pis, dernière fois de ma vie que j'aurai des scrupules. J'accepte donc de rencontrer Guezbou et, s'il confirme, nous sortirons une édition en mode alerte rouge. Ceccaldi détaille le sommaire, avec la présentation de ZE Plan en ouverture de la séquence en page 2, un édito « *pondéré et nuancé comme d'hab* » de Bob et, pour équilibrer, un papier d'analyse de Scarlett en miroir. Bob s'étonne d'un tel honneur, « *après ce que cette salope nous a fait !* », mais Ceccaldi rétorque que l'égarement de Scarlett est excusable ; la faim du scoop. Et puis, si les lecteurs achètent La Ligne c'est parce qu'ils y trouvent des confrontations et des polémiques.

– Ah ça, ils vont en avoir pour leur pognon, gueule Bob. Approchez, messieurs dames, faites le plein de pop-corn, le baston va commencer. Regardez comment la décérébrée de la page 4 va traiter de facho le collègue de la page 3. T'as remarqué, au passage, comme ça s'est dévalué, le fascisme ?! Avant, il fallait faire un effort, remplir des critères ; antisémitisme, haine de l'individu, culte du chef, phagocytage de l'État par un parti unique, annexer des pays voisins. Maintenant, on n'arrête pas le progrès, si tu murmures « *on est chez nous, merde !* », en cinq mots c'est plié, peste brune, allons-y tous en chœur ; t'es facho.

Ça t'insupporte que des gens de n'importe où s'installent dans ton pays comme bon leur semble en clamant « *j'y suis j'y reste, je ne vous demanderai pas la permission, votre ère est finie* » ? T'es facho. Tu alertes sur les clandestins en provenance d'Italie ? T'es facho, puisque tu ne veux pas accueillir des gens fuyant la guerre (ah bon, il y a la guerre à Rome ?).

— À Mayotte tu veux plus être submergé par des Comoriens ? Paf, t'es raciste, même si t'as la même couleur de peau qu'eux.

— Ah, Fred, tu vas pas t'y mettre aussi, s'exclame Ceccaldi.

— Tu veux expulser les clandestins, comme Marchais, Mitterrand et même Rocard dans les années quatre-vingt-dix ? Même motif, même punition, t'es facho.

— Tu t'indignes de la progression des meurtres à l'arme blanche ? T'es victime du syndrome sécuritaire parce que les progressistes adorent se faire poignarder, c'est bien connu. Et donc facho, te dis-je.

— Je ne sais pas si vous êtes fachos mais pète-couilles, incontestablement, grogne Ceccaldi en levant les yeux au ciel d'un air stoïque.

— Et puis, s'écrie Bob, si ça ne suffit pas, Scarlett va nous jouer le grand aria de l'acte III scène VI, nous mettant en garde contre le nationalisme, mère de la guerre. Sauf que c'est quand même lui qui a fait le job en 40 face à un empire racialiste. Avec des gens déterminés à défendre leur putain de nation ! Les premiers résistants, c'étaient des Bob, pas des Scarlett.

— Ça, ce n'est pas du nationalisme mais du patriotisme, nuance, tente Ceccaldi.

— Ah, parce qu'il y a une différence ? réplique Bob. Ah oui, tu vas me sortir le vieux cliché que le patriotisme c'est d'aimer son pays et le nationalisme détester celui des autres.

— Je vais rien te sortir du tout, s'empresse Ceccaldi, parce que vois-tu on a un sommaire à finaliser et une insurrection à anticiper.

Il en faut plus pour débrancher Bob.

— Arrête de te la raconter, s'emporte-t-il. Tu prétends vomir le chauvinisme, mais tu es comme tout le monde, tu beugles *« allez, les Bleus »* devant la TV. Cherchez l'erreur. Et moi qui suis Natio comme tu t'en doutes, tu peux me rappeler quel pays j'ai proposé d'envahir ces derniers temps ? Et puis, tu sais ce que ta protégée lui dirait à ton patriotisme propre sur lui ? Que c'*est le dernier refuge des fumiers*, comme disait Bernard Shaw, qui profitait pourtant bien de ce que l'Angleterre fut l'Angleterre en 40.

— Le patriotisme, c'est comme les hémorroïdes tu pensais ne pas en avoir et puis un jour ça te démange brusquement.

— Fred, tu es en train de faire perdre à cette réunion de travail le peu de tenue qui lui restait, soupire Ceccaldi. Écoutez tous les deux, on conclura ce débat politico-sémantique une autre fois. Et, puisque c'était l'objet du différend, j'ai mes raisons pour confier une colonne à Scarlett. Dois-je vous rappeler que je suis quand même le rédac chef de ce canard ?

— Mouais, enfin comme c'est moi qui ai obtenu ZE Plan j'ai peut-être mon mot à dire sur qui chez nous va massacrer l'analyse que je vais en faire...

— Eh bien, précisément, Fred. Un, on sort ZE Plan, sans état d'âme, remords ni scrupules. Deux, qu'est-ce que tu attends pour contacter Guezbou ?

CHAPITRE 16
ON VA SE FÂCHER SÉVÈRE

Guezbou répond par mail que la santé de sa mère évolue bien et que, comme convenu, il pourra m'en dire plus la semaine prochaine. À quoi je réponds que j'ai eu accès à un bulletin de santé préoccupant, dont je dois lui parler à dix-huit heures à l'endroit habituel.

— Bon, qu'est-ce que t'as en magasin ? attaque-t-il, bille en tête, en montant dans la nacelle des Tuileries.

Afin d'être seuls, nous laissons passer un couple de Japonais jetant autour d'eux des regards farouches et murmurant des « *hasi sako kouchakawa* » que mon prof de jujitsu traduirait sans doute par « *je ne voyais pas du tout la Ville Lumière comme ça* », il est vrai que les graffitis, détritus et rats écologiquement corrects ont de quoi faire sortir un Nippon de sa zone de confort. La partie s'annonce délicate et je vais devoir bluffer. L'inconvénient étant que chaque fois que je m'y suis essayé, que ce soit au poker, avec une femme, ou dans le cadre de mon job, ce fut un désastre. Désormais je ne bluffe plus que quand j'ai en main un carré d'as.

Guezbou va sans doute essayer de me neutraliser avec la vieille technique du « off » si répandue dans les cercles de pouvoirs ; *je vous donne cette info pour éclairer votre lanterne et dévoiler le dessous des cartes, mais à condition que vous gardiez ça pour vous*. Avec pour résultat que le journaliste obtient plein d'infos (au risque de se faire un peu intoxiquer au passage), mais le cochon de lecteur qui règle pourtant son salaire, eh bien, aucune. Tout ça au fond, pour la seule vanité de se savoir dans le Cercle Des Gens Dans Le Secret. Évidemment, je pourrais toujours ne pas respecter le « off », c'est d'ailleurs ce que font nombre de journalistes parisiens après un petit délai de décence, au risque de me fâcher à mort avec Guezbou.

Je prends un air de Chinois, il paraît que les Chinois sont impénétrables. Ou alors, l'air botoxé. Je glisse donc à Guezbou un paquet de photocopies et lâche négligemment :

– Oh, j'ai trois fois rien, juste ZE Plan.

Il prend à son tour un air de joueur de poker, un poil plus volubile, disons texan.

Le Texan : ZE plan, je ne compte plus tes collègues qui prétendent en posséder des éléments, des meilleures sources, évidemment, tous faux. Et de toute façon, je ne pourrai ni confirmer ni démentir.

Le Chinois : C'est pas grave, j'ai confiance en ma source.

En fait je ne sais pas encore ce que je vais faire si Guezbou prétend que le doc de Serge est faux. Il serait alors prudent d'annuler la publication. D'un autre côté, renoncer uniquement parce que Guezbou, payé pour démentir, dément, et découvrir mardi prochain que mon scoop était bon, il y aurait de quoi le regretter toute ma vie. Et accessoirement fracasser trois ou quatre genoux à Guezbou.

Le Texan : Dans ce cas, pourquoi essayes-tu de vérifier auprès de moi ?

On ne peut contester que Guezbou fasse preuve d'une certaine logique.

Le Chinois : Juste évaluer l'opportunité de publier ou pas.

Quand un contact accepte de discuter de l'opportunité de publier une information plutôt que de son authenticité, cela implique généralement qu'elle est authentique. Logique aussi, non ? Il jette un œil désinvolte à mon document. Et lui qui affiche d'habitude un air aussi imperturbable qu'un hibou empaillé, écarquille des yeux stupéfaits pendant un bref, très bref instant. Le hibou s'est apparemment désempaillé.

— Il faut réfléchir aux conséquences, j'ajoute. La Ligne a toujours été un journal responsable. Informer, oui, mais foutre le bordel, non.

— Sââge décision, lâche Guezbou d'un air solennel.

Il est peu de phrases qui me donnent plus envie d'être un voyou sans foi ni loi que « c'est une sââge décision ».

— Nous avons conscience que notre scoop pourrait s'avérer intempestif. Sans précautions ni explications préalables, il pourrait susciter un débat acrimonieux, dérapant dans le néfaste.

— Sââge réflexion.

Et je développe *scrupules, réactions du public inadéquates, voire inappropriées, prudence*, voilà que je me mets à parler comme Guezbou. Ce dernier estime que ne rien publier serait faire preuve de professionnalisme. Je ne compte plus les leçons de journalisme que j'ai reçues de types qui ne sauraient pas rendre compte de l'arrivée d'un train en gare. Je précise à Guezbou que c'est ce que nous appelons dans le métier le dilemme du 6 juin, en nous mettant à la place d'un journaliste ayant obtenu par hasard en exclusivité les plans et la date du débarquement allié en Normandie en juin 44. Goût du scoop contre responsabilité historique.

Guezbou salue notre conscience citoyenne, ajoutant d'un air affecté « *si tous les journalistes pouvaient être comme ça* », car ça serait bête de faire échouer le Plan au dernier moment par une divulgation intempestive, alors que « *nous y sommes presque, un dernier effort* ». Et si La Ligne prend ne publie rien avant lundi soir, ce qui serait une *sââge attitude*, en échange, il me « propose la botte », en langage journalistique « un interview exclusif ». En l'occurrence celle du PR, qui compte faire preuve de pédagogie au JT juste avant l'ouverture du Sommet. Ce n'est quand même pas de chance que cette foutue pédagogie soit si souvent aux abonnés absents et que les gens croient bêtement qu'une politique est contraire à leurs intérêts au lieu de chercher à être pédagogés. Guezbou précise d'un air enjôleur qu'il pourrait faire rajouter mon nom aux deux faire-val... interviewers, je glousse d'approbation d'un air lubrique. Il pourrait auparavant me faire rencontrer en « one to one » le conseiller spécial du PR pour qu'il me pédagogise encore mieux, je rétorque des hmmmmh concupiscents. Guezbou sait que bien des confrères seraient prêts à tuer père et mère pour passer au JT, mais ignore visiblement que d'autres sont prêts pour un scoop à liquider toute leur ascendance sur cinq générations.

En ronronnant presque comme un gros chat, il me fournit ce qu'on appelle dans le langage des communicants des « éléments de langages », ces petites formules chargées de vous mettre de l'eau dans le cerveau, comme dirait Bob « quand vous rencontrez un élément de langage, tuez-le ». *Respect des sensibilités culturelles, à rebours de l'hystérie laïcarde universaliste, sans verser dans l'angélisme pour autant.* J'approuve d'un très tartuffe, *« entre apaisement et exigence... »* qu'il salue d'un « *sââge point de vue* ». Je me permets d'ajouter que ZE Plan a fait l'objet de consultations particulièrement opaques, mais que ce n'était pas plus mal, car le peuple aurait pu ne pas saisir sa cohérence et, pour tout dire, son élégance. Du coup, Terroirs et Clochers ou France Matin vont crier au Komité occulte. « *Au choix, la Trilatérale, le cercle Bilderberg, ou Davos* », s'esclaffe Guezbou.

— C'est vrai que, ne le prends pas mal, mais question charisme pour un Maître du monde, tu risques d'être un peu juste. Effectivement, vous avez été bien avisés de mener l'affaire discrètement, il aurait sans doute manqué aux gens une certaine hauteur de vue, au risque d'une réaction peu avisée. Tandis que là, bien préparé par des éléments de langage et une bonne dose de pédagogie, tout va bien se passer.

— Sââge point de vue, commente-t-il d'une voix teintée d'un début de doute.

— Tout ça me rappelle la loi votée nuitamment en mars 2016 par une poignée de députés, sans que la presse n'en rende compte, qui étendait le droit du sol aux gamins nés à l'étranger du moment qu'un de leur frère ou sœur fus né en France. Une opération rondement menée, sans publicité tapageuse ni débat intempestif, afin d'assurer une immigration plus fluide et ample.

— Sââge prudence, répond-il d'une voix où pointe un soupçon de soupçon.

— Le peuple pourrait donner son point de vue à tort et à travers sur les sujets le concernant. Faut laisser ça aux adultes. À *La Ligne* nous avons compris combien il est préférable que tout se prépare dans le secret des cabinets et le clair-obscur des comités.

Un « sââge position » passe péniblement le seuil de ses lèvres.

— Il ne manquerait plus que « démocratie » veuille dire « pouvoir du peuple ». « Vous » êtes déjà bien bon de leur demander leur avis un dimanche tous les cinq ans, de quoi ils se plaignent ?

La source des sââge semble s'être tarie. La nacelle s'immobilise pour nous permettre d'admirer la vue de notre cité monde, du Louvre à l'alignement de façades style Renaissance, ainsi que la tour Eiffel, aux pieds enchâssés de barrières de verre, cadeau de multicultis ne partageant pas notre conception du multiculti. Ce n'est toutefois pas la Cité monde et la Ville Lumière que Guezbou contemple mais bien moi. Le second degré n'est pas son point fort, mais il semble commencer à se demander « il n'oserait quand même pas se moquer ? ! ».

Réflexion faite, j'ai peut-être manqué de professionnalisme en me laissant emporter par mon tempérament joueur... Car enfin, la règle numéro un de l'interview est de ne pas lésiner sur l'hypocrisie, dont on ne soulignera jamais assez l'importance dans l'industrie du scoop. Afficher une empathie sans faille. Grimacer d'indignation, de surprise, d'inquiétude ou de soulagement au diapason de son interlocuteur. Abonder en hochements de tête, au risque de l'entorse des cervicales. Montrer qu'on éprouve dans sa chair ce que l'interviewé a ressenti dans la sienne n'exprimer son scepticisme que d'un « *vraiment ?* » « *vous êtes sûrs ?* » et se faire gouffre de ses paroles pour gagner sa confiance, Bref, devenir en deux minutes un ami de trente ans pour l'inciter à révéler ce qu'il a dans le ventre. « *Crache ta valda* », comme on dit dans le métier.

Au lieu de quoi, avec ses airs de mandarin Guezbou a réveillé la Bête qui sommeillait en moi. Le double maléfique qui au collège lançait des fusées en papier chez Madame Sanz de Alba et apostrophait Monsieur Zoppi, « *M'sieur c'est normal que ?* » devant une de ses erreurs au tableau, sous les ricanements sadiques de la classe. Va falloir rattraper le coup car je n'ai pas encore obtenu tout ce que je voulais. La réaction de Guezbou a confirmé que le document de Serge est dans l'ensemble authentique, mais il s'agit peut-être d'une version de travail non validée par le cabinet. J'entreprends donc de ramener la conversation sur ZE Plan lui-même, en reprenant mon air de gendre idéal écoutant un beau-père particulièrement brillant, après avoir soufflé « *Rassure-toi, je faisais juste un peu de provoc* ». « *Je sais que tu as un sens de l'humour un peu... particulier* », grogne Guezbou mais cela semble suffire à le rasséréner, il a trop envie de parler de son « enfant », petit péché d'orgueil. Il valide donc mon évocation du volet fiscal du Plan, par un « *cela correspond en effet à une position pragmatique et équilibrée* », le volet culturel, « *position équilibrée et pragmatique* », et l'institutionnel, position truffée d'équilibre pragmatique. Mission remplie, c'est bien ZE Plan qu'Hélène a chouravé à Serge, on ne compte plus les scoops dont l'origine se perd dans les tréfonds d'une vie conjugale imparfaite.

Guezbou resplendit de nouveau à l'évocation du chef-d'œuvre dont il est un des cosignataires et qui vise, à l'entendre, à rien de moins que changer de civilisation, celle-ci semble usée, on dirait qu'il évoque un jean usagé. Civilisation 2.0 a donc besoin du nouveau cadre promis par ZE Plan pour *accueillir dans les meilleures conditions le maximum de migrants, dont nous avons absolument besoin pour assurer notre dynamisme. Nous ne voulons pas vivre recroquevillés sur notre passé*, assène-t-il en voûtant d'instinct les épaules et en rentrant le cou. Et il conclut, tel Karajan dirigeant le final de la Neuvième :

— Rends-toi compte que grâce à l'immigration, l'Europe va devenir la première puissance mondiale !

Attali, sors de ce corps.

Dilemme. Puisque j'ai obtenu les confirmations dont j'avais besoin, je pourrais peut-être me payer le luxe de laisser le pirate reprendre de nouveau le dessus sur le gendre idéal. Trop tentant. Du ton sarcastique qui donne, paraît-il, envie à mes interlocuteurs de me faire désosser et de jeter les morceaux à la mer, je félicite Guezbou pour m'avoir sorti les éléments de langage du lobby de l'immigration, « *oh, ne roule pas des yeux de merlans fris comme si je t'accusais de proxénétisme. Lobby, ça n'a rien d'infamant, il y a bien des lobbies de l'homéopathie, de la betterave ou du théâtre de rue, pourquoi pas du « welcome on board » ?*

Après tout, le thème a sa séduction. Il a des arguments moraux, rédemption des péchés coloniaux, et si le stock de culpabilité est insuffisant allons-y, faisons appel à l'égoïsme, il faut bien des Sri Lankais aux fourneaux des restaus, immigration is good for you ».

– Elle est systématiquement source de prospérité, me fait remarquer Guezbou sèchement, toutes les études le prouvent.

– Dommage que leur méthodologie ne soit jamais présentée ni discutée. Mais j'ai bien compris le principe : faut pas rester entre autochtones mais faire venir des autochtones d'ailleurs, qui du seul fait qu'ils traversent une frontière deviennent plus dynamiques et inventifs que les autochtones de chez nous. Maagique. On devrait traverser des frontières plus souvent, c'est mieux que Lourdes !

– Ils amènent effectivement un autre regard. Une couleur… une inventivité…

– Ainsi que bonne fortune et retour de l'être aimé. Sauf que pour que l'apport d'un migrant soit positif il faut qu'il soit en moyenne plus inventif, bosseur et bon citoyen qu'un autochtone, bien qu'au départ il ne parle pas la langue ni ne connaisse les codes culturels. Au final, les pays ne font pas de sentiments, un migrant est avant tout un travailleur potentiel et un consommateur de plus. Qui augmente mécaniquement la taille du marché, mais il n'y a aucune raison particulière pour qu'il soit plus contributeur qu'un autochtone et que sa venue élève le niveau moyen de prospérité et de cohésion. Aucune.

Guezbou a le regard effaré du type qui se demande si un vieux pote ne travaillerait pas à contrecarrer le projet civilisationnel auquel il croit corps et âme. Eh bien oui, je contrecarre, à mon petit niveau. Il me cramponne par le coude.

— Tu ne comprends pas la vision qui sous-tend ZE Plan ?

— Quand un politique me parle de vision je soupçonne du whiskey, sauf s'il s'appelle Jeanne D'Arc.

— T'es obtus ou quoi ? Nous avons simplement et irréfutablement besoin de sang neuf. De porter haut le beau mot de métissage. Nous ne devons pas devenir des fins de race consanguines marchant au pas de l'oie !

La nacelle s'approche du sol et j'examine les alentours, l'air de rien, des fois que Guezbou aurait deviné à l'avance que j'avais le scoop et ait prévu un comité d'accueil. Je glisse discrètement le pouce sur la touche « 4 » de mon portable, correspondant à l'appel abrégé de Ceccaldi pour envoyer éventuellement le SMS préparé à l'avance « publie maintenant ».

— Décidément, vous êtes aussi barjots que les autres Nazes. C'est une obsession chez vous, le sang, qu'il soit mêlé ou pur. Tous les ingrédients du délire sont là, sang et décadence. Tu n'entends pas le cliquetis des fusils derrière les mots sirupeux de ce projet criminel ? Tes semblables et toi êtes investis d'une mission ? Détenteurs d'une Vérité déposée au coffre ? Il ne vous vient jamais à l'idée que vous ne connaissez en fait rien à l'Histoire et à l'Anthropologie et pouvez donc vous être TROMPÉS ?

Hypothèse incongrue. Son visage, qui a décliné toute la gamme des couleurs et émotions, de satisfaction à perplexité, puis inquiétude et colère, se teint d'une jolie note de rage verte. Je continue :

— Migrants de tous les pays unissez-vous ! Debout, les damnés des frontières... L'Europe est quasiment le seul endroit de la planète où des dizaines de millions d'étrangers veulent s'installer. C'est flatteur pour l'ego, mais pas forcément bon pour le bien-être. Alors que dans cinquante ans la Chine sera assurée d'être encore, bêtement, la

Chine, tout comme l'Inde sera, banalement, encore l'Inde, et idem pour l'Amérique latine ou l'Afrique, ou la Russie, nous voguerons de bouleversements démographiques en bouleversements démographiques, pour la plus grande grandeur du continent. Ce sera la seule région du monde que ses habitants d'aujourd'hui ne reconnaîtraient pas s'ils y revenaient alors.

– Ils auront qu'à ne pas revenir, grogne Guezbou.

– Les gens comme vous ont vu la Vierge un matin, qui leur enjoignait en lettres d'or dans le Ciel : « *Va, détruis l'homogénéité culturelle et ethnique des sociétés européennes et tu seras sauvé.* » ? La Vierge s'appelait Peter Sutherland [1]. Vous êtes des Raëliens [2] des migrations.

Le couple de Japonais a atterri avant nous et, comme nous avons haussé le ton et gesticulé dans la chaleur du débat, nous dévisage d'un air inquiet en murmurant des « *akazuma aïchi to riko* », dont on sait qu'il veut dire en nippon « *lequel des deux va balancer l'autre dans le vide ?* ». Guezbou lâche d'un air farouche ;

– Arrête, tu ressembles à Mia Farrow à la fin de Rosemary's baby quand elle découvre que le complot satanique qu'elle et le spectateur croyaient être une névrose parano existe vraiment.

– Jolie métaphore. Je laisserai nos lecteurs seuls juges tout à l'heure.

– Ne me dis pas que tu comptais publier de toute façon dès le départ ? glapit Guezbou.

1. Peter Sutherland est un Irlandais surnommé « le pape de la mondialisation » en raison de ses nombreuses responsabilités dans des organisations internationales, qui avait estimé en 2012 dans un entretien à la BBC qu'il fallait « *détruire systématiquement l'homogénéité culturelle et ethnique des pays européens* » pour assurer leur prospérité grâce à une immigration massive.

2. Les Raëliens constituent une secte créée dans les années soixante-dix par un journaliste français prétendant avoir été en contact avec des extraterrestres les ayant initiés à une science supérieure mais hélas de peu d'effets à part la capacité à extorquer l'argent des gogos.

Je confirme. Il s'exclame qu'il a déjà vu des enfoirés dans ma vie mais que dans le genre je suis un chef-d'œuvre.

— En fait, tu te foutais de moi depuis cinq minutes !

— C'est vrai. Mais toi aussi. Depuis bien plus longtemps.

Je laisse Guezbou en plan dans la nacelle et quitte le jardin des Tuileries précipitamment pour monter à l'arrière d'une moto qui m'attend rue de Rivoli.

— Au château, James, je vous prie, et promptement.

— Bien Monsieur, répond Bob.

CHAPITRE 17
UN SCOOP À TE DÉCHAUSSER LES MOLAIRES

– Édition spéciale, conseil de rédaction exceptionnel.

Ceccaldi traverse à grand pas la salle de rédaction en beuglant ce qu'il vient de transmettre par mail à tous les services. Les collègues nous jettent des regards intrigués et, au quart de tour, mobilisés. « Casser » la pagination à 18 h 30 est exceptionnel, moins d'une fois par an, pour des évènements dramatiques, mais au sourire triomphal de Ceccaldi tout le monde devine que ce n'est pas un attentat. Ça change, plus champêtre. Quand la soixantaine des journalistes présents est agglutinée dans la mezzanine réservée à ce genre de circonstances (et aux AG sur les non-augmentations de salaire), Ceccaldi lance :

– Nous avons ZE Plan. Exclu.

Un frisson parcourt la salle, entre « Ouais » rugis, poings serrés et applaudissements. Même Scarlett m'adresse en connaisseuse, quoique à regret, un salut silencieux. Tout ça grâce à Hélène à qui il faudra que je fasse livrer son champagne favori.

Les conseils de rédaction d'un quotidien sont souvent un mélange déconcertant de sérieux et d'esprit potache, où un humour parfois carabin scande l'annonce des sujets. Classique technique de mise à distance des professions en contact avec du dramatique. Mais lors d'une édition spéciale, plus le temps pour ça. Urgence. Les instructions et les questions claquent comme entre coéquipiers de voiliers, *choque, prends-le, attention, paré ?*

— Les pages deux et trois présentent le plan, lance Ceccaldi. Fred et Bob. Avec carte de France. Page quatre et cinq, réactions et commentaires, service Société. Les leaders dhimmi, qui prend ?

— Moi, dit Yasmina. Cinquante lignes ?

— Parfait. Les natios ? Bob est occupé sur le papier chapeau, donc… ?

— Présent, clame Bruno.

— Cinquante lignes aussi, pas de jaloux. Pour les barbus on ne contacte pas Benkhirane, on le garde au chaud pour le débat qu'on organise demain avec notre TV partenaire. Qui a un frérot en réserve ?

— J'ai, souffle Jean-Pierre.

— Sur la page 6, on annule l'ensemble prévu ce matin sur *« Où les Français partent en vacances ? »* et on remplace par un trois Q à un expert. Historien de préférence.

— Et un débat Pitalugue-Sauerschuss ?

— Ah oui, une valeur sûre. Mathilde tu t'en charges. Pour faire de la place, on fera sauter la page sur l'immobilier.

— On ne touche pas à mon PSG-OM ? demande Jean-Pierre, inquiet.

— Non, c'est sacré. Bon, pour la page Édito, j'en ferai un, mais qui pour un contrechamp décrypage-analyse ?

— Moi, dit Scarlett en me jetant un regard défiant. Faut que je contrebalance les… fâcheux.

— On peut prévoir un petit parallèle historico-géograhique rappelant les précédents ? suggère Gabrielle.

— Bonne idée, mais je n'en vois pas, précisément, répond Ceccaldi. Breveté qualité France. Les autres pages sans changements, mais vous bouclez le plus vite possible pour éviter l'embouteillage au desk et qu'on puisse envoyer l'édition électronique avant vingt et une heure. Pour les pages spéciales vous n'appelez pas vos contacts avant dix-neuf heures, je ne veux pas alerter la concurrence. Vous ne leur proposez pas de faire relire les citations, pas le temps. Premiers papiers dans une heure, bouclage avancé à vingt heures. L'Icono vous me proposez des illustrations qui claquent dans vingt minutes. Cinq colonnes à la une évidemment.

Il s'interrompt pour observer l'équipe, tendue comme un arc, consciente de vivre un moment professionnel unique, même si certains seront sans doute frustrés d'avoir contribué à ce numéro historique par juste un feuillet sur les bons plans de week-end. Et il souffle « *Maintenant... On est dans le match* ».

Tout le monde se disperse dans un brouhaha chargé d'adrénaline. Paradoxalement, je serai un des moins au taquet, puisque mon papier est déjà prêt, j'ai juste eu besoin de rajouter « *document dont une source sûre à l'Élysée n'a pas contesté l'authenticité* ». Ceccaldi se rappelle brusquement qu'il a oublié l'essentiel et crie :

— Au fait, n'oubliez pas de mémoriser vos articles toutes les cinq minutes en Word, au cas où le système rédactionnel central planterait. Des fois que l'Élysée se ferait... taquin. Et si vous recevez des appels inamicaux, vous me les renvoyez tous.

Et pendant que Bob et moi trottinons à ses côtés de retour dans nos bureaux, il nous informe avoir mis le service informatique en alerte maximum anti-hacker et fait activer le site B, le site de secours dont seuls les trois rédacs chefs connaissent l'adresse exacte, où est installé un équipement informatique sommaire et de quoi accueillir soixante journalistes sinistrés pour permettre au journal de sortir si jamais notre système d'exploitation est planté ou victime d'assauts. Comme dit Ceccaldi « *la Wells Fargo passe toujours* ». *La Ligne* n'y a jamais eu recours jusqu'ici.

Une précaution qui ne sera peut-être pas inutile, puisque

Guezbou m'a téléphoné il y a un quart d'heure, d'une voix livide :

– Dernier avertissement Fred, vous ne DEVEZ PAS publier. On ne joue pas. Écarte-toi du chemin. Mes chefs ne plaisantent pas.

– Les miens non plus, ai-je rétorqué en plissant instinctivement les yeux d'un air de tueur, ce qui devait plutôt donner l'impression que j'avais une poussière dans l'œil.

Bon, mon chef c'est Ceccaldi, dont les seules armes sont un couteau de berger corse et une imprimerie. J'ai raccroché au nez de Guezbou, infime satisfaction narcissique. C'était assurément imprudent de l'alerter, lui et tout le toutim exécutif en ne lui cachant pas il y a une heure que je comptais publier, mais trop tentant. Je sais, déraisonnable je suis. J'ai craqué. Cinquante ans de vertu dissipés en un instant. Cinquante ans à traverser dans les clous, à payer ses impôts rubis sur l'ongle, à tenir la porte à la vieille dame, à porter le landau des mamans dans l'escalier du métro, cinquante ans d'opinions d'une bienveillance féroce gâchés d'une seule tirade digne de Bob. C'était comme une catharsis, à moins que ce ne fût une épiphanie, enfin une sorte de révélation au bout du périple. Et puis, c'était tellement bon de voir l'air horrifié de Guezbou.

– On change notre fusil d'épaule, claironne Ceccaldi. Je comptais envoyer notre sommaire aux agences de presse le plus tard possible pour empêcher les concurrents et le gouvernement de réagir, mais vaudrait mieux assurer le coup. On enverra à dix-neuf heures trente. Et on twitte les premiers papiers à vingt heures pour faire le buzz.

– T'as fait doubler les vigiles à l'entrée ?

– À tout hasard, mais je pense que c'est inutile. On n'est pas en Ouzbékistan, quand même. Le plus enquiquinant c'est si l'Élysée allume un contre-feu de comm.

— Nous prendre de vitesse juste pour ruiner notre scoop ? s'exclame Bob. Ça serait mesquin.

— Toutes les turpitudes sont possibles en ce bas monde.

*

* *

Ce qu'il y a de dommage avec les nouvelles technologies c'est que cela a fait disparaître les ambiances de presse des films de jadis, avec les téléphones qui sonnent, pendant que des reporters aux manches de chemise retroussées arpentent les couloirs en commentant la manière dont leur scoop va abattre la Maison-Blanche avec Wall Street en prime (en rappelant au passage les points clés de l'intrigue, des fois que le scénario n'aurait pas été assez clair). Au loin, s'agiteraient vautours et avocats. Maintenant, tout est feutré, dans le chuintement des claviers. Les salles de rédaction modernes sont devenues des lieux aseptisés où des ordinateurs laissent croire astucieusement à leurs excroissances humaines qu'elles ont un peu d'autonomie et où les téléphones font bip discrètement. Même les engueulades se font en mode décibelement correct.

— Les radios devraient nous appeler dans la soirée. Si des chaînes d'infos en continu t'invitent, qu'est-ce qu'on fait ? Tu y vas en pyjama, ou on attend demain ?

— Je préférerais me réserver pour l'animation du débat TV de demain après-midi.

J'imagine demain l'émotion. Les réactions politiques. Les manifs. Les beuglements de Gervais, les gloussements de Benkhirane et Pitalugue, les cris de Sauerschuss et l'embarras du gouvernement.

Ceccaldi relit une dernière fois sur son écran le titre « *Vers la partition* », le chapeau de quelques lignes présentant l'article « *Le gouvernement a validé rien moins qu'un plan de séparatisme interne du pays* », le lien vers le texte tiré du doc de Serge. Les intertitres, la carte de France avec les différentes zones dites de Statut spécial. Et l'appel en Une. Puis, le texte, lu et relu avec le service juridique du journal convoqué en urgence.

"Sécession. Partition. Ségrégation. Séparatisme intérieur... C'est un peu de tout cela que prévoit le Plan d'un nouveau vivre-ensemble apaisé validé secrètement il y a quelques jours lors d'une réunion du cabinet de sécurité, selon un mémo obtenu par La Ligne *auprès d'une source sûre.*

Le mémo affirme en préambule qu'il s'agit de faire en sorte que le « de jure rejoigne le de facto » dans un souci de concorde nationale. Selon ce document exclusif, joint en fac-similé et qui devrait être présenté en grande pompe au Sommet de la semaine prochaine, l'État organiserait deux régions sous Statut spécial dans lequel les lois de la République seraient aménagées au profit de ceux de nos compatriotes musulmans souhaitant vivre selon les règles de la charia. Concrètement, ces concitoyens se feraient enregistrer en préfecture pour bénéficier désormais d'un statut personnel particulier et être régis par un droit spécifique sur les questions de mariage, héritage, patrimoine et fiscalité, à condition de résider, voter ou travailler dans lesdites régions, en Nord-Pas-de-Calais et Île-de-France Est.

Il serait vivement recommandé, dans un souci « d'harmonie sociale et éthique » aux autres citoyens vivant dans ces régions de déménager et, à l'inverse, aux Musulmans de forte conviction salafiste des autres régions d'y aménager. L'État assurerait les frais de cette transhumance équivalente, quoiqu'à bien moindre échelle, à celle de 1947 entre Pakistanais et Indiens. À charge pour les personnes concernées de vendre éventuellement leurs biens immobiliers. L'État se réserverait le droit d'opérer des expropriations et déplacements autoritaires de populations « pour éviter tout trouble à l'ordre public ». À l'inverse, le mémo a établi le principe d'une liste de lieux de culte, monuments ou « éléments de paysage d'intérêt national » dont la protection et l'entretien resteraient du ressort exclusif de l'État, avec obligation pour les Conseils des Zones spéciales d'en garantir l'accès libre et sûr à tout citoyen. Cette liste devrait être finalisée par une commission réunissant les représentants des diverses communautés.

Les municipalités et exécutifs des régions concernées auraient toute latitude sur les bénéficiaires des allocations familiales, les cursus scolaires et universitaires, ainsi que dans les questions médicales. Y serait reconnue l'interdiction du mariage d'une femme de confession musulmane avec un homme non musulman, le crime de blasphème (le mémo rappelle que, certes, il a été abrogé en France il y a deux cent trente ans mais qu'il figure encore en théorie dans le droit de pays aussi libéraux que le Royaume-Uni) assimilé à l'incitation à la haine raciale, et d'apostasie, ainsi que la répudiation simple.

Les résidents à statut personnel des régions à statut spécial continueraient de payer l'impôt sur le revenu, ultime grand instrument de cohésion et souveraineté nationale, tandis que la TVA collectée dans ces régions continuerait de « remonter » au niveau national, à charge pour l'État d'allouer les ressources nécessaires aux Zone spéciales. La continuité territoriale des infrastructures de transport, énergie et eau serait l'objet d'une négociation ultérieure, précise le mémo. L'État s'enorgueillit d'être resté ferme sur deux lignes rouges, sous peine de rétablissement de la situation ex ante et d'intervention miliaire; le maintien de l'interdiction des mutilations génitales et la non-détention d'armes lourdes par les exécutifs des régions concernées..."

— Du moment qu'on ne touche pas aux clitos, l'honneur

est sauf, a grogné Ceccaldi à la lecture de mon papier, avant d'ajouter : « *Quand je pense qu'on plaisantait il y a quelques jours sur un plan tellement délirant qu'on croyait que c'était une blague du Gorafi.* » « *Ouais, la vérité dépasse parfois la fiction* », ai-je répondu. Nous ne parlons donc plus que du Plan Gorafi. Un plan qui, visiblement, part du constat qu'il ne restait plus que trois choix : la soumission, la partition, ou la guerre civile, et qui s'est lancé dans une tentative désespérée avec le scénario 2. Visiblement, le scénar 4, remettre la République sur pied n'était plus jugé jouable.

Défile sur un autre écran d'ordinateur le « chemin de fer » visualisant l'état d'avancement de l'édition, les quarante-huit pages découpées en article avec les codes couleurs, jaune quand l'article est encore entre les mains de son auteur, orange pour la relecture par son chef de service, bleu pour rédac chef, vert pour la correction, rouge pour secrétaire de rédaction, mauve pour « à publier ». Encore beaucoup de jaune mais de plus en plus d'orange et de bleu, le bouclage avance.

Finalement, l'Élysée n'a diligenté ni hacking, ni raid policier sur nos locaux. Après que Guezbou a alerté l'Élysée, « *Houston, on a un problème* », monter en une heure une réunion de crise, décider ou pas de bloquer le journal pour atteinte à la sécurité de l'État, ou franchir le pas et monter un accident bête dans nos locaux... c'était un peu court.

— Ah tiens, on dirait que le système est planté, murmure Ceccaldi en jouant inutilement de la souris sur le chemin de fer.

Ah ben, finalement ce n'était pas si court que ça.

Son téléphone sonne, sans doute la Direction informatique et des systèmes d'information, la redoutable DISI qui nous enquiquine avec des changements de mots de passe tous les quatre matins. Mais ce n'est pas la DISI, juste le standard qui nous informe d'un appel anonyme. Alerte à la bombe. « *Ils sont du genre pantalon avec ceinture et bretelles* », murmure Ceccaldi. Ça tombe bien, nous aussi.

*
* *

– Évacuation sur le site B. Rendez-vous dans le hall dans cinq minutes, crie Ceccaldi en traversant à grands pas la salle de rédaction. N'oubliez pas vos ordinateurs portables et vos clés USB.

– Mais comment on y va sur le site B ? s'exclame Bob, c'est à Perpète-lès-Oies je parie.

– J'ai prévu un bus depuis une heure, qui nous attend en bas. Et la DISI a déjà envoyé une équipe sur place, qui met en place un système de secours. On peut bosser dès qu'on arrive. *La Ligne* sort toujours.

La soixantaine de journalistes monte donc dans le bus dans un mélange curieux de tension (parce qu'après tout si quelqu'un au pouvoir a lancé à la fois une alerte à la bombe et un hacking assez sophistiqué pour traverser notre pare-feu, on peut imaginer pire sur la route) et d'ambiance centre aéré pour ados, il faut bien l'avouer. Potache et commando. Jean-Pierre n'a pas oublié sa bouteille de whiskey, car boucler une édition sans boire un scotch est contraire à ses principes religieux.

Ceccaldi me confie son dilemme. Faut-il que nous éteignions tous nos portables pour éviter d'être tracés ? Nous convenons que cela compliquerait trop le boulot des collègues qui ont encore besoin de téléphoner, alors que toute façon si le pouvoir a décidé de bloquer le journal à tout prix il peut nous suivre avec un drone et nous intercepter facilement.

Chacun s'installe comme il peut, l'ordinateur sur les genoux, le téléphone coincé contre l'épaule, sauf Scarlett, qui a visiblement fini son papier, Bob et moi pour les mêmes raisons. Bob assis à côté de moi en face de Scarlett. Long regard hostile entre les deux.

*
* *

Je n'ai pas pardonné à Scarlett notre algarade durant l'interview de Benkhirane, mais ne souhaite pas pour autant qu'elle se fasse étriper par Bob. Ça pourrait salir les coussins du bus. Je crois donc utile de préempter la situation en mode Casque Bleu en leur demandant de ne s'insulter qu'après le bouclage. Bob la joue magnanime, en déclarant qu'il se contentera de laisser Scarlett culpabiliser le reste de sa misérable existence sur le fait qu'elle avait failli envoyer deux collègues en prison juste pour décrocher l'interview complaisant d'un type rêvant au demeurant de la voiler de la tête aux pieds. De manière surprenante, Scarlett adopte un ton plus conciliant que d'habitude. Changement de tactique, ou illumination ?

— Il ne s'agit pas de complaisance, Bob, mais de défendre le progressisme et de comprendre ceux qui suivent Benkhirane. C'est ce que j'ai fait dans mon édito en face du tien. Ne te laisse pas envahir par la peur, Bob. Faudra te résoudre à entrer dans le monde qui vient. Regarde devant ! Avance !

— Précisément, je vois très bien le mur devant...

À nos côtés, Yasmina nous adresse des signes « plus bas » agacés, tout en quémandant à une historienne un commentaire, *« je ne plaisante pas, Madame, nous nous sommes procuré le PAI et il prévoit un droit néocoutumier dans certains territoires »*.

— Nous sommes condamnés à vivre exposés les uns aux autres et non plus enfermés dans des frontières et des identités, ou dans des confrontations artificielles. C'est une nouvelle conscience planétaire qui émerge.

— *Bob et Scarlett, vos gueules, il y en a qui bossent!* crie Jean-Pierre.

— *Je n'aurai pas le temps de vous transmettre vos citations par mail pour validation, mais je peux vous les lire par téléphone.*

— Il faut devenir soi, c'est-à-dire ne pas rester soi, surtout pas, mais créer un autre soi qui soit plein d'autres que soi. Sois toi en étant l'autre parmi soi. Nous n'avons pas le choix.

— On dirait les poèmes de mon petit-neveu

— *Mais faites-les taire, quelqu'un.*

— Les origines ne veulent plus rien dire, importent seulement le trajet, le parcours, les rencontres. On devient soi-même en marchant, pas en restant prostré. C'est autrui qui nous octroie notre pesant d'humanité, admets-le.

Dans deux minutes, elle va faire de la lévitation au milieu du bus.

— C'est quoi ce bullshit ronflant ? grogne Bob.

— *Vous pouvez préciser ce que vous entendez au juste par « on ne va pas se laisser enculer sans réagir ? ».*

— Tu ne vois pas la requête d'en commun? Il faut ouvrir les fenêtres et redonner sa chance au rêve. L'histoire d'un pays ne veut rien dire. La seule histoire est celle des circulations, c'est l'autre, le lointain qui m'octroie mon identité.

— Ah, du bon no border en piédestal. Il est glorieux d'être renégat.

— *En quoi au juste la Partition représente-t-elle, selon vous, une expérience féconde ?*

Scarlett pousse un soupir fatigué, c'est sûr que jouer les

prédicateurs avec Bob ce n'est pas du gâteau.

— Bob, notre pays est-il un folklore, ou un projet? Des traditions qui enferment, ou bien une expérience qui enrichit? Un flambeau et un creuset.

— Avec un guichet, n'oublie pas le guichet.

— *Qu'entendez-vous par « plus personne n'est prêt à mourir pour la Courneuve » ?*

— La France n'est plus l'alliage d'un territoire et d'un peuple façonné par le temps, mais avant tout une idée, voilà. Une grande et belle idée...

— Pigé, grogne Bob. Juste un concept, comme on dit des restos branchouilles. Mais quelle idée au fait? La laïcité? La France n'existait donc pas avant la loi de 1905? L'universalisme? Les centaines de millions de Français nés avant 1789 seraient ravis d'apprendre qu'ils n'ont jamais été ce qu'ils croyaient être... Et si un pays peut n'être qu'une idée, alors à laquelle se réduiront les États-Unis? L'ambition? L'Angleterre? Le pragmatisme? L'Italie? Le cappuccino?

— *Quel est votre pronostic pour le PSG-OM de samedi?*

Yasmina se lève et crie sous les applaudissements des collègues.

— *Tony, je veux bien écrire un papier dans un bus mal éclairé qui fonce comme un barjot avec des barbouzes au cul, mais avec ces deux furieux qui s'engueulent, il y a des limites.*

Bob et Scarlett s'interrompent, penauds, mais ne peuvent s'empêcher de continuer en mode chuchotement, ce qui leur donne un air complice un peu incongru, pendant que le bus fonce vers notre repère dans un brouhaha de coups de fil et de crépitements de claviers perchés sur des genoux, que préside Ceccaldi, debout près du chauffeur, avec l'air ravi d'un démoniaque. Juste avant de descendre Scarlett lance à Bob qu'il incarne « *le vieux monde qui coule en beuglant. Tu n'es que le chef de l'orchestre du Titanic* ».

— C'est mieux que d'être la vigie qui a pris l'iceberg pour le glaçon de son whiskey.

*

* *

Le bus déverse son lot de journalistes agrippant leur portable en mode commando investissant une redoute. Cette dernière se révèle être un réfectoire. Ceccaldi m'explique en trottinant qu'il s'agit en fait de la cantine de l'usine d'un ami qui a accepté de le lui mettre à disposition en cas de besoin. Des journaux entretiennent ainsi des sites de secours, ou ont des accords d'hébergements croisés avec des médias amis, car louper une édition est trop catastrophique. La DISI a apporté ses ordinateurs de secours, conservés au siège dans des armoires blindées et les a installés en une heure. Vu l'air hagard de certains informaticiens qui s'affairent encore au milieu de câbles, ça n'a pas été simple… Bel exploit de la part d'un service dont le *motto* habituel est : *« La théorie c'est quand ça ne marche pas mais on sait pourquoi, la pratique c'est quand ça marche mais on ne sait pas pourquoi et nous synthétisons les deux, ça ne marche pas et on ne sait pas pourquoi. »*

L'heure est grave mais fébrile. L'édition doit être envoyée par les adresses mail de secours avant minuit dernier carat aux quatre imprimeries de province si nous voulons être dans les kiosques demain. L'imprimerie de banlieue nord doit aussi être fournie avant minuit pour attraper les trains postaux de 3 h 50 desservant la Bretagne ou le Sud-Ouest. Faudra pas que j'oublie d'envoyer un doigt d'honneur par SMS à Guezbou.

Il sera dit en tout cas que le numéro le plus important de la vie de *La Ligne*, consacré à un des tournants de l'Histoire du pays, aura été bouclé solennellement dans un réfectoire où flotte encore l'odeur de la bavette aux échalotes sur laquelle il y a cinq heures des employés devisaient sur cinoche, fringues et bagnoles, pendant que des informaticiens courent de-ci de-là pour déplanter les systèmes et que des gardes sont postés aux issues la main sur la crosse de leur arme. Un brin baroque tout ça.

Comme j'ai rédigé mon article dans l'après-midi, je suis paradoxalement un des rares à ne pas clavioter fébrilement pendant que Ceccaldi scande « *page 8, faut envoyer la copie. Le service Sport vous comptez boucler la semaine prochaine ?* ». Zen et désœuvré au milieu d'une frénésie dont je suis, mine de rien, l'instigateur. Perversement jouissif.

CHAPITRE 18
VIVRE ENS...

Ceccaldi pointe sur l'icône « Flux, Bon à publier » pour l'ensemble de l'édition. Vingt-trois heures cinquante-cinq. Cinq minutes d'avance sur l'heure limite. Presque confortable.

— On en a claqué quelques-uns de scoops depuis qu'on se connaît, hein ? Mais je crois qu'un comme ça...

Comme tu dis. Un comme ça, jamais. Nous échangeons un regard chargé de complicité, de solennité, de trouille et, il faut l'avouer, de jubilation. « Bon, c'est parti », lâche-t-il simplement en cliquant.

Effectivement, c'est parti, je murmure en sortant du site B quelques instants plus tard. Le plus gros scoop de ma vie, donc le plus gros risque de ma carrière, car même quand on croit avoir tout bordé, tout vérifié, tout croisé... Sans parler des répercussions. Je décide de couper complètement pour la nuit pour recharger un peu les accus, avec l'autorisation de Ceccaldi, et appelle Audrey pour savoir si d'aventure elle n'aurait pas envie de rattraper ce soir les années perdues. Ça tombe bien, me dit-elle, Chloé va lui confier Paul avant de partir en mission avec Kevin à Kaboul, et elle aurait donc besoin d'un assistant pour le babysitting. C'est ainsi qu'une demi-heure plus tard ma fille me dévisage d'un air goguenard en lâchant Paul dans le salon d'Audrey

— Tu sais que je sais ? je hasarde.

— Je protège mes sources, comme toi, mais effectivement une... collègue m'a dit t'avoir informé.

On vit quand même une époque formidable, où un grand-père pourrait raconter à son petit-fils que sa mère et sa grand-mère font du renseignement au profit d'une armée qui se demande si ça vaut la peine de « *mourir pour reprendre La Courneuve* ». Pendant que ledit grand-père révèle les plans secrets du gouvernement visant à une quasi-sécession de ladite Courneuve ainsi que de quatre départements. Il y a quinze ans, c'était plus... fade.

– Audrey ne m'a pas dit pourquoi tu avais choisi ce job.

Chloé sourit en enlevant son blouson à Paul.

– L'officier traitant auquel elle m'a présentée m'a expliqué que ce qui poussait quelqu'un à travailler dans une organisation clandestine était toujours le cul, le fric, le fun, ou une idéologie. Apparemment, rien d'autre n'est... accrédité. Je lui ai répondu que pour le cul j'avais tout ce qu'il fallait à la maison, que le fric je n'avais rien contre, sans être prête à n'importe quoi pour autant, que le fun pourquoi pas et que l'idéologie, d'habitude je m'en fous, mais que ces derniers temps j'avais quand même l'impression que mon pays partait en vrille. Il m'a dit qu'il considérait cela comme une marque de patriotisme appuyé et m'a engagée à mille cinq cents balles par mois au début.

– Et pourquoi ne m'as-tu rien dit ? J'aurai parfaitement compris.

– Papa, les services secrets sont censés être... secrets. Et puis, trouillard comme tu es. Je me souviens comment tu avais paniqué quand j'avais voulu partir en Colombie monter un restau.

– Maintenant, je le regrette le restau chez les narcotrafiquants. C'est vrai que t'as toujours été aventurière. Et là, ce soir, c'est quoi ta mission ?

– Un réseau qui a gagné en puissance grâce à ta... maladresse de l'autre jour voudrait me confier l'extinction d'un incendie qui démarre dans une heure. Kevin arrive avec le camion dans deux minutes. Bonne soirée, papa, amusez-vous bien, Audrey et toi, après tout ce temps perdu.

On dirait qu'Audrey a fait un débriefing dépassant l'aspect professionnel.

*

* *

— Ah, ça fait du bien de se sentir vivante comme ça, soupire Audrey en se calant dans un coussin, les yeux mi-clos et les seins royaux.

Ses orgasmes n'ont pas pris une ride en sept ans, toujours aussi... enthousiastes. Ils ressemblent à ces ascensions en montagne où on se dit « ah, ça y est, on arrive au sommet », mais non ce n'est qu'une arête dévoilant ce que l'on prend aussi pour le sommet mais qui n'était encore qu'un autre plateau, jusqu'à la vraie apogée, avant la redescente (qui fait moins mal aux genoux qu'en montagne).

— Ne me dis pas que tu ne t'es pas sentie vivante toutes ces années, je m'exclame en essayant de m'extirper de l'enchevêtrement de ses jambes, qui après enquête semblent pourtant n'être qu'au nombre de deux.

— Si, mais pas par *là*.

Nous rions à l'unisson. C'est le thème du moment, l'unisson, longtemps délaissé.

— Je n'ai pas eu une vie sentimentale de rêve ces dernières années. Mes relations avec les mecs ça a été comme pour le cinéma où sur la base de bandes-annonces accrocheuses je me suis fadé un paquet de navets. On peut même dire que jusqu'à ce matin c'était un peu un désert plein de pénuries...

— Je me doute bien que si tu n'avais pas été au fond du trou je ne serais pas actuellement au fond du tien...

— Crétin, s'exclame-t-elle en riant, ce qui me procure des vibrations pas désagréables.

Elle ajoute qu'elle m'avait promis de m'expliquer pourquoi elle avait basculé et ses confidences s'épanchent donc sur mon épaule en un chuchotis de rivière.

– Il y a à peu près cinq ans, j'ai réalisé que la gauche, celle de gouvernement tout comme l'extrême gauche où je militais, avait trahi les gens comme moi. Elle nous expliquait que l'immigration et la diversité c'était une richesse, sauf qu'elle me concurrençait grave, la richesse, pour les boulots peu qualifiés auxquels je pouvais postuler. Les cocos qui, dans les seventies, percevaient les immigrés comme l'armée de réserve du patronat nous avaient abandonnés, comme si on puait du bec, au profit d'un prolétariat de substitution. J'ai eu l'impression que s'était nouée en douce une coalition entre la gauche Terra Nova qui croyait que les immigrés voteraient pour elle et les organisations patronales misant sur le fait que quand tu viens d'un pays où le Smic est à cent euros tu n'en réclames pas tout de suite deux mille. Une conjuration d'aveugles et de crétins. Les organisations de gauche laïque avaient basculé comme des dominos dans le camp indigéniste sous prétexte de revanche sur le colonialisme.

Ensuite, c'est en tant que femme que je me suis senti trahie. Des copains militants m'expliquaient qu'un mec qui me mettait la main au cul n'était pas responsable, c'était juste qu'il était victime du colonialisme ou du capitalisme merchandisant le corps des femmes. Il y huit ou neuf ans, quand la police, les médias et les politiques ont mis cinq jours à reconnaître des centaines d'agressions sexuelles à Cologne, on m'a expliqué que c'était la faute des femmes qui ne savaient pas maintenir « une longueur de bras » vis-à-vis des passants, ou qu'il fallait nier ce genre d'incident pour ne pas « stigmatiser ou amalgamer ». Mais je ne veux pas stigmatiser-amalgamer, bordel, juste ne pas me faire manquer de respect ! Comme dans cette ville anglaise où pendant dix ans élus, flics et travailleurs sociaux, de peur de passer pour xénophobes, n'ont pas réagi aux viols de centaines de jeunes filles par des gangs indo-pakistanais. Tandis qu'au nom de la liberté artistique-mon cul des rappeurs appelaient tranquillement à égorger les babtous et à violer les « *crasseuses de souche* ». Mais chut, il ne fallait pas dire que les immigrés commettent quatre fois plus d'agressions que les autochtones, c'est stigmatisant. Jadis toute vérité devait être révolutionnaire, maintenant elle doit être non ostracisante. Le politiquement correct comme complicité de crimes, bravo.

Entre les coups de canif à notre manière de vivre et les coutumes qu'il faut accepter sans moufter, la rue où il devient anodin de se faire traiter de pute, ou se faire mettre la main au cul, avec coup de couteau en option si tu te rebiffes, sans oublier les flics qui arrêtent les connards qui nous pourrissent la vie et les juges qui relâchent ces victimes de l'Histoire... tu comprends que j'étais un peu énervée.

Le déclic ça a été un incident ridicule, quand on m'a barré l'accès à un meeting parce que je n'étais pas « racisée », blanche quoi. Quand j'ai objecté que c'était raciste, on m'a expliqué que le racisme n'avait rien à voir avec la couleur de peau, c'est nouveau ça vient de sortir, un peu comme du guacamole sans avocat, qu'il est fondamentalement un instrument de domination et que donc le racisme anti-blanc ne pouvait pas exister, puisque les Blancs, précisément, dominent. Je dominais vachement avec mon chômage et petits boulots de merde. Je leur ai demandé quel croupion de sociologue avait pondu une telle définition à leur convenance et ai ajouté que, dans ce cas, détester les Juifs au motif qu'ils exerçaient des positions dominantes dans la finance, ou la culture, ça n'était pas être raciste, juste Nazi...

— Cela a dû tester fortement le sens de l'humour de tes camarades.

— On ne s'est plus revu. Alors, j'ai cherché à comprendre ce qui nous arrivait et pourquoi j'avais l'impression qu'on me chouravait mon propre pays. J'ai cherché, non pas auprès des sites complotistes ou xénophobes sur le Net, mais dans des livres comme *Une France soumise, La Conquête de l'Occident, L'Étrange Suicide de l'Europe, La gauche et la Préférence immigrée, Une révolution sous nos yeux, Rue Jean-Pierre Trimbaud, Le Grand Abandon*, ou des reportages de terrain. Et le terrain, c'était aussi là où je vivais. J'ai boycotté les médias bien-pensants, comme ton journal parfois, qui t'expliquait que, non, tu n'as pas vraiment entendu dans la rue « *t'es bonne, salope, je vais te baiser* », ou « *ce soir on va casser du Blanc* », ni que la prof de ton fils ne s'est pas fait dire en plein cours « *ferme ta chatte* », ni que son lycée était bloqué si son agresseur était expulsé. Il fallait nous convaincre qu'on ne voit pas ce qu'on voit, qu'on n'entend pas ce qu'on entend et qu'on devrait avoir honte de penser ce qu'on pense. *Vos paupières sont lourdes très lourdes, détendez-vous.* J'ai commencé à me dire « *mais on ne nous prendrait pas un peu pour des quiches, par hasard?* ». Toute une caste, traîtresse aux femmes, aux libertés, aux combats d'émancipation que je croyais portés par la gauche (et la droite n'était pas en reste dans la compromission) n'en avait rien à foutre du petit peuple autochtone méprisé et intimidé...Tout cela remonte au piège mortel de Mitterrand, sur la tombe duquel je déféquerais volontiers, qui a fait monter un parti d'extrême droite pour neutraliser la droite, ce qui a quasiment rendu tabou pendant plus de trente-cinq ans tout débat sur les échecs de l'immigration de masse. Et ne serait-ce que susurrer une interrogation sur le niveau de cette immigration, paf, tu y avais droit, c'était raciste, on te sortait que tu voulais « *stigmatiser, exclure, expulser, exterminer* ». Parce que si des gens d'extrême droite soulignaient que 2 + 2 font 4, la vertu nous imposait de prétendre que ça faisait 5, tu comprends...

— Quand je pense que j'ai passé une flopée de goûters d'anniversaire et de repas de famille avec cette boule de colère, sans me douter de rien. Elle cachait bien son jeu.

— J'ai donc basculé un matin où j'en avais plus marre que d'habitude de me prendre le quart-monde sur la tronche dans ma rue, de devoir relativiser devant la décrépitude, les tags, l'odeur de pisse et les détritus (les rues du Ghana sont plus propres que celles de mon quartier), de devoir baisser les yeux devant l'arrogance de connards analphabètes qui demandent sans cesse du respect sans en donner jamais un gramme, qui parce que j'arborais l'élégance dont nous étions jadis si fiers me traitaient de sale pute, sale Française, tant qu'à nous insulter ils pourraient faire un effort de vocabulaire [1]. Devant ces tarés j'ai trouvé brusquement que les mots de tolérance et de fraternité s'étaient vidés comme des baudruches. La diversité est devenue assez monochrome et j'ai du mal à discerner l'enrichissement que me fournissent insultes et agressions. Et au final, j'en ai eu marre de courber l'échine, baisser les yeux et s'excuser.

— En même temps, s'interroger sur sa queue pendant qu'on te parle Histoire et Société, c'est typiquement masculin, non ?

— Marre de devoir accepter la différence, même quand la différence ne m'accepte pas dans mon propre pays, où je me sens désormais... inopportune dans certains quartiers. Marre d'être traitée d'hystérique par des hystéros et d'égoïste par des mecs qui ne tendraient pas la main à un noyé, sauf pour lui voler sa montre. Marre de me faire traiter de raciste par des mecs au seul motif que je ne voulais pas coucher avec eux. Marre de voir mon pays

1. En hommage à mon « pays » Philippe Carrese.

bousillé et envahi avec la complicité de mecs confits en pseudo-supériorité morale, marre de la crasse, l'incivilité et la colère, de voir mon Histoire piétinée, mon mode de vie ravagé, mon économie démolie, les jeunes autour de moi anéantis. Et j'en ai eu marre, quand je me plaignais de trouver mon pays défiguré et méconnaissable, de me faire expliquer d'un ton condescendant par des bourges pénitents que j'exprimais une « crispation identitaire ». Viens vivre à Mogadiscio, ça va te décrisper. Ou alors que c'était parce que j'étais rétive au changement et à la mondialisation que les donneurs de leçon, barricadés dans leur loft du 6e arrondissement et qui se croient cosmopolites parce qu'ils savent dire « labès » à la nounou tunisienne de leurs enfants, ne vivent que dans leurs vacances all inclusive. Qu'ils viennent tester leur aptitude au changement à Mogadiscio, où pour survivre j'ai dû apprendre cinq petits métiers de merde et deux langues étrangères, le wesh et le verlan, et on en reparle. Et quand on nous enfonçait dans le crâne comme une évidence scientifiquement établie, dont il serait sacrilège de douter, que toute diversité est évidemment richesse, bien sûr, essaye de faire cours, comme je l'ai vu dans le collège de Kevin, à des enfants issus de quinze pays différents et ne parlant pas français chez eux, tu vas le sentir l'enrichissement.

— C'est curieux, elle devrait être plus apaisée après la séance de baise que nous venons d'effectuer. Je m'y serai mal pris ?

— Tout cela fait que j'étais remontée comme un pendule quand « les Services » m'ont contactée. Je n'étais pourtant pas très réceptive à ces histoires de récit national, salut aux couleurs, patrie, maillons à travers les âges, tout ça. J'ai longtemps pensé que je ne devais rien à mes ancêtres, pour me sentir libre de mener ma vie comme je voulais.

Mais si tu ne défends pas ta manière de vivre, d'autres vont t'imposer la leur. Et j'ai compris qu'en fait aucun peuple n'est propriétaire de son pays, ni ne peux vraiment en faire ce qu'il veut. Pas le bazarder comme ça, en tout cas. C'est comme un tableau, qu'on ne possède jamais vraiment, tu n'achètes pas le droit de le déchiqueter, juste le privilège d'en être le gardien. Je sentais que ma place était encore ici, à me battre pour ce bout de planète que j'ai longtemps eu du mal à définir ; un pays. Un coin dont tes parents pourraient être fiers et où tes enfants seraient heureux. Une fierté sans arrogance et un bonheur contagieux. Alors, au moment d'être recrutée par le capitaine Kiffer, je me suis dit *« tu as le choix comme tout le monde ; tu te bats avec ceux de nos compatriotes qui considèrent ce vieux pays couturé vaut encore la peine. Ou bien tu te couches ».*

Et Audrey redresse sa tête nichée au creux de mon épaule pour planter ses yeux dans les miens, comme un défi ou un appel.

— Et à part nos vies, nos libertés et notre pays vieux de six siècles, qu'est-ce qu'on risque ?

*
* *

J'ai réglé à sept heures le réveil à qui j'implore *« encore un instant Monsieur le bourreau »* quand il nous tire d'un sommeil fort bref. Audrey part tout de suite régler quelques affaires chez elle et Chloé passe en coup de vent récupérer Paul. Je demande si ça s'est bien passé cette nuit, elle répond « oh, trois bâtiments à éteindre. Tranquille. Et toi ? », « oh, une édition spéciale pour faire trembler la République. Tranquille ».

J'essaye de ne pas me laisser trop parasiter par les réactions à la publication du scoop, afin de me concentrer sur la table ronde télévisée. Mais c'est une avalanche de messages SMS, WhatsApp, tweets et Facebook de confrères et de contacts qui commentent ou interpellent. C'est aussi pour cela qu'on fait ce métier stressant, frustrant, mal payé et où il y a tant de coups à prendre; pour se sentir au cœur des évènements de temps en temps. Avec un frisson d'adrénaline et, il faut l'admettre, de vanité.

Comme prévu, la double double page de *La Ligne* a fait l'effet d'un coup de pied dans une fourmilière. Au gouvernement, on se défausse courageusement sur Eiffel, le point d'équilibre entre Réalistes et Candides, qui fait savoir qu'il garde ses commentaires pour l'émission TV de tout à l'heure. Dans les journaux, c'est un feu d'artifice de « *notre vieux pays qu'on assassine* », « *trahisons de nos ancêtres morts pour défendre champs et clochers* », ou au contraire de « *projet pragmatique et apaisé qui va dans le bon sens* » et de « *La charia reconnue dans certains territoires peut contribuer à une réconciliation* ». Mouais, on peut prétendre qu'une reddition est une forme de réconciliation.

La société civile est aussi entrée dans la danse, avec mise en demeure, démentis, exigences de clarifications, mobilisations et surtout appels à manifester. Des « *Vous ne PA-SSE-REZ PAS* » et des Marseillaises vont retentir tout à l'heure sur les boulevards. Divers colonels Gervais font savoir qu'ils sont prêts à activer leurs comités civils et militaires dans quatorze villes si le gouvernement n'annule pas ce plan « scélérat ». Tandis que les émules de Benkhirane annoncent simplement qu'ils « prennent acte » de ce Plan gouvernemental qui constitue « *une piste intéressante, un pas dans le bon sens, mais qu'il convient de compléter largement* ». Compléter ? Qu'est-ce qu'ils pourraient vouloir de plus ? Des zones spéciales supplémentaires ? Nos chemises ?

Mais le plus somptueux est sans conteste l'affrontement

enregistré dans nos locaux entre Pitalugue et Sauerschuss, dont la vidéo sur le site de *La Ligne* fait plus de deux millions de clics en une heure...

*

* *

Tout en se lançant à la tête du cher confrère et de l'éminent collègue, comme il est d'usage entre vieux sages en train de s'étriper, Sauerschuss et Pitalugue avaient respectivement dénoncé et soutenu ZE Plan... « *Un projet scélérat chargé d'éparpiller un pays millénaire en confettis communautaires* ». « *Des confettis oui, mais d'un carnaval fraternel et pluriel, fêtant une société riche de différences, d'altérités et de diversités* ».

Du carnaval on était passé logiquement au cocktail, *vibrant, épicé, exaltant la part de complexité qui est en nous. Pas du tout, honorable exégète, un poison concocté par une caste de traîtres et de faux humanistes*, puis au barbecue où on *dansait et partageait en habits bigarrés pour inventer non sans panache la société métissée de demain, formidable brassage d'idées et d'expériences...*

— Ah, illustre ergoteur, s'était exclamé Sauerschuss, le mantra de la pollinisation croisée et de l'hybridation dans la Nature. Sauf que les biologistes vous expliqueraient que l'hybridation entre espèces se pratique à petite dose et très progressivement, avec des résultats aléatoires, parfois positifs, parfois catastrophiques. Toutes les bonnes choses sont toxiques ou indigestes au-delà d'une certaine dose, même l'oxygène, même l'immigration. Quant au barbecue, il dérape en incendie partout où sévit votre multiculturalisme de catalogue. Qui s'avère surtout multiconflictuel, ou au moins multicrispé...

— Je vous sens en effet en pleine crispation identitaire.

Sauerschauss avait riposté par une liste d'affrontements intercommunautaires aux quatre coins du monde et par le descriptif redoutable de sociétés fracturées par d'inévitables rivalités, récriminations et méfiance, travaillées par le souvenir d'affrontements ou d'injustices, où on mesure scrupuleusement les deux poids-deux mesures de la justice et l'administration en faveur de cet Autre avec qui il faut tout partager mais dont le mode de vie agace. *Les dieux sont jaloux les uns des autres et les Coutumes irascibles. Voisiner est un sport de haut niveau,* avait-il conclu, à quoi Pitalugue avait répliqué que *quelques drames dans des pays pauvres ne suffisent pas à discréditer cette tendance. J'ai pas mal voyagé, figurez-vous et...*

— Je ne doute pas, dialecticien de haut vol, que vous avez longuement enquêté dans le minibus climatisé entre l'hôtel et le centre des congrès que vous honoriez de votre auguste présence. Mais les sociétés diversitaires et inclusives s'avèrent aussi tristes, sentencieuses et acrimonieuses qu'une soirée télévisée des Césars. Il faudrait prévoir des zones de repli pour les sauvages aimant l'impertinence, la légèreté et l'audace. Puisque vous aimez le multiculturel, allez au Liban, vous y trouverez du scrupuleux, du cousu main dans la Constitution après vingt ans de guerre civile. Le poste de ministre des Télécoms est réservé à un Druze, celui du Travail à un sunnite, l'Éducation à un chrétien et l'Intérieur à un chiite. Si la présidence de la fédération de foot revient à un chiite alors obligatoirement, pour compenser, son vice-président doit être sunnite. Il n'y a que le poste de concierge du stade national de foot qui ne soit pas régi par des quotas confessionnels [2].

— Le Liban est un cas particulier.

— C'est curieux, anthropologue de prisunic, les exemples qui dérangent sont toujours des cas particuliers.

---

2. Authentique.

— Eh bien oui, sophiste distingué, vous verrez dans quelques années, quand notre pays aura constitué un laboratoire fécond, une expérience historique passionnante…

— … pas du tout prétentieuse, ni imprudente. Ah, zut, raté, pays cassé. Peut plus jouer. On peut en acheter un autre ?

— Mais regardez la vérité en face ! Le Migrant magnifique venu du sud est votre futur. Il est jeune, vigoureux…

— Fantasme de rombière.

— Sarcasme de psychopathe.

L'animateur avait alors jugé préférable de passer une page de publicité.

*

* *

J'arrive vers dix heures au studio TV où le public commence à s'installer. J'y retrouve mon quota d'invités perso auquel j'ai droit en tant que participant à l'émission, Audrey, Jacques et son associée, Myriam. Le studio est un amphithéâtre aux tons pastel censés faire baisser les passions d'une centaine de places, en contrebas duquel sont installées trois caméras et la table des débatteurs. Je hume à l'agitation des techniciens et des assistants l'atmosphère des grands débats, de ceux qui ont marqué l'histoire de notre pays.

J'aborde Bob, puis Ceccaldi, qui arbore un air curieusement préoccupé, presque fuyant, avant de croiser le regard semi-hostile de Scarlett. Je redoute mon premier contact avec Serge, qui peut m'en vouloir d'avoir diffusé son document, d'autant plus qu'il devrait logiquement soupçonner Hélène d'être ma source. Mais non, venu soutenir son ministre, il me salue aimablement. Et Hélène, qui a eu le culot de l'accompagner, me signifie par un clignement d'yeux que *« tout va bien, nous n'avons pas été repérés »*. Les gens sont d'une naïveté parfois.

Je prends Ceccaldi en aparté pour discuter des derniers arrangements du débat, dont il est prévu de longue date qu'il oppose Eiffel au plus télégénique des natios, Pierre Germain, ainsi que Benkhirane. Dhimmis, natios, barbus, nous avions trois des quatre grands courants engagés de la société française, hormis le Marais de dizaines de millions de citoyens perdus au milieu et ne sachant que penser ni quoi refuser de choisir. Pour ce qui est du quatrième courant, l'icône des musulmans anti islamistes, familier des plateaux TV depuis des lustres, nous a fait faux bond au dernier moment et Ceccaldi a accepté hier avec enthousiasme ma proposition ; ce sera Redwane qui portera la contradiction à Benkhirane. Redwane, précisément, vient me saluer, l'air tendu, avant de me confier que l'idée de « *me fritter de nouveau avec mon frère* » l'amuse et le stresse à la fois.

Cela commence à me fatiguer cette histoire de frangins. C'est vrai, quoi, c'est ridicule de qualifier quelqu'un de frère, un terme quand même assez intime, au seul prétexte qu'on partage une vague pigmentation épidermique ou de supposés cousinages culturels périmés. J'en fais la remarque à Redwane, « *mais enfin pourquoi parles-tu toujours de Benkhirane comme ton "frère" ? C'est agaçant à la fin* », et il éclate de rire.

— Peut-être parce qu'il est VRAIMENT mon frère.

— Pardon ?

— Ben oui ? Mon demi-frère, pour être précis. Papa a divorcé de la mère de Sofiane pour épouser la mienne. Et Sofiane et moi n'avons pas suivi le même itinéraire. Je vais pouvoir lui rentrer dedans comme la fois où il m'avait chouravé mon tricycle.

— Mais il est au courant ? Je veux dire, il sait que tu viens pour te venger du tricycle.

— Bien sûr, ton patron m'a dit au téléphone qu'il a un peu tiqué mais que finalement ça lui irait, à condition qu'on accepte ses autres conditions, j'ignore lesquelles. Donc, Sofiane m'a appelé ce matin, la première fois depuis des années, si j'excepte le contact qu'on a eu il y a quelques jours quand je me suis résolu à lui demander de t'accorder une interview.

— Je comprends mieux ! Et mesure maintenant combien il a dû t'en coûter.

— T'inquiète. Tu vois, Sofiane et moi on est issu d'une famille décomposée recomposée, tout un symbole. On se voyait souvent et puis, un jour, nous avons... divergé.

Il a un regard pensif, perdu dans le lointain de son adolescence.

— Disons qu'il cherchait dans le Coran la réponse à toutes les questions que peut fournir l'existence. Alors que moi... je me méfie de l'homme d'un seul livre, fût-il sacré. Un livre souvent brûlant de colère et de punitions, d'ordres et d'interdits, entre deux éclairs de miséricordes. Certains y trouvent de quoi s'orienter vers le haut. Sofiane, lui, est allé vers le sombre. Je l'ai vu basculer, comme d'autres amis d'enfance, qui avaient du mal à concilier leurs racines avec la société moderne. L'islamisme offrait une consolation, selon laquelle NOUS aurions échoué sur le plan matériel mais LEUR sommes supérieurs sur le plan spirituel, si tant est que ce terme soit clair. Une explication, clés en main, à leurs propres échecs scolaires, professionnels ou sentimentaux ; ils étaient victimes ici du racisme et à l'échelle mondiale d'un complot occidental. Leurs mentors promettaient de leur rendre une fierté et faisaient commerce des sentiments de victimisation et d'humiliation historique. En les menant, forcément, à l'affrontement, non pas pour ce dont nous pourrions être responsables mais pour ce que nous représentons ; des vivants. Tu te souviens de leur slogan : « *nous vaincrons parce que nous aimons la mort et que vous aimez la vie* ». On les fascine et les révulse, ils se sentent investis d'une mission, nous soumettre. Le seul moyen de donner un sens à leur vie de raté est de nous convertir ou nous dominer. Et Sofiane est tombé dans ce piège-là.

À l'époque je lui ai dit qu'il tirait ses règles de vie, et surtout les règles à imposer aux autres, non pas du Coran mais des hadiths et de la charia, un ensemble archaïque et obscurantiste accumulé entre le VIIIe et le XIe siècle que la plupart des musulmans ne suivent pas aujourd'hui. Il m'a répondu qu'alors c'étaient de mauvais musulmans. J'ai rétorqué que la foi étant une question personnelle, directement entre une personne et Dieu, se permettre de porter un tel jugement revenait à essayer de se substituer à Allah et que c'était un crime selon la sourate 115. Bon, je suppose qu'il y a un verset libéral qui dit ça, mais comme je ne me souvenais plus du numéro j'ai un peu inventé une sourate qui n'existe pas, puisqu'il n'y en a que 113 ; il a jugé que je blasphémais, depuis on ne s'est plus parlé.

Les hasards familiaux, portés sur la symbolique sans doute, vont donc mettre en scène, à travers Redwane et Sofiane se disputant l'esprit et la lettre de l'islam, l'affrontement fratricide au sein du monde arabo-musulman, à partir de l'exégèse d'un texte dont l'original a été écrit dans une langue médiévale que presque personne ne parle. Juste quatorze siècles que ça dure.

Quatorze siècles de tourments internes, depuis quasiment la mort de Mahomet, entre la pensée autonome et le conformisme, entre la liberté et la prescription, le doute et la certitude. Entre schématiquement les musulmans éclairés et leurs cousins morbides. Un affrontement dont les plus nombreuses victimes sont à vrai dire les Musulmans eux-mêmes, mais exporté au gré des migrations et du commerce dans des sociétés qui en sont devenues des victimes collatérales, en Occident, en Chine, en Russie, en Inde, partout désormais. Nous sommes manifestement impactés par un choc à l'intérieur d'une civilisation. Impliqués, à notre corps défendant, dans cette guerre entre Avicenne et Ibn Taymiyya.

— Bonne chance, vieux, je murmure pendant qu'à la tribune s'installe le demi-frère-némésis.

*

* *

L'entrée de Benkhirane a fait monter la tension d'un cran, d'après les regards à la dérobée et les commentaires chuchotés. C'est, après tout, la première fois qu'il sort de la clandestinité qu'il s'est imposée depuis six mois. Benkhirane me jette un regard perplexe et pas franchement amical, puis va bavarder avec Scarlett. Puisque c'est elle qui a « apporté » Benkhirane, il est logique qu'elle participe à l'animation du débat avec Ceccaldi et moi. Coordonner l'activité de deux reporters qui se sont, eux aussi, voués mutuellement à la géhenne il y a une semaine à Kaboul, ça risque d'être coquet pour Ceccaldi. Je vais faire un effort et ne pas chercher à étrangler ma collègue devant les caméras.

— Quand même, je glisse à Ceccaldi pendant qu'un technicien finit d'ajuster son micro-cravate, faudra que tu m'expliques le traitement de faveur dont bénéficie Scarlett.

— Traitement de faveur, c'est beaucoup dire, bredouille-t-il, même si je reconnais qu'elle est dans une... comment dire... situation spéciale.

— Déjà du temps de Gamblin. Un an que ça dure, et maintenant avec toi... Elle a monté une machination qui aurait pu décrédibiliser le journal, n'importe où ailleurs c'était la porte, direct, mais non tout juste si tu ne l'as pas félicitée. C'est quoi le secret ? Elle est franc mac ? Vous jouez au golf ensemble ?

Ceccaldi jette un regard alentour pour vérifier que personne n'est à portée de chuchotement et me glisse que j'ai le droit de savoir, après tout.

— J'aurais préféré à un autre moment, mais de toute façon j'ai une autre nouvelle... désagréable, à te donner, alors autant que je déballe tout, sinon faute de contexte tu ne vas pas comprendre.

— Nouvelle désagréable ? Parce que devoir animer le débat avec Scarlett n'est déjà pas assez désagréable ?

— Tu sais que Scarlett est surnommée ainsi par moquerie admirative pour son physique hollywoodien, mais qu'elle signe Caroline Trudeau. Mais en fait Trudeau n'est pas son vrai nom. Enfin, si, c'est le nom de sa mère, mais son père biologique s'appelle Norbert Bouvier.

Il se tait un instant pour laisser infuser la révélation. Je hasarde.

— Norbert Bouvier... ? Pas l'officier qui avait assumé, il y a une quinzaine d'années, avoir torturé pendant la guerre d'Algérie ?

— Précisément. En 1982, à l'âge de soixante ans, il a rencontré et séduit une jeune femme et ça a donné Scarlett. Qui traîne une culpabilité longue comme ça. Être la fille d'un tortionnaire, tu imagines. Tu comprends donc pourquoi elle éprouve le besoin de...

— Se racheter et expier par procuration. Je comprends.

— Gamblin était dans le secret et quand il m'a confié sur son lit d'hosto les clés de la rédaction, le mois dernier, il m'a raconté ça. C'est pour ça que je suis un peu... indulgent avec elle. Elle se cogne un passé lourd comme un paquebot, alors un peu de compassion...

Je hoche la tête.

— Mais en quoi ça NOUS concerne? Pourquoi serions-NOUS censés payer?

— C'est jute que j'ai pensé que Scarlett aurait de ce fait une sensibilité... un regard intéressant...

Regard intéressant pour compenser les crimes de papa? Je crois que je vais me faire un sandwich aux miettes de rédacteur en chef.

— Écoute, Tony, je comprends que tu sois sympa avec elle, compte tenu du... traumatisme. Moi aussi, je n'aimerais pas apprendre que mon père avait pour passe-temps d'arracher les ongles et d'envoyer deux cent vingt volts dans les testicules de prisonniers. Mais je ne ferais chier personne avec ça. Donc, paye-lui si tu veux vingt ans de divan pour régler ses problèmes avec son papa, je suis même prêt à participer financièrement, sois indulgent sur ses fautes éthiques comme celle de son faux enlèvement, mais ce n'est pas une PUTAIN DE RAISON pour que Gamblin et toi lui ayez ouvert les pages de *La Ligne* en compensation. Ce n'est pas UNE PUTAIN DE RAISON pour lui permettre de tendre son gros micro tout mou à des barbus, qui sauraient aussi arracher des ongles au passage. Ni pour lui accorder toute la place qu'elle voulait depuis deux ans pour des articles complaisants envers le discours haineux de types qui ne sont jamais passés entre les mains de papa Scarlett, ils ont même bien bouffé les allocs de l'État colonial honni...

Ben voilà, je l'ai pété, le câble. Parfois, ça fait du bien.

— Je n'ai cherché qu'à avoir une ligne éditoriale ouverte à toutes les sensibilités, bégaye Ceccaldi, entre toi, elle et Bob.

— Et me la mettre dans les pattes pour l'animation du débat ce soir c'est aussi de la ligne éditoriale balancée? Pour me remercier de mon scoop de ce matin?

— Euh, non, elle ne sera pas dans tes pattes, parce que vois-tu, c'est enquiquinant, je voulais te dire, j'ai pas eu le cœur de gâcher ta matinée après ton scoop, je suis désolé, mais Benkhirane a posé ses conditions hier soir...

Je me disais bien que son air fuyant cachait un coup foireux.

— Tu n'es pas en train de me dire que...

— Benkhirane a exigé que tu n'animes pas le débat, murmure Ceccaldi, livide. Il a visiblement gardé un mauvais souvenir de tes questions.

— Il voulait du complaisant à base de connivence ? Raté.

— Mais ça n'a rien à voir avec une quelconque complaisance de ma part envers Scarlett.

— Non, bien sûr, prends-moi encore plus pour un con.

— Je t'assure Fred, Benkhirane a dit que puisqu'on lui imposait Redwane, il avait droit à une exigence en échange. Tu sais comment sont les interviews et les débats, faut négocier, faire des compromis. Et comme sa présence est un énorme coup pour le buzz, grâce à lui on va doubler l'audience... Si je voulais avoir Benkhirane et Redwane, c'était sans toi. Désolé.

Je contemple la table où je devais m'asseoir aux côtés de Ceccaldi et où les cinq débateurs se sont déjà installés et salués avec une courtoisie tendue. Scarlett, que les chiens la dévorent dans un ravin, me jette un regard ni triomphant (heureusement, car je pourrais virer terroriste d'un coup) ni inquiet, disons plutôt « *c'est la vie, mec, sans rancune, va mourire* ».

— Ceccaldi, des chefs faux culs j'en ai connu, mais des comme toi jamais, t'es une performance. Un prototype.

— Mais Fred, oh ! Ne le prends pas comme ça, c'est qu'un débat après tout !

— Je te le pardonnerai jamais.

Et sur ces paroles définitives, je le laisse en plan et rejoins

Audrey, déjà assise au premier rang pour lui glisser « *Viens, on va s'asseoir au fond. La vue est plus... dégagée* ».

*
* *

Ça aurait eu plus de panache que je quitte la salle, carrément, au lieu de bouder, mais d'une part je ne veux pas pénaliser Jacques, Audrey et Myriam, d'autre part j'ai quand même envie de le voir, ce débat, et soutenir Redwane, qui réalise brusquement que j'ai quitté le plateau et m'interroge du regard. J'ai un haussement d'épaules fataliste.

Dans le public, Sauerschuss et Pitalugue représentent les deux camps rivaux de l'université française. Ils sont venus, ils sont tous là, d'autant plus que juste avant le lancement du générique, vient s'asseoir à côté de moi un invité en retard, le colonel Gervais, qui m'adresse un discret signe de reconnaissance.

Le débat sur le plan du gouvernement et l'accueil qu'il suscite commence, presque policé, sous l'autorité de Scarlett et Ceccaldi. Germain joue sa partition de la patrie en danger, Eiffel scande tour à tour de l'accommodement et de l'intransigeance en un numéro d'équilibriste pas très convaincant. Et puis, comme souvent, deux solistes plus doués ou charismatiques que d'autres s'emparent du crachoir et les autres s'effacent peu ou prou, impressionnés. C'est ainsi que, soudainement, le débat se trouve accaparé par Sofiane et Redwane.

Le duel débute suite à une question anodine de Ceccaldi sur l'application de la sharia dans les zones sous partition reconnue par le plan Gorafi. « *J'imagine que cette sorte de partition douce correspond à vos revendications* », demande-t-il courtoisement à Benkhirane, pendant que

Sauerschuss trépigne sur son siège. Benkhirane se cale confortablement dans son fauteuil d'un air de propriétaire, fait durer le silence et glisse d'une voix volontairement douce.

— Non, pourquoi ?

Hoquet de stupéfaction dans l'assistance. Si les islamistes ne veulent plus de la charia, à qui se fier ?

— Euh, mais vous vouliez que dans certaines zones... statut spécial... accommodements raisonnables... bégaye Ceccaldi.

— Pour qu'on soit parqués dans des réserves comme les Indiens ? demande Benkhirane en souriant. Ces revendications-là, qui ont pu être légitimes un temps pour des raisons... tactiques, sont dépassées. La dynamique démographique et politique impose de passer à l'étape suivante.

L'assistance est parcourue d'un frisson de perplexité, d'inquiétude et de jubilation, au choix. Ceccaldi arrive à relancer d'un « *mais alors que voulez-vous ?* » effaré, à quoi Benkhirane répond :

— Mais enfin, que les musulmans puissent se prévaloir de la charia PARTOUT en France ! On ne va quand même pas découper notre pays comme un saucisson ! Ça serait antipatriotique !

« *Il ose nous donner des leçons de patriotisme, je rêve* », trépigne le colonel Gervais à mes côtés. Heureusement qu'il a laissé son parabellum au vestiaire. Benkhirane, ménageant ses effets, se cale dans son fauteuil, avec l'air triomphant d'un Tartuffe assenant à Orgon à propos de sa maison : « *C'est à vous d'en sortir, vous qui parlez en maître. La maison m'appartient, je le ferai connaître.* »

— Il est temps, mes chers compatriotes, de passer à l'étape suivante d'un vivre-ensemble équilibré. Nul n'a plus que moi le souci de travailler à l'harmonie et la tolérance dans notre pays. Mes coreligionnaires ont jusqu'ici avancé pacifiquement, au prix de concessions abondantes, mais nous ne pouvons plus longtemps accepter un mode de vie contraire à nos impératifs divins. Il est impérieux et urgent de passer un nouveau contrat national en reconnaissant un statut personnel des musulmans. Quand on se sait obligé d'obéir à Dieu, on ne peut plus obéir aux hommes.

— Euh, comment ça ? bafouille Ceccaldi.

Même Scarlett a l'air surprise. Cris de triomphe des invités de Benkhirane devant son audace, de colère de Gervais, Sauerschuss et d'autres. Le reste de l'assistance semble brusquement sidéré, comme Pitalugue qui semble se demander *« je ne me serais pas fait cocufier par hasard ? »*.

— Un statut qui ne saurait se limiter à la version bas de gamme, en vigueur depuis longtemps pour les affaires familiales à Mayotte, mais qui doit embrasser l'ensemble des règles civiles et civiques. Concrètement, quelqu'un enregistré comme membre de la communauté musulmane doit désormais, qu'il le veuille ou non, être régi par un code spécifique pour le mariage, le divorce, l'héritage, les tenues vestimentaires, l'éducation de ses enfants, l'apostasie, la consommation de porc et d'alcool (ce serait un délit pour lui d'en consommer et pour quiconque de lui en vendre), etc.

— Et l'air qu'il respire aussi ? grince Redwane.

— Est-il même légitime qu'il doive loyauté à un État qui n'est pas régi par les lois de Dieu ? Vous jugez bien légitime, pour votre part, de désobéir à un État qui ne respecterait pas les Droits naturels et sa propre Constitution, eh bien moi voici la mienne, le Coran. Votre Voltaire, qui l'admirait, ne dirait pas autre chose. Et évidemment, tout citoyen musulman pourrait déduire de ses impôts toutes ses contributions financières à des œuvres cultuelles ou aux municipalités où il réside.

— Mais concrètement, cela voudrait dire qu'ils pourraient… ne plus payer d'impôts ? s'exclame Ceccaldi.

— C'est déjà le cas de la moitié des ménages. Et depuis quand la citoyenneté est-elle conditionnée par l'impôt ? On peut estimer qu'il est illicite de payer l'impôt à un État qui mène des opérations militaires contre des Musulmans, qui soutient Israël, ou dont la justice, la police, l'école nous stigmatisent, nous discriminent et s'avèrent en fait racistes, comme toutes les institutions de ce pays qui…

— Mais tu vas arrêter avec tes conneries ?

Ah, Redwane intervient, dans un registre moins soutenu.

— Raciste un pays où on soigne gratuitement les clandestins, que l'on n'expulse quasiment jamais, et où on scolarise tout aussi gratuitement leurs enfants ? Raciste un pays qui loge gratuitement tous les réfugiés de la terre, alors que les miséreux autochtones peuvent se brosser ? Cite-moi un seul autre pays au monde dans ce cas, à part peut-être le Royaume-Uni. Raciste un pays au taux de mariage mixte parmi les plus élevés de la planète ? Raciste le pays occidental au plus grand nombre de victimes d'attentats djihadistes sans presque qu'aucun connard au crâne rasé n'ait commis de représailles aveugles ? Essaye d'attaquer un temple en Inde ou au Pakistan en criant « Doux Jésus » et tu verras s'il reste un quartier chrétien debout le lendemain. Raciste un pays qui n'expulse quasiment jamais les criminels étrangers ? Et raciste un pays qui te tend à toi et tous les théoriciens barbus un gros micro tout mou pour débiter tes âneries criminelles ?

— Tu traites d'âneries criminelles les commandements contenus dans le Saint Coran ? demande Benkhirane d'un ton cinglant. Tu te crois croyant, mais tu n'es qu'un hypocrite.

— C'est toi qui es dans l'erreur, frangin. Presque tout ce que tu cites n'est pas vraiment dans le Coran. Le refus des lois du pays où tu vis, le voile, l'alcool...

— Le Coran n'interdit pas l'alcool ?

— Le vin est un très bon aliment, sourate 16 verset 67.

— Abrogé [3], nasikh, par la sourate 5 verset 90.

— Qui n'interdit pas l'alcool mais seulement l'ivresse, KhMr.

— Pas du tout, la racine KhMr renvoie bien au vin.

Frisson dans l'assistance. Ah, c'est sûr qu'en France quand on parle pinard ça suscite plus l'intérêt que pour des trucs anecdotiques comme la liberté ou l'État de droit. Si en plus il y a des querelles sémantiques et conceptuelles, nous sommes ravis.

— Bon, j'y comprends rien, les Muzz ils ont le droit de picoler ou ils n'ont pas le droit de picoler ? grogne Gervais à ma gauche.

Et là le combat s'emballe. Redwane lance son attaque favorite, la fameuse sourate 2 verset 256, « *nulle contrainte en religion* » [4], que Benkhirane abroge, belle esquive de vieux briscard, par la sourate 2 verset 106, avant de contre-attaquer par la sourate 4 verset 90 « *tuez tous les apostats* ». Redwane encaisse sans broncher avec la sourate 31 verset 18 « *ne soyez pas arrogants dans le chemin d'Allah* » et manque de faire plier Benkhirane avec la sourate 29 verset 46 « *parlez courtoisement aux juifs et chrétiens* », mais Benkhirane réplique par son attaque spéciale, la sourate 2 verset 191 « *Tuez les mécréants jusqu'à ce que la religion n'appartienne qu'à Allah* ».

C'est un duel de haut niveau entre deux fins bretteurs maîtrisant leur sujet, esquivant, pointant, feintant, se livrant à exégèses et dialectiques illustrant la diversité des

---

3. L'abrogation, nasikh, est un concept généralement inconnu des non-Mahométans mais indispensable pour la compréhension du Coran, qui annule un verset dit mansuk, contredit par un autre, le plus souvent ultérieur, en s'appuyant sur le contexte, c'est-à-dire les éléments textuels entourant les versets en question.

4. Qui veut en fait dire « nul chrétien ou juif ne doit être converti de force », nuance.

interprétations de ce texte figurant parmi les trois ou quatre ayant le plus marqué l'Histoire de l'humanité. Benkhirane enchaîne avec une série rapide des versets 2-286, 3-127, 3-141, 4-89, 8-67, 8-17 pour Benkhirane, auquel Redwane répond par la sourate 2 verset 193, et la sourate 4 verset 92, Benkhirane riposte par la sourate 9 verset 5, et la sourate 8 verset 29, puis semble prendre l'avantage, *exterminez les incroyants* verset 9-30, *entre nous et vous, c'est l'inimitié et la haine à jamais, jusqu'à ce que vous croyiez en Allah, seul*, verset 60.4 *pas d'amis parmi les chrétiens et juifs, les pires de la Création*, sourate 5 verset 51, parachevé par *les hommes ne sont égaux que tant qu'ils sont croyants*, sourate 4 verset 95.

Jusqu'au moment où Benkhirane, sans doute importuné par la résistance de son demi-frère, visiblement il a un problème avec les opinions adverses, voue ses descendants à la géhenne [5] sur sept générations et s'exclame « *Va te faire voir, sale koufar !* ».

Euh, il a lu ça où ?

Visiblement, ça ne se fait pas entre demi-frères, une ligne rouge a été franchie. Le public entre dans la danse à coups de « *ta gueule* » et « *connard* » plus contemporains entre les gardes du corps de Benkhirane et ceux de Redwane. Et sur ce crescendo d'anathèmes et d'insultes se déclenche la baston.

J'ai du mal à discerner lequel d'Abdel ou du colonel Gervais bondit le premier sur le plateau pour essayer de cogner un des protagonistes dont les vues sur une société pacifiée lui déplaisaient, mais ils sont rapidement suivis par d'autres spectateurs. En fait, en comptant quatre assistants gardes du corps par invité pour Pierre Germain, Benkhirane et Redwane, qui est venu lui aussi accompagné de colosses vindicatifs, sans

5. Enfer en langage biblique.

oublier le cabinet d'Eiffel, où Serge n'est pas le dernier à donner du moulinet, cela fait du monde. D'autant plus que des invités apparemment neutres se joignent à la bagarre, c'est contagieux ces choses-là. Pitalugue et Sauerschuss échangent force bourre-pifs en contrebas. En fait, Jacques, Myriam et moi au dernier rang faisons partie des rares à jouer les Suisses, même Audrey a plongé dans la fosse aux côtés du colonel Gervais. Il faudrait peut-être que j'aille protéger la femme que j'aime, même si ses mae-geri-kekomi sont meilleurs que les miens.

Sur le plateau, Ceccaldi essaye de s'interposer, « *Abdel, lâche cette table, elle ne t'a rien fait. Charles-Henri, veux-tu arrêter d'arracher la tête de Sofiane ? Pierre, reposez cette chaise immédiatement !* ».

C'est pendant quelques instants encore un chaos dantesque de cris, de coups de poing et de pieds, de corps qui s'étreignent et tombent, de caméras qui basculent. Et quand Scarlett réussit à séparer Benkhirane et Germain en criant « *MAIS VOUS MENACEZ LE VIVRE-ENS...* », c'est alors que tout a explosé.

CHAPITRE 19
ET LE MEC IL MEURT À LA FIN

Ces derniers mots de Scarlett n'ont pas pu, malgré une belle performance, remporter le titre des derniers mots les plus stupides avant de mourir. D'abord, parce que le titre indétrônable est tenu par ceux de ce général Yankee assenant durant la guerre de Sécession « ces imbéciles sont bien trop loin pour pouvoir nous att... ». Ensuite, parce que Scarlett n'est pas morte. Le destin a quand même un sens de l'humour très particulier. Je dois d'avoir eu la vie sauve à quelqu'un à qui j'ai lancé comme derniers mots « *je ne te le pardonnerai jamais* ». Car enfin, si Ceccaldi ne m'avait pas poussé à bouder au fond de l'amphi, eh bien j'aurais pris en pleine poire la déflagration provoquée par la ceinture d'explosifs qu'un supporter de Benkhirane avait réussi à introduire grâce à une complicité interne. Et je serais peut-être un tout petit peu mort depuis avant-hier, comme cinq des participants, bilan provisoire.

Redwane fait partie des rescapés, mais tout juste, hospitalisé depuis la déflagration, dans tous les sens du terme puisque cet attentat semble avoir été le facteur déclenchant du conflit dans tout le pays, avec métastases européennes. Je suis autorisé à lui rendre visite. Le médecin fait une exception pour moi, et me laisse entrer dans sa chambre en me recommandant toutefois d'éviter absolument les émotions fortes et les nouvelles dramatiques. Facile à dire, vu les circonstances...

Sa femme vient me faire la bise, silencieusement. Je lis dans ses yeux la peur et l'espoir, cette chose « *qui meurt en dernier,* » selon le combatif proverbe irlandais. Redwane semble dormir, mais devine ma présence car il me fait signe d'approcher. Il me cherche des yeux, rendus immenses par le désarroi et la confusion, les yeux d'un homme qui se noie et se bat. Je me penche le plus près possible et pose la question conne :

— Ça va, vieux ?

— J'ai connu mieux, il murmure.

Il bredouille quelque chose que je perçois en me penchant au plus près, dans la chambre à côté un patient a monté le son pour écouter le bulletin d'info qui annonce la saisie du Conseil de sécurité de l'ONU et l'extension des troubles intercommunautaires à l'Allemagne, la Belgique et le Royaume-Uni.

— Et les autres ?

Les autres ? Euh, s'il s'agit d'éviter les émotions fortes va falloir sévèrement aménager la réalité. J'ai été hier à mon troisième enterrement de la semaine, comme si j'avais pris un abonnement dans les cimetières, auxquels je me rends, le champ de vision dans la rue rétrécie comme par un tunnel. Indifférent aux bruits de la ville et de la vie qui continue, me répétant seulement « *plus jamais, jamais, ce n'est pas possible* ». Hier, je suis tombé sur le bureau de Ceccaldi sur son stylo qui semblait attendre son maître devant une feuille blanche, et j'ai solennellement dit à l'outil « *non, le taulier ne viendra plus* », Je parle à des stylos maintenant.

C'est moi qui ai été désigné par les collègues pour prononcer l'homélie de Ceccaldi. À tout prendre, si on pouvait choisir décès et homélie, une option métaphysique qui ne semble malheureusement pas au programme, j'aurais préféré prononcer celle de cette gourde de Scarlett, à base de « criminelle naïveté », ou quelque chose dans ce genre, quitte à choquer son père, largement responsable de l'aveuglement-quête de rédemption de sa fille, qui aurait pleuré dans son coin. Tu aurais pu chialer, charogne cacochyme qui, à cent quatre ans, n'aurait de toute façon rien compris. Mais c'est Scarlett qui a survécu miraculeusement et Ceccaldi qui y est passé.

— Les autres ? Euh, tous un peu... secoués par ce qui s'est passé, naturellement, mais ça va. Dans l'ensemble. Jacques n'a rien, c'est lui qui est intervenu le premier pour toi.

— Tu le remercieras, souffle Redwane. Et... dans le pays ?

— Oh, c'est calme, je réponds en forçant la voix pour couvrir l'écho lointain de détonations. Sans doute l'assaut héliporté sur la Courneuve où sont barricadés des barbus dotés d'armes lourdes. Je glisse à l'oreille de Red :

— Figure-toi que ton frère... ton demi-frère a compris qu'il faisait fausse route. Le choc de l'explosion, sans doute.

Redwane fronce le sourcil, l'air surpris. Je continue pendant qu'éclatent de nouvelles détonations, plus proches.

— La situation s'est spectaculairement apaisée. Sofiane a fait une intervention télévisée, tout le monde ne parle que de ça, où il a reconnu que tu avais raison de bout en bout.

— Unité 3, à l'assaut, hurle un sous-officier.

— Il a appelé ses supporters à changer radicalement de combat et à renvoyer la religion dans la sphère privée. La fin radicale du communautarisme.

Le sourcil de Red exprime désormais la stupéfaction. À vrai dire, je ne mens qu'à moitié. Benkhirane a survécu miraculeusement à l'explosion, grâce notamment à l'intervention de Myriam. D'apprendre le lendemain qu'il devait la vie au bouche-à-bouche d'une femme, juive de surcroît, l'a plongé dans une dépression profonde, il paraît qu'il est prostré depuis une semaine dans son appartement de Kaboul, l'air hagard. Plus de combat politique, en tout cas.

— Figure-toi que depuis lors les combats ont cessé. Tous les comptes Tweeter appelant à « égorger les babtous » ou « virer les nègres et les bougnoules » sont muets. Et les forces de l'ordre peuvent de nouveau patrouiller partout.

— Pourriture fasciste, hurle-t-on du haut d'un toit.

Je m'échauffe peu à peu, si ça continue je vais me prendre pour Martin Luther King déclamant *I had a dream.*

— Les barbus fraternisent avec des militants natios aux quatre coins du pays. Une réconciliation spectaculaire.

— Sergent, je suis touché !

Pendant que les vitres tremblent sous l'effet de quelques explosions, j'écarte les bras, radieux.

— Sofiane a annoncé que quiconque brûle un livre c'est comme s'il brûlait tous les livres. Qu'un homme qui insulte une femme en minijupe, c'est comme s'il insultait sa propre mère. Que le socle des coutumes françaises était éminemment respectable et que ceux que ça importunait étaient libres de vivre ailleurs. Que tout pays est fondé au fond sur ce genre d'accord implicite sur l'essentiel et que s'il y avait deux cent quinze pays de par le monde qui fonctionnaient en ce moment de la sorte, il n'y avait aucune raison que nous fussions les seuls à être punis.

Si le voisin pouvait baisser un peu la radio « *Quatorzième arrondissement, ne sortez que pour raisons impératives. Treizième, sortie possible pour approvisionnement. Le numéro de téléphone en cas d'absence inquiétante d'un proche est le...* » Redwane se bat contre une quinte de toux, pour que le fil infime de la vie arrête de faiblir, chaque respiration après l'autre, il me cherche des yeux, que dire et que faire face à la détresse ? On n'est pas formé à ça, il devrait y avoir un module au lycée « *comment convaincre un ami qu'il sera encore là demain ?* ».

— Tous, chrétiens, athées, musulmans, juifs, bouddhistes et les autres encore, nous sommes assis à la même table.

Sofiane et le colonel Gervais ont chanté la Marseillaise la main dans la main. Les check-points ont disparu du jour au lendemain. Nous sommes de nouveau un pays libre et fraternel, Red.

Il sourit d'un air indulgent et murmure quelque chose d'inaudible, ce qui m'oblige à me pencher le plus près possible de lui pour entendre enfin :

– Bien essayé, mec.

Et sur ces paroles, il meurt.

CHAPITRE 20
INVENTAIRE AVANT DISPERSION

Le lendemain, je n'ai ni enterrement ni agonie au programme, mais accompagnement à l'aéroport. C'est plus sympa, quoique pas euphorisant. Hélène m'a annoncé qu'elle comptait quitter « *ce pays de fou* ». Comme Chloé et Kevin, je ne lui jetterai donc pas la pierre, même si ma fille et son mec ont une vie devant eux et ne sont pas responsables du merdier. À l'inverse d'elle, et surtout de Serge, disons même de toute notre génération, qui se croyait pourtant plus vertueuse et maline que ses devancières.

Je ne suis pas allé voir Serge à l'hôpital, parce que de toute façon les médecins l'ont plongé dans un coma artificiel pour quelques jours. Ce qui donne le temps à Hélène d'aller repérer un pays pas encore pris par la tourmente, ce qui exclut actuellement les deux tiers de l'Europe et l'Amérique du Nord. Le Chili, il paraît que c'est bien le Chili, c'est là où Marcel compte aller, attiré par le télescope d'Armazonès.

Hélène m'a expliqué hier au téléphone n'avoir plus n'a aucune raison de rester à se battre pour son magasin d'antiquités car par temps de guerre civile les acheteurs de buffets Louis XV se font rares. Elle n'a plus de famille, à part Serge (j'imagine que les évènements ont un peu fracassé leur vie conjugale) et Jade, qu'elle a envie de voir grandir dans un pays où on peut vivre comme durant la décennie insouciante des années quatre-vingt-dix et non dans le conflit bosno-libano où nous avons basculé depuis trois jours.

Je la rejoins à Roissy sans encombre, au prix il est vrai d'une vérification de l'itinéraire, puisque les dépêches d'agence m'ont appris que des soldats retournés par les Frères ont déserté, avec armes et bagages et tiennent un point surplombant l'A1. De la route nationale, j'aperçois les hélicos qui les « engagent » au canon de 35 mm. Encore un effort et l'agenda d'al-Souri sera réalisé.

Au terminal 2E, je passe les désormais traditionnelles chicanes en béton et le contrôle des deux soldats, couverts à distance par une mitrailleuse braquée sur nous. Hélène me tombe dans les bras et nous grognons des « *tu te rends compte tout ce qu'on a perdu ?* », oui, on a perdu, ou *« prends soin de toi* », on va essayer, en effet, je dirais même que c'est la priorité de l'heure.

Elle se colle contre moi sous le poids de l'émotion et du désarroi, que je perçois aussi chez moi, avec la litanie des deuils et des départs. Ceccaldi, au sourire carnassier quand nous flairions ensemble un scoop toutes ces années, l'incarnation du rédac chef pitbull à qui je dois les meilleurs moments dans ce job insensé et génial qu'est le journalisme, le vrai, celui qui traque les sources et les scoops, pas l'ersatz faisant l'exégèse des discours officiels. Et en plus nous nous sommes quittés fâchés. Fâchés comme Serge peut-être, puisque nous avons terminé le match à une trahison partout, fâchés comme Scarlett, autre carnassière, rivale, concurrente, confidente, et qui cachait néanmoins cette blessure secrète d'un père tortionnaire, qui ne m'avait rien caché de ses peines de cœur et tout de celles de son âme.

Et puis Redwane, qui s'était battu et nourri d'espoir. Et puis...

Tout en déglutissant comme un apnéiste pour empêcher les sanglots de se frayer un chemin, je réalise brusquement qu'en plus du désastre de quitter un pays invivable (elle m'a demandé hier pourquoi je n'émigrais pas moi aussi et j'ai crâné « *T'es folle! Juste au moment où ça devient intéressant!* »), Hélène doit porter le poids d'avoir trahi son mari en me filant le document top secret. Elle devine sans doute mon interrogation, car après m'avoir claqué deux bises au dernier appel pour embarquement porte 43 (finalement elle a choisi l'Irlande, ce n'est pas trop loin, je pourrai aller m'y mettre au vert) elle me murmure « *ne t'inquiète pas, on ne s'est pas fâchés, Serge et moi* ».

— Il n'avait donc pas deviné que c'était toi qui... je m'exclame (sans ajouter « pas très futé ni soupçonneux, le Serge »).

— Ben, il savait forcément, puisque c'était lui qui m'avait demandé.

Pardon?

J'ai eu ma dose de mensonges, révélations, entourloupes et manipulations ces derniers temps, entre les plans, les complots, Deep State I, II et bientôt XXVIII, ma fille et ma compagne dans les réseaux clandestins, alors s'il vous plaît, je suis un peu perdu, là.

— C'est lui qui m'a demandé de te filer le plan. Désolé de t'avoir raconté des bobards comme quoi je l'avais photocopié à son insu, mais il tenait absolument à ce que tu ne saches pas... Il avait un peu honte de te le donner directement après avoir tant défendu la démarche des Accommodants. Il a commencé à chanceler après une conversation avec toi au Palais des congrès, il m'en a parlé il y a une semaine. Faut dire que je le travaillais au corps depuis notre engueulade sur le boycott des magasins et le voile solidaire. La prise d'otages l'a encore plus déstabilisé.

— C'est vrai que ça dessille un peu d'avoir une kalach braquée sur soi.

— Et finalement, ce qui l'a fait basculer c'est la dernière

mouture du Plan validé en Conseil de cabinet il y a quelques jours. Quand il a découvert l'ampleur du truc. Là, il s'est dit...

– Atteinte aux principes fondamentaux du pays ? Je le reconnais bien là. Solide et éthique, finalement, ce vieux Serge.

– TOUT DERNIER APPEL PORTE 43.

– Euh, oui, enfin, pas seulement, glisse-t-elle d'un air gêné, avant de passer le portique en compagnie de Jade vers une autre page de sa vie. Il a vu la carte des Zones accommodées et a découvert que, contrairement à ce qu'il croyait jusque-là, notre manoir serait concerné et que ça lui ferait perdre soixante pour cent de sa valeur...

*

* *

À quoi tiennent les engagements...

Je ne sais pas ce qui me retient d'aller dans la chambre d'hosto de Serge et de lui couper les tuyaux. Il paraît que c'est interdit.

Je mets deux heures à retourner à Paris, entre les check-points, l'assaut de l'armée sur Kaboul et la pluie. Je me suis posé la question mais je n'abandonne pas mon pays, même s'il m'a un peu abandonné, ou du moins m'a... agacé. Non, quelque chose d'indistinct me souffle *« tu ne quittes pas ton pays »*. Et puis, pour un journaliste, il va y en avoir des choses à raconter maintenant. Je retourne au journal, d'où je dois repartir vers vingt heures prendre le relais des collègues couvrant les Comités de salut public civils et militaires qui se sont emparés de l'Hôtel de ville. J'apprends à cette occasion que l'inspecteur qui accusait Bob de l'enlèvement de Scarlett n'a pas eu le temps d'annuler l'enquête, il a été tué lors de combats contre ses anciens collègues. Du mauvais côté d'un obus et, je l'espère, de l'Histoire. Le flic qui m'en informe a aussi élucidé le mystère du téléphone de Scarlett qui avait borné à Kaboul ; c'était un proche de Sofiane qui le lui avait confisqué par mesure de sécurité et qui l'avait allumé par erreur.

Je croise Scarlett pour la dernière fois. Comme le nouveau directeur de la rédaction est assez proche des idées de Bob, il était évident que la ligne éditoriale ne conviendrait plus à Scarlett, qui a fait jouer sa clause de conscience [1]. Laquelle lui a été accordée immédiatement, visiblement la nouvelle direction était contente de se débarrasser d'elle sans procès. Scarlett traverse donc la salle de rédaction, les épaules droites et le regard perdu au loin, non sans crânerie, il faut l'admettre, personne ne se lève pour la saluer ou lui parler, pas tellement à cause de son faux enlèvement que pour avoir soutenu, maintenant que les masques sont tombés, un beau fumier. Elle s'arrête à ma hauteur juste avant la porte pour me tendre, comme on passe un témoin de relais, un bout de métal, dont je réalise qu'il est un vestige du micro que tenait Ceccaldi au moment de l'attentat. Elle part sans se retourner.

Une sortie qui ne manque pas de gueule, mais elle trimbalera quand même toute sa vie le fardeau de savoir qu'elle doit la vie à Bob, interposé involontairement entre la bombe et elle.

*

* *

1. Mécanisme légal par lequel un journaliste en France peut toucher des indemnités de licenciement lors de sa démission en excipant d'être motivé par sa conscience, si tant est qu'il en ait une.

De même que les Romains croyaient que ça serait la fin du monde si le Colisée s'effondrait, j'avais mon Colisée à moi, le couple que formait Jacques et Marie. Inconcevable que Jacques que je connais depuis toujours, mon cousin, ami, confident, amoureux de Marie sans l'ombre d'une incartade ou d'une dispute, la trompe et encore moins la quitte, et pourtant l'inconcevable est arrivé et s'appelle Myriam, en plus il ne m'en avait pas parlé, ni demandé conseil, je lui aurai dit « ne fais pas cette connerie », Colisée, mais voilà Jacques m'apprend qu'il part avec Myriam en fuyant le merdier, cette chute de mon Colisée personnel confirme donc bien ce que je subodorais, à l'écoute des infos depuis cinq jours ; c'est vraiment la fin du monde.

Il se trouve encore des commentateurs barricadés pour prétendre que c'est juste la fin d'UN monde, le mien, celui de petits-bourgeois nés fin XXe qui avaient cru au triomphe des idées cosmopolites. Mais je dois dire que le distinguo semble ténu, à mon cloch… de ma fenêtre, de mon immeuble, où désormais à chaque palier quelqu'un compte un proche, un ami, blessé ou tué, ou veuf(ve) ou orphelin, ce qui est la marque des vraies guerres civiles, quand plus personne n'est épargné, quand le conflit frappe partout des gens hagards et se demandant encore comment ils ont pu en arriver là.

Et finalement, on y est arrivé. Nous avons basculé dans le Merdier monumental dont nous faisions tous depuis des années le tour en somnambule, inconscients ou impuissants. Le piège d'Al Souri s'est refermé sur nous.

La déflagration qui a clos le débat Redwane-Benkhirane s'est propagée littéralement à tout le pays, puis au continent, voire ailleurs encore. La fameuse goutte d'eau du vase. L'enquête n'a pas encore déterminé qui a introduit la bombe dans le studio, mais pour les barbus comme pour les natios, c'est clair ; c'est l'Autre. Vengeance, représailles, des abrutis voulant venger leurs morts innocents en tuant d'autres innocents, tout ce qu'on redoutait s'est enclenché. Des hommes entrent dans des mosquées ou des églises pour mitrailler, des bombes explosent un peu partout sur le territoire, au hasard. Tout s'est décanté en quelques jours, les tièdes, les indifférents, les non-alignés se retrouvent dans un camp même s'ils détestent cela, les bombes et les balles ont choisi pour toi.

La rationalité habituelle a disparu, chacun craint trop pour ses proches et panique. Les derniers de ceux qui se croyaient incapables de la moindre violence, niant les dangers ou confiants en la capacité des pouvoirs établis à les protéger, se procurent des armes auprès de réseaux montés en un temps record. Le dos au mur, des mamies ont troqué la recette de la tarte aux pommes pour la maîtrise du 9 mm. Tout le monde est devenu simultanément victime et bourreau potentiel. Dans certains quartiers, « ils » ont commencé à tuer au hasard ceux qui n'ont pas la « bonne » couleur de peau.

Partout on s'organise fiévreusement, on élabore des arrangements domestiques comme pour de longues vacances. On passe en coup de vent fermer des résidences secondaires et les piéger contre les pillards. On se rappelle brusquement au souvenir de cousins très chers à l'étranger à qui on envoie ses gamins comme des paquets par Amazon. On vire en Suisse ce qu'on peut de ses économies via Paypal pour contourner le contrôle des changes. On consulte le voisin Dédé-les-bons-tuyaux, qui savait toujours comment obtenir une place de concert pour lui demander si par hasard il ne connaîtrait pas une filière d'approvisionnement en armes de poing. On consulte des amis d'amis ayant vécu jadis des évènements comparables. L'ex Yougoslave est très demandée.

Paris s'est vidé de touristes en un clin d'œil, tout comme les autres capitales de cet Occident (recette : prenez de généreuses quantités de morale judéo-chrétienne, de droit romain et de philosophie grecque, mélangez cette pâte singulière d'Athènes, Rome et Jérusalem, laissez mariner quelques siècles à tâtons de crises et d'inventions, assaisonnez de tempérance et de doute, épicez d'insolence et d'insatiable, et servez chaud) qui se réveille, hébété, dans le fracas et la peur de disparaître.

Si le conflit est plus intense en France, il n'en est pas moins vigoureux ailleurs. Le Conseil de sécurité de l'ONU siège en permanence, parle d'intervention internationale pour ramener l'ordre mais où et avec qui ? Chacun a son propre merdier à gérer et préfère garder ses propres unités militaires et gardes nationales. Le troisième soir au JT, une mappemonde a montré en noir les pays où avait été décrété l'État d'urgence et en vert ceux vivant encore dans une relative insouciance. D'un seul coup, visuellement, on voyait la planète basculer dans l'indicible, puisque quasiment seuls le Groenland et le Laos échappaient au noir. Pourquoi ce flegme groenlandais ? On a échappé au pire du pire, puisqu'un pilote barjot d'une base américaine à Djibouti a tenté de bombarder la Kaaba, le monument le plus sacré de La Mecque, ce qui aurait sans doute déclenché un massacre planétaire. Heureusement, il a été abattu à temps. Son équivalent islamiste a décollé d'une base italienne pour bombarder l'église Saint-Pierre de Rome mais a été abattu au-dessus du Colisée. C'est bien ce que je disais.

En France, impossible d'instaurer l'état d'urgence pour la simple raison que, sous une forme ou une autre, il est en vigueur depuis près de dix ans. Dépassé, quelques jours après avoir décrété l'état de siège, l'Élysée s'est résolu à activer l'article 16 de la Constitution, pour la première fois dans l'Histoire de ce qui reste de Cinquième République, abdiquant ainsi peu ou prou ses pouvoirs aux militaires. C'est le colonel Gervais qui serait content s'il n'avait pas été liquidé mardi dernier lors de combats. Des Comités de salut public ont, comme promis, pris des bâtiments, d'où ils ont été délogés par des unités loyalistes. Mais, dans la plus grande confusion, d'autres Comités ont pactisé avec des loyalistes. Ailleurs, des soldats d'obédience islamiste ont déserté avec armes et bagages pour tenir les mini-califats. Les règlements de comptes se multiplient. Les clans et institutions censés avoir été noyautés par les Deep State I et II s'affrontent ouvertement.

C'est une question que je me suis souvent posée depuis les guerres de l'ex-Yougoslavie ; dans ces circonstances, comment chacun choisit sa loyauté ? Comment faisait un Slovène par son père et Serbe par sa mère, dont les potes et les voisins étaient membres des deux foules se prétendant peuple, comment faisait-il pour savoir vers qui tourner les fusils ? Il y eut, là comme ailleurs, bien des déchirements et des tourments, et pourtant, les fusils il les tourna, il y eut très peu de cas de désertions. Aujourd'hui, ton père, ta mère, ton frère, ta sœur, tes potes, tes profs, tes voisins, ta fiancée sont barbus, collabeurs, natios, dhimmis, et tes convictions à l'unisson, diverses : qui rejoins-tu ?

On sait qu'on ne pourra plus jamais vivre comme avant, on porte le deuil d'un art de vivre disparu, ou du moins d'une insouciance qui ne reviendra que dans des années, si elle revient. L'économie s'est suspendue. Faute de TVA, l'État pourrait rapidement ne pas pouvoir régler allocs, salaires de fonctionnaires et retraites. La plupart des magasins sont fermés ou n'ouvrent que selon des horaires réduits, protégés par des milices improvisées pour éviter l'hystérie. Ce matin, le prix d'une bouteille d'huile a dépassé les cinquante balles. Le hit-parade classique des rayons vides ; riz, pâtes, huile et PQ. Tout le monde dénonce les stockages par précaution mais stocke quand même pour anticiper sur les pénuries provoquées par ces stockeurs imbéciles, euh, comment dire… Les frontières sont fermées pour empêcher des exodes ou des infiltrations. Le pouvoir, mi gouvernement d'union nationale, mi junte militaire, envisagerait des plans de déportations massives de citoyens associés de près ou de très loin à l'islam, étape ultime dans l'ignominie d'une époque qui avait cru trouver refuge dans un rêve iréniste.

Ce soir, j'ai demandé à google comment se procurer une kalach. J'ai découvert à cette occasion que c'était la question la plus posée sur le Net. Jadis, c'était « *comment perdre du poids ?* ».

*

* *

En roulant lentement (faut économiser, même si j'ai deux jerrycans d'essence dans ma cave, par précaution, c'est théoriquement interdit, comme beaucoup de choses que tout le monde pratique désormais) vers Chloé et Kévin, à trois check-points d'ici, la météo des affrontements indique que le coin est relativement calme, je me remémore les évènements, juste avant l'attentat, il y a une semaine, une éternité. La nuit avec Audrey. Et puis, de manière pas si incongrue que cela, vu combien il résumait tout, finalement, me revient en mémoire l'affrontement de Sauerschuss et Pitalugue. Ils ont survécu, enlacés dans un baston qui a poussé des secouristes peu au fait des clivages du monde académique à les faire hospitaliser dans la même chambre où, aux dernières nouvelles, Sauerschuss a été intercepté en train de fracasser avec son bras plâtré un Pitalugue ripostant à coups de béquilles.

Et puis, l'image de Ceccaldi juste avant de prendre la déflagration de plein fouet, le visage empreint de la jubilation du débat porté à un paroxysme sans doute absurde. Ceccaldi ballotté entre Scarlett et Bob, devenu plus proche de ce dernier, notamment à la lecture du projet Gorafi, révélation finale, goutte d'eau faisant déborder le vase rempli depuis si longtemps de doutes, d'inquiétudes et, pour finir, de colère.

Ceccaldi qui avait toutefois passé sans discuter les articles de Scarlett jusqu'à l'attentat. L'effet sans doute d'une tendresse quasi paternelle. Après tout, elle avait l'âge de sa fille et ils se connaissaient depuis plus de dix ans et se respectaient, car on ne pouvait pas enlever à Scarlett d'être une chasseuse de scoops d'exception. Une enquiquineuse, un cas psychanalytique sans doute et une pintade idéologique certainement, mais une chasseuse de scoops de première. Et dans notre milieu, on pardonne toutes les excentricités à ce genre de chien de chasse.

Quant à Bob...

Dans son bureau, qui est aussi le mien, je suis tombé sur son écran allumé. Où se trouvait ce qui s'est avéré être son édito testament, qu'il n'avait pas eu le temps de faire éditer.

CHAPITRE 21
CHRONIQUE D'UN DÉSASTRE PRÉVISIBLE

Nous avons donc basculé dans le gouffre au bord duquel nous titubions depuis des années. Le projet du gouvernement va mettre, manifestement, de l'huile sur le feu aux poudres. Il entérine une partition qui sera refusée par la plupart de nos compatriotes et déclenchera des troubles, puis l'engrenage et l'embrasement. D'abord dans notre pays, en première ligne pour des raisons démographiques ainsi que par son statut d'ex-puissance coloniale et de symbole de l'universalisme laïc. Ensuite, un peu partout en Europe, sans oublier le monde arabo-musulman à l'intérieur duquel le conflit sévit depuis des siècles. Comme une guerre civile à l'échelle planétaire. Le piège d'al-Souri se sera refermé.

Ce piège, nous nous y sommes enfermés nous-mêmes, avec l'angélisme des petits cochons chantant allègrement « Qui a peur du grand méchant loup? C'est pas nous, c'est pas nous ». Nous l'avons construit méthodiquement, en trahissant même ceux des immigrés qui ne voulaient pas subir la loi des intégristes. Pièce par pièce, en horloger du désastre, nous avons été complices de ceux qui, habiles à retourner contre elles les armes de la liberté et de la tolérance, voulaient détruire notre style de vie. Chaque concession renforçait leur conviction que personne ne leur résisterait, chaque reculade était prise pour un signe de pusillanimité, ou de culpabilité. Nos ennemis, qui ne s'arrêteront que quand nous aurons renoncé à être nous-même, doivent hésiter entre la stupéfaction et l'hilarité devant notre naïveté et en déduire que nous avons intériorisé un statut de soumis. Non, juste celui de bisounours narcissique.

Ce piège est l'aboutissement logique du communautarisme, inéluctable conséquence des discours du lobby de l'immigration et de l'occidentophobe à l'œuvre depuis quatre décennies. Car l'Occident est haïssable, vous ne saviez pas ? Il n'a inventé ou contribué à rien d'intéressant pour l'Humanité, à part l'État de droit, la liberté de conscience, l'enseignement généralisé, les droits des femmes, le recul universel de la faim et de la mortalité infantile, la chirurgie, l'équilibre des pouvoirs, la philosophie, la chimie, l'obstétrique, la contraception, les vaccins, l'habeas corpus, l'imprimerie, le téléphone, le suffrage universel, les antibiotiques, la SARL, le moteur à explosion, l'électricité, le cartésianisme, l'avion, le train, Internet, la télévision, la radio, l'assainissement des eaux, le cinéma, la physique et le rock'n'roll. Rien, vous dis-je.

Pris d'une lubie masochiste et criminelle, le lobby et ses relais universitaires ou médiatiques ont donc donné raison aux Occidentophobes, qui n'en demandaient pas tant. Nos ennemis vomissent l'Occident mais le défendre est considéré comme Vichyssois. Grandiose masochisme. La Caste croyait que se renier ou disparaître avec grâce serait la plus grande des vertus et a entrepris de donner systématiquement des arguments à ceux qui déjà ne nous aimaient pas beaucoup au départ ; quand on se juge coupable de tout, généralement les gens sont enclins à vous croire.

On nous faisait donc toujours le même coup, après chaque attentat commis au nom de l'occidentophobie, à nous mettre en garde en priorité contre l'islamophobie. Une pensée fugitive aux victimes et dans la foulée un appel à comprendre les barbus. En oubliant que le cœur du dossier c'est quand même la phobie de l'Occident. C'est notre civilisation, concept que l'on ne méconnaît qu'à ses dépens, que les islamistes conchient. On nous tue aux cris de « Allah

Akbar » et on nous dicte d'afficher de la bienveillance envers les Allah Akbar. Bien sûr, certains crient Allah Akbar en brandissant un couteau et d'autres se contentent de rendre grâce pacifiquement au Créateur. Il y a des Allah Akbar criminels et des Allah Akbar anodins. Mais on pourrait lancer un débat à cette occasion sur la comptabilité de tous ces Akbar avec notre mode de vie et l'opportunité de le clamer sur les toits ? Après tout, on a le droit de considérer que Dieu est moins Akbar que prévu, voire pas Akbar du tout.

Lâcheté ou aveuglement, nous n'avons pas réagi face à cette version islamisée du totalitarisme qui s'avançait vers nous en souriant. Car le totalitarisme commence toujours par sourire. Il propose d'une voix enjôleuse de retrouver avec lui la fierté et la vérité. Une solution à tout et partout pour ses élus et recrues. Sa caractéristique principale n'est pas tant la violence, contrairement à ce que beaucoup croient (il se sentirait vexé de devoir recourir à la matraque au début alors que son projet est de contrôler les esprits par la propagande) ni même de défendre une cause détestable en soi (après tout, des Allemands pouvaient bien aimer leur pays en 1934 ou des Russes le prolétariat en 17), mais le fait que tout, absolument tout sans exception, doit se plier à sa cause, sans limites. Que, comme son nom l'indique, la TOTALITÉ de nos vies doit servir cet intérêt supérieur. Il s'agit de tout englober, tout surplomber, ne tolérer aucun autre désir ou loyauté, aucun doute, aucun humour, pour obtenir un homme unidimensionnel, prodigieusement simple, un serviteur infiniment malléable d'un maître suprêmement jaloux. Il ne veut pas tant nous diriger que nous voir le supplier de le faire. Comme des chiens frétillant devant une laisse. Il ne saurait se contenter de l'obéissance, il veut l'adhésion aveugle, qui emporte tout. Non content de rappeler ses fidèles à l'ordre cinq fois par jour par la prière, le totalitarisme islamiste veut fixer les moindres éléments de leurs vies, comment se vêtir, manger, avec trois doigts, se laver, travailler, parler, qui aimer, que croire, que lire. Rien ne doit lui échapper, nous sommes donc son ennemi mortel.

Ce totalitarisme avait noué une alliance baroque avec les bobos-gogos formatés par les universités gauchistes qui ont substitué l'aboiement à la pensée et que leurs nouveaux amis précipiteront du haut d'un toit quand ils cesseront de leur être utile. Des héritiers illuminés de Mai 68 qui, pour régler leurs comptes avec l'État-nation de papa, et pris d'un fantasme de reformatage du peuple, comme des gamins avec une pâte à modeler, avaient travaillé méthodiquement à conditionner le peuple pour obtenir son consentement inexplicable à une politique contraire à ses intérêts, ou à ce dont il est l'héritier. Ceux qui rechigneraient on les aiderait amicalement à guérir. Et, en cas d'obstination, on passerait à l'opprobre. Les sacristains de cette religion avaient décrété que tout contradicteur était ennemi du genre humain. Il s'agissait de criminaliser le sentiment patriotique, tout en prétendant que la diversité allait rendre notre pays plus fort, pas à une contradiction près. Il s'agissait d'instaurer un régime politique marié avec le mensonge et se livrant à de brèves passades avec la vérité.

Intimidés par ce matraquage, embarrassés par notre passé colonial et n'osant pas fermer la porte à des minorités dominées jadis, nous n'avons pas voulu voir la menace. Nous nous sommes recroquevillés sous nos couettes avec nos doudous diversitaires, en essayant de se convaincre que la voie suivie était la bonne. Dans cinquante ans, les historiens se demanderont, perplexes, pourquoi les sociétés occidentales, si libres et prospères, avaient décidé, de manière démocratique, informée et décontractée, de se renier ainsi. Nous ne voulions pas admettre que l'Histoire est, fondamentalement, tragique. Comme disait Fitzgerald, notre société a fait faillite en deux phases; d'abord progressivement, puis d'un seul coup. Nous y voilà.

C'est ainsi que nous nous sommes dirigés vers les fleuves de sang anticipés dès 1968 par le parlementaire britannique Enoch Powell, ce qui lui avait valu l'éviction de son parti alors que les sondages indiquaient que soixante-dix pour cent des Britanniques étaient d'accord avec lui. Du sang, de la sueur et des larmes, comme disait son mentor Winston. Si nous ne voulons pas être transformés en paillasson de l'Histoire nous allons devoir nous battre et surmonter cette Bérézina culturelle. Il nous faudra du courage et de la jugeote, les deux ingrédients clés de toute victoire, car le premier sans la seconde ne fait que de beaux cadavres et la seconde sans le premier ne fait que des soumis à gros QI. Tous ensemble, avec notamment la majorité de nos compatriotes musulmans qui y adhèrent, ne laissons pas passer cette dernière chance de défendre l'esprit des Lum...

Avant de partir au studio TV, Bob a apparemment sauvegardé à l'arrache son article inachevé. Le dernier de mon vieux pote et coéquipier.

CHAPITRE 22
PRIVILÉGIER LA CONNERIE

J'ai encore un dernier adieu à faire, je n'ai plus rien en magasin ensuite, seul Marcel compte rester. Se battre pour un pays en compagnie d'un dépressif, la fine équipe.

Bercé par les habituels bips d'alerte de mon smartphone *« le Conseil de sécurité avertit de combats à tel endroit, évitez le secteur »*, j'arrive chez Kevin, Chloé et Paul, ils décollent d'Orly en soirée pour la Nouvelle-Zélande. Très bon choix. Bien sûr, pour se voir le week-end ça sera compliqué, mais la sécurité avant tout. Ils ont cherché le plus loin possible de ce merdier, mais il paraît que les navettes vers la planète Mars étaient surbookées. En outre, sévit en Nouvelle-Zélande une grave pénurie de salafistes, djihadistes et islamistes. Il se dit que moins il y a de « istes » dans un pays mieux il se porte. La destination est très prisée depuis quelques jours. Guezbou y a atterri ce matin. Le genre de gars qui contribue à foutre la merde dans une soirée d'anniversaire et se barre quand démarre la baston.

Et puis, un pays fana de rugby ne peut pas être fondamentalement mauvais. Le seigneur des sports et le sport des seigneurs, même déguisés en gueux. En revanche, faut aimer le mouton. Et puis, avec leur anglais, Chloé et Kevin auront peut-être du mal à commander un sandwich au début. Faudrait aussi prévoir un imper. J'aurais conseillé la Bretagne, mais impossible tant qu'elle n'aura pas fait sécession à son tour...

Je prends Paul dans mes bras. S'occuper à faire guili-guili à son petit-fils qui ne se doute de rien et portera peut-être une moustache la prochaine fois que je le verrai, ça aide sans doute à évacuer le blues. Il me faut donc un certain temps pour m'apercevoir que le salon est étrangement dénué de préparatifs de départ. Pas la queue d'une valise en vue. J'adresse un sourcil interrogateur à Kevin et Chloé qui me regardent d'un air ironique, quoique un peu tendus, on le serait à moins.

— Où sont les valises ?

— Y a plus de valises, répond Chloé.

J'imagine un instant qu'ils ont annulé l'exil en Nouvelle-Zélande parce que ça s'avérait trop loin et que Chloé avait été reprise par son rêve de Colombie. Puis, comme frappé d'un mae-geri au plexus solaire, je réalise qu'ils ne partent plus DU TOUT.

— Vous restez ? Mais bordel, ça ne vous suffit pas la guerre civile qui démarre ? je gueule en désignant la rue et les hélicos par la baie vitrée. FOUTEZ LE CAMP ! Garez vos miches. Y a plus rien pour vous ici. Et Paul, vous y avez pensé ?

— Fred, il y a plusieurs éléments, grogne Kevin. Disons que, fuir, on n'avait pas le courage.

— Pourtant, rien de plus simple.

— Fais pas semblant de pas comprendre.

— Mais il ne s'agit pas de faire des trucs difficiles ou même décents, juste de rester en vie. Vous deux et Paul. C'est votre mission.

— En fait, ce que Kevin veut dire c'est surtout que fuir était... au-dessus de nos forces.

— Au-dessus ? Je vais vous en donner des forces, moi. Vous ramassez deux, trois jouets de Paul, vos passeports, une valise de fringues et je vous emmène avec le camion pompier à l'aéroport, ça aidera même à passer les check-points. Pas la peine de dire au revoir à vos amis, je leur transmettrai, on ne va pas perdre du temps. Chloé, tu envoies ta démission à ton officier trait...

Je m'interromps en m'apercevant que Kevin n'est pas censé savoir. Chloé sourit.

— T'inquiète pas, j'ai mis Kevin au courant avant-hier. Quant à mon officier traitant, il a été tué hier dans une embuscade.

— Eh bien, ça simplifie les formalités d'adieu.

— Bop, continue Kevin, le fait est que je me dis que maman n'aurait pas apprécié cette... désertion.

— Désertion, désertion, tout de suite les grands mots, juste instinct de survie ! Et puis, c'est facile de faire parler Audrey, elle n'est plus là pour te contredire.

C'est la première fois que je prononce ces mots depuis l'attentat du studio TV. Chaque fois que je repense à Audrey, c'est-à-dire mille fois par jour, hanté notamment par le moment où elle s'est levée pour prendre part au baston et se jeter sans le savoir vers la bombe, je comprends mieux ce que racontent les dépressifs, l'impression d'être dans un tunnel rétrécissant même la vision, au milieu duquel on avance comme un fantôme hébété. L'impression que quelqu'un a fait un trou dans votre existence par lequel a été aspirée la possibilité de rire et vibrer, en vous tordant la gorge à coups de plus jamais. Kevin a encore Paul pour l'aider à regarder devant. De mon côté, presque tout s'est interrompu. Comme on éteint la lumière d'une pièce en sortant.

Je déglutis plusieurs fois et parviens à croasser.

— Elle vous aurait dit sans doute que vous êtes jeunes, que vous avez encore une vie à construire... Alors, partez, PARTEZ.

— Je crois savoir ce qu'elle aurait dit, réplique Chloé. On a beaucoup parlé, elle et moi, après mon recrutement. Elle m'aurait dit qu'on n'abandonne pas son pays. Pas par grand patriotisme. Simplement... c'est le nôtre.

Elle vient s'asseoir à côté de moi.

– Papa, après ce pour quoi je me suis battu ces dernières années, dire comme ça « *bonne chance, mais moi je me barre* » ça ne ressemblerait à rien. Ça serait peut-être rationnel, mais ça ne ressemblerait à rien quand même. Ici, c'est notre pays. Il est horripilant, agaçant, masochiste, perdu et cabossé, on ne sait pas ce qui va arriver, mais tu vois il se trouve que, voilà, c'est le nôtre. Je sais pas quoi dire d'autre.

Inutile d'insister. Nous nous serrons dans les bras tous les trois, non quatre avec Paul qui lève sa frimousse interloquée vers nous, au lieu d'arborer son habituel rire plein de dents. C'est rien, petiot, c'est la guerre.

Nous allons vivre ça ensemble, petiot. Pleins de colère et de peur. Comme ta grand-mère, après l'attentat et durant les minutes où les pompiers ont essayé de la sauver, tandis que je lui tenais la main en lui soufflant des « *accroche-toi. Reste !* » et ses yeux qui semblaient dire « *j'aimerais bien, tu sais* », avant de sombrer lentement en cherchant un visage. A-t-elle eu le temps d'éprouver de la colère devant la connerie qui fauchait sa vie, du regret de ne plus pouvoir jouer avec Paul, savourer un lever de soleil, rire avec des amis ou baiser, de préférence avec moi ? A-t-elle eu le temps de se voir partir, comme on le demande souvent (ce qui, après l'accident de voiture où mon oncle était resté avait poussé ma tante à répondre à « *A-t-il eu le temps d'avoir peur ?* » « *Oui, cinquante-cinq ans* »).

Au cimetière, il s'est trouvé quelque abruti de proche, comme pour papa il y a huit ans, et qui m'a bien énervé (on a échappé à deux enterrements pour le prix d'un) en me recommandant pour surmonter cette dévastation de « *prendre bien soin de toi, surtout* ». C'est ça, tu perds un père, une mère, ou la femme de ta vie et on te dit « *une séance de massage aux huiles essentielles et ça devrait aller mieux* ». Ben non, mon truc à moi ce n'est pas de me faire badigeonner mais de prendre soin des gens que j'aime et qui, avec Bob, Redwane et Ceccaldi en prime, sont un peu décédés présentement. La vie, c'est aimer ses enfants, ses parents, ses amis de toute son âme et puis, inéluctablement, certains meurent et on se rend compte pour finir que l'âme n'existe pas.

— Bon, eh bien puisqu'on reste, ça donne faim toutes ces émotions, y a quelque chose à grailler ? demande Kevin.

— Pas eu le temps de faire les courses, répond Chloé, le supermarché est sur la ligne de front.

Elle ouvre le frigo.

— Il reste... du foie gras et du champagne de l'anniversaire de Paul.

— Mais on ne va quand même pas bambocher pendant une guerre civile, je m'exclame.

— Se mettre à l'eau plate ne la résoudra pas. C'est comme quand maman me disait « finis ta soupe » en pensant à la faim dans le monde. J'ai mangé ma soupe et ça n'a sauvé personne.

— Quand même... si on nous voyait, ça donnerait l'impression qu'on se réjouit. Indécent.

— Oh, la décence, tu sais par temps de mitraille ça s'ajuste vite, soupire Kevin.

— Vaut peut-être mieux picoler et bouffer tant qu'on peut encore, dit Chloé en sortant la bouteille et la terrine.

Elle remplit nos flûtes.

— Ça sera dur, effrayant, absurde, mais après tout... ce vieux pays vaut peut-être encore le coup. Tous les Libanais ne sont pas partis en 1974.

— Ni les Ukrainiens.

— Les Bosniaques.

— Les Nigérians.

— Les Sri Lankais. Les Irlandais.

On reste là un peu gênés, debout dans la cuisine, avec Paul qui rit sur son tricycle, le fameux tricycle sans casque. Bon, eh bien on porte un toast. À qui, à quoi ? À notre pays ? Trop restrictif. À la liberté ?

Un toast au champagne pendant que résonnent les mortiers dehors, tout compte fait, ça ne manquerait pas de panache. Moue générale d'approbation. Et nous rugissons ensemble « à la liberté ! ». Puis, ma fille repose sa flûte de champagne après le toast le plus incongru que je n'ai jamais connu, ça change de ceux portés en l'honneur de baptêmes et départ de retraite, et demande pensivement, il faut qu'il y ait des guerres civiles pour que ma fille prenne mon avis au sérieux.

— Papa, je me demandais... maintenant qu'on est obligés de se battre pour notre pays et qu'il n'y a plus d'échappatoires possibles... J'aimerais être sûre d'avoir compris comment on en est arrivés là. J'ai entendu tellement de théories et de contre-théories plus ou moins fumeuses...

— Ça arrive de nos jours.

— Ce que racontent Sauerschuss, ou Hélène, ou d'autres encore, ce que disait Audrey, ce qu'écrivait ton collègue Bob... tu crois que ce merdier était le fruit depuis des années d'un complot ?

Je pose à mon tour ma flûte de champagne.

— Certainement pas, ma grande. De divers lobbies, sans doute, mais pas d'une machination.

— Ah bon ?

— Crois-moi. Comme explication à des désastres, entre le machiavélisme et la connerie, privilégier la connerie, plus abondante.

Paris, le 4 août 2020

REMERCIEMENTS

Ma reconnaissance pour leur soutien sans faille lors de ce chantier effarouchant va à mes partenaires habituels en matière d'édition et d'engagement, Mark, Anne, Jean-Jacques, Anne, Henriane et Karin. Gratitude à mes parents pour des raisons autant culturelles que biologiques, à mes profs de Français au lycée, Monsieur Dubroca qui m'avait *« interdit plus tard de ne pas être écrivain »*, et Mme Sanz de Alba (désolé pour les citations et l'auteur inventés), ainsi qu'à mes icones de l'humour, Molière, Pagnol, Beaumarchais, Jerome K Jerome, Wodehouse et Waugh.

Sommaire

Librinova
www.librinova.com

Imprimé en France
FROC011801301020
25596FR00007B/52

9 791026 261872